青少版经典名著书库

鲁滨逊漂流记

[英]丹尼尔·笛福 著 爱德少儿编委会 编译

爱德少儿编委会

主　编：童　丹
副主编：陈慧颖
编　委：安　心　代成妙　杜佳晨　高敬华
　　　　姜　月　刘国华　路　远　谭蓉平
　　　　唐　倩　田海燕　任仕之　余小溪
　　　　余信鹏　张重庆　张凤娟　张　云
　　　　张运旭　钟孟捷　朱梦雨

浙江人民美术出版社

图书在版编目（CIP）数据

鲁滨逊漂流记 /（英）丹尼尔·笛福著；爱德少儿编委会编译. — 杭州：浙江人民美术出版社，2021.6
（青少版经典名著书库）
ISBN 978-7-5340-8728-8

Ⅰ. ①鲁… Ⅱ. ①丹… ②爱… Ⅲ. ①长篇小说—英国—近代 Ⅳ. ①I561.44

中国版本图书馆 CIP 数据核字（2021）第 059540 号

责任编辑：雷　芳
文字编辑：黄　薇
责任校对：余雅汝
装帧设计：爱德少儿
责任印制：陈柏荣

青少版经典名著书库

鲁滨逊漂流记　[英] 丹尼尔·笛福　著　爱德少儿编委会　编译

出版发行：	浙江人民美术出版社
地　　址：	杭州市体育场路 347 号
经　　销：	全国各地新华书店
制　　版：	湖北省爱德森森文化传播有限公司
印　　刷：	湖北鄂南新华印刷包装股份有限公司
版　　次：	2021 年 6 月第 1 版
印　　次：	2021 年 6 月第 1 次印刷
开　　本：	710mm × 990mm　1/16
印　　张：	21.5
字　　数：	300 千字
书　　号：	ISBN 978-7-5340-8728-8
定　　价：	29.00 元

如发现印装质量问题，影响阅读，请与承印厂联系调换。

前言

当你一觉醒来,发现自己孤身一人、一无所有,你会怎么做?有的人会歇斯底里,抱怨上帝,颓废度日;有的人会冷静自持,缓解负面情绪,从头再来。

《鲁滨逊漂流记》是英国作家丹尼尔·笛福创作的一部现实主义回忆录式冒险小说。讲述的是主人公鲁滨逊流落荒岛,用勤劳的双手创造生活所需,坚强度过二十八年光阴的故事。在这三分之一的人生里,他困窘于衣食住所,他遭受到野兽、野人的威胁,他心惊胆战于大自然的无情,他也震惊于人类的钩心斗角。但是他坚强而勇敢地跨过了重重危难,最终顺利地搭上了返航的船只。

毫无疑问,鲁滨逊身上有种种美好的品质:他智慧而独立,乐观而坚强,他毅力惊人又沉着冷静,更重要的是,他有坚定的宗教信仰。这些都是他"征战"荒岛的砝码。

布迪曼曾言"最本质的人生价值就是人的独立性",法国作家缪塞也说过"除了爱情以外,我认为最宝贵的就是独立精神"。由此可见,鲁滨逊可以一人使自己安居乐业,衣食无忧,甚至拥有精神自由,是多么宝贵的事情,这全部凭借于他的独立精神。在流落孤岛时,他并不怨天尤人,也没有坐以待毙。因为他可贵的独立精神,引导他走出困境。

纪伯伦有一句流传很久的话——信仰是心中的绿洲。当鲁滨逊在旧物里翻出水手带来的《圣经》时,他一定是不屑的。他也说过:"我以前压根儿不把宗教当作处世为人的基础。我的脑子里几乎没有宗教观念:不管遇上什么事,我都认为是机缘巧合"。他一定料想不到,正是坚持阅读《圣经》,才能在灵魂上与文明社会有所联系,从而拥有自己的精神支柱,不至于沦为野蛮人。赤道上除了他并没有文明的人类,他本可以赤身裸体,毕竟赤道附近不需要衣物取暖,也没有人类反感的眼神，他明明可以减去制作衣物的工作，使自己更加轻松。也正是他日日坚持阅读《圣经》，才能在遭遇一次次险情后还能乐观面对，以为是上帝的施以援手而对上帝充满感激，也对这个世界充满了善意和爱，残酷的人生经历并没能磨灭他的良知。他会因看到野人吞吃同类而愤怒不已，打算杀死它们伸张正义；也会因为野人并没有对他造成直接伤害而将它们视作同等的人类，给予它们尊重，将处死它们的判决交由上帝。

  当你一无所有时，能真正拥有的就是自己的思想，和让自己引以为傲的种种品质。就像鲁滨逊流落荒岛，他的巴西种植园并不能给他带来衣食所需，但是他可以以自身的能力让自己衣食无忧。愿阅读这本书的人能够注重自身能力的提升，像鲁滨逊一样独立而智慧，乐观而坚强，拥有自己的信仰。

目录 CONTENTS

第一章 矢志远航

第一节 出海 …………………………………… 2
第二节 奴隶 …………………………………… 14
第三节 逃离 …………………………………… 22
第四节 在巴西 ………………………………… 34
第五节 风暴 …………………………………… 43

第二章 荒岛生活

第一节 搬运 …………………………………… 50
第二节 安家 …………………………………… 57
第三节 振作 …………………………………… 67
第四节 孤岛日记 ……………………………… 75
第五节 求生 …………………………………… 84
第六节 生病 …………………………………… 95
第七节 探索 …………………………………… 108
第八节 三年 …………………………………… 115
第九节 大陆 …………………………………… 134
第十节 巡游 …………………………………… 145
第十一节 孤岛生活 …………………………… 154
第十二节 足印 ………………………………… 164
第十三节 发现野人踪迹 ……………………… 174

第 十 四 节 威　胁	187
第 十 五 节 炮　声	196
第 十 六 节 较　量	206
第 十 七 节 "星期五"	218
第 十 八 节 希　望	228
第 十 九 节 战　斗	246
第 二 十 节 君　臣	258
第二十一节 英国船	267
第二十二节 平息叛乱	278
第二十三节 准备返回英国	294

第三章　回归文明

第 一 节 我成了富翁	302
第 二 节 陆路历险	311
第 三 节 重返荒岛	329
在废墟上开出花来	332
参考答案	334

第一章

矢志远航

第一节
出 海

M 名师导读

在每一个男孩子的心中都有着热血和激情。鲁滨逊怀揣着对远航的渴望，在朋友的撺掇下，开启了人生第一次出海探险，进入了一段惊险的航海岁月。

1632年，我出生在约克郡[英国英格兰北部的一个郡]一个上流社会家庭。我的父亲是德国不来梅[德国北部城市]人，移居英国后，先是住在赫尔，通过做生意发了财，随后把生意收了，搬到了约克郡定居，并在那里结识了我的母亲，而且很快步入了婚姻的殿堂。我母亲娘家姓鲁滨逊，是当地的名门望族，因而给我取名叫鲁滨逊·克鲁伊茨内（Robinson Kreutznaer）。由于英国人在读"克鲁伊茨内"这个德国姓时，发音走调，因而大家就叫我们"克鲁索"，以至于后来我们自己也这么叫、这么写了。所以，我的朋友们都叫我克鲁索。

我有两个哥哥：大哥是驻佛兰德[欧洲西部的一个地区]的英国步兵团中校——著名的洛克哈特上校曾带领过这支部队，他后来在敦刻尔克[法国北部靠近比利时边境的港口城市]附近与西班牙人作战时阵亡；至于二哥的下落，我至今一无所知，就像我父母后来对我的境况也全然不知一样。【写作借鉴：以二哥的下落不明引出鲁滨逊即将行踪成谜，设置悬念——鲁滨逊发生了什么事情？激发读者的阅读兴趣。】

因为我是家中的幼子，父母亲就没过多地考虑让我学习谋生的技能。当我还是一个小孩子的时候，我的脑海里就充满了各种新奇的想法，并执着地渴望出海远航。我父亲年纪大，深谋远虑，他让我接受了良好的教育。他曾让我在寄宿制学校就读，也让我在免费学校里接受乡村义务教育，全心全意地想把我培养成为一名优秀的律师。但什么都无法引起我的兴趣，除了远航。我没有在意父亲的愿望甚至有时候违抗他的命令，就连母亲的恳求和朋友的劝告也都丧失作用。我的这种恶劣性格，似乎注定了我的不幸命运。

　　我的父亲头脑聪明，为人谨慎。他好像早已料定我的固执必将给我带来不幸，所以时常严肃地开导我，并给了我不少有益的忠告。一天早晨，他痛风病发作，身体不便移动，我被叫去了他的房间。他非常恳切地劝诫了我一番。他问我，远航有什么理由能让我妄图抛弃父母，背井离乡。在家乡，我可以经人引荐找到一份安身立命[安身：在某处安下身来；立命：精神有所寄托。指生活有着落，精神有所寄托]的工作，只要勤奋努力，将来完全可以发家致富，过上安逸快活的日子。他对我说，一般出海冒险的人不外乎两种，一种是穷得一文不名，另一种是财大气粗的。他们野心勃勃，想以不世之功扬名于世。但对我来说，既不值得，也没必要这样做。因为从我的社会地位而言，正好处于两者之间，即一般人所谓的中产阶级。依他长期积累的经验判断，这种中产阶级正是世界上最好的阶层，是最幸福的。他们既不会像底层民众那样从事艰苦的体力劳动而生活无着，也不会像上层人物那样因骄奢淫逸、野心勃勃和相互倾轧而心力交瘁。他说，我自己也完全可以从许多事实中认识到这一点，这样的地位是人人羡慕的。就连许多帝王都感叹其高贵的出身给他们带来的不幸，恨不得自己出生于平常富贵人家。【写作借鉴：将中产阶级分别与底层人民和上层人物做对比，突出中产阶级的幸福。】大凡明智之人，均认为生活在这个阶层的人是真正幸福的。《圣经》中的智者也曾祈祷："使我既不贫穷，也不富裕。"

　　他时常提醒我，只要用心观察，就能发现生活于穷富两个极端的人们是如何不幸，而中间阶层生活安定，免灾少祸。处在这一阶层的人，既不用像富豪因整日挥霍、腐化堕落而劳心劳神、身心俱疲，也不需要担心像穷人那样整日操劳、为缺乏足够的食物而焦心忧虑、憔悴不堪。只要他们懂得分寸，不走极端，就可以过上轻松愉快的生活，何乐而不为？既不必担心受劳心劳力之苦，为每日生计奔波，也不会为环境所迫，伤身劳神，也不必因妒火攻心或利欲熏心而狂躁不安。像这般悠然地度过一生，难道不是一种深刻的幸福？

接着，他又态度诚恳、满怀慈爱地劝我不要孩子气，不要急于自讨苦吃。因为，不论是从常情来说，还是从我的家庭出身而言，我都不会吃苦。他说，他会为我做好一切安排，并将尽力让我过上前面所说的那种安乐平静的中产阶级生活，使我不必为了生计而去日日操劳。如果他竭尽了自己的责任，我却仍没能过上幸福生活，那么，就要完全怪我命运不好，或者是因我自己的过错所致了。总之，他就是不同意我离乡远游。他答应，只要我听他的话，安心留在家里，他一定尽力为我安排一切。否则的话，我若遭遇不幸，就不要怪他了。谈话结束时，他又说，我应以大哥为<u>前车之鉴(jiàn)</u>[比喻把前人或以前的失败作为借鉴]。他也曾经同样恳切地规劝过大哥不要去佛兰德打仗，但大哥没听从他的劝告。当时大哥年轻气盛，血气方刚，决意去部队服役，结果在战场上丧了命。接着他说，尽管他会不断地为我祈祷，但我如果执意采取这种愚蠢的行动，那么，上帝一定也不会祝福我。当我将来求救无门时，我会后悔没有听从他的忠告。

冥冥之中，恐怕父亲也未曾预料到，他说的最后几句话会应验吧。我难以忘记，父亲多次老泪纵横，尤其是当他回想起大哥横尸战场。他在说到我将会后悔莫及和无处求助的时候，心情是那么激动，以至于我们的谈话不得不停止。他说他心里憋得慌，已经再也没法跟我说下去了。

当时，父亲的这番话也曾深深地感动了我。<u>确实，谁会对这样的</u>

鲁滨逊漂流记

话无动于衷呢？【写作借鉴：反问，用疑问句的形式说明谁都会对父亲的这番劝说有所思考。有增强语气的作用。】我甚至决定从此不再想出海远航的事，认真听从父亲的意愿，安心留在家里。可是，只过了几天，我就把自己的决定丢到了九霄云外。【名师点睛：鲁滨逊孝顺父母，但是在梦想与父母之间，他选择了航海。】为了不让我父亲再烦我，在与父亲谈话过后的好几个星期，我一直避免与父亲正面接触。我在母亲拥有一个好心情的时候，述说了自己想去见见世面的想法并非一时头脑发热。我对母亲说，除了离家冒险，我对其他事情毫无兴趣，即使离家出走也要完成心愿，希望母亲成全我。我在年幼的时候没有当学徒的经验，就算现在去做律师助手，我也没时间规规矩矩地等到满师的那天，说不定我哪天就会出去航海。如果母亲愿意替我向父亲求情，我保证，只要我出海远航过一次，我就会回家听从父亲的安排，并会努力工作，把浪费的时间补回来。

母亲听完我的话，发了很大的火。她说，她是不会同意的，就算她愿意帮我求情，父亲很清楚地知道什么是我的利益所在，是绝不会答应我做任何对自己有危害的事情的。她还说，父亲曾那么语重心长地给我讲清利害关系，她无法理解为什么我还这般想要离家远航。最后的结果是，她说，如果我仍然执迷不悟，她和父亲谁也不会帮助我，因为他们已经明确表明了自己的态度——坚决不同意我出海远航。最后，如果出现什么不好的事情，后果自负，与她无关，免得日后落个话柄。

尽管母亲拒绝了我的请求，表示不愿意向父亲转达我的话，但事后我还是听说，她曾把我们的谈话原原本本地告诉了父亲。父亲听了以后，深感忧虑。他对母亲叹息说："要是这孩子能留在家里，不愁得不到幸福，若是他一心想要出海，终将成为这世界上最不幸的人。"所以无论如何他都不能同意我出去。

事情过去了约莫一年光景，我终于还是离家出走了。【名师点睛：

鲁滨逊对航海有一种执着的追求。在那一年时间里，父母多次劝说我找一份正经的工作，我却仍然想要出海冒险，并多次纠缠父母，不满于他们违背我的意愿。我偶然去了一趟赫尔城，当时我没有一丝想要离家出走的念头，但是在那里，我碰到了一位将坐他父亲的船去伦敦的朋友。他免除了我的船费，用水手常用的诱人航海的方法怂恿我和他一起出海。于是，我既没同父母商量，也没给他们捎句话——我想我走了以后他们迟早会听到消息的。而且更荒唐的是，我既没有向上帝祈祷，也没有要父亲为我祝福，甚至连现实情况和未来后果都没来得及考虑清楚，就登上了开往伦敦的轮船。【名师点睛：急切渴望出海的鲁滨逊不加考虑就登上了船，为他后面遇到困难时茫然无措埋下伏笔。】时间是1651年9月1日，这是我生命中一个怎样不幸的日子啊！我相信，没有一个外出冒险的年轻人会像我这样刚一出门就倒了大霉，而且一倒霉就久久难以摆脱。我们的船一驶出恒比尔湾[位于英格兰东部，赫尔出海处]就遇到了大风浪，煞是吓人。因为第一次出海，我感觉难过得要命，心里又怕得要死。从那时起，我就开始对我的所作所为感到后悔了。我这个不孝子，背弃父母，不履行自己的责任，这都是上帝对我的惩罚，这是十分合理公平的啊。一瞬间，父母的劝诫，父亲的眼泪，母亲的哀求，像潮汐一样涌上脑海。我的良心在此时谴责起自己来：我不应该蔑视别人的忠告、不承担我对父亲和上帝应尽的责任和义务。【写作借鉴：通过描写鲁滨逊深感悔恨与愧疚的心理活动，表达了主人公不听从父亲劝告的悔恨和对上帝和父亲的背弃的恐惧。】

风越刮越猛，浪越来越大，整个海面如同沸腾了一般，波涛汹涌。【写作借鉴：将翻滚着波涛的海面比喻成滚沸的开水，形象生动地表现了波涛的汹涌，鲁滨逊等人所处的境况之险。】这是我以前从未见过的情景，但比起我后来多次领教过的咆哮的大海，却又是小巫见大巫[小巫法术小，大巫法术大，小巫见到大巫就不能施展法术。后比喻能力高低相差悬殊，无法相比]了。就连与我几天后见到的情景，也是不能相比的。可是，在当时，对我这个初次航海的年轻菜鸟来说，足以令我胆战心惊了。对于航海，我是这样的无知，以至于令我感到海浪随时会将我们吞没。【写作借鉴：拟人的修辞手法，用"吞没"把海浪写活了，表现出海浪的巨大和主人公的恐惧。】每当我们的船跌入浪涡时，我便情不自禁地以为我们随时随地都会倾覆入海，再也浮不起来了。正是在这种惶恐不安之下，我一次又一次地发誓，如果上帝在这次航行中留我一命，让我双脚能踏上陆地，我就立即回到我父母亲身边，今生今世再也不乘船出海，我将听从父亲的劝告，永远不再自寻烦恼。而且，我也深刻领悟到，我父亲关于中产阶级生活安定的看法，确实句句在理。就拿我父亲来说吧，他的一生平安顺遂，既不用担心海上的狂风暴雨，也不用忧虑在陆地居住的生活所需。我下定决心，彻底忘掉我对航海的渴望，回家，回到父母身边。

　　这种念头，即使在海面恢复平静后的很长一段时间里依然在我的脑海里久久不肯散去。第二天，虽然海面恢复了宁静，我仍然毫无喜色，在晕船的折磨下虽然我习惯了船上生活，精神却愈加疲惫。好不容易挨到傍晚，天气放晴，风也完全停了，才终于欣赏到一个美丽可爱的黄昏。接连两个晴天，日落和日出是那样清丽。阳光映照在风平浪静的海面上，令人心旷神怡。【名师点睛：美丽的海上风光缓解了鲁滨逊的不适，引起了鲁滨逊的极大兴趣。】那可真是我以前从未见过的美景啊。

　　当天夜里，我做了一个香甜的美梦，第二天起床，晕船的症状也离我远去，多么神清气爽的一天。望着如此平静的海面，难以想象它前天还是波涛汹涌的。引诱我上船的朋友走过来轻拍我肩膀，担心我放弃航海，问道：

　　"嗨，鲍勃（鲁滨逊的昵称），现在觉得怎样？我说，那天晚上的一点微风，肯定把你吓坏了吧？"

　　"你说那是一点微风？"我说，"那是一场可怕的风暴啊！"

"风暴？你这傻瓜，"他回答说，"你把那也叫风暴？那算得了什么！只要船体足够稳固，海面宽阔，这么一点风波，我们根本就不放在眼里。[名师点睛：从鲁滨逊和朋友的对话中不难看出，他朋友对海上的暴风雨习以为常，说明海上生活的危险。]当然了，你是初次出海，也难怪了。鲍勃，来吧，我们弄碗甜酒喝喝，把那些事通通忘掉吧！你看，多好的天气啊！"

我真不想再述说这段伤心的往事，那天晚上，水手教给我一种调制甜酒的方法，我把自己灌得酩酊大醉[沉醉的样子。形容醉得很厉害]，把我对过去的忏悔和反省，还有对未来的决定，一股脑抛在了脑后。

没有了风暴作乱，大海像一面镜子一样平静无波。随着纷杂的思绪一扫而空，对大海的恐惧逐渐消失，潜藏在心底深处的航海的念头像野草一般疯长。我把自己在危难时做的决定和发的誓言全然置之脑后。尽管我偶尔也会发现，忏悔和决定仍然不时地回到脑海里来，但我总是竭力摆脱它们，并使自己振作起来，就好像要使自己从某种坏情绪中解脱出来一样。为此，我不得不跟水手们一起喝酒胡闹，不久，我就控制住了自己的冲动，不再让那些回家听从父母的安排，忏悔自己的过错的念头死灰复燃。还不到五六天时间，我就完全战胜了自己，哪怕为此遇上新的灾难，哪怕上帝见我不思悔改，毫不宽恕地惩罚我，那也是我自作自受，无须责怪上帝或者怨恨父母。既然我自己不把平安度过第一次灾难看作是上帝对我的拯救，那么，下一次遭受的灾祸自然会更加凶险。届时，恐怕就连船上那些最勇猛狂妄的水手，也要害怕、求饶吧。

出海第六天，我们抵达雅茅斯[英国东部港市]锚地，尽管风暴之后天气放晴，但是由于西南方向一直吹来的逆风，我们的船还是没能走多少路，不得不在这海上停泊之地抛锚[锚抛到水底，可以使船停稳]，等待风向转变。在这海上停泊的七八天里，许多从纽卡斯尔[英格兰泰恩河畔城市]来的船只也都来到了这海上必经之地，在这里做着顺风驶

入那条河[此处是指通往伦敦的泰晤士河]的准备。

我们打算在这里稍作停泊后,趁着潮水驶进河口。不幸的是,风力太大,四五天过后,风力更猛,只好再等等。凭借优良的港口环境,再加上我们抛锚稳固,船上的锚索等结实坚固,水手整日嬉戏打闹,就是身处风浪中也不担心安全问题。【名师点睛:说明水手们已习惯了海上生活,不危及生命时,他们对其他事一点都不在乎。】直到第八日早晨,水手才齐心落下中帆保证船只可以在突然变猛的狂风中安然停泊。正午时分,狂风卷起巨大的海浪淹没船头,船里进了很多水。这样几次后,我们甚至产生了错觉,感觉自己的船脱了锚,以至于船长决定抛下备用大锚。如此,我们便在船头抛了两只锚,锚索也放到最长。

当时的风暴来势凶猛,我发现,许多水手的脸上都显出惊恐的表情。虽然船长小心谨慎,力图保住自己的船,但当他出入自己的舱房,从我的舱房边经过时,我还是几次三番地听到他的低声自语:"上帝啊,可怜我们吧!我们都活不了啦!我们要完蛋了!"【写作借鉴:语言描写,表现了他的恐惧,侧面描写了海上生活的变化无常。】

在最初的一阵纷乱中,我是那样不知所措,只好一动不动地躺在自己的船舱里——我的舱房在船头。我实在无法描述当时的心情,起初,我之所以没有像第一回那样忏悔,是因为自己当时已经变得麻木了,原本以为死亡的恐惧已然过去,这一次的风暴跟上回一样也会安然度过。可是,当我听到船长的自语时,我真正吓坏了。尤其是当我走出自己的舱房看到外面前所未见的景象时,我惊呆了。海上掀起的巨浪,每隔三四分钟便向我们扑来,放眼向四面一望,更可怕的是,原来停泊在我们附近的两艘船,由于严重超载,已经不得不将船侧的桅杆砍掉。突然,船上有人惊叫着、指点着,那艘原本停在我们前面约一海里远的一艘船已经沉没;而另外两艘船则被狂风吹脱了锚,身不由己地驶向大海,船上的桅杆早已一根不剩。虽然说灵便的小船境况要好一些,但是仍然有两三只小船被风刮得从我们船旁飞驰而过,凭

着仅有的角帆向外海漂去。【写作借鉴：细节描写，形象地写出了海浪的恐怖和巨大的杀伤力。】

傍晚时分，大副、水手长和船长因是否砍掉前桅而发生争执。水手长说，再不砍掉，船就要沉了，船长无奈地答应了。然而，一砍掉前桅以后，只剩下一根孤零零的主桅，可船仍然摇晃得厉害，没办法，他们又砍掉了主桅，顿时船上就剩下了一个空荡荡的甲板。

当时我的心情极其不好，众所周知，作为一个初次出海的年轻人，在遭受了两次的大风暴，尤其第二次的风暴更惊心动魄时的心情是不可能美好的。此时此刻，当我回想起当时的心情，我深深地认识到，我是一个非常怕死的人。当然，更令我恐惧的是，我忘记了我第一次遭受风暴时对父亲和上帝做的忏悔，这让我比死亡更感到害怕，这是一种无法让人用语言描述的恐惧。要知道，当时的情况还不算是最糟的呢！更糟的是风暴越刮越猛，就连经验丰富的水手们也不得不承认，这样可怕的风暴他们也是平生未见的。我们的船虽然坚固，但由于载货太重，吃水[船舶浸在水里的深度]很深，一直在水中剧烈地摇摆颠簸，不时可以听到水手们嚷着船要沉了。当时我还不知道"沉"是什么意思，稀里糊涂也未尝不是一件好事，因为后来我请教了别人，明白了究竟，虽然事情已经过去，心里仍不免觉得后怕。

然而风浪愈发凶猛，我看到了平时很难见到的情况：船长、水手长，以及其他一些比较有头脑的人都开始不断祈祷，仿佛船儿随时都会沉没。半夜里，情形更是雪上加霜[在雪上还加上了一层霜，在一定天气条件下可以发生。常用来比喻接连遭受灾难，损害愈加严重]，那些下到舱底检查的人当中，突然蹿出一个人来大声喊道：

"船底漏水了！"

接着又一名水手跑上来说，底舱里已有四英尺深的水。于是，全船的人都被叫去抽水。听到船底漏水的消息，正坐在自己舱房床边的我，感到自己的心好像突然停止了跳动，一下子再也支持不住，倒在

鲁滨逊漂流记

了船舱里。【写作借鉴：夸张，极有力地表现出主人公内心的恐惧。】这时有人把我叫醒，说我以前虽然什么事也不会干，但至少现在可以去帮着抽水。听了这话，我立即打起精神，来到抽水机旁，十分卖力地干起来。正当大家竭尽全力抽水时，船长发现有几艘小煤船因经不起风浪，随风向海上漂去，当它们从我们附近经过时，船长下令放枪求救。由于当时我不知道为何放枪，所以一听到枪声便大吃一惊，以为船破了，或是发生了什么可怕的事情。一句话，我吓得晕倒在抽水机旁。在这种紧急关头，人们只顾自己活命，哪还有人来管我到底发生了什么事？我一倒地，另一个人便立即抢上前来接替我抽水，还把我一脚踢开，让我躺到一边去。他一定以为我已经死了。过了好一会儿，我才醒过来。【名师点睛：与前文鲁滨逊毫无准备的登船相互照应，使情节更紧凑，也说明了鲁滨逊是一个新手。】

　　我们不断地抽水，但底舱里进水越来越多，显然，我们的船不久就会沉没。这时，尽管风暴略微减弱了一些，但船是肯定不能驶进港口了。幸运的是，一艘轻量级的船顺风从我们前面驶过时，冒险给我们放下了一只小救生艇。不幸的却是，小艇无法靠近，我们也不能被下放进小艇。最后，我们无奈地从船尾放下一根带浮筒的绳子，小艇上的人尽力抓住绳子后，我们合力将小艇拉至船尾，大家才顺利下到了小艇上。当然，在当时那种情况下，想要让小艇回到它的母船上去，是不可能的，所以大家一致同意跟着小艇随波逐流，努力向岸边划行。我们的船长答应，万一小艇在岸边触礁，他将照价赔偿。就这样，小艇终于逐渐向北方的岸边漂去，靠近了温特顿[在英国英格兰诺福克郡海滨]岬角。

　　在我们离开海船后不到一刻钟，便看到我们的大船沉下去了。【写作借鉴：具体的"不到一刻钟"的时间描写，说明大船下沉速度之快，情形之危急。】这时，我才平生第一次懂得大海沉船是怎么回事。说实话，当水手们告诉我大船正在下沉时，我几乎不敢抬头看上一眼。当时的

11

我，与其说是自己爬下小艇，还不如说是水手们把我丢进小艇的。从下到小艇的那一刻起，我就心如死灰——一方面是受风暴的惊吓，另一方面则是由于前途吉凶未卜，心中充满了恐惧。

虽然处境危险，但水手们还是奋力地向岸边划去。当小艇被冲上浪尖时，我们可以看到海岸，并看到岸上奔跑而来准备援助我们的人群。小艇的速度真是太慢了，怎么也靠不了岸。后来，我们竟划过了温特顿灯塔，在向西往克罗默[英格兰诺福克郡的市区]方向延伸的海岸的遮挡下，风势渐小，我们才费尽九牛二虎之力靠上了岸，步行赶到雅茅斯。我们是落难的人，在那儿受到了当地官员、富商和船主们的热情招待。他们不仅妥善安排我们的住宿，还为我们筹足了旅费，使我们能按照自己的意愿前往伦敦，或回赫尔。【名师点睛：被困在海上的鲁滨逊一行人得到了陌生人的无私帮助。生活中何尝不是这样呢，只要人人都献出一点爱，世界将变成美好的人间。】

Z 知识考点

1.《鲁滨逊漂流记》是_____作家笛福创作的一部_____回忆录式冒险小说。

2.下列对这段文字的分析，"好不容易挨到傍晚，天气放晴，风也完全停了，才终于欣赏到一个美丽可爱的黄昏。接连两个晴天，日落和日出是那样清丽。阳光映照在风平浪静的海面上，令人心旷神怡"不正确的一项是（   ）

A.环境描写，美丽的海洋风光，烘托了鲁滨逊内心的宁静。

B.与小说中前天突发暴风雨时恶劣的环境做对比，突出海洋环境的变化无常，衬托出鲁滨逊航海冒险的困难。

C.优美的环境描写为后面出现的大风暴做铺垫，是黑暗前的最后一抹光亮。

D.美丽的海洋风光为鲁滨逊继续前行提供支持力量。

3. 鲁滨逊的父亲是一个什么样的人？
_____
_____
_____

阅读与思考

1.遭遇了大风暴九死一生的鲁滨逊是否会选择继续航海冒险，根据原文分析。（开放题）

2.分析为什么鲁滨逊对航海冒险如此执着？（联系时代背景）

第二节

奴　隶

> **M 名师导读**
>
> 　　九死一生的鲁滨逊在回家与继续冒险航海的选择里犹豫不决。天生的航海激情战胜了对家庭温暖的渴望，鲁滨逊决定继续前行。这次，他遭遇了海盗……

　　当时，我若是还有一点头脑，就应该回到赫尔，返回家中，然后过上幸福安康的小日子。而我的父亲也会像耶稣布道时讲到的那个寓言中的父亲一样，宰杀肥牛迎接我这回头的浪子。

　　因为，家里人认为我早已死在那条在雅茅斯抛锚的船上，那件事情很久以后，父母他们才得知我幸存的消息。

　　可能真的是我要通过一些事情用尽我的霉运，冥冥之中总有一种不可抗拒的力量，姑且称之为命运的东西促使我向错误的方向走去。很多次，当我冷静的时候，理智不止一次向我大声疾呼，回家吧，回家享受家庭生活的温暖，但我始终没有听从理智的召唤。【写作借鉴：这里用了拟人的修辞手法，"疾呼""召唤"是人所独有的行为，把"理智"人格化，使之具有人的行为。】

　　我不知道，也不想知道该怎么称呼这种驱使自己冥顽不化的力量，正如一种神秘而无法逃避的定数，它常常驱使我们自寻绝路，明知大祸临头，还要自投罗网。很显然，正是由于这种定数使我命中注定无法摆脱厄运，也正是这种定数的驱使，我才会再三违背自己的理智，甚至不愿从初次航海所遭遇的两次灾难中接受教训。

　　我的那个朋友，就是那个船长的儿子，当初就是他给了我机会和勇气上他父亲的船，现在的胆子反而比我还小了。当时，我们被分在雅茅斯市不同的地方。过了两三天，我才看见他。这是我们上岸分开后第一次见面。刚一交谈，我就发现他的口气变了，他看上去精神沮丧，且不时地摇头。【写作借鉴：将鲁滨逊的朋友与鲁滨逊进行对比。从侧面衬托出鲁滨逊的勇敢。】他问了我的近况，并把我介绍给他的父亲。他对他父亲说，这是我第一次航海，先做一些尝试，以便日后出海远航。听完这些，他的父亲用十分严肃而关怀的口吻对我说："年轻人，你不应该再去航海，这次灾难可以说是一个凶兆，说明你不能当水手。"

　　"怎么啦？先生，"我问，"你难道也不再航海了吗？"

　　"那是两码事，"他说，"航海是我的职业，也是我的职责。你这次出海，虽然只是一种尝试，但老天爷已经让你尝够滋味了。你如果再一意孤行，注定不会有好结果的。也许，我们这次大难临头，还是由于你搭船的缘故，就像约拿[《圣经》中的人物名，灾星的代名词]上了开往他施[《圣经》中地名]的船似的。""请问，"船长接着说，"你从哪里来，为什么选择乘坐我们的船出海？"

　　我简略地向他谈了一下自己的身世。他听完以后怒气冲天地对我说："我作了什么孽啊，竟会让你这样的灾星上船。我以后绝不再和你坐同一条船，倒贴给我一千镑，也不干！"

　　我想，大概是沉船造成的损失太大了，使他心烦意乱，毕竟他是没有对我发火的权力的。可是，后来他郑重地与我进行了一场谈话，规劝我回家去，回到我父亲身边去，如果我依然这么惹怒上帝，上帝会降下对我的惩罚。他说，我应该有所察觉，上帝是不会让我逃脱的。

　　"年轻人，"他说，"相信我的话，如果你不回家，那么无论你到哪里，你都只会受苦失望，届时，你父亲的话将会在你身上得到应验。"

【写作借鉴：语言描写，船长对鲁滨逊的评价，预示了鲁滨逊航海过程必将

遭千难万险。】

　　我对他的话不置可否，很快就跟他分手了，而且从那以后再也没有见到过他，对他的事情也一无所知。至于我自己，则因为口袋里有了点钱，就从陆路去了伦敦。在前往伦敦途中，以及到达伦敦以后，我一直在做激烈的思想斗争，不知自己终究应当选择什么样的生活道路——回家，还是去航海？【写作借鉴：心理描写，表现出此时主人公正处在人生的转折点上，对未来何去何从的犹豫与徘徊。】

　　如果回家，不难想象街坊邻居对我的讥笑。我不但羞于见我的父母，更羞于见他人，这种羞愧之心打消了我归家的念头。【写作借鉴：心理描写，表现了鲁滨逊争强好胜的性格。】时过境迁，回想当时的心思，只感到荒诞可笑与莫名其妙。一般来说，每当这样的时刻，应该听从理智的指引，可是年轻人，却不以犯罪为耻，反以悔罪为耻；不以干傻事为耻，反以改过为耻。然而事实上，他们若能及时觉悟，才真正算得上是别人眼中的聪明人呢。

　　就这样过了好些天，我的内心在矛盾中煎熬，不知道何去何从，不知道未来在哪里。我是不愿回家的，一听到回家的劝诫之言，心中只有难以抑制的反感。又过了些日子，随着对可怕灾难的记忆逐渐淡忘，原来动摇不定、偶尔想要回家的念头也随之日趋淡薄，最后甚至被抛到了九霄云外。于是，我又再一次对航海生活油然向往起来。

　　回想不久之前，年少无知的我，因为想入非非、妄想发财的邪恶念头是如此根深蒂固[比喻根基深厚牢固，不可动摇]，以至于忽略了一切来自他人的忠告，忽略了父亲的恳求而离家出走。此时，又是这种邪恶的力量，使我踏上了去非洲的船，像水手说的那样去往了几内亚——使我开始了最不幸的冒险生涯。【写作借鉴：叙议结合，"最不幸的冒险生涯"吸引读者阅读兴趣——究竟是如何不幸呢？】

　　在以往的航海冒险活动中，我竟从未当过水手。这是我的不幸。其实，我可以比平时艰苦些，学会做一些普通水手的工作。到了一定程度，即使做不了船长，也差不多可以当个大副或船长助手啥的。**可是，命中注定我每次都要做出最坏的选择，这一次也不例外。**【写作借鉴：为后文鲁滨逊被海盗抓走的事情做铺垫。】口袋里装了几个钱，身上穿着体面的衣服，和往常一样，我以绅士身份上了船。我从不参与船上的任何事务，也从不学着去做。

在伦敦，像是命中注定一样，我交到了一位好朋友。**按理说，我这种误入歧途，不羁放荡的青年人是不可能遇见这种好事的，恰恰相反，魔鬼才会早早地给我们设下陷阱。**【写作借鉴：为后文鲁滨逊的悲惨遭遇埋下伏笔。】当然，当时的我并没有这种认知。早先，我认识了一位去过几内亚湾沿岸的船长，他还在那里做成了一笔不错的生意，正因如此，他还准备再走一趟。也许是由于我的谈吐赢得了他的好感，也或许是他对我的谈话颇感兴趣，当得知我想出海去看看这个世界时，他承诺，如果我愿意和他结伴出海的话，我不仅可以免费乘他的船，还可以和他一起用餐。假使我有兴趣带点货，他也愿意给我一些指点，让我有机会赚点钱。

船长的盛情邀请，正是我日夜渴求的好事啊。我们自然而然地成了**莫逆之交**[指非常要好或情投意合的朋友]。我搭乘了他的船，顺便捎带了一些货物。我认真地听从了这位正直无私的船长朋友的指点，带了一些小玩意儿，这让我小赚了一笔。这些货物大概值四十英镑，这些钱是我写信给一些亲戚，靠着他们的帮助弄来的。我知道，他们一定会将此事通知我的父母，或者至少告诉我的母亲，并由我的父母出钱，再由他们出面寄给我，作为我平生第一桩生意的资本。

确切地说，这是我一生冒险活动中唯一可称之为成功的一次航行，而这应该完全归功于我的船长朋友的正直无私。**在他的指导下，我懂得了做水手的一些基本常识，像航海必备的数学知识和航海法则、记航海日记和观察天文的基本方法等。**【名师点睛：鲁滨逊了解了航海的基本常识，逐渐成长为一个经验丰富的水手，为他以后从容不迫地解决各种

17

困难打下基础。】他乐于教授，我也乐于学习。总之，这次航海，我既学会了怎样做水手，也学会了如何做一个商人。这次航行，我收获了五磅九盎司金沙，回到伦敦后进行兑换，换回了大约三百英镑，算是小赚了一笔。这次收获使我充满了斗志，但也葬送了我的一生。【名师点睛：出乎意料的转折，使行文更加波折，激发读者阅读兴趣。】

然而，这次航行中也发生了一些不尽如人意的事情。要知道，我们的生意基本上都是在非洲西海岸一带——从北纬十五度一直南下至赤道附近，沿途天气异常炎热，所以我得了航行于热带水域的水手们常得的热病，三天两头发高烧，说胡话。

现在，我像一个真正做几内亚生意的商人了，不幸的是，我的船长朋友在回伦敦后不久就离世了。即使这样，我还是决定再去一次几内亚，还是搭乘同一艘船。船长一职由原来的大副担任，这是一次倒霉至极的航行。出海前，我寄存了两百英镑在船长朋友的遗孀(shuāng)[寡妇]那里，她是一个像船长一样待我真诚无比的人。正因如此，我这一趟出海只带了不到一百英镑的货物。倒霉的是，我在这次航行中屡遭不幸。

首要的不幸是，当我们的船正航行于加那利群岛[位于北大西洋东部，现为西班牙一个省]和非洲西海岸之间时，遭遇了海盗。那天拂晓，一艘扯满了帆的土耳其海盗船从我们的后面撵了上来，那是来自萨累[摩洛哥西部的一个港口城市，当时被海盗所占用]的方向，我们也扯满了帆试图逃跑。奈何海盗船速度太快，渐渐向我们逼近，在几个钟头以后肯定会撵上我们，于是我们决定战斗。我们船上只有十二门佛郎机[欧洲发明的上为子铳、下为母铳的火炮。明朝嘉靖元年由葡萄牙传入中国]火炮，海盗船却有十八门。【名师点睛：将双方火炮的数量进行对比，突出我们战斗力低下，极有可能失败。】大约下午三点钟左右，那艘船撵上了我们。他们本想攻击我们的船尾，结果却横冲到了我们的后舷。我们把佛郎机火炮搬到这一边，同时向他们开火。海盗船一边后

鲁滨逊漂流记

退，一边还击——他们船上的二百来人也同时用枪向我们射击。我们的人隐蔽得好，无一受伤。当海盗船准备对我们再次发动攻击时，我们也全力做好了战斗准备。这一回，他们从后船舷贴近，霎时有六十多个海盗跳上了甲板，他们一上船就血腥地乱砍乱杀，甚至砍断了我们的甲板和索具。【名师点睛：写出了战斗的紧张、激烈。】对此，做好万全准备的我们用枪、短柄矛和炸药包等各类武器奋力抵抗，两次将其击退。唉，总之我实在不想叙述这件万分不幸的事。最后，在三死八伤的惨烈伤亡下，我们的船也彻底失去了战斗力，投降是唯一的结果。海盗们把我们这些俘虏押送到萨累——一个属于摩尔人的港口。

我在那儿受到的对待，并不像我当初担心的那么可怕。也许是因为我年轻机灵，对海盗船长有用处的缘故吧，我被他作为自己的战利品留下，成了他的奴隶。而其他人则被送进了远离海岸的皇宫。就此我的生活发生了巨大的变化，从一个商人成为一个受人驱使的奴隶。此时，父亲的预言浮现我的脑海。他说过，我一定会受苦受难，并且呼救无门。【写作借鉴：过渡句，上承父亲的忠告，与前文呼应；下启主人公的悲惨命运，激发读者阅读兴趣，过渡自然。】至此，我冥冥之中感觉父亲的话应验了。我现在的处境糟糕透顶，这仿佛上帝的惩罚，无人可解。我以为这该是我苦难的结尾，唉，哪想这才刚刚开始，接下来再让我给您细说。

当我的主人把我带回他家中时，我还满以为他在出海时会带上我。我想，若是这样，他迟早会被西班牙或葡萄牙的战舰俘获，那时我就可以恢复自由了。可是我的这个愿望很快就破灭了。他每次出海时，总把我留在岸上照看他那座小花园，并让我在家里做各种奴隶干的苦活。当他从海上航行回来时，又叫我睡到船舱里替他看船。【写作借鉴：细节描写，对"我"一天的工作进行具体叙述，没有出海的机会，暗示"我"恢复自由的机会渺茫。】

在那些日子里，我头脑里整日都盘算着逃跑的法子，但毫无头绪。

  当时，我没有逃跑的任何条件，没有可以商量着一起逃跑的同伙，我孤身一人，身边没有处境相似的奴隶，没有任何一个英格兰人、爱尔兰人或苏格兰人。【写作借鉴：排比，一系列以"没有"引发的句子，加强语气，突出强调鲁滨逊逃离的可能性极小。】这种孤单持续了整整两年。在这绝望的两年里，我幻想着逃跑的计划，并借此慰藉我的心灵，但这都是我的幻想，无法付诸实践。

  在两年后出现的一个状况，使我重新燃起了逃离的希望。据说我的主人因缺钱无法配置出海的装备，因此他在家的时间很长。这段时间，他以每周至少一两次的频率乘坐一只船艇去港口外的开放锚地捕鱼，有时候日子隔得更近些，如果遇上一个好天气，主人会让我和一个摩尔小孩替他摇船，就是他大船上的一只小艇，也就是那只船艇。或许我们两个人颇得他欢心，我又恰好擅长捕鱼，有时候他会让我和那个摩尔人小孩单独出海给他捕鱼，那个小孩叫莫里斯可。【名师点睛：鲁滨逊可以专门出海，为后文鲁滨逊借捕鱼的幌子逃离这儿做铺垫。】

  一天早晨，我们又出海捕鱼。天气晴朗，海面风平浪静。【写作借鉴：环境描写，营造了静谧的气氛，突出后文小船失去航向的猝不及防。】突然，海上升起浓雾，我们出海后只划了差不多一海里多点，就看不清海岸了。因为我们分不清东南西北，在划了一天一夜后，我们依然没有抵达海岸。第二天早晨，我们才发现我们划到了离岸至少六公里的外海。经历重重波折后我们虽然平安到达海岸，但在晨风中，我们早已饥肠辘辘。

  这次意外提醒了我们的主人，他决定以后出海捕鱼时，得小心谨慎一些，带上指南针和一些食品。在他当初俘获我们的那艘英国船上，正好有一只长船艇。于是，他就下令自家船上的木匠（也是他的一个奴隶，英国人）在长船艇中间做一个小舱——就像驳船上的小舱那样；舱后留了些空间，可以容一个人站在那里掌舵和拉下帆索；而舱前也有一块可容一两个人站在那里升帆或降帆的地方。这条长船艇上所使用的帆叫三角帆，帆杆横垂在舱顶上。船舱做得很矮，但非常舒适，可容得下他和一两个奴隶在里面睡觉，还可摆下一张桌子吃饭。桌子里做了一些抽屉，里面放了几瓶他爱喝的酒，以及其他一些诸如面包、米饭和咖啡之类的食物和饮料。

知识考点

1. 鲁滨逊第_____次出海，在_____、_____的英格兰船长的帮助下着实挣了不少钱；但是，由于天气炎热，鲁滨逊被_____（一种疾病）折磨着。

2. 下列对原文人物形象的分析中，不正确的一项是（   ）

A.带领"我"第一次出海的船长儿子胆量小，缺乏闯劲儿，已经没有第一次撺掇"我"出海那样的勇气。

B.鲁滨逊的父亲充满人生智慧，一切都为鲁滨逊着想，但他不可避免地带有中产阶级追求安稳度日的思想。

C.鲁滨逊的船长朋友对鲁滨逊的态度很好是因为鲁滨逊对他阿谀奉承。

D.鲁滨逊一直渴望出海，说明他是一个热爱冒险的人。

阅读与思考

1. 列举在船长朋友的指点下，鲁滨逊学会的技能。（任意三点）

2. "一天早晨，我们又出海捕鱼。天气晴朗，海面风平浪静。突然，海上升起浓雾，我们出海后只划了差不多一海里多点，就看不清海岸了。"分析这段话运用了什么描写手法，有什么作用？

第三节

逃 离

M 名师导读

鲁滨逊从一个富绅之子沦落为流落异国他乡的奴隶,每天服务于俘虏他的海盗。不忘争取自由的鲁滨逊一直思考着逃离的办法。异国他乡的鲁滨逊能在茫茫大海中找到家的方向吗?

从那以后,我们出海捕鱼的次数多了起来,仍然乘坐那只长船艇。每次出海的时候,拥有高超捕鱼技术的我,都会被主人带上。有一回,他和当地两三个颇有身份的摩尔人约好,准备结伴乘坐我们的船艇出海捕鱼、游玩。为了让客人有一个美好的出海经历,头天晚上,他特地在船上预备了大量的食物、酒水,还吩咐我从大船上取三支短铳,并备好充足的火药和子弹。看来,他们游玩时除了捕鱼,还准备打鸟。

按照主人的吩咐,我把一切都打理妥当。第二天早晨,船洗干净了,旗子也挂好了,一切都准备就绪了。我就在船艇上静待贵客的来临。不料,过了一会儿,只有我的主人一个人上了船。

主人对我说,客人被事情耽搁了,这次不会来了,他们等下次再去。不过,还吩咐我和那一大一小两个男人出海捕一些鱼回来尽早送到家里,客人们还是会来吃晚饭,这些鱼好招待客人们。我一一答应了他的吩咐。

我那争取自由的念头就这么又冒了出来!这是一个千载难逢的好机会,因为我终于可以独立使用一条小船了。主人刚离开,我就开始准备远航的东西了，至于捕鱼，早就被我抛在了脑后。我没有考虑我要去哪儿，只要能离开这儿，只要能获得自由就够了。

我计划的第一步，就是先找一个借口。我对那个摩尔人说，我们总不能把主人预备的面包都给吃了，也该自己动手预备一些船上吃的东西。他认为我的话很有道理，就拿来一大筐当地的甜饼干，又弄了三罐子淡水，一起搬到了船艇上。我知道主人装酒的箱子存放的地方，而且看酒的样子，显然还是从英国人手里夺来的战利品。于是，趁着那摩尔人上岸去的时候，我把那箱酒搬上船艇，放在一个适当的地方，就好像主人原本将其放在那儿似的。同时，我把六十多磅蜜蜡也搬到了船上来，还顺便拿了一小包粗线、一把斧头、一把锯子和一把锤子——这些东西对我来说，日后都将非常有用，尤其是可以用来做蜡烛的蜜蜡。接着，我又想出了一个新花样，居然把那个天真的摩尔人骗入了圈套。那个摩尔人的名字叫伊斯玛，但大家叫他马利或莫利，所以我也这样叫他。

"莫利，"我说，"我们主人的枪在船上，你去搞点火药和鸟枪弹来，也许我们还能打几只水鸟呢！我知道主人的火药放在大船上。"

"嗯，"他说，"我去拿些来。"

只一会儿，他就拖来了一大皮带火药，可能比一磅半还要重些。除此之外，他还带来了大概五六磅重的鸟枪弹和一些子弹。这些我们都弄上了甲板。同时，我从大舱里找到一些主人留下的火药。我把酒瓶里剩的酒倒在一起，腾出了一些空瓶，在里面装满了火药。【名师点睛：鲁滨逊积极地为逃跑做准备，表现了他对自由的渴望以及对奴隶生涯的厌恶。】一切准备好后，我们就开始出发捕鱼了。港口的士兵认识我们，也没有特别注意我们的动静。出海不到一海里，我们就下了帆捕鱼。这时是东北偏北的风，这同我的希望正好相反，但我也不在意了，只要能离开这个可怕的地方就行了。虽然这样说，我还是有点儿遗憾，如果是南风，我就有把握可以驶到西班牙海岸，最不济也可以到达西班牙西南部的加第斯[西班牙西南部港市]海湾。但现在，我只能听天由命了。

　　我们钓了一会儿鱼，没有丝毫收获。我却感到很庆幸，没有鱼上钩我才能开始我的计划，因此，就算有鱼儿咬钩，我也不打算把它钓上来。徒劳地钓了一会，我劝莫利，我们要走远一点，不然，我们就不能好好招待贵宾啦。这样做本来也是无可厚非的，他就同意了。于是，他在船头张起了帆，而我在船尾掌舵。就这样，我们把船驶出了大约三海里，才把船停下，摆出打算捕鱼的架势。我把舵交给小男孩，自己向站在船头的莫利走去，弯下腰，装作好像在他身后翻找什么东西的样子。趁其不备，我突然用手臂猛地在他裤裆下一撞，把他一下子推到了海里。【名师点睛：从"装作"让摩尔人不注意到"我"，再"突然"将他撞进海里，写出了鲁滨逊的聪明机智。】莫利是个游泳的好手，一下子就浮出了海面。他向我呼救，求我让他上船，还说他愿意追随我走遍天涯海角。在水里，他就像条鱼，游得极快，而小船行驶速度却很慢。眼看他很快就会赶上来，我便走进船舱，拿出一支鸟枪，对准了莫利，对他说我并不打算伤害他，只要他不乱来，就不会伤害他。我跟他说："你游泳技术很好，还是趁现在风平浪静，尽快游回岸上吧，我就不会伤害你。我下定了决心逃跑，去追求我的自由，如果你妄图靠近我的船，我的子弹只能打穿你的脑袋。"【名师点睛：鲁滨逊对摩尔人的冷酷无情是对自由的渴望。】于是，莫利立即转身，向海岸方向游去。他游泳的本领确实不赖，我相信他一定能够安然上岸。本来，我可以淹死那个小男孩，把那个摩尔人带上，但是，我不敢相信他。等他游走后，我转向那个叫"佐立"的小男孩，对他说："佐立，现在你有两个选择，一是自打耳光向我发誓，当着穆罕默德的面起誓效忠于我，二是让我把你扔进海里。"那个小男孩对着我可真诚地笑了笑，他发誓随我走遍海角天涯，一生忠于我。看着他真诚的笑脸，我相信了他。【写作借鉴：神态描写，孩子的笑容天真无邪，这也是"我"相信他的原因。】

鲁滨逊漂流记

像任何有头脑的人做的一样，当那摩尔人还在我的视线中的时候，我故意让船逆风向大海驶去，希望让他错误地认为我是朝着直布罗陀海峡开去。我真正的行驶方向，却是南方有野人出没的海岸。在那儿，我们也许没有机会上岸，因为我们会被黑人部落的独木舟包围、杀死。即使我们上了岸，也会被野兽或野人吃掉。

等到傍晚时分，我决定改变航向，向东南偏东方向行驶，以便可以沿着海岸航行。这时风势极好，海面也很平静，完全可以满帆疾驶。依照当时的航速推算，我估计第二天下午三点钟就能靠岸，届时，我将到开萨累以南一百五十英里之外杳无人迹的蛮荒之地，远离摩洛哥皇帝的领土，再也不会在任何国王的领地之内了。

担心会再次落到摩尔人的手里，一路上我们既不靠岸，也不下锚，顺风行驶，一口气航行了五天。直到风向渐渐转成南风，我才鼓起勇气，在一条小河口下了锚。因为，我估计摩尔人再也追不上我了。我不清楚那是个什么地界，或者在什么纬度、什么国家，有什么民族、什么河口。我看不到一个人，也不希望看到任何人。我只需要淡水。傍晚时分，我们将船驶进河口，准备天黑就去岸上摸一下情况。天黑后，各种野兽都在狂吠咆哮，吓得那个可怜的小男孩差点儿没命。他惊惧地哀求我天亮后再去岸上。【写作借鉴：环境描写，写出了鲁滨逊和小男孩逃跑路上的艰难与危险。】

所以我只好妥协："好吧，佐立，我不去就是了。不过，说不定白天会碰见人。他们对我们也许像狮子一样凶呢！"

佐立笑着，用他那发音不太地道的英语对我说："那我们就开枪把他们打跑！"看到佐立这么高兴，我心里也很愉快。我从主人的酒箱里拿出一瓶酒，倒了一点给他喝，让他壮壮胆子。不管怎么说，佐立的提议是有道理的，我接受了他的意见。于是，我们就下了锚，静静地在船上躺了一整夜。我是说，只是"静静地躺着"，事实上整夜都没合过眼。因为两三小时后，便有一大群各种各样的巨兽来到海边，在水里打滚、洗澡,好凉爽一下自己的身子;它们到底是些什么野兽,我也叫不出名字,但它们那狂呼怒吼的咆哮声,真是我平生从未听到过的。

【名师点睛:各种叫不出名字的巨兽发出狂呼怒吼的咆哮声,让鲁滨逊和佐立差点吓破了胆,这些都说明了场面的可怕。】

佐立被吓坏了,我自己也被吓得要死。然而,更让我们胆战心惊的是我听见了粗壮的呼吸声传来,我们看不见任何东西在水面上,但我们知道有一头巨兽正向我们的船边游来。佐立说是头狮子,我想可能也是。可怜的佐立向我高声呼叫,要我起锚把船划走。

"不,"我说,"佐立,我们可以把锚索连同浮筒一起放出,让船向海里移一移,那些野兽一定游不了太远的,不可能跟上来。"

话音未落,那巨兽离我们的船只有两桨的距离了。我立刻走进舱里,拿起枪,对着那家伙放了一枪。那猛兽立即掉头向岸上游去。

枪声一响,无论是在岸边还是在山里的群兽便漫山遍野地狂呼怒吼起来,那种情景,真令人毛骨悚然。我想,这里的野兽以前大概从未听到过枪声,以至于如此惊恐不安。有鉴于此,我不得不相信,甭说晚上不能上岸,就算白天上岸也成问题。虽说落入野人之手,无异于落入狮子猛虎之口,但这两种危险,都不是我们所希望遇到的。

但是,我们必须尽快去岸上收集淡水,因为船上剩下的水已经不到一品脱[容量单位]了。问题来了:我们要在什么时间上岸,去哪里可以找到淡水?佐立让我给他一个罐子,他去岸上找水,我问他,为什么要他去,不要我去呢?

他说:"如果野人来了,他们吃掉我,你可以逃走。"【名师点睛:小孩子有情有义的回答让鲁滨逊很感动,这也解释了下文中鲁滨逊不舍得卖掉他的原因。】这孩子有情有义的回答,让我很是喜欢。

"好吧,佐立,如果野人来了,我们两个人一起开枪把他们打死,咱俩谁也不能让他们吃掉。"我一边说着,一边拿出一块干面包给佐立,还从主人的酒箱里拿出酒瓶给他倒了点酒。

然后，我们把船向岸边适当推近一些，两人就一起涉水上岸。除了枪支弹药和两只水罐，我们别的什么也没带。

为了防止野人的独木舟从河的上游顺流而下，我实在不敢离船太远。可那孩子见到一英里开外有一处低地，便信步走了过去。不一会儿，只见他飞快地向我奔来。我还以为有野人在追赶他，或是被什么野兽吓坏了，便急忙迎上前去帮助他。可当他跑近我时，却见他肩上背着一个野兔似的动物，而颜色却与野兔不一样，腿也比野兔长。原来，是他打到了猎物。这家伙的肉一定很好吃，为此我们大为高兴。而更令人高兴的是，佐立告诉我，他不仅找到了淡水，而且也没见到野人。【名师点睛：孩子打到了猎物，鲁滨逊很高兴，说明他是个乐观的人。】

其实，海水对小河的入侵并不很多，我们只要沿着小河往上走一点，退潮的时候，就会有充足的淡水，这是我们后来才发现的，我们不需要花费巨大的力气去取水。我们煮了一只野兔，用罐子储存了大量的淡水，继续我们的航行。在那条海岸，我们始终没发现人类的存在。

因为以前来到过这里，我知道这里离加那利群岛和佛得角群岛[在非洲塞内加尔以西的大西洋中]很近。遗憾的是，我忘记了我们所在地的准确纬度，船上又没有可以测量纬度的仪器。这样我就不知道在什么时候应该离开海岸驶向海岛。我现在唯一的希望就是顺着海岸航行，希望能遇见来往的商船，我们就能得救了。

我猜测，我现在正处于荒无人烟的摩洛哥和黑人部落之间。黑人为了躲避摩尔人的骚扰往南迁，摩尔人嫌弃这是荒凉的地方，不愿居住。再加上猛虎、狮子、豹子等野兽的威胁，浩浩荡荡的，像军队一样。【写作借鉴：比喻，将野兽群形容成军队，说明野兽多且凶猛。】摩尔人和黑人放弃了这块土地。虽然如此，偶尔也会有摩尔人来打猎，每次都浩浩荡荡的。我们就这样航行了大概一百英里。白日满眼荒凉孤寂，夜间也尽是野兽咆哮。

有一两回，我在白天，仿佛远远看到了加那利群岛上的山峰——泰尼利夫山顶。我想冒险把船驶过去，但逆风行驶的阻力太大，都没成功，接连试了两次都无功而返。而且，巨大的海浪也破灭了我们驶向大海的想法。因此，我决定依照原定计划，继续沿海岸行驶。

　　我们离开那个地方后，也有好几次不得不上岸取水。特别是有一次，大清早，我们来到一个小岬角抛了锚。"看那里，正有一个可怕的怪物在山下睡觉呢。"眼尖的佐立低声向我叫唤，"我们把船驶远一点吧！"正是涨潮的时候，我们原打算趁着潮水上涨往里行。

　　我朝他手所指的方向看了一下，果然看到一个可怕的怪物，原来那是一头巨狮，正躺在一片山影下熟睡呢！我说："佐立，你上岸去把它干掉！"【写作借鉴：语言描写，鲁滨逊第一反应是"干掉它"，而非远离，说明了鲁滨逊的勇敢无畏。】

　　佐立大吃一惊："我？我去把它打死？它一口就把我吃掉了。"

　　正因如此，我只能让佐立乖乖地待在那里，我也没有说什么，而自己却拿起最大的一支枪，装好了大量的火药，又装了两颗大子弹，放在一旁，接着又拿起第二支枪，装了两颗子弹，再把第三支枪装了五颗小子弹。我举起第一把大枪，尽力瞄准了那只大狮子的头部并开了一枪。遗憾的是，我只打断了它的腿骨。因为那只狮子在躺着睡觉时，前腿高高抬起挡住了鼻子，子弹也就随之打在了它的膝盖上。狮子一惊，狂吼而起，但发觉一条腿已断，又跌倒在地，然后用三条腿站立起来，发出刺耳的吼叫声。我见自己没有打中狮子的头部，心里不由暗暗吃惊。眼见那头狮子似乎想走开，我急忙拿起第二支枪，对准它的头部又开了一枪，只见它颓然倒下，轻轻地吼了一声，只有拼命挣扎的份儿了。【写作借鉴：细节描写，作者用庞大的篇幅详细描写主人公打死狮子的一系列动作，充分体现了狮子的庞大凶猛。】这回，佐立的胆子倒是大了，要求我让他上岸。经过我同意，他便跳到水里，一手举着支短枪，一手划着水，走到那家伙跟前，把枪口放在它的耳朵边,向它的头部又开了一枪,终于结果了这猛兽的性命。

狮子肉是不能吃的,因此我们也仅仅把这场猎杀当作玩乐罢了。

为了这样一个无用的猎物,浪费了三份火药和弹丸,实在不值得,让我颇感后悔。可是佐立却说,他一定得从狮子身上弄点东西下来。于是他上船向我要了把斧子。我问他:"干什么,佐立?"

"我要把它的头砍下来!"他说。当然了,佐立没能把狮子头砍下来,却砍下了一只脚带回来。那脚可真大得可怕!

我琢磨着把狮子皮剥下来,应该会有大用处。在这件事上,佐立比我高明多了,我完全不知道怎么下手。结果,两人忙了一整天,才把整张皮剥下来,摊在船舱的顶上。两天后,皮子晾干,就成了我睡觉时的床褥。

接下来,我们又向南一连行驶了十一二天,眼看着我们的粮食越来越少,只得省着吃。除了取淡水不得不上岸外,我们很少靠岸。我主要想把船驶到非洲海岸的冈比亚河或塞内加尔河,希望可以在佛得角一带遇见欧洲的商船。如果运气不好,我就只能死在黑人手里或是去找一些群岛了。

我知道,从欧洲开往几内亚海岸,或去巴西和东印度群岛的商船,都要经过这个海角或这些群岛。总之,我把自己整个命运都押在这唯一的机遇上了——遇上商船就得救,遇不上就只有死路一条。下定了决心,又向前航行了十天左右,我们开始看到岸上的人烟。其中有两三个地方,在我们的船驶过时,还可以看到有些人站在岸上望着我们。那些人都是一丝不挂,浑身墨黑。有一回,我很想上岸和他们接触一下,可佐立劝我说:"不要去,不要去。"【写作借鉴:语言描写,体现了佐立强烈的恐惧。】可我还是驶近海岸,想与他们谈谈。这些人追着我的船跑了很久,但是他们之中只有一个人拿着一根细长的棍子,其他人并没有武器,佐立告诉我那根棍子是一种可以投得又远又准的标枪。所以,我也不敢靠岸太近,只能尽可能用手势与他们交谈,努力打出一些手势，向他们要求食物。他们也招手要我把船停下，示意他们可以回去取些肉来给我们。

见此情景，我便落下三角帆，把船停了下来。有两个人往村里跑去。过了一会，他们拿了一些我和佐立都不认识的东西过来，类似两块肉干和一些谷类，应该是他们的土特产。但是我们对彼此都有戒心，因此，即使我们很想要这些食物，我们却没有办法拿到。最后，他们想出了一个对双方来说都很安全的办法——他们先把东西放在岸上，然后走到远处等待，等我们把东西拿上船以后再走近岸边。

因为我们实在拿不出什么东西答谢他们，只得打着手势向他们表示感谢。【名师点睛：由于没法答谢他们而感到抱歉，表现了鲁滨逊是个懂得感恩的人。】说来也巧，这时正好出现了一个大好机会，让我们大大地还了他们的人情。当时，突然有两只巨兽从山上向海岸边冲来，看那样子，好像后一只正在追逐前一只，究竟是雌雄相逐，还是戏耍或争斗，我们也弄不清楚，更不清楚这种事是司空见惯的呢，还是偶然发生的。

照当时的情形判断，更有可能是突发事件。首先，猛兽一般不会在白天活动；其次，那些黑人，尤其妇女都惊恐万分，除了那个拿标枪的人，其他人都跑不见了。【名师点睛：鲁滨逊的分析，条理清晰，逻辑严密，反映了鲁滨逊的聪敏。】更令我们奇怪的是，那两只猛兽都跳进海里，游来游去，有一只还出其不意地跑到我们的船跟前，并没有袭击那些黑人。好在我早有准备，迅速把枪装上了弹药，并让佐立把另外两支枪装好了弹药。当那巨兽一进入射程，我便立即开火，一枪打中了它的头部。那家伙先是立即沉了下去，接着又浮在水里上下翻腾，垂死挣扎。后来，尽管它匆匆游向岸边，但由于受到的是致命伤，再加上被海水一呛，还未游上岸就死了。【写作借鉴："沉""浮""挣扎""游""呛"等动作描写出了怪兽挣扎的模样。】

我无法用笔墨形容那些黑人听到枪声，看见枪里发出火光时的惊恐，甚至有几个跌在地上，吓得半死。【写作借鉴：细节描写，细写黑人的恐惧，体现了他们对武器的害怕，说明了当地黑人部族的落后。】直到他们看见我招手示意他们去海边，他们才鼓起勇气，在海边寻找死兽的尸体。我根据水里的血迹找到了那巨兽，用绳子把它套住，然后把绳子递给那些黑人，叫他们去拖。他们把那死了的家伙拖到岸上，发现竟是一只很奇特的豹。此豹满身黑斑，非常美丽。黑人们一齐举起双手，表示无比惊讶。他们怎么也想不出我是用什么东西把豹打死的。

另一只猛兽早被枪声和火光吓得一溜烟儿跑回山里去了。因为距离太远，我看不清它到底是什么东西。当我看出那些黑人想吃豹子肉时，当然很乐意还他们一个人情。那些黑人，因此很是感激我们。剥皮的时候，虽然他们没有刀子，用的只是一片削薄了的木皮，但不一会儿就把豹皮剥下来了，而且比我们用刀子剥还快。【写作借鉴：通过工具和速度的对比，表现出黑人们强大的野外生存能力，同时说明他们经常会碰到这种情形。】

我把豹子肉都给了他们，当他们想把豹肉送些给我们时，我表示只想要豹皮，他们毫不在意地给了我，还赠送了大量我不知道的食物，我都收下了。接着，我又向他们打起手势——把一只罐子拿在手里，把罐底朝天罐口朝下翻转来，表示里面已空了，希望装满水。他们马上告诉自己的同伴，过了一会儿，便有两个女人抬了一大泥罐水走来。那些女人像男人一样浑身赤裸，一丝不挂。倒是那泥缸应该是在太阳下制成的。【名师点睛：为后文鲁滨逊制作泥罐埋下伏笔。】那些女人像以前一样远远离开，我和佐立带了三只水罐去取水。

有了不少杂粮，又有了水，我们便告别了那些友好的黑人，一口气大约又航行了十一天，中间一次也没有登岸。

后来，我看到有一片陆地，长长地突出在海里，离我们的船约十三四海里——当时风平浪静，我从远处经过这海角。等我们在离岸六海里左右绕过这小岬角后，又发现岬角的另一边海里也有陆地时，我已深信不疑，这儿就是佛得角，而对面的那些岛屿则是佛得角群岛。但岬角和岛屿离我都很远，我不知该怎么办才好。若是遇着大风，那我可是一个地方也到不了。

在这种尴尬的困境中，我郁郁不乐地走进舱房坐了下来，让佐立去掌舵。突然，那孩子惊叫起来："主人，主人，有一只大帆船！"原来，这傻小子以为他的主人派船追了上来，几乎吓昏了头。【写作借鉴：语言描写，体现了佐立对奴隶生活的恐惧与排斥。】而我却很清楚，我们已驶得很远，他们绝对不可能追踪到此。我跳出船舱一看，不仅立刻看到了船，而且还认出那是一艘葡萄牙船。我拼命地把船往外海驶去，希望可以和他们取得联系。我原以为那是一艘去几内亚贩卖黑奴的船，但是看了那艘船航行的方向，才知道他们根本没打算靠岸。

不难看出，即使我竭力向外驶去，也绝不可能追上那艘船，那艘船很快就会驶过去，根本等不及我发出信号。

当我全速追赶了一阵子，开始感到绝望的时候，他们好像在望远镜里发现了我们。他们看到我的船是一艘欧洲小艇，并将其认为是大船遇难后放出的救生艇，便落下帆等我们。这给了我极大的鼓舞。我举起原主人留在船上的旗帜摇晃着求救，而且还鸣枪示意。终于在三小时后，我们靠上了那艘船。我才知道，他们之所以停船等我们靠近，是因为他们看见了硝烟，并不是我以为的听见了枪声。

他们分别用葡萄牙语、西班牙语和法语问我是什么人，但我都不懂。好在船上有一位苏格兰水手，等他上来叫我，我才告诉他我是英格兰人，是从萨累的摩尔人手下逃出来的。他们十分和善地让我上了船，并把我的所有东西都搬上了大船。

Z 知识考点

1.鲁滨逊萌生了逃走的念头，不过首先他需要准备一次航行用的供给。他让摩尔人拿了_____、_____等。待准备妥当后，鲁滨逊一

鲁滨逊漂流记

行_____人就用_____的借口离开了海港。

2.鲁滨逊被海盗捉住,成了奴隶,他逃跑后最后留在他身边的是

( )

A.莫利   B.佐立   C.主人

3.下列有关原文的叙述中,错误的一项是   ( )

A.在摩洛哥王国的管辖地区和黑人居住地区中间,潜伏着大量的老虎、狮子、豹子和其他凶猛的野兽。

B.那边山坡上躺着的那一头野兽被鲁滨逊打断了膝盖骨,打中了脑袋,并且鲁滨逊结束了它的性命。

C.他们帮助沿途的黑人驱赶了猛兽,交换了食物和淡水。

D.告别了黑人,鲁滨逊在茫茫大海中看见一艘船,他们发送了求救信号,顺利获救。

Y 阅读与思考

1.如果鲁滨逊没有高超的捕鱼技巧,他还有机会获得奴隶主的信任外出捕鱼,从而伺机逃离吗?

2.为什么鲁滨逊选择让佐立跟随他,赶走摩尔人?

第四节
在巴西

M 名师导读

鲁滨逊被葡萄牙船带到了巴西，摆脱了海盗的追缉。在好心的船长的帮助下，他买了一片地，做起种植园生意，他的种植园发展得如火如荼，奈何心中航海冒险的火苗从未熄灭。在种植园中陷入自我怀疑的鲁滨逊恰好收到他人的邀请，他会怎么选择呢？

绝处逢生，我欣喜欲狂，难以言表。我立即表示要把我所有的东西送给船长，以报答他的救命之恩。【名师点睛：鲁滨逊在获救后，愿意把所有的东西都送给船长，说明他是个知恩图报的人。】而船长却非常慷慨地对我说，他什么也不要，等我到了巴西后，他会把我所有的东西都交还给我。他说："今天我救了你的命，希望将来有一天别人也会救我的命，说不定哪一天我也会遭到同样的命运。再说，我把你带到巴西，远离自己的祖国，如果我要了你的东西，你就会在异国他乡挨饿，这不等于我救了你的命，又送了你的命吗？不，不，英格兰先生（原文为法语），我把你送到巴西，一定不能收任何东西。你的那些东西可以帮助你在那儿过活，并可作为你回家的旅费。"【写作借鉴：语言描写，船长的理由和建议完全是为"我"这个陌生人着想，体现了他的仁慈和善良，为后文船长将"我"介绍给种植园主和对从孤岛归来的"我"热心帮助埋下伏笔。】

他发自内心的建议太善良了，不仅如此，他禁止船员动我们的东西，甚至给我们列了一张清单，让我们把东西交给他保管。就连我那三只水罐也没有遗漏。

　　他也看到，我的小艇很不错。他对我说，他想把小艇买下来，放在大船上使用，让我开个价。我对他说，他对我这么慷慨大度，我实在不好意思开价，并告诉他，他愿出多少钱都可以。他说他可以先给我一张值八十个西班牙银币（这种西班牙银币都打着一个"8"字）的票据，到巴西即可兑现。到了巴西，如果有人愿意出更高的价钱，他还可以全数补足。【名师点睛：船长一而再再而三地帮助鲁滨逊，表现出其乐善好施、乐于助人的品质。】而且他还表示愿意出六十个西班牙银币买下佐立，这我可不能接受。

　　我不介意把佐立卖给船长，但是想起争取自由的路上佐立是如此忠诚地对我，我就不是很愿意卖出这个可怜的摩尔小孩的自由。当我把不愿卖出佐立的原因告诉船长以后，他也认为我说得很在理，并提出一个折中的方案：只要这孩子愿意成为一个基督徒，那么十年以后就还给他自由，只要签约为仆即可。基于这个条件，我终于还是同意了，因为佐立自己也愿意跟着船长。

　　去巴西的航行十分顺利。大约二十二天之后，我们就到达了诸圣湾。摆脱困境之后的我，是该打算下一步怎么办了。

　　船长出资二十枚流通金币购买了我的豹皮，四十枚流通金币买下狮子皮，甚至全部归还了我小艇上的物品。他对我的无私帮助，真叫我难以忘怀。其中，只要是我愿意卖出的东西，他通通都买下，包括酒箱、两支枪、剩下的一大块蜜蜡（其中有一部分被我做成蜡烛在旅途中用掉了）。总之，我是带着二百二十个西班牙银币，踏上巴西海岸的。【写作借鉴：过渡句，承上启下，鲁滨逊即将开启在巴西的新生活。】

　　我到巴西后，船长把我介绍给了一位种植园[是热带地区种植单一经济作物的大规模的密集型商品农业]主。这位跟船长一样正直无私的先生，拥有一个甘蔗种植园和一个制糖厂。在他家住了一阵子，学习了一些种甘蔗和制糖的方法后，我萌生了做种植园主的想法。特别是了解到这些巴西种植园主可以在短时期内积累大量的财富，过上富裕的生活。我甚至决定把我那笔寄存在伦敦的钱也汇来巴西，如果我能顺利获得在巴西的居留证，我就做个种植园主。为了获得入籍证书，我倾尽所有购买了一些未经开垦的土地，并根据我即将从伦敦汇来的那笔钱，拟定了一个经营种植园和定居巴西的计划。

我的一位邻居是生于里斯本的葡萄牙人，但他父母却是英国人。他名叫威尔斯。当时他的境况与我差不多。我称他为邻居，是因为我们两家的种植园紧紧相邻，而且我们也经常来往。开始两年，因为资金不足，我们只靠种些粮食维持生计，不久以后，我们便逐渐发展壮大，种植园也走上正轨。第三年的时候，我们就种了一些烟草。同时，我们又各自购进了一大块土地，准备来年种甘蔗，只是人手不够。这时，我想起当初把佐立让给别人，真是后悔莫及。

天哪，我这个人不仅从未办好过一件事情，还老是把事情办糟。诸如此类的现象对我来说已经不足为怪了。到了如今这个地步，我只能勉力维持，因为我没有其他的选择。我被一种同我的天性不近的、甚至同我喜爱的生活相反的行为拖累住了。为了过上我所向往的生活，我不惜违抗父命，背井离乡。我现在经营种植园，与我父亲一直劝我过的中产阶级生活相差无几。<u>如果我真的想过这种中产阶级生活的话，那我完全可以待在家里，又何必满世界闯荡，折腾自己呢？要过上中产阶级的生活，我完全可以留在英国，与亲朋好友一起生活，又何必千里迢迢，来到这举目无亲的穷乡僻壤，与野蛮人为伍呢？</u>【写作借鉴：反问，连用两句反问，强烈显示出"我"内心的迷茫和对现状的不满，也为后文再次出海埋下伏笔。】在这里，我远离尘世，谁也不知道我的音讯。

每当我想到自己目前的境遇，总是悔恨不已。除了偶尔与我的那位邻居交往外，简直没有其他人可以交谈。我每天用自己的双手辛苦地劳作，我也只有这一个工作，<u>我感觉自己仿佛是被遗弃在一个杳无人烟的孤岛上孤单的一个人，我总是这样想</u>。【写作借鉴：比喻，将自己

的现状比喻成被遗弃在荒岛上的状况，生动刻画了"我"此时内心的孤单。】

可是，当人们把自己目前的处境与境况更糟的人相比，还不知足时，老天便会让他们换一换地位，好让他们设身处地经历一番，以体味原来生活的幸福滋味。老天爷这么做是十分公道的。

对此，我们每一个人都该好好反省一下。我把自己目前的生活，比作荒岛上孤独的生活，结果我真的命中注定要过这种生活，那岂不正是对我不满足于眼前境遇的报应？【写作借鉴：反问，用反问的语气肯定说明那正是"我"的报应，增强语气。】老天爷待我，可真是天公地道啊。要是我真的满足于继续我当时的生活，或许我还可以变成个大富翁呢！

那位在海上救我一命，并且以他最大的善意照顾我的船长，回来了，在我经营种植园的计划正有眉目的时候。这一回，他的船是停在这儿装货的，货装完后再出航，航程将持续三个月左右。当我告诉他我在伦敦还有一笔小小的资本时，他给了我一个友好而又诚恳的建议：

"英格兰先生"，他一直这么叫我，"我给你一个我的人的地址，你写一封信，再写一份正式委托书让帮你保管存款的那位把钱汇去里斯本，把钱交给我的人。你也可以置办一些可以用得着的货物，如果上帝保佑，我可以帮你一起运回来。可是，天有不测风云，人有旦夕祸福，我建议你先以其中的一半资本，也就是一百英镑，冒一下险。如果一切顺利，你再用同样的方法支取另外一半。那样，即使万一失手，你还可以用剩下的一半来接济自己。"【写作借鉴：语言描写，船长对"我"的建议体现了他作为一个商人的深谋远虑。对"我"的无私帮助，也彰显了他的善良。】

船长的建议确实是一个万全良策，且出于真诚的友谊。我深信，这简直是一个万无一失的办法。所以，我按船长的要求，给保管我存款的太太写了一封信，并写了一份委托书，交给这位葡萄牙船长。

在我给那位英国船长遗孀的信里，我告诉她葡萄牙船长是一个慷慨仁慈的人,也是葡萄牙船长救我脱离苦海[名师点睛:将他所遭遇的苦难比作苦海,十分贴切地概括了他的不幸。],就此,我又给她详细地讲了我的冒险经历,包括如何成了奴隶,如何逃跑去寻求自由,最后如何在海上遇见这位葡萄牙船长,以及我现在的情况。此外,我还把我需要的货物详细地开列了一个单子。

这位正直的葡萄牙船长到达里斯本之后,通过在里斯本的某个英国商人,设法把我的信以及我冒险经历的详情,送至伦敦的一位商人。这位伦敦商人又把我的情况详详细细地转告给了那位寡妇。那位太太接到了信,获悉了我的遭遇后二话不说就从自己的积蓄中额外拿出一笔钱来酬谢船长对我的照顾,后又如数地把我的存款交付给他。【写作借鉴:细节描写,体现了寡妇的真情和淳朴的美德。】

伦敦的那位商人用这笔钱——一百英镑,购买了葡萄牙船长捎去的单子上的全部货物,直接运往里斯本交给了船长。

船长又把全部货物安全运抵巴西。船长对我的周全备至难以言表。他甚至给我一个经营种植园的新手带来了各式各样的工具,如铁具等对经营种植园非常有用的东西,这些东西可是我从来没想到过的呢。

当这批货物运抵巴西时,我真是喜出望外,以为自己这回可要发大财了。而且,我的那位能干的管家,也就是我的船长朋友,竟然还用那位寡妇酬谢他的五英镑,替我买来一位契约为六年的用人。在此期间,他不仅分文报酬不取,即使是收一点我自己种的烟草,也还是我硬要他收下的。

我抛售了我的布、绒、粗呢等英国货,也售卖了一些在巴西本地特别贵重和紧俏的东西,这些让我获得了四倍的利润。我补充资本之后所做的第一件事,就是先买了一个黑奴和一个欧洲用人,再加上我那位葡萄牙船长从里斯本给我带来的仆人,人手一下子充足起来,我的种植园发展势头,因此大大超过了我那可怜的邻居。

常言道:富得快,麻烦来。【写作借鉴:引用的手法,引用恰到好处的俗语，使语言通俗易懂，文章更加生动形象。】我的情形也正如此。翌年，我的种植园大获成功。我从自己种植园里收了五十捆烟叶，每捆大约一百多磅重，因此，除了当地供应的需要外，我把剩下的都晒好存放了起来，专门等待从里斯本回来的商船。眼看着生意发展，资财丰厚，我的头脑里又开始冒出各种不切实际的计划和梦想。要知道，这些虚妄的念头，往往会毁掉最有头脑的商人。

我若能长久安居乐业下去，生活必然会无比幸福。正是为了能获得这些幸福，我父亲曾竭力规劝我过一种安分守己的平静生活。而且，他告诉我，只有中间地位的生活，才享有种种幸福。他的看法确实是通情达理、切合实际的。然而，冥冥中另一种命运在等待着我。我自己一手造成了自己的不幸，增加了自己的过错，使我后来回想起来倍加悔恨。我后来遭遇的种种灾难都是由于我执迷不悟，坚持我遨游世界的愚蠢愿望，并刻意去实现这种愿望。我妄图用非正常的手段追求幸福生活，结果，我违背了大自然与上帝的意愿和自己的天职，给自己造成了无穷危害。

我本来可以靠种植园发家致富，但我脑中有一种不切实际的妄想，就像我上次从父母身边逃走是不满意现状，这次我又想做个暴发户，将勤勤恳恳经营种植园的想法抛之脑后，去追求一种不切实际的妄想——异想天开地想要做个暴发户，而不是像一般人那样靠着勤劳和积累致富。【写作借鉴：心理描写，在主人公看来，现实不符合他的心理预期，心灵的满足高于物质的满足。】这样，我又把自己抛入人世间最不幸的深渊。如果我没有那种种虚幻的妄想，我的生活一定会幸福安康的。

现在就让我把以后发生的一切慢慢向读者细说。你们可以想象，当时我在巴西已待了四年，我经营的种植园也渐渐兴旺发展起来。除了学会当地的语言，我还在种植园主同行们和我们的港市圣萨尔瓦多的商人中认识了很多人，结识了很多朋友。我与他们交谈时，经常谈到我去几内亚沿岸的两次航行,告诉他们与黑人做生意的情况。我对他们说,与黑人做生意真是太容易了,只要用一些杂七杂八的货物,什么假珠子啦、玩具啦、刀子剪子啦、斧头啦,以及玻璃制品之类的东西,就可换来金沙、几内亚香料及象牙之类的贵重物品,还可换来黑奴。【写作借鉴:举例子,鲁滨逊列举一系列杂七杂八货物就能换取一系列贵重物品,形象地说明与黑人做生意是很容易的一件事情。】在巴西,当时正需要大量的黑奴劳动力。

每当我谈论这些话题的时候,大家都仔细倾听。尤其是买卖黑奴的事,更引起了他们的兴趣。【写作借鉴:细节描写,说明大家对黑奴的重视,体现了黑奴贸易的盛行。】贩卖黑奴是一种垄断贸易。因为黑奴贸易刚刚发展,贩卖黑奴的商人都必须获得西班牙或葡萄牙国王的审批,还要签约保证为西葡殖民地供应黑奴。因而,在巴西进口黑奴的数量并不多,价格也比较昂贵。

有一次,我与一些熟悉的种植园主和商人又很起劲地谈论这些事情。第二天上午,有三个人来找我。他们对我说,他们对我昨天晚上的谈话认真思考了一番,特地前来向我提出一个建议。但他们说,这建议必须保密。因此他们要求我严守秘密。然后,他们对我说,他们想装备一条船去几内亚。他们打算去几内亚运一些黑奴回来,平摊到各自的种植园,因为他们的种植园缺乏劳动力。当然,他们既不打算在巴西公开出售黑奴,也没准备专门从事黑奴贩卖贸易。唯一的问题是,我愿不愿意管理他们船上的货物,并经办几内亚海岸交易的事务。他们提出,我不必拿出任何资本,即可获得与他们均分黑奴的机会。

必须承认,这个建议如果是向一个没有在这儿定居,也没有自己的种植园的人提出来的话,确实是十分诱人的。要知道,这可是空手套白狼的大好事啊,本钱别人出,自己一文不出,还可获利。【名师点睛:显示出来的巨大利益为鲁滨逊答应出海埋下伏笔。】但我不需要去挣这些钱。我已在巴西立足，还小有积蓄，只要我继续经营种植园，不出两三年，不愁没有三四千家当，而且，我的资金还会不断增加。像我这样有着大好前程的人，若还想着去进行这样的冒险航行，简直太荒唐了。

只是我这个人，真可以说是命里注定自取灭亡，【名师点睛:"命里注定自取灭亡"有力地暗示了这次航行的结局。】我二话不说就答应了他们，就只要求他们帮我照料我的种植园，如果我不幸遇难，可以依我的嘱托处理好我的种植园。这不由地让我想起了我当初一样抵不住航海的诱惑一心一意周游世界而不听父亲劝阻的样子，仿佛是历史再现。对此他们都一一答应，并立下了字据。我又立了一份正式的遗嘱，安排我的种植园和财产。我立对我有救命之恩的船长为我种植园和财产的全权继承人，只要他按照我在遗嘱中的指示处置我的财产：一半归他自己，一半运往英国。

总之，我采取一切可能的措施，竭力保护好自己的财产，并维持种植园的经营。但是，如果我能用一半的心思来关注自己的利益，判断一下该做和不该做的事情，我就绝对不会放弃自己正在日益兴旺的事业，把发家致富的前景置之脑后而踏上这次航程。要知道，海上航行总是凶险难测的，更何况我自己也清楚，种种不幸总是如影随形地跟着我这个人。

但我把理智抛在脑后，鬼使神差似的盲从于自己的妄想。【名师点睛：与鲁滨逊前面的分析形成对比，一般人的选择可以预料，但鲁滨逊毅然决然地出海突出说明了鲁滨逊执着的冒险精神。】当我们装好货物，装备好船只，同伴们安排好我在合同上托付的事情后，我们便于1659年9月1日登上远航西非的帆船。9月1日，这是一个很不吉利的日子，记得八年前，我违抗父母严命，不顾利害地从赫尔上船离家，也是这个日子。【名师点睛：和第一次出海时间一致，预示着这次航行悲惨的结局。】

Z 知识考点

1. 鲁滨逊为什么愿意把佐立卖给船长 （ ）

   A.佐立自己愿意

   B.船长出价优厚

   C.佐立并不忠诚于鲁滨逊

   D.佐立不是基督徒

2. 下列对原文的分析正确的两项是 （ ）（ ）

   A.获救的鲁滨逊愿意献出全部家当回报葡萄牙船长,体现出鲁滨逊具有知恩图报的良好品质。

   B.原文引用俗语"富得快,麻烦来",一是设置悬念,引起读者阅读兴趣;二是为鲁滨逊再次出海,流落荒岛做铺垫。

   C.鲁滨逊提前处理好自己的遗产,是因为他知道自己不可能顺利回来。

   D.第一个提出出海购买黑人作为种植园奴仆的人是鲁滨逊。

   E.在巴西时,鲁滨逊主动拜访了当地的种植园主,也开办了一座种植园,以此为生。

3. 鲁滨逊在巴西种植园种植的植物没有 （ ）

   A.烟叶　　B.甘蔗　　C.谷物　　D.香蕉

Y 阅读与思考

1. 当你像鲁滨逊一样,已经做出了一定成就,还打算在其他领域有所作为吗?

2. 分析鲁滨逊出海贩卖黑奴的原因。

第五节

风　暴

M 名师导读

不甘于平淡的鲁滨逊还是再次出发了。不过他的运气还是那么差，最终在海上遭遇了飓风，一船人在生死边缘挣扎，这次能化险为夷吗？

我们的船载重约一百二十吨，装备有六门炮，包括船长、他的小用人和我自己外，还有十四个人。船上没有什么大件货物，只是一些适合与黑人交易的小玩意儿，像假珠子啦、玻璃器具啦、贝壳啦，以及其他一些新奇的零星杂货，如望远镜啦、刀子啦、剪刀啦、斧子啦，等等。【写作借鉴：细节描写，详细叙述了船上的情况，载重情况，为后文船被飓风刮走埋下伏笔。】

我上船那天，就起锚了。我们按计划走当时从南美去往非洲的一条通行航线。我们沿着巴西海岸向北行驶，计划到达北纬十至十二度时横渡大西洋，直达非洲。

一路上天气很好，也很炎热。最后我们到达圣奥古斯丁角[可能指布朗库角，在巴西的东北角]，那是巴西东部突入海中的一块高地。过了圣奥古斯丁角，我们就离开海岸，驶向东北偏北的外海，看样子是要越过费尔南多德诺罗尼亚岛[离巴西纳塔省东面约250英里]，再向东航行。

我们沿着这条航线，大约航行十二天之后穿过了赤道。根据最后一次观测，我们已经行至北纬七度二十二分的地方。

在这里我们突然遭受到一股强烈飓风的袭击。这股猛烈的大风持续了十二日之久，它开始从东南方向刮来，接着又转为西北风，最后刮起了强劲的东北风。【写作借鉴：细节描写了飓风的来临，如一幅画面缓缓展开，使人身临其境。】我们一筹莫展[一点儿计策也施展不出来]，只能听任命运和狂风的摆布，只能让船随波逐流。即使不说您也明白，在这十二天里，我每天都在担心被大浪吞没，其他任何人也没指望能够活命。

当时的情形本已十分危急，风暴已使我们惊恐万分，可偏偏就在这个时候，船上的一个人又因患热带病而死去，而另外一位则和那个小用人被大浪卷入海中。真可以说是雪上加霜。

到了第十二天，风浪稍稍减小。船长极尽所能地观察，发现我们处于巴西北部或圭亚那海岸，靠近那条号称"大河"的奥里诺科河了。也就是说，我们被风刮到了北纬十一度，圣奥古斯丁角偏西二十二经度的地方了。

于是，船长与我商量航行线路。他主张把已经严重损坏、渗漏得很厉害的船开回巴西海岸，而我则竭力反对。

我和他一起查看了美洲沿岸的航海图，最后得到的结论是，除非我们驶往加勒比群岛，否则就找不到一处可以求援的人烟之地。如果我们不能修葺好船身，并补充食物和人员，我们是不可能到达非洲海岸的。于是，我们决定驶向巴巴多斯岛，如果没有遭遇到墨西哥湾逆流，我们半个月就足以到达。

计划一定，我们便改变航向，向西北偏西方向驶去，希望能够到达那座英属海岛，在那里得到救援。然而航行方向，却不是我们自己就能决定的——我们在北纬十二度十八分处，遇到了第二次风暴。风势与前一次一样凶猛，把我们的船向西方刮去，最后把我们刮离正常的贸易航线，远离人类文明所在。在那种情况下，我们不是葬身鱼腹，就是成为野人的粮食。回国已经成了笑谈，不敢奢求。

鲁滨逊漂流记

狂风不停地吹着，危机四伏。一天早上，船上有个人突然大喊一声："陆地！"我们刚想跑出舱外，去看看我们究竟到了什么地方，船却突然搁浅在一片沙滩上，不能动弹。死神仿佛已经飞临我们的头顶，滔天巨浪不断冲进船里，我们只能躲进船舱逃避铺天盖地的海浪。【写作借鉴：环境描写，铺天盖地的海浪，搁浅的船只，鲁滨逊一行人的境况是如此糟糕，体现了他们的无能为力和恐惧。】

没有身临其境的人，是不可能描述或领会我们当时心中的惊惧之情的。我们不知道自己身处何地，也不知道会被风暴刮向何方——是岛屿还是大陆，是有人烟的地方还是杳无人迹的蛮荒。当时风势虽比先前略减，却依然凶猛异常。我们知道，除非出现奇迹，风暴突然停息，否则我们的船将支持不了几分钟，随时可能会被撞成碎片。我们无能为力了！我们只能静静地等待死神的接见，没办法，我们大家只好坐在一起，面面相觑，寂静无声。然而令我们稍感安慰的是，船并没有像我们所担心的那样被撞得粉碎，而风势也渐渐减弱。

尽管如此，情形依然十分危急——风势虽减，船却搁浅在沙里无法动弹。而我们在船尾备下的那只救生小艇，早已在风暴中被刮到大船舵上，撞破，卷入海中，不知是沉了，还是漂走了。而另外一只备用小艇，我们却又不知道如何才能把它放落海面。可在大船随时都会解体的紧急关头，我们已经没有时间再从容讨论这个问题了。有的人甚至还说，船实际上已经破了。

在如此危急的关头，我们和大副合力把小艇放到大船旁边。汹涌的波涛中余生的十一个人全部上了小艇，我们决定让上帝和大海来决定我们的命运，我们解开了小艇缆绳。荷兰人将暴风雨中的大海称之为"疯狂的海洋"不可谓不形象，汹涌的波涛，排山倒海般冲向悬崖。【名师点睛："疯狂的海洋"，十分贴切地表现了海洋的恐怖。】

我们当时的处境非常凄惨。我们心里十分清楚，在这样的洪涛巨浪中，仅凭一只小艇是万难生存的，葬身鱼腹将是我们最终的归宿。

不要说我们没有帆，即使有，也无法使用。我们只能听天由命，唯一能做的，就是顺着风势用桨拼命向岸上划。尽管我们知道，这么做的结果，无疑会加速自己的灭亡——小艇一旦靠近海岸，在巨浪推动下马上就会在岩石上撞得粉碎。当时的心情，就像被押上刑场的犯人一样沉重。【写作借鉴：周围环境无比惊险恶劣，无论鲁滨逊他们怎么做，最终都会粉身碎骨，用"像被押上刑场的犯人一样沉重"来形容当时的心情非常贴切。】

我们将要面对的是怎样的海岸，是岩石还是沙滩，是陡岸还是浅滩？我们一无所知。我们唯一的希望，就是能找到一个可以将小艇划进去的海湾或是河口，或者能找到一个避风的水面。可是我们什么也没找到，越靠近海岸，我们就越感到陆地比海洋还要可怕。

我们半划着桨，半被风驱赶着，大约走了四海里多。【写作借鉴：拟人，风"驱赶"我们，使得我们不停地划桨奔逃。】忽然一个巨浪排山倒海般从我们后面滚滚而来，眼看着就要给我们的小艇以致命一击。说时迟，那时快，一个浪头袭来，我们的小艇顿时翻了个底朝天，我们都落到海里，东一个，西一个。大家还来不及喊一声"噢，上帝啊！"就通通被波涛吞没了。

当我沉到海里，我的内心被害怕与混乱填满，无法形容。【写作借鉴：心理描写，直接叙述了主人公的恐惧心理。】虽然平日里我很善于游泳，但在这种惊涛骇浪之中，连浮起来呼吸一下也十分困难。

最后，海浪把我向岸边卷去，退潮时，我才被留在潮湿的海滩上，这时，我已经被灌了一肚子的海水。但我的头脑出乎意料的清醒，看见自己躺在离海水不远的地方，我强撑着向陆地上跑去，以防海浪把我又卷入海水中。可身后高山似的海浪还是汹涌而至，我根本无法、也无力抗拒这样的吞没，只能竭尽全力浮出水面，拼着命地向岸上游去。【写作借鉴：比喻，海浪涌起时就像大山那么高，写出了"我"的无能为力，无法对抗自然。】我唯一的愿望就是，海浪把我冲近岸边后，不再

鲁滨逊漂流记

把我卷回大海。

一个巨浪扑来，把我埋入水下二三十英尺深。我感到海浪迅猛地把我推向岸边。我努力屏住呼吸，拼命向岸上游去。正当我屏住呼吸，快把肺叶憋炸时，突然感到头和手已露出水面，虽然只短短两秒钟，却使我得以重新呼吸，一时间勇气大增，痛苦也似乎得到缓解。紧接着我又被埋入浪中，但这一次时间没有上次那么长，我总算挺了过来。等我感觉海水的力量已经使完，要退去的时候，我就拼命向浪前挣扎，直到双脚触到海滩。我就喘气等待海水退去，等海水退尽时，我就拼命向岸上狂奔，就这样，一次一次地被卷回去又卷出来，一步步接近平坦的海岸。【名师点睛：详细描述了主人公接近海岸的过程，体现了海浪的凶猛和主人公坚强抗争的精神。】

当最后一波巨浪袭来时，几乎送掉我的性命。因为当海水照旧把我向海岸上卷去时，竟把我猛然砸向了一块岩石，正好撞到我的胸口，顿时我完全失去了知觉，无法动弹。假如当时再来一个浪头，我一定会憋死在海里。

幸好，在下一个浪头打来之前我已苏醒，眼看情势危急，有被海水再次吞没的可能，便立即紧抱岩石，等海水一退，又往前狂奔一阵，终于跑上海岸。当后面一个浪头赶来，从我头上扑过时，已无力把我吞没、卷走了。我又继续向前狂跑一阵，攀上岸上的岩石，找了一块草地坐了下来，庆幸自己死里逃生，远离海浪扑杀，心里感到无限的宽慰。

Z 知识考点

1.鲁滨逊的第_____次航行成为他人生的转折点,他本该在_____经营种植园或者回家乡_____遵从父亲的旨意安心做_____产阶级的一员。

2.下列对第四次航行的分析正确的是　　　　　　（　　）

A.航行中,一共有14个人,其中有一个在途中得了热病。

B.巨浪是压垮鲁滨逊一行人的最后一根稻草,所有人都被摔进海里,幸运的是,大家都像鲁滨逊一样被海浪卷到海滩上,从而保住了性命。

C.船上运送了大量的小玩意儿,如贝壳、刀子、剪子等。

D.鲁滨逊一行人在十二度十八分的地方,首次被风刮离了航线。

3.对文中"我又继续向前狂跑一阵,攀上岸上的岩石,找了一块草地坐了下来,庆幸自己死里逃生,远离海浪扑杀,心里感到无限的宽慰"分析正确的两项是 （　　）（　　）

A.动作描写,"狂跑"体现了鲁滨逊内心对海浪和死亡的恐惧。

B.鲁滨逊第一时间不是寻找同伴,说明他是一个冷漠自私的人,只顾自己的安危。

C.心理描写,"心里感到无限的宽慰"表达了死里逃生的喜悦。

D.鲁滨逊又一次死里逃生,是得到了上帝的眷顾。

E."坐"说明鲁滨逊双腿受伤了,无法站立。

阅读与思考

1.鲁滨逊凭借什么逃离了海浪的扑杀,顺利到达陆地?

2.第四次航行失败的原因是什么?

第二章

荒岛生活

第一节
搬　运

M 名师导读

在大海波涛下侥幸留得一命,鲁滨逊高兴得大喊大叫,回过神来,才意识到在荒岛上的幸存者只有他一人。一方面荒岛上隐藏着各种野人、野兽的威胁,另一方面鲁滨逊身无一物,他的荒岛生活又会怎么样呢?

登上陆地,安全地坐在岸边,我不禁仰面向天,真诚感谢上帝让我绝处逢生。而在仅仅几分钟之前,我还徘徊在地狱的边缘,了无希望可言。恍如隔世之际,我当然有理由相信,任谁像我这样死里逃生,其如痴如醉的狂喜之情,也必然是难以言表的。我也终于可以理解一个习惯的做法了:当犯人被套上绞索,收紧绳结,正要被吊起时,赦书正好送到;而与赦书同时到达的通常还有一位随行外科医生,以便给犯人放血,免得他乐极生悲,血气攻心,晕死过去——狂喜极悲,均能令人灵魂出窍。【名师点睛:当得知自己竟然被冲上岸死里逃生的时候,鲁滨逊的心情变化非常强烈,喜悦之情溢于言表。】

我在岸上走过来跳过去,高举着双手,做各种姿势和动作,可以说,我全身心地在回忆自己的脱险经过。想起除了我以外,其他同伴一个也没有幸存,不禁感叹生命无常,不可思议。

随我目光所及,不远的海面上,几顶高帽、一顶便帽,以及两只不成双的鞋子正在随波逐流;而在离岸甚远的烟波迷茫处,那只搁浅了的大船，只能隐约可见。我不由感叹："上帝啊，我怎么竟能上岸呢？"

自我安慰、唏嘘一番之后，我便开始环顾四周，打算看看我究竟到了什么地方，想想下一步该怎么办。

真是不看不知道，一看吓一跳，周遭的环境使我的情绪立即低落了下来。唉，我虽然已经脱险，却又陷入了另一种绝境。我没有可以替换湿衣服的衣物，没有可以充饥解渴的食物，除了被活活饿死或被野兽吃掉，我看不见任何出路。特别使我伤心的是，我没有武器，身边除了一把刀，一个烟斗，一小匣烟叶，别无他物。这个发现让我忧心如焚，有很长一段时间，我就在岸上狂乱地跑来跑去，像个疯子一样。夜晚来临，想到野兽会出来觅食，我就以一种沉重的心情寻思，我将会遇见怎样的命运呢？【名师点睛：从喜悦中回过神来，鲁滨逊才发现他的处境并不乐观，他再次陷入了绝境。】

在我附近有一株枝叶茂密的大树，看上去像枞树而且有刺。希望渺茫之际，我唯一可做的就是爬上去，先过一夜再说，生死问题还是留待来日再去考虑吧。于是，我便趁着天色尚早，从海岸向里走了几十米，试着找些淡水来喝，结果居然心想事成，不禁大喜过望。喝完水，又取了点烟叶放到嘴里充饥，然后从树上砍下一根树枝，做了一根短棍防身。然后我爬上树，尽可能让自己躺稳当些，以免睡熟之后从树上跌下来。由于疲劳至极，我立即睡着了，而且睡得又熟又香。我想，任谁处在我当时的情况下，恐怕也不会像我睡得这么香吧。

一觉醒来，天已大亮。这时，风暴已过，天气晴朗，海面上也不像以前那样波浪滔天了。【写作借鉴：环境描写，天气转好，主人公的紧张心情也慢慢平复。】而且，令我感到惊喜的是，那只搁浅的船在夜里被潮水托起，浮出海面，又被冲到我先前被撞伤的那块岩石附近，停在离岸边仅仅一海里的地方。我可以尝试着去拿一些日常生活的必需品，如果我可以爬上这艘船的话。

我从树上睡觉的地方下来，环顾四周，发现那只逃生的小艇也被风浪冲上了岸，搁在我右前方约两英里处。当我沿着海岸向小艇走去时，却发现小艇与我所在的地方横隔着一个约莫半英里宽的小水湾。我只好又折了回来。毕竟，当时最要紧的是我得设法登上大船，以便能在上面找到一些日常用品。

午后的海面风平浪静，潮水也已远远退去。只要我走下海岸，游上几十米，即可到达大船。这时，我心里又不禁难过起来——如果昨天我们船上的人只要还在大船上都没有下小艇就好了，我们都能平安无事。而我，也不需要像现在一样没有伴侣的孑然一身、孤苦伶仃。想到这里，我忍不住流下泪来。可是，现在悲伤又有何用？我应该设法上船才对。【名师点睛：主人公很快认清了现实处境，说明鲁滨逊是一个临危不乱、思维缜密的人。】

当时，天气炎热，我便脱掉衣服，跳下水去，游到船边。到那儿一看，我又傻眼了。船已搁浅，离水面很高，若是没有任何东西可供凭借，根本没法上去！

我绕船游了两圈，才惊异地发现了一根先前竟然没有看到的很短的绳子。【名师点睛：知道登船很困难的鲁滨逊并没有放弃，而是不停地寻找方法，说明他是一个坚持不懈、勇于挑战困难的人。】那是一条从船头垂下来，绳头已经快要接近水面的绳子，我轻而易举就能抓住绳子向上攀登，很快进入了船前舱。船上还是漏了一些水进来，舱底已经注满了水。幸运的是这船搁浅在一片坚硬的沙滩上，船尾微微上翘。虽说船头几乎没入水中，后半截却没有进水。我立即着手查看哪些东西已经损坏，哪些东西还完好无损。我发现船上的粮食都还干燥无恙。当时，尽管我已意识到自己必须抓紧时间，可我还是要先吃些东西才行，所以就走进面包房，把饼干装满自己的衣袋，一边吃一边干着其他活儿。【名师点睛：鲁滨逊知道先吃饭填饱肚子而非饿着肚子硬撑，说明他是一个自我认知非常明确的人。】为了提神，我又在大舱里找到了一些甘蔗酒，喝了一大杯。当时我想，若有一只小船该多好啊，那样就可以把我认为将来需要的东西，通通运到岸上去。

可呆坐着空想毕竟是徒劳的，还不如自己动手呢。【名师点睛：鲁滨逊是一个实干家，而不指望于没有丝毫作用的空想。】船上有两三块木板，一两根多余的第二接桅，还有一根备用的帆杠。我决定先把所有能搬动的都从船上扔下去。以防被海水冲走，我把这些木头都先用绳子绑好。然后，我又把它们一一用绳子拉近船边，把四根木头绑在一起，两头尽可能绑紧，扎成一只木排的样子，又用两三块短木板横放在上面，我上去走了走，倒还稳当，就是木头太轻吃不住多少重量。于是我又动手用木匠的锯子把一根第二接桅锯成三段加到木排上。

这工作说来简单，干起来却异常吃力，好在我急于想把必需的物品运上岸，也就干下来了。放在平时，我是无论如何也不可能完成如此艰巨的工程的。

木排做得相当牢固，也能吃得住相当的重量。接下来，我不仅要考虑该装些什么东西上去，还要防止东西给海浪打湿。很快，我就找到了解决方法，我先找到所有能找到的木板，然后把它们铺在木排上，最后倒空了三只船员用的箱子，再把它们依次吊在木排上。【名师点睛：鲁滨逊急中生智，在条件艰难的情况下可以找到合适的解决方法，说明他是一个有智慧、充满创造力的人。】

第一只箱子，主要用来装食品：粮食、面包、米、三块荷兰干酪、五块羊肉干，以及一些剩下来的欧洲麦子——这些麦子原来是放在船上喂家禽的，而现在家禽都已死了。船上本来还有一点大麦和小麦，但后来发现都给老鼠吃光了或搞脏了，使我大为失望。

我还找到了几箱船长的酒。大概有几瓶甜性烈酒，还有五六加仑椰子酒。看见箱子里已经塞满了东西，鉴于酒也没有放进箱子的必要，我就把酒放在了一边。

正当我百般忙碌的时候，潮水又开始上涨。虽然风平浪静，却还是把我留在岸边的上衣、衬衫和背心全部冲走了。这让我非常懊丧。

我找了半天，总算找到了那只木匠箱子。在当时的情况下，工具对我来说是最重要的，即使整船的金子也没这箱木匠工具值钱。我把箱子放到木排上，另外还找出了两把锯子、一把斧头和一只钉头。【名师点睛：鲁滨逊没有贪恋财物，而是先去寻找工具，说明他十分冷静，且野外求生能力很强。】至于箱子里面装了些什么工具，我心里大致是有数的，当然也就没有必要花时间一一检查了。

其次，我必须搞到枪支和弹药。大舱里原来存放着两支很好的鸟枪和两把手枪，我都拿了出来，又拿了几只装火药的角筒、一小包子弹和两把生锈的旧刀。我知道船上还有三桶火药，只是不记得炮手们把它们放在什么地方，害得我找了半天才找到。其中两桶干燥可用，而另一桶已浸了水。于是，我就把两桶干燥的火药连同枪支一起放到木排上。

至此，木排上装的东西已不少了，剩下的就该是如何运上岸了。没有帆，没有桨，也没有舵，一点风浪就能把木排打翻。怎么办？其实当时，有三个条件是令人很高兴的。【写作借鉴：通过自问自答的方式，自然地交代出把东西运回岸上的优势。】第一，海面风平浪静，像一面镜子一样。第二，正好在涨潮，水流在往岸上冲。第三，微风也在吹向岸边。所以，我靠着三支断桨，把货物稍稍整理一下，就划着木排向岸上进发。最初的一海里，木排在水面上稳稳行驶，却在水流作用下稍稍偏离了我昨天登陆的地方——这一带的水流统一向岸边的一个方向流去，我想不出所料的话，这附近应该会有一条小溪或小河，我就可以驾木排进入港口卸货了。

果然不出所料，不久我就看到了一个小湾，潮水正在往里涌。我驾着木排，尽可能向急流的中心漂去。在这里，我差一点又遭到一次翻船失事的灾祸。果真那样，我可真要伤透心了。因为我还不熟悉地形，木排的一头忽然一下子搁浅在沙滩上，而另一头却还漂在水里。只差一点，木排上的货物就会滑向漂在水里的一头而最后滑入水中。

鲁滨逊漂流记

<u>这种情况下，我只能竭尽全力用背顶住那些箱子，不让它们下滑。但我怎么用力也无法撑开木排，而且，我只能死顶着，无法脱身做其他事情。就这样我足足顶了半个钟头。</u>直到后来，潮水继续上涨，木排才稍稍平衡。又过了一会儿，潮水越涨越高，木排又浮了起来。我用桨把木排向小河的入海口撑去，终于进入河口。【写作借鉴：细节描写，将鲁滨逊进入河口的过程刻画得生动形象，让人顿生身临其境之感。】这儿两边是岸，潮水直往里涌。我观察了一下小河两岸的地势，准备找个合适的地方停靠。我不想驶入小河上游太远的地方，而是想尽量在靠近海边的地方上岸，因为我希望能看到海上过往的船只。

最后，我终于在小河的右岸发现一个小湾。我费尽艰辛，好不容易把木排驶到最浅的地方。我用桨抵住河底，尽力把木排撑进去。可是，在这里，我几乎又一次险些把货物全都倒翻在水里。这一带河岸又陡又直，找不到可以登岸的地方。

如果木排的一头搁浅在岸上，另一头必定会向下倾斜，这样货物很容易滑进水里。我只好把桨当作锚来把木排固定在一片靠近河岸的平坦沙滩上，等待潮水上涨漫过沙滩。等水涨到足够高的时候，木排已经吃水有一尺多深了，我就把木排撑过去。然后把两支断桨前后插进沙滩里，借此把木排停好。只要潮水退去，我就可以顺利地把木排连着货物留在岸上。

知识考点

1.下列对文中内容分析错误的一项是　　　　　　（　　）

A.在海浪的拍打下，鲁滨逊上岸后，身上除了衣服，一无所有。

B.到达荒岛的第一个晚上，鲁滨逊是在树上度过的。

C.到达荒岛的第二天，鲁滨逊就蹚水登上了开始乘坐的那艘大船。

D.鲁滨逊第一次上船搜集到的物品有饼干、甘蔗酒、面包、米、三块奶酪、弹药和武器。

2.下列对原文句子"我在岸上走过来跳过去,高举着双手,做各种姿势和动作,可以说,我全身心地在回忆自己的脱险经过。想起除了我以外,其他同伴一个也没有幸存……"的分析,不正确的一项是（　　）

A.动作描写,鲁滨逊手舞足蹈,不难看出他得到新生的喜悦。

B.心理描写,"一个也没有幸存"隐隐透露出感伤。

C.虽然鲁滨逊脱险了,他的同伴却消失无影踪,说明海上航行灾难的多发,大自然的残酷。

D."我"活了下来,"我"的同伴死了,鲁滨逊有点幸灾乐祸。

阅读与思考

1.什么给了鲁滨逊力量,让鲁滨逊有勇气在没有帆桨的前提下将物资运回岸上？从原文中分析。

2.若你流落荒岛,你第一件事情会做什么？（开放题）

第二节
安　家

> **M 名师导读**
>
> 　　初适应荒岛生活的鲁滨逊，已经做好了长期被困于荒岛的心理准备。不过在此之前，他要好好布置自己的居所，他对自己的住地有什么要求呢？让我们到文中去看看吧。

　　我的下一件事情是查看一下周围的地形，找个合适的地方安置我的住所和贮藏东西，以防发生意外。至今我还不知自己身处何地，是在大陆上呢，还是在小岛上；是有人烟的地方呢，还是没有人烟的地方；是有野兽出没呢，还是没有野兽。【写作借鉴：排比，疑问句式强烈抒发了主人公对当地的陌生，和对未来的困惑与迷茫。】离我不到一英里的地方，有一道山脉高高耸立于北面的山丘上。我拿了一支鸟枪、一把手枪和一个装满火药的牛角筒，向那座山的山顶走去。历尽艰辛，总算爬上了山顶。环顾四周，不禁令我万分失望。原来我的所在地是一个海岛，四面环海，极目所至，看不见一片相邻的陆地，唯见远方几块孤岩礁石。再就是西边约在十五海里开外，有两个比本岛还小的岛屿。【写作借鉴：环境描写，介绍了此地的地理位置，为后文野人的出现埋下伏笔。】

　　我还发现，这个海岛非常荒凉，看似荒无人烟，只有野兽出没其间。好在眼下我还没遇见过任何野兽，只见那无数飞禽在天上翻飞，既叫不出名儿，也不知道它们的肉好不好吃。

回来的路上，我看到一只大鸟停在大树林旁的一棵树上，就向它开了一枪。我敢打赌，这应该是这个岛上第一次出现枪声。【名师点睛：鲁滨逊语气肯定，侧面说明此地人迹罕至，蛮荒未开化；也为鲁滨逊在此地居住多年未遇见过往的船只做铺垫。】只听一声枪响，树林里飞出无数的飞鸟，各种鸟聒噪不已，乱作一团。

我打死的那只鸟，从毛色和嘴形看，像是一种老鹰，但没有钩爪，其肉酸腐难吃，毫无用处。【名师点睛：主人公对打死的那只大鸟一无所知，却还要吃它的肉，写出了鲁滨逊的饥饿。】

那个时候，我已经对这个小岛的情况有了大致的了解，也就回到木排旁边，把货物往岸上搬。那一天，我把一天的时间都奉献给了搬货，所以至于夜间怎么办，在什么地方休息，我依然没有数。当然，我是不可能睡在地上的，毕竟我还是很担心被野兽吃掉。虽然在以后的日子里发现，我的这种担心是多余的。

我竭尽所能地把运到岸上的那些箱子和木板整好，搭成一个像木头房子似的住所，把自己围在中间，以便晚上可以睡个安心觉。至于吃的，我却还未想出办法来为自己提供食物。在我打鸟的地方，曾见过两三只野兔似的动物从树林里跑出来。

接着我又想到，船上还有许多有用的东西，尤其是那些绳索、帆布以及许多其他东西都可以搬上岸来。我决定只要有可能，就再上船去一次。【名师点睛：鲁滨逊多次上船搜集物资，体现了他的高瞻远瞩。】我知道，要是再刮大风暴，船就会彻底毁了。于是，我决定别的事以后再说，先把船上能搬下来的东西通通搬下来。这么一想，我就思考起了再次上船的办法，不可能再把木排撑回去了，我只能等待涨潮时游过去了。这样想着，我就脱掉了衣服，只穿着一件衬衫、一条短裤和一双薄底鞋，准备出发了。

我像上次那样上了船，又做了一个木排。有了上次的经验，我不再把木排做得像第一个那么笨重了，也不再装那么多货物了，但还是运回了许多有用的东西。【名师点睛：主人公逐渐有了进步，更好地适应了现在的处境。】首先，我在木匠仓房里找到了一把大钳子，一个非常有用的磨刀砂轮，二十把左右的小斧，两三袋钉子和螺丝钉。我把这些东西都放在一堆。再带了一些炮手用的物品，主要是一些起货用的铁钩，有两三只的样子，两桶火枪子弹，一小堆火药，一大袋子弹，还有一大卷铅皮和七支火枪。可惜的是，铅皮太重了，我没法把它从大船吊到木排上。

此外，我搜集了能找到的所有男人穿的衣服和一个备用樯帆——那是一个前桅中帆，一个吊床和一些被褥。我把这些东西装上我的第二只木排，并平安地运到岸上。这使我深感宽慰。

在我离岸期间，我本来还很担心岸上的粮食会被什么动物吃掉。可回来一看，除了一只野猫似的动物站在一只箱子上，并没有任何其他不速之客来访的迹象。那小家伙一脸稳重，神态自若，毫无惧色地直瞅我的脸，大概是想和我交朋友？我用枪拨了它一下，应该是不知道枪是什么东西吧，它一点也不在乎，也没有想跑开的意思。于是，我丢给它一小块饼干。说实在的，我手头并不宽裕，存粮不多，但还是分给它一小块。【写作借鉴：心理描写，鲁滨逊对一个小动物的关怀，体现他内心的善良。】那家伙走过去闻了闻，就吃下去了，好像吃得很有味，还想向我再要。可是，对不起了，我自己实在没有多少了，只能拒绝它的要求。于是，那小家伙就走开了。

当我把第二批货搬上岸后，因为两桶火药的分量太重，我就想把火药分成小包藏起来。不过，为了防止人或野兽的突袭，我需要用船上的帆布和砍好的支柱做一顶帐篷，再在帐篷四周放一些空箱子和空桶。【写作借鉴：动作描写，鲁滨逊防御人或野兽的布置，一方面体现了他的谨慎，另一方面体现了他的智慧。】

帐篷搭好，防卫搞好，我又用几块木板把帐篷门从里面堵住，门外再竖上一只空箱子。然后，我在地上搭起一张床，头边放两把手枪，床边再放上一支长枪,总算第一次能上床睡觉了。我整夜睡得很安稳,因为昨天晚上睡得很少,白天又从船上取东西、运东西,辛苦了一整天,实在疲倦极了。

在那以后,我经常在退潮的时候上船搬一些东西回来,我能肯定我所拥有的武器数量,对任何一个人来说都是不可能拥有的,但我仍想尽我可能把能搬下来的东西都搬回来,我是不可能满足于那一点武器弹药的。【写作借鉴:心理描写,体现出主人公对现状的不满,以及想要活下来的心理。】特别是第三次,我把船上所有的粗细绳子通通取了来,同时又拿了一块备用帆布——那是准备补帆时用的。我甚至把那桶受了潮的火药也运了回来,我把船上的帆裁成一块块的——因为我当时所需要的不是帆,而是帆布,每次能拿多少就拿多少,全都拿了回来。

最令我欣喜的是,在我来回搬运了五六趟东西后,我竟然又找到了一桶上等面粉、一大桶面包,两桶甘蔗酒、一箱砂糖。真的是非常意外的一笔收获。我原以为除了已经浸水的粮食,这儿不会再有什么食品了呢。【名师点睛:这些平时非常普通的食物,却能使鲁滨逊欣喜若狂,体现了孤岛上食物的珍贵。】当即,我就用刚裁好的帆布把那一大桶面包包起来,平安地运上了岸。

接下来的一天,我又到船上去了一趟。当时,凡是我拿得动而又易于搬运的东西,已被我搬取一空,只剩一条空船。心犹未甘的我便动手搬取船上的锚索——为了便于搬运,我不得不把锚索截成许多小段。

我取下了所有能搬运的铁器,包括两根锚索、一根铁缆和一些其他的铁器。随即,我把船上包括前后帆杠所有能找到的木头都砍下来,扎成一个大木排,准备把那些东西运回岸上。可是,这一回就没有以前那么顺利了——木排做得太笨重,载货又多,当木排驶进卸货的小湾后,失去控制;结果木排一翻,连货带人,通通掉进水里去了。人倒没有受伤,因木排离岸已近;可是,我的货物却大部分都损失了。尤其是那些铁器,我本来指望将来会有用处的。不过,退潮后,我还是把大部分锚索和铁器从水里弄了上来。这工作当然十分吃力,我得潜入水里把它们一一打捞上来。后来,我照样每天到船上去一次,把能够搬下来的东西都搬下来。

上岸的这十多天里,我来回跑了十一次。就在这段时间里,我就已经把我能搬下来的东西都搬了下来。我相信,只要给我一个好天气,我就能把一整条船都拆成一块块的木板,并把它们都搬上岸。【名师点睛:假如天气一直好,鲁滨逊就可以把整条船都拆掉,说明鲁滨逊的搬运能力和动手能力很强。】就在我正准备第十二次上船时,海上又开始刮起了大风,但我还是冒着风险在退潮时上了船,尽管我以为我已搜遍了全船,不可能再找到什么有用的东西了,结果还是有新发现。我找到了一个有抽屉的柜子,在一个抽屉里,我找出了两三把剃刀,一把大剪刀,十几副刀叉;而另一个抽屉里则装了许多钱币,有欧洲的金币,有巴西的,有西班牙银币,这让我感到非常好笑。

"哇哦,你们这些废物!"我大声说,"你们现在对我的价值还不如粪土,一把刀子比你们一堆都珍贵,你们对我已经毫无用处了,根本就没有什么值得我救的地方,你们就留在老地方沉入海底吧。"【写作借鉴:语言描写,比喻修饰手法的运用,作者将金钱比作粪土不如的东西,连刀子都比它们珍贵,说明在人迹罕至的孤岛上,金钱毫无价值。】

可是,再一想,我还是把钱拿走了。我一边把钱用一块帆布包好,一边考虑再做一只木排,正当我在做木排时,发现天空乌云密布,风也刮得紧起来。不到一刻钟,竟变成一股狂风从岸上刮来。我立刻意识到,有这逆风存在,再做木排已毫无用处,还不如趁潮水还未上涨,赶快离开,要不然,就很可能回不到岸上去了。于是我立刻跳下水,游过船和沙滩之间那片狭长的港湾。【名师点睛:"立刻意识到"说明鲁滨逊的反应非常迅速,判断正确,早已不是对大海一无所知的人了。】这一次，由于带的东西太重，再加上风越刮越强劲，我游得很吃力。

潮水上涨不久后，海面上已刮起漫天风暴……【写作借鉴：环境描写，漫天风暴为船只被吹走做铺垫。】

我回到了自己搭的小帐篷，这算是我的家了。当我躺下睡觉时，看到四周是我全部的财产，心中感到很是安稳踏实。大风整整刮了一夜。第二天向外一望，不由惊讶万分，那只船已经被吹得无影无踪。随即又感到庆幸和坦然——幸好我没有偷懒，也没有浪费时间，早已把所有有用的东西都搬回来了。确切地说，就算这船还在那里，我也没必要去拿什么东西了，因为没剩多少有用的东西了。

我现在不再去想那只船了，也不去想船上的东西了，只希望船破之后，有什么东西会漂上岸来。后来，船上确实也有一些零零碎碎的东西漂过来，但这些东西对我已没多大用处了。

那个时候，我在思考怎样保护自己，是挖个洞还是搭个帐篷，毕竟我不清楚这个岛上有没有野人和野兽，也不知道如何去防备人兽的袭击。最后，我决定两样都要。至于建成什么样子，怎样去做，不妨在这里详细谈谈。

首先，我觉得目前居住的地方不太合适。一来是因离海太近，地势低湿，不大卫生；二来是附近没有淡水。我得找一个比较卫生、比较方便的地方建造自己的住所。【名师点睛：理智分析了自身的居住现状，鲁滨逊已经可以独立思考自己的需求。】

我根据自己的情况，拟定了选择住所的几个条件：

必须如我上面所说的，要卫生，要有淡水；

要能遮阴；

要能避免猛兽或人类的突然袭击；

要能看到大海，万一上帝让什么船只经过，我就不至于失去脱险的机会，因为我始终存有一线希望，迟早有一天能摆脱目前的困境。

根据以上条件，在我的努力寻找下，发现了位于小山坡旁的一块平地。靠近平地的那一块小山坡又陡又直，可以像一堵墙一样防止人兽从这一边袭击我。在山岩上，还有一块凹进去的，像一个山洞进口的地方，虽然最后证明里面并没有山洞。

在这块山岩凹进去的地方，有一块宽不过一百码，长不到二百码的草地，我就准备在这里搭个帐篷。【写作借鉴：环境描写，具体的数字更添真实感。】

若把住所搭好，这块平坦的草地犹如一块草皮，从门前起伏连绵向外伸展形成一个缓坡，直至海边的那块低地。这儿正处小山西北偏北处，日间小山正好可以挡住阳光，当太阳转向西南方向照到这儿时，也就快要落下去了。

搭帐篷前，我先在石壁面前画了一个半径约十码的半圆形。沿着这个半圆形又插了一些像木橛子一样但是大头朝下，高约五尺，并且顶上都削得尖尖的木桩，像这样插了两排。【写作借鉴：通过对半径、直径、高等细节描写，增加了真实性。】

两排木桩之间的距离不到六英寸。

然后，我用从船上截下来的那些缆索，沿着半圆形，一层一层地堆放在两排木桩之间，一直堆到顶上，再用一些两英尺半高的木桩插进去支撑住缆索，仿佛柱子上的横茬。这个栅栏十分结实牢固，不管是人还是野兽，都无法冲进来或攀越栅栏爬进来。这项工程，花了我不少时间和劳力，尤其是我得从树林里砍下粗枝做木桩，再运到草地上，又一一把它们打入泥土，这工作尤其费时费力。【名师点睛：一步步地修建栅栏，过程清晰可见，情景也历历在目。从侧面说明鲁滨逊的动手能力之强。】

我没有准备住所的入口，也就没有在栅栏上做门。为了四面都有保护，我就只做了一个梯子，要用的时候借用梯子从栅栏上翻进来，进入里面后再把梯子收起来。这样，夜里就可以高枕无忧了。虽然，我在后面才发现，我根本没有必要如此戒备我所担心的敌人。

我又花了极大的力气，把前面讲到的我的全部财产——全部粮食、弹药武器和补给品，一一搬到栅栏里面，或者说搬到这个堡垒里来。因为一年中这儿有一个时期经常下倾盆大雨，我就先在里面做一个小帐篷，外面再罩一个大的，甚至我还在外面罩了一个上次在船上搜集帆布时顺便拿下来的油布。这样，我就做了一个双层帐篷。

现在我已不再睡在刚上岸时搭的那张床上了，而是睡在一张吊床上，这吊床原是船上大副所有，质地很好。

我把粮食和一切可能受潮损坏的东西都搬进了帐篷。完成这工作后，就把栅栏的出入口堵起来。此后，我就像上面所说，用一架短梯翻越栅栏进出。【写作借鉴：动作描写，主人公的精心设置，使居住地易守难攻，体现了鲁滨逊的小心谨慎。】

做完了这些工作后，我打算挖一个地窖，于是，我就在岩壁上打洞，挖出来的土石方就通过帐篷运到外面，也绕着栅栏一圈堆了一个约一英尺高的平台。这样，帐篷成了我的住房，房后的山洞就可以当作地窖。

这些工作既费时又费力，但总算一一完成了。现在，我再回头追述一下其他几件使我煞费苦心的事情。在我计划搭帐篷打岩洞的同时，突然乌云密布，暴雨如注，雷电交加。在电光一闪、霹雳突至时，一个想法也像闪电一样掠过我的头脑，比闪电让我更吃惊："哎哟，我的火药啊！"【写作借鉴：运用了比喻的修辞手法，将想法比喻为闪电，生动地表现出鲁滨逊对火药的重视，以及他当时的反应之快。】

火药对我的重要性是不言而喻的。因为我的人身安全和食物都需要火药才能保障。因此，想到一个霹雳就能毁掉我所有的火药，我不由得感到绝望。当时我根本没想到一旦火药爆炸了，我也就被炸飞了，只想到火药一旦爆炸，我就失去了自卫和猎取食物的手段。

这场暴风雨使我心有余悸。因此，我把所有其他工作，包括搭帐篷、筑栅栏等都先丢在一边。等雨一停，我便立刻着手做了一些小袋子

鲁滨逊漂流记

和匣子，把火药分成许许多多小包，再把一包包的火药分开贮藏起来。以防万一发生什么情况，也不至于一包着火危及另一包，全部炸毁。火药大约有二百四十磅，我把它们分成一百多包。这件工作足足花费了我两个星期的时间。至于那桶受潮的火药，我倒并不担心会发生什么危险，所以我就把它放到新开的山洞里；我把这山洞戏称为我的厨房，其余的火药我都藏在石头缝里，以免受潮，并在储藏的地方小心地做上记号。【名师点睛：鲁滨逊将火药分成一百多包藏在石缝中，这里详细地描写了贮藏火药的过程，使文章真实可信，并且说明鲁滨逊是个做事严谨细致的人。】

在分装和储藏火药的两周里，我每天都会带枪出门一次。一是想着散散心，顺带可以捕获一些食物；二也能了解一下海上的物产。

第一次外出，我便发现岛上有不少山羊，这令我十分满意。但我很快又发现，这对我来说并非是件大好事。因为这些山羊胆小而又狡猾，跑得飞快，实在很难靠近。当然，我并不灰心，我相信总有办法打到一只的。【名师点睛：虽然山羊很狡猾，但是鲁滨逊相信自己会打到的，表明他很有自信。】不久我真的打死了一只。而当我发现山羊经常出没之地后，就采用打埋伏的办法来获取我的猎物。我发现了一个现象。如果山羊正在吃草，我站在山岩上，山羊就不会发现我；但是如果它们没有吃草，不管我站在山谷里，还是站在山岩上，它们很容易就会注意到我，并且很快惊恐逃窜。我想，这大概是由于小羊眼睛生的部位，使它们只能向下看，而不容易看到上面的缘故吧。所以，我就先爬到山上，从上面打下去，总是很容易打中。我第一次开枪，打死了一只正在哺小羊的母羊，心里非常难过。那母羊倒下后，小羊呆呆地站在它身旁；当我背起母羊往回走时，那小羊也跟着我来到围墙外面。于是我放下母羊，抱起小羊，进入栅栏，一心想把它驯养大。可小山羊就是不肯吃东西，实在没有办法，我只好把它也杀了吃了。这一大一小的两只山羊，供我吃了好长一段时间，因为我要尽量节省粮食，尤其是面包。

Z 知识考点

1.当鲁滨逊在陆地上待了十多天,他已经去了船上_____回了。在这些天里,开的第一枪是打死了一只_____,修建了一个帐篷,出入工具是一_____。

2.下列对鲁滨逊搭建的帐篷描述错误的一项是（   ）

A.搭帐篷的地点是一片长两百码,宽不到一百码的绿地。

B.鲁滨逊打下了两排木桩,再把缆索放在上面,一直堆到木桩尖顶,做成了栅栏。

C.鲁滨逊没有给栅栏做门,只是借助木梯通行。

D.鲁滨逊的帐篷是双层的,下雨时挡雨,天晴时遮阴。

3.分析原文"而当我发现山羊经常出没之地后,就采用打埋伏的办法来获取我的猎物。我发现了一个现象。如果山羊正在吃草,我站在山岩上,山羊就不会发现我……而不容易看到上面的缘故吧"。你认为鲁滨逊是个怎样的人?

_____

_____

Y 阅读与思考

1.鲁滨逊对住宅的要求是什么?

2.鲁滨逊原准备将发现的钱沉入海底,但他"再一想,我还是把钱拿走了",你认为,是什么改变了鲁滨逊的主意?

第三节

振　作

M 名师导读

即使住所已有安排，鲁滨逊依然感到前景黯淡，他忧郁，他心酸，他暗自垂泪，无可奈何。直到他发现一种调节情绪的方法……

住所建好了，我还得要有一个生火的地方，而且还得准备些柴来烧。至于我怎样做这件事，怎样扩大石洞，又怎样创造其他一些生活条件，我想以后在适当的时候再详谈。

现在我想先略微谈谈自己，谈谈自己对生活的看法。可想而知，在这些方面，你们也是有着不少感触的。

我感觉上帝在冥冥之中规定好了我的命运，我注定要孤苦伶仃，余生凄凉。我感觉自己前途一片黯淡，每当想到此处我都不禁泪流满面。【名师点睛：无能为力的鲁滨逊再坚强也不免陷入了犹豫和怀疑，感伤自己凄惨悲凉的命运。】我有时不禁犯疑，为什么上帝要如此作践他的子民，为什么要让我被凶猛的风暴刮到这远离原定航线，远离人类正常贸易航线数百里之遥的荒岛上。让我如此不幸，如此孤立无援，如此沮丧寂寞！这样的遭遇，无法让我们认为生活之于我们是一种恩赐。

可是，每当我这样想的时候，立刻又有另一种思想出现在我的脑海里，并责备我不应该存有上述这些念头。特别是有一天，当我正带枪在海边漫步，思考着自己目前的处境时，理智从另一方面劝慰我："是的，你现在确实是孤单寂寞，孑然一身。但是，你想想和你一起登上小艇的那十位同伴？现在，只有你一个人活生生地站在这里，想想那十个消失无踪的同伴，你是想一个人活在这荒岛，还是和他们在一处呢？"想到他们时，我用手指了指大海："他们都已葬身大海了！真是的，我怎么不想想祸福相倚和祸不单行的道理呢？"【写作借鉴：心理描写，对比。鲁滨逊悲痛于现在的孤身一人，但当他将自己与那些葬身大海的船员一对比，便意识到，这是上帝的恩赐，让他更加热爱生活。】

接着，我又想到，我目前所拥有的一切，物资充裕，足以维持温饱。无法想象我若是像刚上岸一样一无所有——既没有任何生活必需品，又没有任何可以制造生活必需品的工具，我的情况会怎样。如果那只大船不从触礁的地方浮起来漂进海岸，并给我充足的时间把一切有用的东西搬运回来，应该是非常恐怖的。由此看来，我所拥有的机遇，竟还是千载难逢的。

"尤其是，"我大声对自己说，"如果我没有枪，没有弹药，没有制造东西的工具，没有衣服穿，没有床睡觉，没有帐篷住，甚至没有任何东西可以遮身，我又该怎么办呢？"【写作借鉴：语言描写，疑问句，自问的方式，表明鲁滨逊逐渐接受了自己的处境。】

现在，我不仅拥有这些东西，而且还相当充足，即使以后弹药用尽，不用枪我也能活下去。我相信，我这一生绝对不会受冻挨饿，因为我早就考虑到各种意外，考虑到将来的日子。不但考虑到弹药用尽之后的情况，甚至也想到了我将来体衰力竭之后的日子。

应该承认，我在考虑这些问题时，并未想到火药会被雷电一下子炸毁的危险。因此雷电交加之际，忽然想到这个危险，着实令我惊恐万状。这件事我前面已叙述过了。

我准备把我的生活近况从头至尾，按时间顺序一一记录下来。因为，从现在开始我要过一种或许从来没有人经历过的寂寞而又忧郁的生活了。根据我的估算，我踏上这个可怕海岛的时间应该是9月30号。也就是说，在秋分左右，太阳差不多正在我的头顶上。这么一判断，我所处的海岛，应该在北纬九度二十二分一带。

上岛后大概十一二天后，我用柱子做了一个大十字架，立在我初次上岸的地方，并写下"我于1659年9月30日在此登岸"。因为我突然担心没有本子、笔和墨水的我一定会忘记计算日期，并且很有可能连安息日和工作日都忘记，为了防止这种情况的发生，我就在这根柱子上用大写字母刻下了这句话。

<u>在这方柱的四边，我每天用刀刻一个凹口，每七天刻一个长一倍的凹口，每一月刻一个比每七天再长一倍的凹口。这样，我就有了一个日历，可以计算日月了。</u>【名师点睛：通过记录日期这一小细节，体现出了鲁滨逊此刻心情的转变。】

另外，应该提一下的是，我从船上搬下来的东西很多，有些价值不大用处却不小的东西，前面我忘记交代了。我这里特别要提一下那些纸、笔、墨水；船长、大副、炮手和木匠的一些东西：罗盘啦，观察和计算仪器啦，日晷仪啦，望远镜啦，地图啦，以及航海书籍之类的东西。当时我不管有用没用，通通收拾好带上岸来。同时，我还找到了三本很好的《圣经》——随我的英国货物一起运来的。我上船时，把这几本书装在了我的行李里面。此外，还有几本葡萄牙文的书籍，包括几本天主教祈祷书和一些别的书籍。我很是慎重地保存了所有的书籍。不应忘记告诉读者的是，我增添了三个伙伴，两只猫和一条狗。两只猫是我带上岸的，那只狗却是我第一次上船搬东西的时候自己跟在我后面游回来的。我以后会讲到它们奇异的经历。后来许多年里，这条狗一直是我忠实的仆人。我什么东西也不缺，不必让它帮我猎取什么动物，也不必做我的帮手帮我干什么事，但求能与它说说话，可就连这一点它都办不到。我前面已经提到过，我找到了笔墨和纸，但因为墨水是有限的，我又不会制造墨水，为了能够如实地记下我看到的一切，我用得非常节省。

这也让我联想到，尽管我已收集了这么多东西，我还缺少很多很多东西，比如墨水就是其中之一。其他的东西像挖土或搬土用的铲子、鹤嘴斧、铁锹，以及针线等，我也都没有。至于内衣内裤之类，虽然缺乏，不久之后我也就习惯了。

　　由于工具的缺乏，我的进度很慢，为了建好我的栅栏（贴切地说是围墙），我花了整整一年的时间。就拿打木桩举一个例子：木桩很沉，我只能选我能搬动的，在那之后还要在树林里花费很长一段时间把它们砍下来削好。当然，想把它们搬回住处是更费时间的。甚至，有的时候，要想把一根木桩砍下，削好，再搬回来需要花费我两天的时间，再在第三天把它打入地里。刚开始的时候，我是找了一块很重的木头作为打桩的工具；后来才想起一根起货用的铁棒。可即便是用铁棒，打桩的工作还是非常艰苦、非常麻烦的。【名师点睛：只是做一个栅栏，鲁滨逊就花费了一整年。说明鲁滨逊是一个做事非常认真且不怕辛苦，不会半途而废的人。】

　　其实，我最能挥霍的就是时间。工作麻烦一点没有任何问题。毕竟我当时只需要在岛上四处走走，搜寻一些食物，可那是我每一天都要做的事情。有时候我还挺乐意工作麻烦一点，不然修筑好围墙后我还能做什么呢？

　　我开始认真地考虑自己所处的境遇和环境，并把每天的经历用笔详细地记录下来。我这样做，并不是为了留给后人看，我相信，在我之后，不会有多少人上这荒岛来。我这样做的目的，只是为了抒发胸中的感想，可供日后浏览，聊以自慰。现在，在尽量自勉自慰之下，我已开始振作起来，不再灰心丧气。我把当前的祸福利害一一加以比较，以使自己乐观知足。我按照商业簿记的格式，分"借方"和"贷方"，把我的幸与不幸客观公正地排列如下：【名师点睛：鲁滨逊非常聪明，他知道自己可能会在这孤岛上生存很长一段时间，因此罗列出自己流落荒岛的幸与不幸，激励自己心存感恩，并且努力克服困难生活下去。】

祸害：

我流落荒岛，摆脱困境已属无望。

唯我独存，孤苦伶仃，困苦万状。

我与世隔绝，仿佛是一个隐士，一个流放者。

我没有衣服穿。

我无法抵御人类或野兽的袭击。

我没有人可以交谈，也没有人能解救我。

福利：

唯我独生，船上同伴皆葬身海底。

在全体船员中，我独免一死，上帝既然以其神力救我一命，也必然会救我脱离目前的困境。

小岛虽荒凉，但我尚有粮食，不致饿死。

我地处热带，即使有衣服也穿不了。

在我所流落的孤岛上，没有我在非洲看到的那些猛兽。假如我在非洲沿岸覆舟，那又会是怎样的一种情形？

上帝的神奇之手把船送到海岸附近，使我可以从船上取下许多有用的东西，让我终身受用不尽。

总而言之，从上述情况看，我目前处境之悲惨，的确是这世界上绝无仅有的。但即使是在这样的处境中，也祸福相济，有着值得庆幸之处。我希望世上的人可以从我不幸的经历中有所收获，譬如像我一样。如果身处在万般不幸中，可以把祸福一一列出来并加以比较，找到一些可以聊以自慰的东西，然后归入账目中"贷方"这一项。【名师点睛：主人公的心理感悟体现了他的酸楚与无奈和他乐观的生活态度。】

现在，我对自己的处境稍感宽慰，就不再对着海面望眼欲穿，希望有什么船只经过了。也就是说，我已把这些事丢在一边，开始筹划度日之计，并尽可能地改善自己的生活。

前面我已描述过自己的住所。那是一个搭在山岩下的帐篷，四周环绕着用木桩和缆索做成的坚固的栅栏。自从我用草皮在栅栏外面堆了一道两英尺多厚的墙，又花费大概一年半时间，在围墙和岩壁之间用树枝和其他东西搭了一些屋椽，用来挡雨——这里一年中总有一段时间大雨如注，我就可以把栅栏称作围墙了。

前面我也说过，我把所有东西都搬进了这个围墙，搬进了我在帐篷后面打的山洞。现在我必须补充说明一下，那些东西，起初都是杂乱无章地堆在那里，以至于占满了住所，弄得我连转身的余地都没有。于是我开始扩大山洞。好在这山岩的质地是一种很松的砂岩，很容易挖。特别是当我觉得围墙已加固得足以防御猛兽的袭击时，我便向岩壁右边挖去，然后再转向左面，直至把岩壁挖穿，通到围墙外面，做成了一个可供出入的门。【写作借鉴：动作描写，鲁滨逊一步一步地完善自己的居所，反映了主人公勤劳刻苦的精神。】

这样，我就多了一个出入口，这成了我帐篷和贮藏室的后门，我也有了更多的地方可以贮藏我的财富。

一切准备就绪后，我就开始准备桌椅等家具了。如果没有桌子，我都没有地方可以吃饭写字，也没法做其他事。如果离开这两样家具，生活就毫无乐趣。

说到这里，我必须先说明一下，推理乃是数学之本质和原理，因此，如果我们能对一切事物都加以分析比较、精思明断，那么掌握任何工艺，对每个人而言都将是轻而易举的。我发现，一生从未使用过任何工具的我什么都会做。如果有适当的工具更好，只要我拥有劳动和发明设计的能力，就没有问题。就算我没有工具，我也凭此制造出了许多工具。有时候，仅仅凭一把手斧和斧头，我就能制造某些东西。我想也许以前没有人会和我一样，用这种方法制造东西，并且和我一样付出无穷的努力。

比如说，为了做块木板，我先砍倒一棵树，把树横放在我面前，再用斧头把两面削平，削成一块板的模样，然后再用手斧刨光。【写作借鉴："砍""横""削"等动作条理分明，用词精准。】确实，用这种方法，一棵树只能做一块木板，但这是没有办法的办法，而且需要花费大量的时间、劳力和耐心才能完成。反正对我来说，时间和劳动力都不值钱，怎么用都无所谓。

桌子和椅子，是用我从船上运回来的几块短木板制成的。后来，我又用上面提到的办法，做了一些木板，沿着山洞的岩壁搭了几层一英尺半宽的大木架，把工具、钉子和铁器等东西分门别类地放在上面，以便取用。另外，我还在墙上钉了许多小木钉，用来挂枪和其他可以挂的东西。

<u>假如有人看到我的山洞，一定会以为这是一个军火库，里面枪支弹药应有尽有。</u>【名师点睛："军火库"一词表现出鲁滨逊对自己的成果很是自豪。】所有物品，安置得井然有序，取用方便。我看到样样东西都放得井井有条，而且收藏丰富，心里感到无限的宽慰。

从现在开始，我开始记日记，记下每天所做的事情。毕竟之前我每天都匆匆忙忙，劳累辛苦，心慌意乱。即使记日记，内容也必定是索然无味的。例如，我在日记中一定会这样写：

"9月30日，我没被淹死，逃上岸来，吐掉了灌进胃里的大量海水，略略苏醒了过来。这时，我非但不感谢上帝的救命之恩，反而在岸上胡乱狂奔，又是扭手，又是打自己的头和脸，大叫大嚷自己的不幸，不断地叫嚷着：'我完了，我完了！'直至自己筋疲力尽，才不得不倒在地上休息，可又不敢入睡，唯恐被野兽吃掉。"

<u>刚上岛的几天，甚至在我把船上可以搬动的东西都运上岸之后，我还是每天爬到小山顶上，呆呆地望着海面，巴望着能看到船只经过。有时候，妄想过甚，我会因为看到极远处有一片帆影而欣喜若狂；也会因为帆影消失得无影无踪而号啕大哭。</u>【写作借鉴：动作描写，神态描写。鲁滨逊对回家的渴望是如此强烈，以至于失去了思考能力。】

这种愚蠢的行为，反而增加了我的烦恼。

现在，这个心烦意乱的阶段总算过去了，我把住所和一切家什也都安置妥当，又做好了桌子和椅子，所有东西也都安排得井井有条，便开始记日记，后来墨水用光了，我才不得不中止。现在，我把全部日记抄在下面（有些前面提到过的事不得不重复一下）。

Z 知识考点

1. 在岛上待了十一二天以后,鲁滨逊通过_____的方法记下了星期、月份、年份。

2. 下列对原文的叙述中,错误的一项是（ ）

A. 鲁滨逊开始整理他搜集的东西了,也正是在这一节中,他发现了三本《圣经》。

B. 鲁滨逊首次登岸是在1659年9月30日。

C. 鲁滨逊将自己遭遇的坏事专门写出来是为了使自己记住遭遇的不幸。

D. 尽管没有工具,鲁滨逊依然顺利做成了木板,是因为他聪明的头脑和坚持不懈的毅力。

Y 阅读与思考

1. 修建好住所后,鲁滨逊并没有立即投入劳动,而是经历了一番思想上的挣扎,请将鲁滨逊流落荒岛的心路历程写出来。

2. 你怎样看待鲁滨逊将他遭遇到的凶险和幸运一一列举出来加以对比来宽慰自己的方法?

第四节

孤岛日记

M 名师导读

孤身一人生活在荒岛上的鲁滨逊,学会了用日记记录或者倾诉日常琐事。从他的日记中,我们可以了解到他的日常点滴,了解他这段时间的思想转变。

1659年9月30日

我,可怜而不幸的鲁滨逊·克鲁索,在一场可怕的大风暴中,在大海中遭遇沉船,流落到这个荒凉的孤岛上。我且把此岛称之为"绝望岛"吧。同船伙伴皆葬身鱼腹,我本人却死里逃生。

整整一天,我都沉浸在凄凉境遇的伤痛里无法自拔。我什么都没有,没有食物,没有衣服,甚至武器。无路可走,没有获救的希望。我知道,我只有死路一条,不是被野兽生吃下腹,就是被野人拿来饱腹。甚至有可能活活饿死。【名师点睛:初来到荒岛的恐惧紧紧围绕着鲁滨逊,他承受了巨大的精神压力。】夜幕降临,因怕被野兽吃掉,我睡在一棵树上。虽然整夜下雨,我却睡得很香。

10月1日

清晨醒来,只见那只大船随涨潮已浮起,并冲到了离岸很近的地方。这大大出乎我的意料。船安然地停在那里,没有被狂风巨浪打破,这让我欣喜若狂。我想,待风停浪息之后,可以上去弄些食物和日用品来救急。但又想到那些失散了的伙伴,这使我倍感悲伤。我想,要是我们当时都留在大船上,也许能保住大船,至少也不至于被淹死。那样伙伴就不会死,我们就能合力用大船的剩余部分造一条小船,把我们运送到世界上另一个港口去。这一天,大部分的时间我为这些念头所困扰。后来,看到船里没进多少水,我便走到离船最近的沙滩,泅水上了船。这一天雨还是下个不停,但没有一点风。

10月2日至23日

我连日上船,把我所能搬动的东西通通搬了下来,趁涨潮时用木排运上岸。这段时间当是雨季,虽然雨水时停时续,但雨水很多。

10月24日

木排翻倒,上面的货物也都落到水里去了,幸运的是,退潮的时候我还捡回了很多东西。因为木排翻倒的地方水很浅,那些东西又很重,就没有被冲走。

10月25日

雨下了一天一夜,还夹着阵阵大风。风越刮越凶,最后竟把大船打得粉碎。退潮时可以看到大船的碎片,但大船已不复存在。这一整天,我把从船上搬回来的东西安置好并覆盖起来,以免给雨水淋坏。【写作借鉴:环境描写,鲁滨逊依然坚持不懈地去抢救一切有用的东西。】

10月26日

我在岸上跑了差不多一整天,想寻找一个合适的地方做住所,我最担心的是安全问题,住地必须能防御野兽或野人在夜间对我进行突然袭击。傍晚,我终于在一个山岩下找到了合适的地方。我画了一个半圆形作为修筑房屋的地点,只要沿着半圆形插上两排木桩,中间可以盘上绳索,上面再铺上草皮,就可以修筑一个坚固的围墙,作为防御工事。

10月27日至30日

我埋头苦干,把全部货物搬到新的住地,虽然有时大雨倾盆。

10月31日

早晨我带枪深入孤岛腹地，一则为了找点吃的，二则为了查看一下小岛环境。我打死了一只母山羊，它的一只小羊跟着我回家，后来我把它也杀了，因为它不肯吃食。

11月1日

在帐篷里睡的第一夜，我在小山下搭了一个大帐篷，还钉了几根木桩用来挂吊床。

11月2日

我把所有的箱子、木板，以及做木排用的木料，沿着半圆形内侧堆成一个临时性的围墙，作为我的防御工事。

11月3日

我带枪外出，打死两只野鸭似的飞禽，肉很好吃，下午开始做桌子。

11月4日

早晨，开始计划时间的安排。规定了工作的时间、带枪外出的时间、睡眠的时间以及消遣的时间。我的计划如下：我会在没有下雨的早晨带枪出去跑两三个小时，回来后会工作到十一点左右。【名师点睛：简短的日记记录，明显看出鲁滨逊一天日程的繁忙。】由于最近天气炎热，我会在十二点到十四点睡两个小时，傍晚才开始工作。今天和明天的全部工作时间，我都用来做桌子。目前我还是个拙劣的工匠，做一样东西要花很多时间。但不久我就会成为一个熟练工。【名师点睛：通过"拙劣"与"熟练"的对比，又强调过不了多久就会完成这其中的转换，说明鲁滨逊特别努力并且能从中吸取经验。】什么事做多了就熟能生巧，另一方面也是迫于需要。我相信，这对于其他任何人也是可以办到的。

11月5日

今天我带枪外出，并且把狗也带上了。打死了一只野猫，其毛皮柔软，但肉却不能吃。我会把我打死的每一种动物的毛皮都剥下来。从海边回来的时候，看到几只不清楚名字的鸟儿，还看见两三只海豹。刚开始看见它们的时候,我还不清楚它们是什么。最后,它们向大海里游去我才清楚是海豹。这次,它们从我的眼皮底下跑掉了。

11月6日

早晨外出回来后就继续做桌子,最后终于完成了,但样子很难看,我自己都不满意。【名师点睛:在无外界的压力下,鲁滨逊还能坚持早起,说明他是一个有着良好习惯的人。】不久,我又设法把桌子改进了一下。

11月7日至12日

天气开始晴朗了。7号到12日,除了礼拜日的11号,我一直在拆了又改,勉强做成了一把椅子,效果只能说是差强人意[讲的是一件事情有很多不足,只能勉强令人接受]。

附记:

我不久就不再做礼拜了。因为我忘记在木桩上刻凹痕了,因而也就记不起哪天是哪天了。

11月13日

今天下雨,令人精神为之一爽。天气也凉快多了,但大雨伴随着闪电雷鸣,吓得我半死,万分惊恐,因为我担心火药会被雷电击中而炸毁。因此,雷雨一停,我就着手把火药分成许多小包,以免不测。【名师点睛:猝不及防的大雨和闪电,展现出鲁滨逊生活的小岛环境恶劣,各种突如其来的情况都会对鲁滨逊造成威胁。】

11月14日、15日、16日

今天,我开开心心地用我制作的小方匣分装并贮藏火药。每个匣子大概可以装一两磅火药。其中有一天,我打到了一只大鸟,肉很好吃,但我不知道是什么鸟。

11月17日

今天,我开始在帐篷后的岩壁上挖洞,以扩大我住所的空间,使生活更方便些。

附记：

要挖洞，我最需要的是三样工具：一把鹤嘴锄、一把铲子和一辆手推车或一只箩筐。所以在挖洞之前，我想先制造一些必不可少的工具。我用起货钩代替鹤嘴锄，能凑合用，只是重了点。此外，还需要一把铲子，这是挖土的重要工具，没有铲子，什么事也别想做，可我不知道怎样才能做把铲子。

11月18日

我去树林里搜寻，发现一种树，像巴西的"铁树"。因为这种树的木质特别坚硬，我费了好大的劲才砍下来一块，几乎把我的斧头都砍坏了。【名师点睛："几乎把我的斧头都砍坏了"说明了木质坚硬。】又费了不少力气，才把木块带回住所，因为这种木头实在太重了。

这种木料非常坚硬，但这是我能找到的最适合的。因此，我只能慢慢地把木块削成铲子的形状，所以，做这把铲子我花费了很大的工夫。最后成型的铲子，铲柄完全像英国铲子一样，只是没有包上铁，也就没有真正的铲子那么耐用。不过，必要时用一下也还能勉强对付。我想，世界上没有一把铲子是做成这个样子的，也绝对不会有人花这么长的时间来做成一把铲子。

虽然有了鹤嘴锄和铲子，但工具还是不够，我还缺少一只箩筐或一辆手推车。箩筐我没有办法做，因为我没有像藤皮那样细软的枝条，至少现在我还没有找到。至于手推车，我想除了轮子外，其他都可以做出来。可做轮子却不那么容易，我简直不知从何处着手。此外，我也无法做一个铁的轮子轴心，使轮子能转动。因此，我准备做一个小工替泥水匠运泥灰用的灰斗，而放弃了做轮子的打算。这样我就可以把挖洞的泥土运出来。【名师点睛：没有做轮子的条件，鲁滨逊并没有放弃，而是转换思维做出灰斗来，说明鲁滨逊并非墨守成规之人。】

难以想象，对于制造这些工具，就是灰斗和铲子以及半路夭折的手推车，我竟然花了整整四天的时间。当然，这四天不包括每天早晨带枪外出跑步的时间。可以说，我几乎没有一天不出去，也几乎没有一天不带回些猎物当作吃食。【名师点睛：每天都出去，每次都必会带回猎物，说明鲁滨逊狩猎的技巧很高超。】

11月23日

因为做工具，其他工作都耽搁了下来，等这些工具制成，我又继续做之前耽搁了的工作。只要有精力和时间，我每天都工作，我花了整整十八天的工夫扩大和加深了岩洞。洞室一拓宽，存放东西就更方便了。

附记：

这几天，我的工作主要是扩大洞室。这样，这个山洞成了我的贮藏室和军火库，也是我的厨房、餐室和地窖。

除了雨天，帐篷漏水的时候我会在洞室里睡觉，其他时间我仍然睡在帐篷里。后来我做成了一个茅草屋。首先，我把围墙里的所有地方都用长木条搭成屋椽的样子，架在岩石上，再在上面铺些草和大树叶，就搭成了一个茅屋。

12月10日

我本以为挖洞的工程已大功告成，可突然发生了塌方。也许我把洞挖得太大了，大量的泥土从顶上和一旁的岩壁上塌下来，落下的泥土之多，简直把我吓坏了。如果塌方的时候我正在石洞里，都不需要额外给我修建墓穴了，想到此处，我不由一阵惊恐。这次灾祸的发生，我又有许多工作要做了。我不但要把落下来的松土运出去，还要安装天花板，下面用柱子支撑起来，免得再出现塌方的灾难。【名师点睛：突然发生的塌方事件给了主人公警醒，让鲁滨逊加强了洞穴的坚固程度，也体现了鲁滨逊小心谨慎、一丝不苟的特质。】

12月11日

今天我按昨天的计划动手工作，用两根柱子作为支撑，每根柱子上交叉搭上两块木板撑住洞顶。这项工作第二天就完成了。接着为了把洞室一间间隔开，我支起了更多的柱子和木板。然后加固了洞顶，一排排的柱子就完美地隔开了很多小房间。

12月17日

从这天起到二十号为止,我安排一架架木排,还在那些柱子上钉钉子。凡是能挂起来的东西,我都挂在钉子上。现在,我的室内已经变得相当整齐了。

12月20日

我把所有的东西都搬进洞里,并开始布置自己的住所。我用木板搭了个碗架似的架子,好摆吃的东西。但木板已经越来越少了。另外,我又做了一张桌子。

12月24日

整日整夜大雨倾盆,没有出门。

12月25日

整日下雨。

12月26日

无雨,天气凉爽多了,人也感到爽快多了。

12月27日

枪杀了一只小山羊,又把另一只打瘸了一条腿,我终于抓住了它,用一根绳子拴着它,把它牵回了家。到家以后,我把它那条腿包扎起来,而且给它上了夹板。

附记:

在我的精心照料下,受伤的小山羊活下来了,腿也长好了,而且长得很结实。由于我的长期抚养,小山羊渐渐驯服起来,整日在我住所门前的草地上吃草,不肯离开。这诱发了我一个念头:<u>我可以饲养一些易于驯服的动物,将来一旦弹药用完也不愁没有东西吃</u>。【名师点睛:鲁滨逊开始想要驯养动物,他能够成功吗?】

12月28日、29日、30日

酷热无风。整天在家,到傍晚才外出寻食。整日在家里整理东西。

1月1日

天气依然非常热,但是我早晚带着枪出门,在中午那段时间一如既往地陷入香甜的美梦。这天黄昏,我走得比较远,深入到通往岛中心的一条条峡谷里去,在那儿发现许许多多山羊,不过非常胆怯,所以难以接近。不管怎样,我决定试一试,万一我的狗能撵上它们呢。

1月2日

照着昨天的想法,我今天带狗外出,叫它去追捕那些山羊。可是,我想错了,山羊不仅不逃,反而一起面对我的狗奋起反抗。狗也知道危险,不敢接近羊群。【写作借鉴:拟人,写出了狗和山羊间的斗智斗勇,生动形象地刻画了狗和羊的争斗。】

1月3日

我动手修筑栅栏或围墙,因为我一直担心会受到攻击。我要把围墙筑得又厚又坚固。

附记:

关于围墙,我前面已交代过了,在日记中,就不再重复已经说过的话了。这里只提一下:我从一月三日起到四月十四日为止,一天不落地在这里修这堵墙,干到完工,还把它修建得尽善尽美。【名师点睛:这堵围墙仅仅是为了防御敌人入侵,主人公却想着尽可能修好看一点,说明主人公有审美需求。】围墙呈半圆形,从岩壁的一边,围向另一边,两处相距约八码,围墙全长仅二十四码,岩洞的门正好处于围墙中部后面。

在这段时间里,我努力工作,尽管雨水耽搁了我许多天,甚至好几个星期。我认为,一天没把这堵围墙修好,我就一天没有安全感。我每做一种活都需要用尽全力,尤其是把树桩从林子里运出来,把它们插进地里,因为我把木桩做得太大了,虽然实际上并不需要。

墙筑好后,我又在墙外堆了一层草皮泥,堆得和墙一般高。

这样，我想，即使有人到岛上来，也不一定看得出里面有人，后来事实证明了我的这一做法是非常明智的。

Z 知识考点

1. 荒岛生活踏入正轨的鲁滨逊借用_____的方式，_____记叙了日常琐事。

2. 下列对鲁滨逊日记的描述错误的一项是　　　　（　　）

A.鲁滨逊的日记内容含有对吃食、工作、天气等的记录。

B.鲁滨逊在荒岛生活了一段时间后才开始记日记，从当天开始记录日常生活，但是并没有每日都记日记。

C.鲁滨逊的日记有详有略，主要根据当天的天气情况。

D.鲁滨逊的日记多是根据时间顺序来记叙。

3. 课外资料上指出鲁滨逊先是给岛取名为绝望岛，再后来改称希望岛，你认为为什么要这样改？

_____

_____

Y 阅读与思考

1. 鲁滨逊在围墙的修建上花费了很多时间,但他甘之如饴,为什么？

2. 为什么鲁滨逊所在的荒岛整日大雨？从文章中寻找答案。

第五节
求 生

> **M 名师导读**
>
> 　　意外发现的大麦穗让鲁滨逊欣喜异常,一场地震却让所有成果毁于一旦。就在这场几乎要压倒鲁滨逊的灾难中,一艘船的残骸出现在他的面前。

　　在此期间,只要雨不大,我总要到树林里去寻找野味,并常有一些新的发现,可以改善我的生活。尤其是我发现了一种野鸽,它们不像斑尾林鸽那样在树上做巢,而像家鸽一样在石穴里做窝。我抓了几只鸽子,试图把它们养大,也的确这样做了。但是,它们长到比较大的时候,全都飞走了。这也许是在开始的时候,没有喂它们吃的,因为我没有东西给它们吃。尽管这样,我时常去找它们的窝,抓小鸽子,因为它们的肉味道鲜美。

　　在料理家务的过程中,我发现还缺少许许多多东西。有些东西根本没办法制造,事实也确实如此。譬如,我无法制造木桶,因为根本无法把桶箍起来。前面我曾提到,我有一两只小桶。可是,我花了好几个星期的工夫还是做不出一只新桶来。我无法把桶底安上去,也无法把那些薄板拼合得不漏水。最后,我只好放弃了做桶的念头。【名师点睛:鲁滨逊自己动手丰衣足食,但也并不是每件东西都能够制作成功。】

　　还有,我无法制造蜡烛,所以一到天黑就只得上床睡觉。

　　在这儿一般七点左右天就黑下来了。我记得我曾有过一大块蜜蜡,那是我从萨累的海盗船长手里逃到非洲沿岸的航程中做蜡烛用的,现在早已没有了。我唯一的补救办法是:每当我杀山羊的时候,我都会取一些羊油放在泥盘子里——用泥土制成后经太阳暴晒的盘子。再放上一条用麻捻成的灯芯,这样可以制作一盏灯。【名师点睛:鲁滨逊缺少蜡烛,发挥自己的智慧制作灯盏,说明他是一个善于思考的人;缺少材料知道从羊油处下手,说明他善于观察生活。】尽管它不像蜡烛那样发出清晰、稳定的光,但我总算有了光照。

在我做这些事的时候,我偶尔翻到了一个小布袋。我上面已提到过,这布袋里装了一些谷类,是用来喂家禽的,而不是为这次航行供船员食用的。这袋谷子可能是上次从里斯本出发时带上船的吧。袋里剩下的一点谷类早已被老鼠吃光了,只留下一些尘土和谷壳。因为我很需要这个布袋,就把袋里的尘土和谷壳抖在岩石下的围墙边。当时,想必是我要用这布袋来装火药吧,因为我还记得我曾被电闪雷鸣吓坏了,急于要把火药分开包装好。

我扔掉了那些玩意儿,也没有去注意它们,而且已经不怎么记得我在那里扔过什么东西了。谁知,约莫一个月光景后,反正差不离吧,我看到有几根不知名的植物的绿茎从地里长出来。我想,那是一种我以前可能没有见过的植物;又过了很长的一阵子,我看见那上面长出了十一二个穗子。它们是十足地道的绿大麦,同我们欧洲的,不,我们英格兰的大麦是一个种类。这真叫我万分惊讶。【写作借鉴:"惊讶"一词用词精准,描写出鲁滨逊见到大麦后的惊喜。】

我又惊愕,又困惑,心里的混乱难以用笔墨形容。我这个人不信教,从不以宗教戒律约束自己的行为,认为一切出于偶然,或简单地归之于天意,从不去追问造物主的意愿及其支配世间万物的原则。但我现在却看到,尽管这儿气候不宜种谷类,却长出了大麦,而且我对这些大麦是怎么长出来的也一无所知,这自然使我吃惊不小。于是我想到,这可能是上帝创造的奇迹——没有人播种,居然能长出庄稼来。【写作借鉴:对比，一个不信教的人最后以"上帝创造的奇迹"来解释长出庄稼的原因，强烈抒发了他的惊讶。】我还想到，这是上帝为了能让我在这荒无人烟的孤岛上活下去才这么做的。

这有点儿打动了我的心，使我流下眼泪。我开始庆幸于我的命运。这个"上帝创造的奇迹"竟然会为我出现。

尤其令我感到不可思议的是，在大麦茎秆的旁边，沿着岩壁，稀稀落落长出了几枝其他绿色的茎秆，显然是稻茎。我认得出那是稻子，因为我在非洲上岸时曾见过这种庄稼。

当时，我不仅认为这些谷类都是老天为了让我活命而赐给我的，并且还相信岛上其他地方一定还有。我走遍了以前去过的任何地方，仔细搜索每一块岩石和角落，想再找到一些谷物，但是，一点儿也没有找到。最后，我终于想起，我曾经有一只放鸡饲料的袋子，我把里面剩下的谷壳抖到了岩壁下。这一想，我惊异的心情一扫而光。老实说，我认为这一切都是极其平常的事，所以我对上帝的感恩之情也随之减退了。然而，对发生这样的奇迹，对意料之外的天意，我还是应该感恩戴德的。这的确是上帝的杰作，才使这十几颗大麦的种子留了下来，没有被老鼠吃掉。再说，我把这十几颗谷粒不扔在其他地方，恰恰扔在岩壁下，因而遮住了太阳，使其很快长了出来。如果丢在别处，肯定早就给太阳晒死了，这难道不是天意吗？【名师点睛：交代粮食生长的原因，使文章前后照应，更具真实性。】

到了大麦成熟的季节，大约是 6 月底，我小心地把麦穗收藏起来，一颗麦粒也舍不得丢失。我要用这些收获的麦粒做种子重新播种一次，希望将来收获多了，可以用来做面包吃。后来，一直到第四年，我才吃到一点点自己种的粮食，而且也只能吃得非常节省。这些都是后事，我以后自会交代。第一次播种，由于季节不对头，我把全部种子都损失了。因为我正好在旱季来临前播下去，结果种子根本发不了芽，即使长出来了，也长不好。这些都是后话。

除了大麦，另外还有二三十枝稻秆，我同样小心翼翼地把稻谷收藏起来，目的也是为了能再次播种，好自己做面包吃，或干脆煮来吃，因为后来我发现不必老是用烘烤的办法，放在水里煮一下也能吃，有时我也烤着吃。现在，再回到我的日记上来吧。

这三四个月，我非常努力才修建好了围墙，四月十四日，我把围墙封了起来。我原计划就是用梯子进出，而非开一道门。这样外面的人就看不出里面有人居住。

4月16日

我做好了梯子。我用梯子爬上墙头，再收起来放到围墙的内侧爬下去。这堵墙把我完全圈在里面，不管是什么，都无法接近我，除非能先登上我的墙。【名师点睛：精心设计的围墙一方面展示了鲁滨逊的智慧；另一方面也写出了他的谨慎，对外界的恐惧。】

附记：

完成围墙后的第二天，我几乎一下子前功尽弃，而且差点送命。事情是这样的：

正当我在帐篷后面的山洞口忙着干活时，突然发生了一件可怕的事情，把我吓得魂不附体。我突然发现从我的山洞顶上和小山的一边的沙土正在哗哗地塌下来，掉在我的头上，我竖起来支撑在洞里的两根柱子发出可怕的啪啪的断裂声。我吓得要命，但也想不出毛病到底出在哪儿，只是想到我那个山洞会再塌下来，就像上回它也塌下来过一样。因为我害怕会被活埋在山洞里，就跑到前面的梯子那儿。后来觉得在墙内还不安全，怕山上滚下来的石块打着我，我爬到了围墙外面。等到我下了梯子站到平地上，我才明白发生了可怕的地震。【写作借鉴：细节描写，在突如其来的地震下，鲁滨逊受到了极大的惊吓，这让他吸取了经验教训，以后会将山洞修建得更牢固，也说明他居住的地带自然灾害威胁巨大。】我所站的地方在八分钟内连续摇动了三次。这三次震动，其强烈程度足以把地面上最坚固的建筑物震倒。离我大约半英里之外靠近海边的一座小山的岩顶，被震得崩裂下来，那山崩地裂的巨响把我吓得半死，我平生从未听到过这么可怕的声响。【写作借鉴：夸张。"把我吓得半死"夸大了"我"的恐惧，使读者印象深刻，难以忘怀。】这时，大海汹涌震荡，我想海底下一定比岛上震动得更激烈。

我从来没有遭遇过地震，也没有听过经历地震的人谈起过，所以感到万分惊讶，不知所措，简直像个死人，或者说惊得发呆了。而土地的震动使我胃里难受，就像是在海水里被波浪抛来抛去似的。但是，山石落下的震响，把我从呆若木鸡的状态中惊醒过来，我感到心惊胆战。【写作借鉴：比喻。将震动比作"被波浪抛来抛去"，形象生动地表示了"我"胃的难受程度。"呆若木鸡"表现了"我"惊讶的程度。说明这次地震给"我"的震撼很大。】小山若倒下来，压在帐篷上和全部家用物品上，一下子就会把一切都埋起来。一想到这里，我心里就凉了半截。

第三次震动过后，过了好久，大地不再晃动了，我胆子才渐渐大起来。但我还是不敢爬进墙去，生怕被活埋。我只是呆呆地坐在地上，垂头丧气，闷闷不乐，不知如何才好。在惊恐中，我从未认真地想到上帝，只是像一般人那样有口无心地叫着"上帝啊，发发慈悲吧！"地震一过，连这种叫唤声也没有了。

我正这么呆坐在地上时，忽见阴云密布，好像马上要下雨了。不久，风势渐起，不到半小时就刮起了可怕的飓风。

刹那间，整个海面上波涛汹涌，白浪滔天，岸上尽是涌上来的激浪。一些树被连根拔起，这是一场惊天动地的风暴。持续了大概三个小时，风开始减小了，又过了两个小时，一丝风也没有了，却下起了滂沱大雨。【写作借鉴：环境描写，飓风呼啸，白浪滔天，恶劣的天气下，鲁滨逊本就苦闷的心情更添压抑。】

在此期间，我一直呆坐在地上，心中既惊恐又苦闷。后来，我突然想到，这场暴风雨是地震之后发生的。看来地震已经过去，我可以冒险回到我的洞室里去了。这样一想，精神再次振作起来，加上大雨也逼得我走投无路，只好爬过围墙，坐到帐篷里去。但大雨倾盆而下，几乎要把帐篷都压塌，我就只好躲到山洞里去，心里却始终惶恐不安，唯恐山顶塌下来把我压死。

这场暴雨给我增添了一份工作。我需要在围墙底部开一个排水沟，这样就能把水排出去，以免下次暴雨时淹没我的山洞。我在山洞里心惊胆战地坐了一会儿，发现地震没有再发生后，稍微平复了心情。这时，我去贮藏室喝了一小杯甘蔗酒，借此壮壮胆。我喝甘蔗酒一向很节省，因为我知道，喝完后就没有了。

大雨下了整整一夜，第二天又下了大半天，因此我整天不能出门。现在，我心情平静多了，就考虑起今后的生活。我的结论是，既然岛上经常会发生地震，我就不能老住在山洞里。我得考虑在开阔的平地上造一间小茅屋，【名师点睛：岛上经常会地震，说明鲁滨逊生存环境的艰辛，但是他依然想着该如何改善自己的生存环境，足见其谨慎镇定。】四面像这里一样围上一道墙，以防野兽或野人的袭击。如果我在这里住下去，迟早会被活埋的。

我从四月十九日到二十日，一直在计划新的住址以及搬家的方法。首先，我要把帐篷从原来的地方搬开。因为现在的帐篷正好搭在小山的悬崖下面，如果再发生地震，一旦悬崖塌下来，必定会砸掉我的帐篷。

我唯恐被活埋，整夜不得安睡。但想到睡在外面，四周毫无遮挡，心里又同样害怕。当我环顾四周，看到一切应用物品都安置得井井有条，自己的住地既隐蔽又安全，真不愿意搬家了。

在这段时间里，我想起，搬家要花很多的时间，我得为自己建造一片营地，并且还要采取一些安全措施才能搬过去，所以我只得满足于冒险住在这个地方。这样决定之后，我心里安定多了，并决定以最快的速度，用木桩和缆索之类的材料在新营地上照这儿的样子筑一道围墙，再把帐篷搭在围墙里。但在新的营地建造好之前，我还得冒险住在原地。这是4月21日的事。

4月22日

第二天一早，我开始考虑搬家的工具。一想到这，就大感无奈。我有三把大斧和许多小斧——我们带着这些的目的是准备与非洲土人做交易。但是用来砍削多节的硬木头后，斧子就尽是缺口，还很钝。尽管我有一个砂轮，我却没法转动它来使我的工具变得锋利。这使我煞费苦心，就像政治家面对一个重大的政治问题，或一个法官面对一个人的生死那样。最后，我想方设法把一根绳子套在一个轮子上，用脚转动轮子，这样我就可以腾出双手来磨工具了。

附记：

在英国，我从未见过磨刀的工具，即使见过，自己也没注意过这种东西的样子，尽管在英国这种磨刀工具是到处可见的。此外，我的砂轮又大又笨重。我花了整整一个星期才把这个磨刀机器做好。

4月28日、29日

我用整整两天来磨工具，转动砂轮的机器运转得很好，效果不错。

4月30日

我发现食物大大减少了，就仔细检查了一下，决定减为每天只吃一块饼干，这使我心里非常忧虑。

5月1日

早晨，我向海面望去，只见潮水已经退了。我看见一个大得出乎寻常的东西搁浅在岸边，大概是一只桶。我走过去一看，发现了几块破船的残骸，那是被最近那场飓风刮上岸的。我向船的残骸望去，发现它浮出水面的高度比以前更高一些。

我察看了一下冲上岸边的木桶，发现原来是一桶火药，但火药已浸水，板结得像石头一样硬。不过，我还是暂时把它滚到岸上。然后踏上沙滩，尽量走近那破船，希望能再弄到点什么东西。

我走近船边，发现船的位置已大大变动了。在此之前，船头是埋在沙里的。现在，至少抬高了六英尺。船尾呢，在我最后一次在船上搜索不久以后，在海浪的袭击下，已经变得千疮百孔；它同船体的其他部分脱离开，好像被抬起来，横抛在一边。船尾旁以前有一大片水域；离开船的残骸一英里半，我就得游泳，要不就登不了船。而现在，水洼被沙泥淤塞，堆得高高的。所以一退潮，就可以直接走到船跟前。我起初对这一变化感到有点意外，但不久就明白，这是地震的结果。由于地震的激烈震动，船破得更不像样了。每天，总有些东西被海浪从船上打下来，风力和潮水又把这些东西冲到岸上。

我暂时搁置了搬家的计划。当天，我就去了船上，但我发现，船里已经被泥沙堆满，没有什么东西可拿了。即使这样，我也把船上能拆的都拆了下来。现在的我对什么事情都不会轻言放弃，我相信这些东西对我总会有帮助的。【名师点睛："能拆的都拆了下来"，鲁滨逊坚信每一样东西都有它的价值。】

5月3日

我动手用锯子锯断了一根船梁。我猜想，这根船梁是支撑上面的甲板或后面的甲板的。船梁锯断后，我尽力清除旁边积得很高的泥沙。但不久潮水开始上涨，我不得不暂时放弃这一工作。

5月4日

今天去钓鱼，但钓到的鱼没有一条我是敢吃的。

我开始不耐烦了，正准备走的时候，意外收获一条小海豚。我用绞绳的麻丝做钓鱼线，就是没有鱼钩。不过我依然钓到了鱼，我把钓到的鱼都晒干了吃。

5月5日

在破船上干活。又锯断了一根船梁。从甲板上取下三块松木板，把木板捆在一起，趁涨潮时把它们漂到岸上。

5月6日

还是上船搜集东西,找到了几根铁条和一些铁器。我都想放弃了,工作很辛苦,回来时累坏了。

5月7日

今天又来到了船上,只是累极,并没有打算干活。不过我发现,因为船梁已经被锯断了,破船已经碎裂了。有几块木板散落下来,在裂开的船舱里面,尽是水和泥沙。

5月8日

到破船上去。这次我带了一只起货用的铁钩,撬开了甲板,因为甲板上已没有多少水和沙泥了。我撬下了两块木板,像前次那样趁着潮水送上岸。我把起货铁钩留在船上,以便明天再用。

5月9日

去船的残骸,用撬棒开道,终于进入残骸内部。摸到几个桶。用撬棒把桶撬松,但是没法把它们挪离原来的位置。我还摸到了那卷英国制的铅,而且能撬动它。但是它太沉,没法移动。

5月10日、11日、12日、13日、14日每天上破船,弄到了不少木料和木板,以及两三百磅的铁。

5月15日

我带了两把小斧上船,想用一把小斧的斧口放在那卷铅皮上,再用另一把去敲,试试能不能截一块铅皮下来。但因为铅皮在水下有一英尺半深,根本无法敲到放在铅皮上的手斧。【写作借鉴:动作描写,主人公一系列行为,体现了他的艰苦。】

5月16日

刮了一夜大风,风吹浪打后,那条失事的船显得更破烂不堪了。我为了捉几只鸽子做食物,在林子耽搁得太久,等我想上船时,海水上涨,所以那天我就没能上船。

5月17日

我看见几块沉船的残骸漂到岸上，离我差不多有两英里远，决心走过去看个究竟。原来是船头上的一块木料，但太重了，根本搬不动。

5月24日

几天来，我每天上破船干活。我费尽力气，撬松了一些东西，在潮水的冲刷下，几只木桶和两只水手箱竟然漂浮起来了。遗憾的是，那天正刮离岸风，就只有几块木料和一桶巴西猪肉漂到岸上。那猪肉掺杂着泥沙，早已被海水泡烂，根本无法食用。

我这样每天除了觅食就上船干活，直到6月15日。在此期间，我总是涨潮时外出觅食，退潮时就上船干活。这么多天来，我弄到了不少木料和铁器。如果我会造船，就可以造条小艇了。同时，我又先后搞到了好几块铅皮，大约有一百来磅重。【名师点睛：列举出自己这么多天的收获，显示出鲁滨逊愉悦的心情。】

6月16日

走到海边，看到一只大海龟。这是我上岛后第一次看到这种动物。看来，也许我运气不佳，以前一直没有发现，其实这岛上大海龟不少。后来我发现，要是我在岛的另一边居住，我每天肯定可以捉到好几百只，但同时因龟满为患，也将受害不浅。【名师点睛：鲁滨逊并没有被大量的海龟晃花了眼，他也看清了其中的弊端，说明他遇事沉着冷静，善于从两面分析问题。】

6月17日

随即，我就把那大龟煮了，还从它肚子里掏出来了六十几个蛋。因为自从我踏上这荒岛，除了山禽走兽，我没有吃过其他肉。因此它的肉，对我来说是我现在吃过的最美味的东西了。

6月18日

整天下雨，没有出门。我感到这回的雨有点寒意，身子感到有点发冷。我知道，在这个纬度上，这是正常的事。

Z 知识考点

1.鲁滨逊缺乏蜡烛,他就把宰杀山羊留下的_____放在用_____晒制成的泥盘子里,再放上一条用麻捻成的_____,做成一盏灯。

2.对原文"我想,那是一种我以前可能没有见过的植物;又过了很长的一阵子,我看见那上面长出了十一二个穗子。它们是十足地道的绿大麦,同我们欧洲的,不,我们英格兰的大麦是一个种类"的分析,正确的一项是 ( )

A.心理描写,体现了鲁滨逊心里的疑惑:这是什么植物,体现鲁滨逊对农事一无所知。

B."十足地道的"说明非常肯定,与前文鲁滨逊不认识这是什么植物形成对比,突出鲁滨逊的惊讶。

C."又过了很长的一阵子"鲁滨逊仍然"看见"了麦穗,说明鲁滨逊一直在关注这些陌生的植物。因为他知道这些植物可以当作粮食。

D.一看见麦穗,鲁滨逊就知道是绿大麦,说明鲁滨逊对大麦的认识很深。

Y 阅读与思考

1.遭遇了地震,鲁滨逊迸发出了新的想法,是什么?

2.遭遇地震时鲁滨逊说"上帝啊,发发慈悲吧!"你可以看出鲁滨逊当时的心情是怎么样的吗?请分析。

第六节

生 病

M 名师导读

热病压垮了鲁滨逊的身躯,在肉身的无能为力下,他寄托上帝给予他精神自由,《圣经》进入他的生活,并逐渐成为他生命的一部分。从死神手下逃脱的鲁滨逊有条不紊地安排自己的生活,欣赏起生活的美好。

6月19日

病得很重,身子直发抖,好像天气太冷了。

6月20日

整夜不能入睡,头很痛,并发热。【名师点睛:因为生病的原因,精神状况无法支撑他记日记时长篇大论,因此简洁的语句更加真实。】

6月21日

病得厉害,情况又这么恶劣,害了病,无人照料,几乎怕得要死。自从在赫尔遭遇风暴出事以来,第一次向上帝祷告,但是几乎不知道我自己说了什么,或者为什么祷告。我的脑海里一片混沌,模糊不清了。

6月22日

身子稍稍舒服一点,但因为生病,还是害怕极了。

6月23日

病又重了,冷得直发抖,接着是头痛欲裂。

6月24日

病好多了。

6月25日

打摆子发烧,来势汹汹,持续了七个钟头,先是冷,然后是发热,最后是出虚汗。

6月26日

好了一点。因为没有东西吃,就带枪出门。身体十分虚弱,但还是打到了一只母山羊。好不容易把山羊拖回家,非常吃力。烤了一点山羊肉吃。我巴不得煨来吃还炖一些肉汤,但是我没有锅。

6月27日

疟疾再次发作,且来势很凶。<u>我只好整天躺在床上,不吃不喝,我差一点渴死,但是我虚弱得没有力气站起来,也没法给自己一点水喝。</u>【名师点睛:孤身一人的鲁滨逊,在疾病面前是那么无助。】再一次祈祷上帝,但头昏昏沉沉的。等不头昏的时候,我又不知道该怎样祈祷,只是躺在床上,连声叫喊:"上帝,保佑我吧!上帝,可怜我吧!上帝,救救我吧!"这样连续喊了两三个小时,寒热渐退,<u>我才昏昏睡去,直到半夜才醒来。</u>【名师点睛:连声祈求上帝,是鲁滨逊在疾病折磨下无路可走的极端无奈的宣泄。】我醒来后,发觉精神好多了,就是人有点儿虚弱,而且渴得要命。但是,家中并没有准备水,我不得不躺着等待天明再作打算,躺着躺着,便又睡着了。第二次睡眠中,我做了下面这个噩梦。

我梦见我坐在围墙外面的地上,就是地震后刮暴风雨时我坐的地方,我看到一个浑身缭绕着明亮火焰的人从一大片乌云上降落下来,落在地上。他浑身上下像火焰那样明亮,所以我只有打足精神,才能勉强睁大着眼,正对着看他。他面目狰狞恐怖,非言语所能形容。当他双脚触及地面时,我感到大地像是发生地震般的震动。更使我惊恐的是,他全身似乎在燃烧,空中火光熠熠。

他一着地,就拿着长矛样的武器走向我,似乎要来杀我。【名师点睛:梦境中的景象写得十分逼真。】当他走到离我不远的高坡上时,便对我讲话了,那声音真可怕得难以形容。他对我说的话,我只听懂了一句:

"既然所发生的一切事情都不能使你忏悔，现在就要你的命。"说着，他就举起手中的矛来杀我。

任何人读到我这段记述时，都会感到，这个可怕的梦境，一定把我吓得灵魂出窍，根本无法描绘当时的情景。这是一个万分恐怖的梦，即使我醒来，在明知这是一场梦的前提下，也不能坦然无畏地用言语表达。

天哪！我不信上帝。虽然小时候父亲一直谆谆教诲我，但八年来，我一直过着水手的生活，染上了水手的种种恶习。我交往的人也都和我一样，邪恶缺德，不信上帝。所以，我从父亲那儿受到的一点点良好的教育，也早就消磨殆尽了。这么多年来，我不记得自己曾经敬仰过上帝，也没有反省过自己的行为。我是一个不折不扣的，最最冷酷的没有思想的放荡不羁的人。在我们一般的水手中，我都能算是数一数二的。我在遭遇危险时，没有丝毫要对上帝表示敬畏的心；在得到拯救时，也没有丝毫要对上帝表示感恩的心。

从我前面的自述中，读者可以知道，至今我已遭遇了种种灾难，但我从未想到这一切都是上帝的旨意，也从未想到这一切都是对我罪孽的惩罚，是对我悖逆父亲的行为、对我当前深重的罪行以及对我邪恶生涯的惩罚。想当初，我在非洲荒漠的岸上不顾死活地奔波的时候，我一次也没想到过我会有什么下场，一次也没指望上帝会指引我上哪儿去，或者会为我避开周围明显存在的危险，这是指残酷的野人和贪吃的野兽。我完全没有想到上帝，想到天意；我的行为完全像一个畜生，只受自然规律的支配，或只听从常识的驱使，甚至连常识都谈不上。【名师点睛：从噩梦中醒来的鲁滨逊进行了深刻的反思。】

当我在海上被葡萄牙船长救起来，他好心接纳我，还宽厚公正和体面地同我做交易，我在心里却没有一点对上帝的感激之情。后来我再度遭受船难，并差一点在这荒岛边淹死，我也毫无忏悔之意，也没有把此当作对我的报应。我只是经常对自己说，我是个"晦气鬼"，生来要吃苦

受罪。【名师点睛：说自己是"晦气鬼"，说明鲁滨逊经常遇到难题。】

确实，我一上岸，发现其他船员全都葬身大海，唯我一人死里逃生，着实惊喜了一番。在狂喜中，我若能想到上帝，就会产生真诚的感恩之情。但是，这种想法刚一露头，就消失得无影无踪。我对自己还活着感到喜悦，却没想到为什么命运偏偏把我从死于非命中挑出来，而不让我像其他船员一样。这难道不是上帝对我的特殊恩宠？这难道不是上帝对我的慈悲？【写作借鉴：反问，鲁滨逊在这里感受到了上帝对他的特殊恩宠和慈悲，意识到自己思想的劣性，为皈依上帝做铺垫。】

我像一般船员一样，沉船之后，侥幸平安上岸，当然欣喜万分。然后就喝上几杯甜酒，把船难忘得一干二净。我一生就过着这样的生活。

后来经过一番思考，我清晰地认识到，我已经流落到了这个可怕的荒岛，远离人烟，没有丝毫获救的希望。尽管自己知道身陷绝境，但一旦我发现还能活下去，不致饿死，我的一切苦恼也随之烟消云散了。我又开始过着无忧无虑的生活，一心一意干各种活儿以维持自己的生存。我一点也没有想到，我目前的不幸遭遇是上天对我的惩罚，是上帝对我的报应。说实话，这种思想很少进入我的头脑里。

前面我在日记中已经提到过，在大麦刚刚长出来时，我曾一度想到上帝，并深受感动，因为我最初认为那是上帝显示的神迹。但后来发现这并非是上帝的神迹，我的感动也就随之消失了。关于这一点，我前面已记过了。

甚至地震，尽管在大自然中没有什么比它更可怕的东西了，或者说没有比它更直接地指引我去相信那种看不见的上帝的力量，只有那种力量才能使一切这样的事情发生；然而最初的惊慌一过去，它给我的印象也就消失了。我不再想到上帝和它的惩罚，因为我要是生活在最欣欣向荣的生活环境中也不会想到上帝，那我就更不会想到我眼下身处困境的苦恼是他一手造成的了。

可是现在，我生病了，死亡的悲惨境遇渐渐在我面前呈现。由于病痛，我精神颓丧；由于发热，我体力衰竭。这时，我沉睡已久的良心开始苏醒，并开始责备自己过去的生活。【写作借鉴：拟人，"我"的良心在此时具有了人格化特征，它开始"苏醒"，并"责备""我"。其实是"我"的自我反省。】在此之前，我冒犯了上帝，罪大恶极，所以上帝给我非同寻常的打击，希望用这种报应的手段来惩罚我。

我的反省，在我生病的第二天和第三天，把我压得透不过气来。由于发热，也由于良心的谴责，从嘴里逼出了几句类似祈祷的话。这种祈祷，只是恐惧和痛苦的呼喊，既无良好的愿望，又不抱任何希望，有口无心罢了。这时，我思想极度混乱，深感自己罪孽深重，而一想到自己将在如此悲惨的境况下死去，更是恐怖万分。我惶恐不安，不知道自己嘴里说了些什么话，只是不断地呼喊着这样的话："上帝啊，我多可怜啊！我生病了，没有人照顾我，我是必死无疑了！我该怎么办啊？"【名师点睛：孤身一人的鲁滨逊只能通过祈求上帝来寻求安慰，处处流露着心酸与感伤。】于是，我眼泪夺眶而出，半天说不出话来。

这时，父亲苦口婆心的劝告和他的预言出现在我的脑子里。

这些我在故事一开始就提到了。父亲说，我如果执意采取这种愚蠢的行动，那么，上帝一定不会保佑我。当我将来呼救无门时，我会后悔自己没有听从他的忠告。这时，我大声说："现在，父亲的话果然应验了，上帝已经惩罚了我，谁也不能来救我，谁也不能来听我的呼救了。"【写作借鉴：照应前文，父亲的忠告与鲁滨逊现在的处境相照应，使小说结构紧凑，也显示了父亲对鲁滨逊的影响。】

的确，我拒绝了上天的好意，上天原本对我十分慈悲，给了我一个优裕的生活环境，让我过着幸福舒适的日子。可是，我却抛弃了这种幸福，又不听父亲的劝阻。我曾经让父母痛心于我的愚蠢，现在就要自尝这愚蠢行为的苦果。本来，父母可以帮助我成家立业，过上舒适的生活。然而，我却拒绝了他们的帮助。现在，我不得不在艰难困苦中挣扎，困难之大，连大自然本身都难以忍受。【名师点睛：自然是鲁滨逊困难的创者，却也不能忍受它自己所创造的困难，由此可见困难之大，困难之难。】而且，我孤独无援，没有人安慰我，也没有人照应我，也没有人忠告我。

想到这儿，我大声喊叫发出了多少年来的第一次祈祷"上帝啊，请救救我，我已经走投无路了啊"，如果这可以被称为祈祷的话。现在，让我重新回到日记上来吧。

6月28日

睡了一夜，精神好多了，寒热也完全退了，我就起床了。尽管噩梦之后，心有余悸，但我考虑到疟疾明天可能会再次发作，还不如趁此准备些东西，在我发病时可以吃喝。我干的第一件事情是，往一个放在盒子里的大方瓶里装满水，然后把瓶子放在床边的桌子上。又想到水有寒性，我就往瓶子里倒了大约四分之一公升的甘蔗酒。随即又取了一块羊肉在火上烤熟，虽然我吃不了多少。我又四处走动了一下，可是一点力气也没有。

想到我当前可悲的处境，又担心明天要发病，心里非常苦闷，非常沉重。晚上，我在火灰里烤了三个鳖蛋，剥开蛋壳吃了，算是晚饭。就我记忆所及，我一生中第一次在吃饭时做祷告，祈求上帝的赐福。

吃过晚饭，我想外出走走，可是周身无力，几乎连枪都拿不动（因为我外出总要带枪）。所以我只走了几步，就坐在地上，眺望着面前的海面。这时，海上风平浪静。我坐在那里，心潮起伏，思绪万千。【名师点睛：海面风平浪静，涛声阵阵。营造了静谧的氛围。这一夜，主人公思绪翻飞。】

我天天都能看见眼前的这片大海和陆地，可是到底是什么，又来自哪里呢？我是谁，我来自何方？这片大地上的一切生灵，无论野生或驯养，也不管是人类和野兽，他们都来自何方呢？

毫无疑问，我们都是被一种隐秘的力量创造出来的；也正是这种力量创造了陆地、大海和天空。但这种力量又是什么呢？

显然，最合理的答案是上帝创造了这一切。继而，就可得出一个非同寻常的结论：既然上帝创造了这一切，就必然能引导和支配这一切以及一切与之有关的东西。能创造万物的力量，当然也能引导和支配万物。

如果这就是真相，在这个由上帝创造的世界里，他怎么可能不知道发生过什么呢！甚至，这一切的一切，都是上帝安排的。

既然发生的事上帝都知道，那上帝也一定知道我现在流落在这荒岛上，境况悲惨。既然发生的一切都是上帝一手安排的，那么，这么多灾难降临到我头上，也是上帝安排的。

我想不出有任何理由能推翻这些结论。我无法不相信，正是上帝安排给我如此多的灾难；正是上帝的指示，使我陷入了如此悲惨的境遇。因为上帝对包括我在内的世间万物，都有绝对的支配权。于是，我马上又想道："上帝为什么要这么对待我？我到底做了什么坏事，上帝才这么惩罚我呢？"

我的良心却立刻制止我提出这样的问题，好像我亵渎了神明。我似乎听到良心对我说："你这罪孽深重的人啊，你问你都干了些什么吗？回顾一下你可怕的、糟糕的那些生活吧，然后问问你自己，你有什么没有干过？你还该问一下，你本来早该死了，为什么现在还能活着？为什么你没有在雅茅斯港外的锚地中淹死？当你们的船被从萨累开来的海盗船追上时，你为什么没有在作战中死去？你为什么没有在非洲海岸上被野兽吃掉？当全船的人都在这儿葬身大海，为什么唯独你一人没有淹死？

【写作借鉴：反问，语言描写，一连串问句，表面看是询问，实则列举了一系列上帝对"我"的恩赐，以此来反驳"我"的问题"上帝为什么要这么对待我，我到底做了什么坏事，上帝才这么惩罚我？"】而你现在竟还要问，'我做了什么坏事？'"

想到这些，我不禁惊愕得目瞪口呆，无言以对。于是，我愁眉不展地站起来，走回住所。我爬过墙头，准备上床睡觉。

但是我心烦意乱，好不悲伤，丝毫没有睡觉的感觉。我随即坐在凳子上，点亮了灯，因为周围已经暗了下来，我非常担心旧病复发，突然想起巴西人根本不找医生看病，生病的时候就只嚼烟叶。我箱子里有一卷烟叶，大部分都已烤熟了；也有一些青烟叶，尚未完全烤熟。

于是，我就起身去取烟叶。毫无疑问，这是上天指引我去做的。因为，在箱子里，我不仅找到了医治我肉体的药物，还找到了救治我灵魂的良药。打开箱子，我找到了我要找的烟叶。箱子里还放着几本我保存下来的书，我取出一本《圣经》，就是开始在破船上找到的那几本。我取出了一本《圣经》和烟叶一起放桌子上。【名师点睛：偶然发现的《圣经》，体现了主人公对精神食粮的要求，也说明精神食粮对一个人的重要性，特别是一个人身处困境时。】在此之前，我一直没有闲暇时间去读《圣经》，也没打算去读。

我不知道如何用烟叶来治病，也不知道是否真能治好病，但我做了多种试验，并想总有一种办法能生效。我先把一把烟叶放在嘴里嚼，一下子，我的头便晕起来。因为，烟叶还是半青的，味道很冲，而我又没有吃烟的习惯。我只好拿了一瓶甘蔗酒，又取了一点烟叶放进去，准备浸泡一两个小时，睡觉前可以当作药酒喝下去。最后，又拿一些烟叶放在炭盆里烧，并把鼻子凑上去闻烟叶烧烤出来的烟味，尽可能忍受烟熏的气味和热气，只要不窒息就闻下去。

在治病的期间，我准备读一会儿《圣经》。奈何烟叶的气味把我弄得昏昏沉沉，我只能随手翻开书。映入我眼帘的第一个句子是："你在患难的时候呼求我，我就必拯救你，而你要颂赞我。"这些话对我的处境再合适不过了，读了后给我留下深刻的印象，并且随着时间的逝去，印象越来越深，铭记不忘。【名师点睛：这句话逐渐成了他的信仰，是他生活的动力，一个拥有信仰的人不会在海洋的狂风巨浪中迷失方向。】

至于得到拯救的话，当时并没有使我动心。在我看来，我能获救的希望实在太渺茫了，太不现实了。正如上帝请其子民以色列人吃肉时，他们竟然问："上帝能在旷野摆设筵席吗？"所以我也问："上帝能把我从这个地方拯救出去吗？"这句话给我留下了极深的印象，又因为我获救的希望出现在多年以后，所以我经常回味这句话的含义，这个疑问也一直盘旋在我的脑海里。夜已深了，前面我也提到，烟味弄得我头脑昏昏沉沉的，就很想睡觉了。

于是，我让灯在石洞里继续点着，以便晚上要拿东西的话会方便些。<u>临睡之前，我做了一件生平从未做过的事：我跪下来，向上帝祈祷，求他答应我，如果我在患难中向他呼求，他必定会拯救我。</u>【名师点睛："平生从未做过"说明他是不信上帝的，那为什么他选择了相信上帝？因为鲁滨逊已经无路可走。】我的祈祷断断续续，话不成句。做完祈祷，我就喝了点浸了烟叶的甘蔗酒。烟叶浸泡过的甘蔗酒，酒味很烈且烟味很浓几乎无法下口。喝了酒，我就爬上床睡觉。很快，就感觉到一阵酒力直冲脑门，势头极猛。我就昏昏沉沉地睡了过去。直到第二天下午三点钟才醒来。现在，在我记这日记的时候，我有点怀疑，很可能在第二天我睡了整整一天一夜，直到第三天下午三点钟才醒来。因为，几年后，我发现我的日历中这一周少算了一天，却又无法解释其中的原因。要是我来回穿越赤道失去时间的话，那我漏掉的时间就应该不止这一点。实际上，我确实因为某种不知名的理由漏掉了一天。

不管怎么说，醒来时我觉得精神焕发，身体也完全恢复了活力。起床后，我感到力气也比前一天大多了，并且胃口也开了，因为我肚子感到饿了。一句话，第二天疟疾没有发作，身体逐渐复原。这一天是29日。

6月30日

<u>身体好些了，我又带枪外出，但不敢走得太远。猎了一两只海鸟，长得像黑雁。奈何不想吃鸟肉，我就煮了几个玳瑁蛋，味道十分鲜美。晚上，我又喝了点浸了烟叶的甘蔗酒，因为我感到，正是昨天喝了这种药酒，身体才好起来，这次我喝得不多，也不再嚼烟叶，或烤烟叶熏头。第二天，7月1日，我以为身体会更好些，结果却有点发冷，但并不厉害。</u>【名师点睛：鲁滨逊大病初愈，就外出捕猎。体现了他坚韧不拔的性格。】

7月2日

我重新用三种方法治病,像第一次那样把头弄得昏昏沉沉的,喝下去的药酒也加了一倍。

7月3日

病完全好了,但身体过了好几个星期才完全复原。在体力恢复过程中,我时时想到《圣经》上的这句话:"我就必拯救你。"但我深深感到,获救是绝不可能的,所以我不敢对此存有任何奢望。正当我一直在用这个想法来遏制自己被搭救的痴心妄想,忽然想到我对从大的苦难的处境中被搭救出来注意得太多了,而忽视了我已经得到的搭救。我似乎免不了会问自己这样一些问题:我不是已经神奇地从病中,从可能是最痛苦的境地中,被搭救出来了吗?可自己有没有想到这一层呢?自己又有没有尽了本分,做该做的事情呢?"上帝拯救了我,我却没有颂赞上帝。"这就是说,我没有把这一切看作上帝对我的拯救,因而也没有感恩,我怎能期望更大的拯救呢?

想到这些,我心里大受感动,立即跪下来大声感谢上帝,感谢他使我病好复原。【写作借鉴:反问,增强了语言的气势,鲁滨逊意识到是上帝让他病情好转,更能体现出他对上帝信仰的虔诚。】

7月4日

早上,我拿起《圣经》从《新约》读起。这次我是真正认真读了,规定自己每天早晨和每天黄昏都一定要读上一会儿,并不硬性规定我要读多少章节,而是只要我能专心读多久,我就读多久。认真读经之后不久,心中受到深切、真诚的感动,觉悟到自己过去的生活,实在罪孽深重,那个梦中的印象又出来了,那一句话"这一切事情都未曾促使你忏悔"严肃地在我脑子里徘徊。

那天,我真诚地祈求上帝给我忏悔的机会。忽然,就像有天意似的,在我照例翻阅《圣经》时,读到了这句话:"上帝又高举他在自己的右边,立为君王和救主,将悔改的心和赦罪的恩,赐给以色列人。"

于是，我扔下书，不但向天高举双手，而且我的心也向着上帝，陶醉在如痴如醉的喜悦中，高声喊叫："耶稣，你这大卫的儿子！耶稣，你被高举为君王和救主，请赐我悔改的心吧！"

这算得上是我有生以来第一次真正的祈祷，因为，我这次祈祷与自己的境遇联系了起来，并且，这次祈祷是受了上帝的话的鼓舞，抱着一种真正符合《圣经》精神的希望。也可以说，只有从这时起，我才开始希望上帝能听到我的祈祷。【名师点睛：鲁滨逊逐渐从内心接受了《圣经》的精神，从排斥到接受，我们看见了他一步一步的转变。】

现在，我开始用一种与以前完全不同的观点，理解我上面提到的那句话："你若呼求我，我就必拯救你。"因为我以前一直认为，从这个荒岛上离去才是得到拯救。因为虽然我在这个岛上无拘无束，实际上它对我而言就是一座牢笼，一座世界上最坏的牢狱。【写作借鉴：比喻，将荒岛比作牢笼、牢狱，表现了鲁滨逊内心深处在荒岛上感受到的禁锢，不自由。】但是，现在的我学会从另一个方面看了，现在我满怀恐惧地回顾我过去的生活，我的罪孽显得如此可怕，我的灵魂对上帝已经一无所求，只要求他把我从压得我浑身不自在的重重罪孽中搭救出来。至于我孤独的生活，那倒算不了什么。我无意祈求上帝把我从这荒岛上拯救出去，我连想都没有这样想过。与灵魂获救相比，肉体的获救实在无足轻重。在这里，我说了这些话，目的是想让读者明白：一个人如果真的世事通明，就一定会认识到，真正的幸福不是被上帝从患难中拯救出来，而是从罪恶中拯救出来。

现在，闲话少说，重回到日记上来吧。

我眼下的境况是：虽然生活依然很艰苦，但精神却轻松多了。由于读《圣经》和祈祷，思想变得高尚了，内心也有了更多的安慰，这种宽慰的心情我以前从未有过。【名师点睛：读《圣经》，让鲁滨逊得到了内心的宽慰，由此可见，信仰对一个人的重要性，有了精神力量的支撑，一切磨难都

<u>是那么微不足道。</u>同时,健康和体力也已恢复,我又重新振作精神,安排工作,并恢复正常的生活。

7月4日至14日

我主要是带着枪四处走走,每次只走一点路,走走停停。一个病后在恢复体力的人只能这样做。因为别人难以想象,我已经虚弱到了什么地步。我采用的治疗方法是前所未有的,也许从来没有人用这种方法来治打摆子,我也不敢把这个实验推荐给任何人尝试。再说,尽管我的打摆子是给治好了,然而,这个方法一直使我的身体虚弱;我的四肢和神经有时候会抽搐。

这场大病给了我一个教训:雨季外出对健康危害最甚,尤其是飓风和暴风带来的雨危害更大。而在旱季,要么不下雨,一下雨又总是刮暴风。所以,旱季的暴风雨比九、十月间的雨危害更大。

我在荒岛上已有十个多月了,获救的可能性几乎等于零。

<u>我坚定地相信,以前从来没有人踏上过这个孤岛。现在,我已经依照自己的想法布置了我的住所,迫不及待地想要探索这个孤岛,搜索一下岛上是否还有一些我没有发现的物产。</u>【名师点睛:明知绝无离开荒岛的希望,鲁滨逊并没有就此消沉,而是接受了现状,积极地投入为新生活的准备中去。说明他是一个勇于面对挫折、积极乐观向上的人。】

Z 知识考点

1.下列对原文的分析错误的一项是 （   ）

A."上帝,保佑我吧!上帝,可怜我吧!……",语言描写,鲁滨逊无奈地祈求体现了他对疾病的无能为力,也突显了他生活的艰辛。

B."他浑身上下像火焰那样明亮……",比喻,将他浑身的火红比作火焰的颜色,生动而形象。

C."我是个不折不扣的,最最冷酷的,没有思想,放荡不羁的人。"心理描写,鲁滨逊对自己的剖析证明他以前的确没有对上帝的信仰。

D."吃过晚饭,我想外出走走,可是周身无力,几乎连枪都拿不动",语言描写,说明鲁滨逊如此虚弱,没有力气拿枪了。

2.对"我扔下书,不但向天高举双手,而且我的心也向着上帝,陶醉在如痴如醉的喜悦中,高声喊叫:'耶稣,你这大卫的儿子!耶稣,你被高举为君王和救主,请赐我悔改的心吧'"。的分析错误的两项是(　　)(　　)

A.如痴如醉:多用于形容阅读诗歌、小说、听戏曲、音乐等时忘我的精神状态;也形容喝醉酒的情状。

B.动作描写,鲁滨逊"高举双手",其喜悦之情溢于言表。

C.语言描写,体现出鲁滨逊对上帝的信服和感激。

D."请赐予我悔改的心"说明鲁滨逊已经认识到自己之前的行为是错误的。

E.鲁滨逊扔下的书是《圣经》,是只属于基督教的经典。

阅读与思考

1.从对上帝不屑一顾到将《圣经》奉为经典,是什么促成了鲁滨逊心理的转变?

2.鲁滨逊生病时为什么会梦到死神降临?

第七节
探　索

M 名师导读

　　来到荒岛已经快十个月了,鲁滨逊已经将目标从求援转到荒岛生存上了。七月十五日,阳光明媚。鲁滨逊向小溪上游走去,开始了他探索荒岛的旅程。

7月15日

　　我开始对这个孤岛进行更仔细的搜索。首先,我去那条我木排靠岸的小河。沿河而上,走了大概两英里,发现潮水一点都没涨到这儿,它完全是一条流着活水的小河。水质清澈。不过,现在正值旱季,小河中有几处地方几乎没有水,至少不可能使水流到任何小河里去;这是一眼就可以看清楚的。

　　在小溪旁,是一片片可爱的草地,平坦匀净,绿草如茵。在紧靠高地的那些地势较高的地方(显然,这儿是河水泛滥不到的地方),长着许多烟草,绿油油的,茎秆又粗又长。附近还有其他各种各样的植物,可惜我都不认识。这些植物也许各有各的用处,只是我不知道罢了。【名师点睛:环境描写,生机勃勃的小草,衬托出大病初愈后的喜悦,也烘托出一种欢乐的气氛。】

　　我寻找木薯的块根。在这一带天气炎热的地方,印第安人都是拿木薯当粮食的。但是,我没有找到。我看到了高大的芦荟,虽然当时并不认识这是什么东西。我还看到几根野生的甘蔗,由于没有经过栽培，长得不好。我这次满意于发现了这么多植物。我边往回走边思索着我该怎么利用这些新发现的植物，可是，毫无头绪。我在巴西的时候没有怎么关注过这些植物，所以我对怎么利用它们也一无所知。

7月16日

我沿原路走得更远。小溪和草地均已到了尽头，但树木茂盛。在那儿，长着不少水果，地上有各种瓜类，树上有葡萄。<u>葡萄长得很繁茂，葡萄藤爬满树枝，葡萄一串串的，又红又大。这意外的发现使我非常高兴。但经验警告我不能贪吃。我记得，在伯尔伯里上岸时，几个在那儿当奴隶的英国人因葡萄吃得太多，害痢疾和热病死了。</u>【写作借鉴：举例论证，用英国人吃葡萄身亡的例子说明"我"不能吃太多新鲜葡萄，更具说服力。】但是，我还是想出了一个很好的方法利用这些葡萄，就是把它们放在太阳下晒干，制成葡萄干收藏起来。我相信葡萄干是很好吃的。在不是葡萄成熟的季节，就可以吃葡萄干，营养又好吃。后来事实也证明如此。

那晚我就留在那里，没有回家。顺便说一句，这是我第一次在外面过夜。到了夜里，我还是拿出老办法，爬上一棵大树，舒舒服服地睡了一夜。第二天，探索继续。南北两个方向都是连绵的山脉，我选择了朝北行进，走了差不多四英里。

最后，我来到一片开阔地，地势向西倾斜。一湾清溪从山上流下来，向正东流去。<u>眼前一片清新翠绿，欣欣向荣，一派春天气象。周围景色犹如一个人工花园。</u>【名师点睛：将野生的一片春日美景比喻成人工花园，表现出景色的美丽和繁多。】

沿着这个山坡向下走。风景秀丽。兴奋中夹杂着莫名的苦恼，我环顾四周，兴奋于我是这处风光的无冕之王，拥有它的所有权。甚至如果可以转让的话，我可以将这块土地传给我的后代，就像任何一个英格兰的领主处理他的领地那样。在那里，我又发现了许多椰子树、橘子树、柠檬树和橙子树，不过都是野生的，很少结果子，至少目前如此。可是我采到的酸橙不仅好吃，且极富营养。后来，我把酸橙的汁掺上水，喝起来非常滋补，又清凉提神。

现在，雨季即将来临，我需要采集一些水果诸如葡萄、酸橙、柠檬等运回家贮藏起来，好在雨季有充足的水果可以享受。【写作借鉴：心理描写，在经历过生病时没有食物的经历后，鲁滨逊收获了野外生存的经验——尽可能多地储备食物。】

因此，我采集了许多葡萄堆在一个地方，又采集了一大堆酸橙和柠檬放在另一个地方。然后，我每种都带了一些走上了回家的路。我决定下次回来时，带个袋子或其他什么可装水果的东西，把采集下来的水果运回家。

路上花了三天才到家。所谓的家，就是我的帐篷和山洞。

可是还没到家，大多数葡萄都吃不成了，只有少数葡萄还顽强地幸存着。因为葡萄太过饱满，忍受不了运输途中的挤压，都破碎流水了。至于酸橙倒完好无损，可我不可能带得很多。

7月19日

我带着事先做好的两只小袋子回去装运我的收获物。但是，当我来到葡萄堆前面时，原来饱满完好的葡萄，现在都东一片、西一片被拖散开，有的被践踏得破碎不堪，有的则已被吃掉了。现场一片狼藉，我大感吃惊，这附近一定有我不清楚的野兽存在。

现在我才意识到，把葡萄采集下来堆在一起不是办法，用袋装运回去，也不是办法；堆集起来会被野兽吃掉，装运回去会被压碎。于是，我想出了另一个办法。我采集了许多葡萄，把它们挂在树枝上；这些树枝可以伸出树荫晒得到太阳，让太阳把葡萄晒干。但我可以用袋子尽量多带些柠檬和酸橙回来。【名师点睛：鲁滨逊采取晒干葡萄，带葡萄干回家的方法，表明他是一个灵活而不死板的人，会根据实际情况采取应对措施。】

这次外出回家以后，我满怀欣喜地思量着那个遍地鲜果的山谷，思量着在那小河和树林旁遇上暴风雨的时候会更安全。

我这时才发现,我所选定的住处,实在是全岛最坏的地方。总之,我开始考虑搬家问题,打算在那儿找一个安全的场所安家,因为那儿物产丰富,景色宜人。

搬家的念头在我头脑里盘旋了很久。那地方风光明媚,特别诱人。有时,这种念头特别强烈。但仔细一想,住在海边也有住在海边的好处。说不定还有一些别的倒霉蛋,像我一样,交上厄运,来到这座荒岛上。当然,这种可能性非常小。然而,把自己圈在岛中心的山岗和树林间,岂不是提前自我监禁吗?会使遇见别人从几乎没有可能变得绝无可能。所以我再怎么着也不能搬家。

家是不准备搬了,但我确实非常喜欢那地方。<u>因此,我花费了近一个月的时间在那里造了一间茅屋,同样的用坚实的围墙从外面围起来。围墙是由两层栅栏筑成的,有我自己那么高,桩子打得很牢固,桩子之间塞满了矮树。我睡在里面很安全。有时在里面一连睡上两三个晚上,出入照例也用一架梯子爬上爬下。这样,我想我就有了一座乡间住宅和一座海滨住宅。</u>【名师点睛:通过鲁滨逊再建一座房子,可以看出他的心细和深谋远虑。】这座乡间住宅到8月初才盖好。

我刚完成那圈栅栏,开始享受我的劳动果实,雨季就来了。我只得牢牢地守在第一个住所里,因为尽管我按照第一座帐篷的模样又用一张帆做了一顶帐篷,而且搭得很好,然而我在乡间住宅里没有遮挡暴雨的小山,在雨大得实在不行的时候,后面没有可以撤退的山洞。

如上所述,8月初,我建好了茅舍,准备在里面享受一番。8月3日,我发现我原先挂在树枝上的一串串葡萄已完全晒干了,成了上等葡萄干。我便动手把它们从树上收下来。

真是好运气,我竟然做了这件事情了,要不,接下来的大雨会把它们一股脑儿地糟蹋了,我就会损失最好的那部分过冬的粮食,因为我有两百多来串葡萄。我刚把它们全都从树上取下来，把大多数运到家中那个洞里，就开始下雨了。从这时起，也就是从 8 月 14 日，一直到 10 月中旬，几乎天天下雨，而且有时雨下得那么猛，一连几天无法出门。

在这个雨季里，我的家庭成员增加了，这大大出乎我的意料。在此之前，有一只猫不见了，不知是死了呢，还是跑了，我一无所知，所以心里一直十分挂念。不料在 8 月底，它忽然回来了，还带回来了三只小猫。这使我惊讶不已。

这使我感到格外奇怪了。虽然我用枪打死过一只猫，我管它叫野猫，然而我认为它同我们欧洲的猫完全不属于同一个品种，而三只小猫同老猫一样，是属于家猫的。至于我的两只猫，都是雌猫。我认为这真是一件很奇怪的事情。后来，这三只小猫又繁殖了许多后代，闹得我不可开交。【名师点睛：鲁滨逊带来的家猫都是雌猫，没有雄猫。而小猫确实是家猫，为什么呢？作者在此设置悬念，引发读者阅读兴趣。】最后，我把这些泛滥成灾的猫视为害虫野兽，不是把它们杀掉，就是把它们赶出家门。

8 月 14 日至 26 日

雨一直下，所以我没有外出，现在我尽量使自己不被淋湿。老是关在屋里，所以我的食物短缺了。我曾冒险两次外出。第一次打杀了一只山羊，第二次，即今天，26 日，找到了一只大海龟，使我大享口福。我的粮食是这样分配的：早餐，我吃一串葡萄干；午餐，我吃一块烤山羊肉或者烤海龟肉，因为我没有煮或者炖的容器，真是极大的遗憾；晚餐，我吃两三个海龟蛋。

在我被大雨困在家里时，每天工作两三个小时扩大山洞。

我把洞向另一边延伸，一直开通到围墙外，作为边门和进出口。【名师点睛：外面大雨滂沱，鲁滨逊完全可以找借口说今天休息。但是他没有，而是每天工作两三个小时，说明他是一个有计划、勤劳的人。】于是，我就可从这条路进出。但这样进出太容易，没有像以前那样围得密不透风，我晚上就睡得不是很安稳。

而现在，我感到空荡荡的，什么野兽都可来偷袭我。当然，至今还没有发现有什么可怕的野兽，我在岛上见到过的最大的动物，只不过是山羊而已。

9月30日

<u>我现在终于遇到了这个不幸的登岛纪念日。我把刻在木柱上的刻痕加起来，发现我已经在这儿的海岸上待了三百六十五天啦。</u>【名师点睛：一方面主人公竟然整整一年都在遭受磨难；但从另一方面看，这何尝不是他的幸运。这一年里，他熟悉了此地的气候，更加适应了荒岛生活，这难道不是在为他越来越好的日子打下基础吗？】我把这天当作庄严的斋戒日，把它挑出来举行宗教仪式，带着最严肃的谦卑的心情趴在地上，向上帝忏悔我的罪孽，承认他给我的公正的惩罚，还向上帝祈祷，要求通过基督耶稣对我行行好，至少有十二个钟头不吃一丁点儿东西；一直到太阳下去以后，我才吃一片饼干和一串葡萄干，然后上床去睡，像开始这一天那样来结束这一天。

我很久没守安息日了。最初，我头脑里没有任何宗教观念。后来，我忘记把安息日刻成长痕来区别周数，所以根本就不知道哪天是哪天了。现在，我计算了一下日子，知道已经一年了。于是，我把这一年的刻痕按星期划分，每七天留出一个安息日。算到最后，我发现自己漏划了一两天。

知识考点

1. 鲁滨逊病好后，开始了探勘小岛的旅程，下面的选项中不是鲁滨逊找到的植物是（   ）（   ）

A.木薯　　B.葡萄　　C.酸橙　　D.柠檬

E.烟叶　　F.荔枝　　G.芦荟

2. 对文中"眼前一片清新翠绿，欣欣向荣，一派春天气象。周围景色犹

如一个人工花园"分析错误的一项是　　　　　　　　（　　）

　　A.环境描写,溪水叮咚,鲜花绚烂,风景优美清新。

　　B.比喻,将野地喻作美丽的花园,说明此地风景优美。

　　C.美丽的风景说明荒岛植被丰富,鲁滨逊生活优渥。

　　D.美丽的环境营造了轻松宁静的氛围。

阅读与思考

1.鲁滨逊在荒岛已经生存了一年,在这一年里,他经历了哪些事情?

2.为什么鲁滨逊只是修建了一所小屋,并没有搬家?

第八节

三　年

> **M 名师导读**
>
> 　　鲁滨逊是孤独的,但他也是充实的。在时光的见证下,一方面他学会了制作各种各样的食物和工具;另一方面他也收获了宝贵的人生经验。

　　不久,我的墨水快用完了,就只好省着点用,只记些生活中的大事,一些其他琐事,我就不再记在日记里了。

　　雨季和旱季现在对我来说,显然有规律可循了。【名师点睛:随着时间的推移,鲁滨逊逐渐适应了岛上生活,气候、播种已不再是困扰他的难题。】于是,我学会把它们分开,好做不同的准备。不过,我在这么办以前,是花了代价才获得这一切经验的,我将叙述其中一次我做过的最叫人沮丧的尝试。我提起过,我贮存了一些大麦和稻子的穗子。当初,我大吃一惊地发现它们冒出地面,还认为它们是凭空长出来的哩,估计有三十茎稻子和二十茎大麦。现在,我认为在雨季以后播种正是时候,太阳正在它南方的位置,在离我愈来愈远。

　　于是,我用木铲把一块地挖松,并把这块地分成两部分播种。在播种时,我忽然想到,不能把全部种子播下去,因为我尚未弄清楚什么时候最适宜下种。这样,我播下了三分之二的种子,每样都留了一点下来。【名师点睛:由此看出,鲁滨逊并非一个莽撞之人,"三分之二"体现了他的深思熟虑与小心谨慎。】

　　值得庆幸的是,我的办法是正确的,一颗种子都没有发芽。因为种子下地之后，一连几个月不下雨，土壤里没有水分，不能滋润种子生长，一直到雨季来临才冒了出来，好像这些种子刚播种下去似的。

发现第一次播下去的种子没有长出来，我料定是由于土地干旱的原因。于是我想找一块较潮湿的土地再试一次。离春分没有几天的时候，我在茅舍旁边选择了一块潮湿的土地，把所有剩余的种子都播种了下去，在三、四月的雨季里，就有雨水滋养它们了，它们长得欣欣向荣，收成也十分可观。【名师点睛：鲁滨逊在失败中吸取教训，在失败下成长。渐渐地，他可以适应恶劣的环境了。】但因为种子太少，所收到的大麦和稻子每种约半斗而已。

这次试验，使我成了种田好手，知道什么时候该下种。现在我知道一年可播种两次，收获两次。

在庄稼成长时，我有一个小小的发现，对我后来大有用处。雨季一过，天气开始稳定，这约莫是在十一月吧，我到原野上去看我的小屋，尽管我已经有几个月没去了，然而我发现一切未变，跟我离开的时候一模一样。那一圈我修建的双层栅栏不但仍然牢固和完整，而且我用从长在附近一些树上砍下来的树枝做的木桩竟然全又活了，还长出了长长的枝条，就像柳树被砍去树冠后第一年通常会长出的枝条那样。我不知道这些是什么树，但看到这些小树都成活了，真是喜出望外。【名师点睛：长成树苗的木桩为后文鲁滨逊隐藏行踪做铺垫。】我把它们修剪了一番，尽可能让它们长得一样高。三年以后，它们组成了一幅多么美丽的景致。虽然这些栅栏组成的圈子直径有二十五码长，而那些树——我现在可以管它们叫树了——很快就笼罩在围在栅栏内的那片土地上。树荫遮天，毫无缝隙，整个旱季待在它的下面，好不舒坦。

由此得到启发，我决定在我原来住地的半圆形围墙外，也种一排树。我在离栅栏大约八码的地方，种了两排树，或者也可以说打了两排树桩。树很快长起来。开始，树木遮住了我的栅栏，使我的住所完全隐蔽起来。后来，又成了很好的防御工事。关于这些，我将在后面再叙述。

现在我知道，在这儿不像欧洲那样，一年分为夏季和冬季，而是分为雨季和旱季。一年之中的时间大致划分如下：

2月后半月，3月，4月前半月，多雨，太阳在赤道上，或靠近赤道。

4月后半月，5月，6月，7月，8月前半月，干旱，太阳在赤道北面。

8月后半月，9月，10月前半月，多雨，太阳回到赤道上。

10月后半月，11月，12月，1月，2月前半月，干旱，太阳在赤道南面。

雨季时长时短，主要受阵风风向的影响。不过，这只是我大体上的观察。生活经验告诉我，淋雨会生病，我就在雨季到来之前贮备好足够的粮食，这样我就不必冒雨外出觅食。在雨季，我尽可能待在家里。

每到雨季，我就做些适于在家做的工作。我知道，我生活中还缺少不少东西，只有耐心去做才能制造出来，待在家里正好做这些事。尤其是，我想做一个箩筐，同样尝试了很多办法。但是，我能用来编箩筐的细枝都太脆，一点用处都没有，反倒是我以前的一段经历产生了巨大的作用。我小时候，在父亲居住的那个小城里，我经常十分喜悦地站在一家箩筐店前看他们编制各种柳条制品。孩子天性十分热心，也乐于助人。我也是这样。何况我对他们怎么编造箩筐已经看得再仔细不过，所以有时候也凑上一手。我就通过这段经历完全掌握了编箩筐的手法，或许现在就能派上用场了。【名师点睛：鲁滨逊孩提时单纯的对编箩筐的好奇，成了他现在的惊喜。兴趣是最好的老师，学会去寻找你的兴趣，并做一做，也许会在你以后的人生中增加惊喜。】

只要有合适的材料，我就可以编出箩筐来。我忽然想到，砍做木桩的那种树的枝条，也许与英国的柳树一样坚韧。于是，我决定拿这种枝条试试看。

第二天，我跑到我的那座乡间住宅，在附近砍了些细枝条，结果发现十分合适。于是，第二次我带了一把斧头，准备多砍一些下来。

这种树那边很多，不一会儿就砍下了许多枝条。我把它们放在栅栏上晒干，然后带回我海边住宅的洞室里。第二个雨季来临后，我就用它们来编筐子，并尽可能多编一些，或用来装土，或用来装东西。我的筐子并不是特别美观，但使用价值还挺高。因此，我就经常编一些筐子，用坏了再编新的。我还编了不少较深的筐子，又坚实，又实用。后来，我种的谷物收获多了，就不用袋子而用自编的筐子来装。

花了大量的时间解决了箩筐问题之后，我又想动手解决其他两个问题。【名师点睛：鲁滨逊布置居所的行为从未停歇。说明他是一个勤劳、忙碌的人。】首先，我没有装液体的盛具。虽然我有两只桶，但都装满了甘蔗酒。此外，还有几只玻璃瓶，有几只普通大小的，还有几只方形的，用来装了水和烈酒。我没有可以煮东西的锅，只有一个从大船上取下来的大壶，遗憾的是，这壶有点大，不适合煮肉或者烧汤。其次，我需要一个烟斗，但一下子无法做出来。不过后来我还是想出办法做了一个。

在整个夏季，或者说是旱季，我忙于栽第二道木桩和编箩筐。同时，我进行了另一件工作，占去的时间比预料的多得多。

前面曾经提到过，我一直想周游全岛。我先走到小溪尽头，最后到达我修筑乡间住宅的地方，在那儿有一片开阔地一直延伸到海岛另一头的海边。我决定先走到海岛那头的海岸边，带着我的枪，一把短柄斧，狗和大量的火药子弹，还在袋子里装了两大块干粮和一大包葡萄干，开始出发。我穿过我那茅舍所在的山谷，向西眺望，看到了大海。这一天，天气晴朗，大海对面的陆地清晰可见。我不知道那是海岛，还是大陆。只见地势很高，从西直向西南偏西延伸，连绵不断。但距我所在的小岛很远，估计约有四十五海里至六十海里。【名师点睛：为后文发现野人的行迹埋下伏笔。】

我不知道那是什么地方，估计是美洲的一部分吧。根据我的观察，那儿靠近西班牙领土，也许居住在那儿的全是野人。要是我当初在那儿登陆的话，也许我会遭遇比现在更糟糕的情况。因此，我默默接受了上帝的安排。我开始承认一切安排出于上帝之手，而且相信他的安排是最好的。得了，我用这个想法使自己的心情平静下来，我不再自寻烦恼，妄想到海对面的陆地上去了。

另外，我经过一番思考，得出了如下的结论：如果这片陆地确实是属于西班牙领地的海岸，那迟早会有船只经过。如果没有船只在那边的海岸来往，那儿肯定是位于西班牙领地和巴西之间的蛮荒海岸，上面住着最野蛮的土人。这些土人也许以食人为生，凡是落入他们手中的人，都免不了被杀害和被吃掉。

我边想边缓步前进。我感到，我现在所在的小岛这边的环境，比我原来住的那边好多了。这儿草原开阔，绿草如茵，遍地的野花散发出阵阵芳香，且到处是茂密的树林。【写作借鉴：环境描写，小岛这头风景优美，环境迷人。】我看到许多鹦鹉，很想捉一只驯养起来，教它说话。经过一番努力，我用棍子打下了一只小鹦鹉。等它苏醒后，我把它带回了家。

但是几年以后，我才教会它说话。不管怎样，最后我还是教会它亲热地喊我的名字。这是一件说起来很有趣的事，虽然最后引发了一点无足轻重的意外事故。

我对这次旅行感到十分满意。在地势较低的一片地方，我还发现了不少像野兔和狐狸似的动物。这两种动物我以前都未见到过。我打死了几只，但不想吃它们的肉。我没有必要冒险，因为不缺食物，更何况我的食物十分可口，尤其是山羊肉、鸽子和海龟这三种，再加上葡萄干。按每个人食用的食物数量来说，伦敦利登赫尔莱市场也不能提供更丰盛的筵席。虽然我的处境已经落到这般悲惨的地步，然而我有充分的理由感谢老天，我没有被逼到断绝粮草的境地，恰恰相反，我还有珍馐佳肴。【名师点睛：在一次次对上帝的感激下，鲁滨逊明确了自己的信仰，有了自己的精神武器。】

在这次旅行中，我一天走不到两英里远。我总是绕来绕去，往复来回，希望能有新的发现。等我走得相当疲惫准备坐下过夜时，就会来到一个地方。然后，我或者待在树上的树叶丛中，或者从这棵或那棵树旁开始，用一圈打进地里的木桩把自己围在里面，免得野兽来的时候，我没有被惊醒。这样，要是有野兽走近的话，就会先把我惊醒。

我一走到海边，便发现我住的那边是岛上环境最糟的地方，这真有点出乎我的意料。在这儿，海滩上海龟成群；而在我住的那边海边，一年半中我才找到了三只。此外，还有无数的飞禽，种类繁多；有些是我以前见过的，有些却从未见过，不少飞禽的肉都很好吃。在这么多飞禽中，我只认出一种叫企鹅（这里其实是一种跟企鹅相似的鸟类）的鸟，其余的我都叫不上名字。

我本来可以爱打多少打多少，但是我得非常节省火药和子弹，要是能打到一只山羊就能吃得更好。可是，这儿山羊虽比我住的那边多，但因这一带地势平坦，稍一靠近它们，就会被发现，不像那边我埋伏在山上难以被山羊察觉。

我承认这边比我住的地方好得多，但我无意搬家，因为我在那边已住惯了。这边再好，总觉得是在外地旅行，不是在家里。尽管这样，我还是沿着海边向东走，估摸着走了有十二英里的样子，然后在海岸上竖起一根大柱子，作为标记，接下来，决定回家去。下一次出门的时候，我将走岛的另一边，从我住所东面出发，一直绕到我竖木桩的地方。【名师点睛：立木桩以作标记，显示了鲁滨逊充满智慧。也为下文迷路后，可以原路返回埋下伏笔。】这些我后面再交代。

回家时我走了另一条路。我以为，只要我注意全岛地势就不会迷路而找不到我在海边的居所。但是，我发现我错了，因为大概走了两三里以后，我发现我一直在往下走，走进了一个很大的山谷。周围都是山岗，山岗上都是树，除了靠太阳的移动以外，我没法辨认我在往哪个方向走，甚至看太阳也不行，除非我知道得很清楚，在这一天的什么时间，太阳在什么方位。

更糟的是，在山谷里的三四天中，浓雾弥漫，不见阳光，我只得东撞西碰，最后不得不回到海边，找到了我竖起的那根柱子，再从原路往回走。我走走歇歇，慢慢回家里去。这时天气炎热，身上带着的枪支弹药以及斧头等东西，让我感到特别沉重。

在这次出门期间，我的狗突然袭击了一头小山羊，逮住了它。

我连忙跑过去夺过小羊，把它从狗嘴里救了下来。我以前经常想到，要是能驯养几头山羊，让其繁殖，那么，到我弹尽粮绝时，可以杀羊充饥。因此，我决定把这头小山羊牵回家去饲养。【名师点睛：捕获一只羊，鲁滨逊并没有杀羊满足口腹之欲，而是饲养山羊。说明他是一个目光长远、有智谋的人。】

我给小羊做了个项圈，又用我一直带在身边的麻纱做了根细绳子，颇费了一番周折才把羊牵回我的乡间住宅。我把小羊圈了起来就离开了。当时，我急于回老家，因为我离家已一个多月了。

我真是没法形容，我回到老家，躺在我的吊床上，是多么心满意足。这次小小的流浪，没有固定的地方歇息，使我一直不舒服。同这次流浪相比，我自己的房子——我对自己是这么称呼它的——是一个十全十美的住所了。它使我感到我周围的一切都叫人这么舒服，只要命运安排我们待在这岛上，我决定不要走得离它太远。

我在家里待了一星期，以便好好休息，恢复长途旅行的疲劳。在这期间，我做了一件大事，就是给抓到的那只小鹦鹉做了个笼子。它现在已经变得十分温驯了，而且同我十分熟悉。接着，我开始想起那头可怜的山羊，它还被圈在我那个小栅栏里，我决定去把它带回家，要不，就给它一些吃的。我随即出发，发现它还在我留下的地方，但是由于缺少吃的，差一点饿死。我出去到外面弄了点嫩枝嫩叶喂它。等它吃饱之后，我仍像原来那样用绳子牵着它走。然而，小羊因饥饿而变得十分温驯。我根本不必用绳牵它走，它就会像狗一样乖乖地跟在我后面。后来，我一直饲养它，它变得又温和又可爱，成了我家庭成员中的一员，从此再也没有离开我。【名师点睛："我"将抓到的鹦鹉和小山羊都饲养起来，便利了以后的生活，也给"我"的生活增添了乐趣。】

时值秋分，雨季又来临了。9月30日这一天，是我上岛的纪念日。像去年一样，我严肃虔诚地度过了这一天。我在岛上度过两年，同第一天登岛的时候一样，没有被搭救的前景。我整天怀着谦卑而感激的心情承认那些我陷在孤独的处境中得到的奇迹似的恩惠；没有这些恩惠，我可能还要吃很多苦头。我恭顺地、衷心地感谢上帝，因为上帝使我明白，尽管我目前过着孤单寂寞的生活，但也许比生活在自由快乐的人世间更幸福。上帝无时无刻不在我的身边，时时与我的灵魂交流，支持我，安慰我，鼓励我，让我信赖天命，并祈求他今后永与我同在。所有这一切，都足以弥补我寂寞生活中的种种不足。而今，我才明智地感觉到，尽管我的环境是要多悲惨就有多悲惨，我过的生活却是幸福的，比我以往过的一切放荡不羁的，该受诅咒的，污秽卑劣的生活要幸福多了。我现在完全改变了对忧愁和欢乐的看法，我的愿望也大不相同，我的爱好和兴趣也变了。与初来岛上相比，甚至与过去相比，我获得了一种前所未有的欢乐。

过去，当我到各处打猎，或勘查岛上环境时，一想到自己的处境，我的灵魂就会痛苦不堪；想到自己被困在这些树林、山谷和沙滩中间，被困在没有人烟的荒野里，我觉得自己就像是个囚犯，那茫茫的大海就是我牢狱的铁栅栏，并且永无出狱之日。【写作借鉴：比喻，将茫茫大海比作牢狱的铁栅栏，深刻说明鲁滨逊被困在孤岛上，内心对自由的渴望和被困住的绝望。】我的心情最平静的时候，这种想法会像暴风雨那样冷不防地袭击我，使我扭着双手，像一个小孩子似的掉下泪来。【名师点睛："像一个小孩子似的掉下泪来"，鲁滨逊是如此无助，由此可见他承受的苦恼之重，压抑之深。】有时在劳动中，这种念头也会突然袭来。我就会立刻坐下来，长吁短叹，两眼死盯着地面，一两个小时一动也不动，这就更令人痛苦了。因为，假如我能哭出来，或用语言发泄出来，苦恼就会过去。悲哀发泄出来后，心情也会好一些。

但是现在，我要用新思想锻炼自己。我每天读《圣经》，并把读到的话与自己当前的处境相联系，从中得到安慰。一天早晨，我心情十分悲凉。打开《圣经》，我读到了这段话："我绝对不撇下你，也不抛弃你。"我立刻想到，这些话正是对我说的。否则，怎么会在我为自己的处境感到悲伤，在我感到自己被上帝和世人丢弃时，让我读到这段话呢？

"好啊，"我自语说，"只要上帝不丢弃我，那么，即使世人丢弃我，那又有什么害处，又有什么关系呢？不妨从另一方面来看，要是全世界没有丢弃我，而将失去上帝的喜爱和祝福，这个损失是无与伦比的。"

从这时起，我心里有了一种新的认识。我在这里虽然孤苦伶仃，但也许比我生活在世界上任何其他地方更幸福。我怀着这个想法，简直要感谢上帝把我送到这个地方来了。

可一想到这里，不知怎么的，我心头突然一惊，再也不敢把感谢的话说出来。我大声对自己说："你怎么能够是如此虚伪的一个人？尽管你也许好不容易对你的处境感到满意了，还是宁可衷心地向上帝祈祷，要求摆脱这个困境的，你怎么可能假装为被困在此地表示感谢呢？"于是，我不再说话了。事实上，我虽然不能说我感谢上帝把我带到这儿来，但我还是要衷心感谢上帝，因为他用种种灾难折磨我，使我睁开眼睛，看清了我过去的生活，并为自己的罪恶而感到悲痛和后悔。我每次读《圣经》，总是衷心感谢上帝，是他引导我在英国的朋友把《圣经》放在我的货物里，虽然我没有嘱托他。我也感谢上帝，是他后来又帮助我把《圣经》从破船中取了出来。【名师点睛：灾难磨砺了鲁滨逊，他的心情不再浮躁，并慢慢沉静下来，他开始感恩生活，并且认真地对待自己的生活。】

就在这种心情下，我开始了荒岛上的第三年生活。我虽然没有把这一年的工作像第一年那样一件一件地给读者叙述，但一般说来，可以这么说，我很少有空闲的时候，而是按照每天摆在面前的活儿把时间分开，做固定不变的事情。比如，第一，定出时间，一天三次祈祷上帝和阅读《圣经》；第二，带枪外出觅食，如果不下雨，一般在上午外出，时间约三小时；第三，把打死或捕获的猎物加以处理，或晒、或烤、或腌、或煮，以便收藏作为我的粮食。【名师点睛：将自己每天的事情列举得井井有条，由此看出，鲁滨逊是一个有规划的人。】这些事差不多用去了每天大部分的时间。还有一件事情不得不考虑，在中午的时候，烈日当空，酷热难当，所以只有在黄昏的时候那约莫四个钟头才是我能派上用处的全部时间。不过，有时我也把打猎和工作的时间调换一下，上午工作，下午带枪外出。

　　一天中能工作的时间太短。我的活计也是格外困难。因为缺乏工具，缺乏助手，缺乏经验，做每件工作都要浪费许多时间。例如，我花了整整四十二天才做成一块造一个长架用的木板，而两个锯木工凭着他们的工具和一个锯木坑，只需半天就能在同一棵树上锯出六块我需要的木板。

　　我做木板的方法是这样的：因为我需要一块较宽的木板，就选定一棵大树把它砍倒。砍树花了三天的时间，再花了两天把树枝削掉，这样树干就成了一根大木头，或者说是成了木材。然后用大量的时间慢慢劈削，把树干两边一点点地削平。削到后来，木头就轻了，这样就可以搬动了。然后把削轻的木头放在地上，先把朝上的一面从头至尾削光削平，像块木板的板面一样；再把削平的这一面翻下去，削另一面，最后削成三寸多厚两面光滑的木板。【写作借鉴：细节描写，在没有工具的前提下，鲁滨逊可以耐着性子，一点一点制作一张木板。说明他是一个有恒心，有毅力，坚持不懈的人。】任何人都不难判断，干这样一件活儿，我的双手得付出多少劳力。不过，凭着耐心耗着劳力，我终于把它做成了，还做了许多其他的东西。我把做木板作为一个例子，说明为什么我花了那么多的时间只能完成很少的工作。同时也可以说明，有帮手和工具的话，可以轻易做成的活儿，独自用手工做，却变成了重得要命的活儿，而且得花费大量的时间。

尽管如此，靠着耐心和劳动，我还是完成了大量的工作。下面，我将叙述我如何为生活环境所迫，完成了许多必不可少的工作。

现在，已经是过了十一月，进入十二月了，我在指望收我的大麦和稻子了。我为了种庄稼挖了一块不算大的地。我说过，我的两种庄稼的种子都不超过半斗，却因为我在旱季里播种，损失了一季的收成，但这一次却丰收在望。然而，我突然发现，庄稼受到好几种敌人的威胁，而且这些敌人简直难以对付，正准备收获又将消失殆尽。首先，就是山羊和像野兔似的动物。它们尝到了禾苗的甜味后，等禾苗一长出来，就昼夜伏在田里，把长出地面的禾苗吃光，禾苗根本就无法长出茎秆来。【写作借鉴：将山羊和野兔写成"我"的敌人，描写生动形象，使它们具有人的灵性。】

除了做个栅栏把庄稼地围起来，我想不出其他办法。我大费手脚，十分劳累才完成了这份活计，特别是我需要赶速度。然而，尽管我那块庄稼地挺小，我把它全部围好也花了约莫三个礼拜的光景。白天，我打死三只野物；晚上，我把狗拴在大门外的一根柱子上，让狗整夜吠叫，看守庄稼地。不久，那些敌人就舍弃了这块地方，庄稼长得很苗壮，并很快成熟起来。【名师点睛：鲁滨逊防御"敌人"的措施，布置得细致又严密，体现了鲁滨逊的细心。】

在庄稼长出禾苗时，遭到了兽害，而现在庄稼结穗时，又遇到了鸟害。在我走到那片地里去看庄稼的长势多么茂盛的时候，却看见我那片小小的庄稼地被数不胜数的飞鸟围住了。它们围着庄稼地，一等我走开后就准备飞进去饱餐一顿，我立刻向鸟群开了枪（我外出时是枪不离身的）。

枪声一响，我又看到在庄稼地中也有无数的飞禽纷纷腾空而起，而刚才我还没有发现在庄稼地中竟也潜伏着这么一大群飞禽。

这使我非常痛心。可以预见，要不了几天，它们就会把我的全部希望吃个精光。我将无法耕种任何庄稼，到头来只好挨饿，而我又不知如何对付这些飞禽。但我决不能让我的庄稼白白损失，即使整天整夜守着也在所不惜。首先，我到庄稼地里去查看已经遭受了多少损失，发现庄稼被鸟糟蹋了不少，但是庄稼还太嫩，鸟还不怎么吃，损失还不算大，只要我能把剩下的保全了，很可能还有个好收成。

　　我站在庄稼地旁，把枪装上弹药。<u>当我走开时，我清楚地看到那些偷谷贼都停在周围的树上，好像专等我走开似的</u>。【写作借鉴：比喻，将偷吃粮食的鸟喻作偷谷贼，体现了主人公内心的愤恨。】

　　事实也确实如此。我慢慢走远，假装已经离开。一旦它们看不见我了，就立即又一个个飞进庄稼地。见此情景，我气极了。我马上被惹火了，再也按捺不住性子，不等有更多的鸟飞过来，因为我知道它们现在吃的每一颗谷子，都会在几年后变成一大斗。鸟给打死了，这正是我所期望的。<u>我把打死的鸟从地里拾起来，用英国惩治恶名昭著的窃贼的办法，把它们用锁链吊起来，以儆效尤。真想不到，这个办法居然十分灵光。从此以后，那些飞禽不仅不敢再到庄稼地来，甚至连岛上的这一边也不敢飞来了。在那些示众的死鸟挂在那儿期间，附近连一只鸟都看不见。</u>不用说，这件事使我很高兴。【名师点睛："以儆效尤"的方法震慑了鸟儿，体现了鲁滨逊的智谋。】

　　12月底，是一年中的第二个收获季节，我收割了我的庄稼。

　　要收割庄稼，就得有镰刀。可是我没有，这就难为我了。

　　而我所能做的就是找个工具凑合一下。我看上了一把从大船武器舱取下来的腰刀。不管怎么样，我的第一次收成数量不多，所以没有给我造成多大的困难，我终于完成了收割。一句话，我只割穗子，留下来茎秆。我把穗子装进自制的大筐子里搬回家，再用双手把谷粒搓下来。收获完毕后，我发现原来的半斗种子差不多打了两斗稻和两斗半多的大麦。这当然只是我估计估计罢了，因为当时手头根本就没有量具。

这对我是一个极大的鼓励。我预见到，早晚有一天，上帝会赐给我面包吃。想到这儿，我又不知道该怎么办才好啦。因为不清楚怎样脱谷，筛去秕糠，怎样把谷粒磨成粉。即使我把什么都弄好了，谷粒也磨成粉了，我也不清楚怎样用面粉制作面包，再假设，我知道怎么做面包，我也不知道如何烤面包。另外，我想多积一点粮食，以保证不断供应。【名师点睛：一系列问题摆在眼前，将主人公内心的迷茫与忐忑，淋漓尽致地展现在眼前。也说明鲁滨逊确实是一个深谋远虑的人。】为此，我决定不吃这次收获的谷物，而是全部留起来做种子，待下一季再播种。同时，我决定用全部时间全力研究磨制面粉和烤制面包这一艰巨的工作。

人们常说"为面包而工作"，其意思是"为生存而工作"。

而现在，我可以说真的是"为面包而工作"了。为了制成面包这样小小的不起眼的东西，你首先得做好播种准备，生产出粮食，再要经过晒、筛、制、烤等种种奇怪而繁杂的必不可少的过程，真不能不令人惊叹。我也想，很少有人会想到，我们天天吃的面包要真的自己动手从头做起是多么不容易啊！

目前，我犹如初生的婴孩，除了自己一身之外，别无他物。【写作借鉴：比喻，将自己比喻成"初生的婴孩"，形象说明主人公现在一无所有。】我整日焦虑于面包的制作。而且自从第一次在石壁下面获得了稻子和大麦的种子后，我想做面包的渴望日渐强烈。

首先，我没有犁，无法耕地；也没有锄头或铲子来掘地。

这个困难我克服了，前面提到，我做了一把木头铲子。工具拙劣，干起活来很不得力。而且那把花费我很长时间制作的铲子，因为没有铁，很快就磨损了。工作变得愈发困难，效率也愈加低下。

尽管如此，我还是将就着使用这把木铲。我耐着性子用木铲掘地，即使效果不佳也不在意。种子播下后，我就不停地在地里走，或是拖着一根大树枝在地里走一遍，说是耙地，倒不如说挠地皮更确切些。

在庄稼成长和成熟的时候，我前面也已谈到，还有许多事要做。我要给庄稼地打上栅栏，又要保护庄稼不受鸟害。然后是收割、晒干、运回家、打谷、簸去秕糠，而后把谷物收藏起来。然后，我需要一台磨，筛粉用的筛子，酵母和盐，才能把面粉制成面包，还要一台烤面包的炉灶。【写作借鉴：细节描写，事情多，所需的工具却呈缺乏状态，表明鲁滨逊事务繁多。】

然而，所有这一切，我都没有，但我还是做成了面包。这些事我将在下面再告诉读者。无论如何，我总算有了自己的粮食，这对我是极大的安慰，为我的生活带来了更多有利的条件。

开始我就提到过，没有得力的工具，我的一切活计效率都十分低下，我就非常劳累。不过，即使这样，我也没有浪费时间。我对时间进行了分配，就会每天安排一些时间来做这些事情。我已决定等我收获了更多的粮食后再做面包，所以我还有六个月的时间。在这半年中，我可以运用我全部的精力和心血，设法制造出加工粮食各项工序所需要的各种工具。到时，有了足够的粮食，就可以用来制作面包了。

目前，第一步，我必须多准备一点土地，因为我现在有了足够的种子，可以播种一英亩还多。在耕地之前，我至少花了一个星期，做了一把铲子。做好以后，说真的，它的质量真的很差。又拙劣又笨重，使用它需要双倍的力气，但不管怎么说，我还总算有了掘地的工具，就这样，在住宅旁边，我挖了两块地把种子播下去。

然后就是修筑了一道坚实的栅栏把地围起来，栅栏的木桩都是从我以前栽过的那种树上砍下来的。这种树长势很快，不到一年光景就能长成茂密的栅栏，不需要我花费时间和精力去修剪维护。这个工作花了我三个多月的时间，因为这期间大部分时间是雨季，我无法出门，所以修筑栅栏的事时断时续。【写作借鉴：通过对鲁滨逊自制工具的描写和修理栅栏的细致描写，一方面突出了鲁滨逊生活的艰难，另一方面体现了鲁滨逊勤劳耐心的性格特点。】

　　在下雨不能出门的时候，我也找些事情做。我会边工作，边教我的鹦鹉说话。其实更像是闲扯，作为消遣。很快，它就能叫自己的名字，而且还知道它自己就叫"波儿"。这是我上岛以来第一次从别的嘴里听到的话。教鹦鹉说话，当然不是我的工作，只是工作中的消遣而已。前面谈到，我目前正在着手一件重要的工作。

　　我早就想用什么办法制造一些陶器，我急需这类东西，可就是不知怎么做。这里气候炎热，我相信，只要找到陶土做一些钵子或是罐子，就能放在太阳下晒干，炎热的太阳一定能把陶土晒得坚硬又结实。有了经久耐用的罐子或者钵子，我就能装一些需要保存的干货。要加工粮食、制造面粉等工作，就必须要有盛器贮藏。所以，我决定尽量把容器做大一些，可以着地放，里面就可以装东西。

　　要是读者知道我怎样制造这些陶器，一定会觉得我又可怜又可笑。我不知用了多少笨拙的方法去调和陶土，也不知做出了多少奇形怪状的丑陋的家伙；有多少因为陶土太软，吃不住本身的重量，不是凹进去，就是凸出来，根本不合用；又有多少因为晒得太早，太阳热力过猛而晒裂了；又有多少在晒干后一搬动就碎裂了。这真的是一个大工程。花费了约莫两个月的时间，我才做好了两个十分丑陋的大瓦罐。【名师点睛：详细叙述了鲁滨逊制作瓦罐的艰难，例如陶土的调和，太阳的晒制。一方面体现生活的艰辛，一方面显示鲁滨逊的坚持不懈，顽强而有毅力。】至于过程，一句话就能概括。我费了很大的力气去寻找陶土，然后把陶土挖出来，调和好，运回家，再做成大瓦罐就行了。

　　最后，太阳终于把这两只大瓦罐晒得非常干燥非常坚硬了。我把它们轻轻搬起来，放进两只预先特制的大柳条筐里，以防它们破裂。

在缸和筐子之间的空隙处，又塞上了稻草和麦秆。这样，这两个大缸就不会受潮，我想以后就可以用来装粮食和磨出来的面粉了。

我的大缸做得虽不成功，但那些小器皿却做得还像样，像那些小圆罐啦、盘子啦、水罐啦、小瓦锅啦等等，总之，一切我随手做出来的东西，都还不错，而且，由于阳光强烈，这些瓦罐都晒得特别坚硬。

但这些并没有达到我的预期，我想要可以烧东西的器具，而这些容器只能装东西，想要用它们装流质放在火上烧还是不可能。过了些时候，一次我偶然生起一大堆火煮东西，煮完后我就去灭火，忽然发现火堆里有一块陶器的碎片，被火烧得像石头一样硬，像砖一样红。这一发现使我惊喜万分。我对自己说，破陶器能烧，整只陶器当然也能烧了。【名师点睛：从生活中的小事里都可以琢磨出陶瓷的烧制，说明鲁滨逊充满智慧，也善于观察生活。】

于是我开始研究如何控制火力，给自己烧出几只锅子来。

当然，我对如何搭一个陶瓷工人烧陶的窑是一无所知，更不清楚怎样用铅涂陶釉(yòu)[覆盖在陶瓷制品表面的无色或有色的玻璃质薄层]，就算我还有一些铅。我把三只大泥锅和两三只泥罐一个个堆起来，四面架上木柴，在泥锅和泥罐下生了一大堆炭火，然后在四周和顶上点起了火，一直烧到里面的罐子红透为止，而且十分小心地不让火把它们烧裂。等到陶器已经被烧得红透了，我依然保留了五六个小时的热度，直到其中的一个瓷器已经开始熔化了，虽然还没有破裂。这是掺在陶土里的沙土被烧没的结果，继续让它烧下去，就会被烧成玻璃了。于是我慢慢减去火力，那些罐子的红色逐渐褪去。我整夜守着火堆，不让火力退得太快。

到了第二天早晨，我便烧成了三只很好的瓦锅和两只瓦罐，虽然谈不上美观，但很坚硬；其中一只由于沙土被烧熔了，表面出了一层很好的釉。【名师点睛：平淡的生活促使鲁滨逊把一只烧坏了的瓷器都细细

描述出来。虽说鲁滨逊的生活很艰辛，但他却积极乐观面对。】

　　这次实验成功后，不用说，我不缺什么陶器用了。但我不得不说的是，这些东西的形状，是不好意思摆在台面上看的。因为我在制作的时候只能像小孩子做泥饼一样，或者像一个没有怎么学过揉面的女人和面粉做馅饼那样去做。【写作借鉴：打比方，用小孩做泥饼的例子说明"我"制作的瓷器形状很丑，形象生动。】

　　当我发现我已制成了一只能耐火的锅子时，我的快乐真是无可比拟的，尽管这是一件多么微不足道[微小得很，不值得一提]的事情。我等不及让锅子完全冷透，就急不可耐地把其中一只放到火上，倒进水煮起肉来，效果极佳。这碗用小山羊肉煮的汤真的是鲜美无比。当然，这得多亏了燕麦粉和别的一些配料。

　　下一个问题是我需要一个石臼舂粮食。因为我明白，仅凭自己的一双手，是无法做出石磨的。至于如何做石臼，我也一筹莫展。三百六十行中，我最不懂的就是石匠手艺了，更何况没有合适的工具。我费了好几天的工夫，想找一块大石头，把中间挖空后做个石臼。但是不尽如人意，找到的石头，要么是石质坚硬，无法挖凿的大块岩石；要么是一碰就碎，经不住重锤的沙石。沙石是能捣碎谷物，美中不足的是，必然也会捣出许多沙子和在面粉里。因此，当我花了很长时间都找不到适当的石料时，就放弃了这个念头，决定找一大块硬木头。这要容易得多。我弄了一块很大的木头，大得我勉强能搬得动。然后用大斧小斧把木头砍圆；当其初具圆形时，就用火在上面烧一个槽。火力再加无限的劳力，就像巴西的印第安人做独木舟那样，我终于把臼做成了。我又用铁树做了一个又大又重的杵，舂谷的工具做好后，我就放起来准备下次收获后舂谷做面粉，再用面粉做面包。【名师点睛：人类的智慧是无穷的。鲁滨逊寻找合适的替代材料，成功地制作了臼。】

　　第二个需要克服的困难是，我得做一个筛子筛面粉，把面粉和秕糠分开。没有筛子，就无法做面包。做筛子想想也把我难倒了。我没有任何材料可以用来做筛子，也就是那种有很细很细网眼的薄薄的布可以把面粉筛出来。这使我停工好几个月，不知怎么办才好。除了一些破布碎片外，我连一块亚麻布也没有。虽然我有山羊毛，但我根本不知道怎样纺织，即使知道，这里也没有纺织工具。后来，我灵光乍现，用水手衣服里面的几块棉布和薄纱围巾做成了三个小筛子。那是我能想到的唯一办法，竟也支撑了几年。至于后来怎么办，我下面再叙述。

下一步要考虑的是制面包的问题，也就是我有了粮食之后怎样制成面包。首先，我没有发酵粉。这是绝对没有办法做出来的，所以我也就不去多费脑筋了。至于炉子的问题，颇费了我一番周折。但最后，我还是想出了一个试验的办法。具体做法如下：这是一个类似制作陶器的方法。首先，我做了一个直径有两英尺，深九英寸的陶瓷容器。在火里烧过以后就成了大瓦盆，放置在一边随用随取。

制作面包时，我先用方砖砌成一个炉子。这些方砖也是我自己烧制出来的，只不过不怎么方整罢了。然后，在炉子里生起火。

我先用木柴烧制了一些热炭或炙炭。然后把炉子盖满，上面堆好木炭，把炉子烧得非常热，然后扫干净火种，把面包放进去。再用瓦盆扣住炉子，炉子上又堆满火种。这样做不但能保持炉子的热度，还能增加热度。用这种方法，我制出了非常好的大麦面包，绝不亚于世界上最好的炉子制出来的面包。不久之后，我就成了一个技术高明的面包师傅，因为我还用大米制成了一些糕点和布丁。不过，我没有做过馅饼，因为除了飞禽和山羊肉外，我没有别的馅料可以放进去。

毫不奇怪，这些事情占去了我在岛上第三年的大部分时间。一方面，我要为制面包做许多事情；另一方面，我还要料理农务，收割庄稼。依循着时节，我按时收获粮食谷物并运回家。没有打谷的场地和工具，我就在闲暇时用手搓谷粒。

现在，我的粮食贮藏量大大增加了，就必须扩建谷仓。我需要有地方来存放粮食。现在，我已有了二十蒲式耳[一种计量单位]大麦和二十多蒲式耳大米，可以放心吃用了，因为我从船上取下来的粮食早就吃完了。【名师点睛：从最初沦落荒岛的一无所有，到现在大量的粮食，是鲁滨逊多年的劳动成果，也是他多年汗水的结晶。】同时，我也想估算一下，一年要消耗多少粮食，然后准备一年只种一季，数量足够我吃就行了。

Z 知识考点

1. 在岛上的第二年，鲁滨逊捕捉了一只鹦鹉，他决定让鹦鹉与他做伴，并给它取名为_____。

2. 下列物事，不是鲁滨逊在岛上的第三年开始制作的是（ ）（ ）

A.箩筐　　　B.制作面包　　C.制作陶罐　　D.烧窑

E.做石臼　　F.做筛子　　　G.造船

3. 在第二年，鲁滨逊的心境发生了怎样的转变？

_____

_____

Y 阅读与思考

1. 在播种和收获粮食的过程中，鲁滨逊遇见了哪些困难？

2. 鲁滨逊的劳作给了你怎样的启发？

第九节
大 陆

M 名师导读

当一个人被困在孤岛三年,突然有一天发现了大陆的影子,他会怎么做?鲁滨逊欣喜欲狂地筹备逃离的计划,最后却因为他所造的船没办法推下水而不得不放弃计划。鲁滨逊只能重新回到开始的生活状态,继续周而复始的水稻种植,渐渐地,他的心态愈加平和,对上帝的认识更加深刻。

我发现,四十蒲式耳的大麦和大米足够我吃一年还有余。

因此我决定每年播种同样数量的种子,并希望收获的粮食足够供应我做面包和其他用途。

在整日忙碌于生计的同时,我常想我在岛上另一边望见的陆地。我心里暗暗怀着一种愿望,希望能在那里上岸,并幻想自己在找到大陆和有人烟的地方后,就能继续设法去其他地方,最终能找到逃生的办法。【名师点睛:岛上的生活并没能磨灭鲁滨逊的渴望,他一直憧憬着逃离荒岛。】

那时,我完全没有意识到登陆那块大陆的危险性。没有考虑过落在野人手里我会遭遇的悲惨下场。那些野人比非洲狮子和老虎还要凶残,不难想象,我要是落在他们手里一定是凶多吉少。不是被他们杀死,就是被他们吃掉。我听说,加勒比海沿岸的人都是吃人的部族。而从纬度来看,我知道我目前所在的这个荒岛离加勒比海岸不会太远。

再说，就算他们不是吃人的部族，他们也一定会把我杀掉。他们正是这样对待落到他们手里的欧洲人的，即使一二十个欧洲人成群结队也难免厄运。

我孤身一人，毫无自卫的能力。当时我的脑海都被如何去对面的陆地占据。这些我本来应该考虑的情况，即使我后来考虑过这样做的危险性，我却没有丝毫的恐惧。

当然，只是想确实没有用的。所以，我想到去看看我们大船上的那只小艇。那艘船可是能载着我和佐立航行一千多英里的啊。前面已谈到过，这小艇是在我们最初遇难时被风暴刮到岸上来的。小艇差不多还躺在原来的地方，但位置略有变更，并且被风浪翻了个身，船底朝天，搁浅在一个高高的沙石堆上，四面无水。【名师点睛：详细叙述了小船的现状，为后文发现我想要借助这条船逃生是不可能的埋下伏笔。与下文相呼应。】

如果我有助手，就可以把船修理一下放到水里，那就一定能坐着它回巴西。但是当时，我孤身一人，凭借自己的力量是无论如何也不能把小艇翻个身的，就像我不能搬动这座岛一样。我只是一心想把船翻个身，然后把受损的地方修好，成为一条不错的船，可以乘着它去航海，所以我还是走进树林，砍了一些树干做杠杆或转木之用。然后把这些树干运到小艇旁，决定尽我所能试试看。然而，我只是用三四个星期的时间去证明了我不过是在白做工而已。后来，我终于意识到，我的力气是微不足道的，根本不可能把小艇抬起。于是，我不得不另想办法，着手挖小艇下面的沙子，想把下面挖空后让小艇自己落下去；同时，用一些木头从下面支撑着，让小艇落下来时翻个身。

船是落下来了，我却无法搬动它，也无法从船底下插入杠杆转木之类的东西，更不要说把它移到水里去了。最后，我只得放弃这个工作。可是，我虽然放弃了使用小艇的希望，我要去海岛对面大陆上的愿望不但没有减退，反而因为无法实现而更加强烈。【名师点睛：愿望

遭遇挫折，鲁滨逊并没有想要放弃，而是更加努力去实现它，表现了鲁滨逊的越挫越勇、百折不挠。】

最后，我想到，能否像热带地区的土人那样做一只独木舟呢？何为独木舟？就是用一棵大树的树干做成的。【写作借鉴：设问，有问有答，强调突出了作者想要传达的意思。】尽管我没人没物，我却觉得这很容易做到，不是不可能的事情。

做独木舟的想法，使我非常高兴。而且，我还认为，与黑人或印第安人相比，我还有不少有利条件。但我却完全没有想到，比起印第安人来，我还有许多特别不利的条件，那就是，独木舟一旦做成后，没有人手可以帮我让独木舟下水。是的，印第安人做独木舟的原因是没有工具，我却在此基础上还没有人手。做一个独木舟需要我努力地在茂密的森林中找到一棵大树，然后费尽心思把树砍倒了；再用我的工具将树砍成小舟的形状，再把里面烧空或凿空，如此这般做成一只小船。这些我可以克服。但是，试想我费尽心思和时间，小舟却无法下水，那我所做的工作又有什么意义呢？

人们会以为，我在造船的时候，压根儿没有想到过这些。但是抱歉，我实在是太过激动了，完全没有思考过小舟如何下水这个问题。而实际上，对我来说，驾舟在海上航行四十五英里，比在陆地上使它移动四十五英寻[海洋测量中的深度单位]后再让它下水要容易得多。

任何有头脑的人都不会像我这样傻，立即着手去造船。但是我得意于自己的想法，没有思考过事件的可行性。我的确想过小舟下水的问题，但是我天真且愚蠢地忽略了这个问题。我催眠般地给自己说："不急，把船造好了后，一切问题都会迎刃而解。"尽管这很荒谬，但我真是思船心切，还是决定立即着手工作。我砍倒了一棵大柏树。我相信，连所罗门造耶路撒冷的圣殿时也没有用过这样大的木料。靠近树根的地方直径达五英尺十英寸，在二十二英尺的地方直径也达四英尺十一英寸，然后才渐渐细下去，并开始长出枝杈。我费尽辛苦才把树砍倒——用二十二天时间砍断根部,又花了十四天时间使用大斧小斧砍掉树枝和向四周张开的巨大的树冠——这种劳动之艰辛真是一言难尽。【写作借鉴:具体的数字增加了文章的可信度,也说明了造船的艰辛。】

然后,又砍又削了一个多月的时间,才将船底刮出了雏形,小舟已经能漂浮在水面上了。随后,在三个月的挖凿下,树干已经中空了,便完全像一只小船。在挖空树干时,我不用火烧,而是用槌子和凿子一点一点地凿空,最后确实成了一只像模像样的独木舟,大得可乘二十六个人。这样,不仅我自己可以乘上船,而且可以把我所有的东西都装进去。

小舟造好了后,兴奋难以自抑。这艘小船比我以前看到过的任何独木舟都大。当然,做成这只大型独木舟我是费尽了心血的。【名师点睛:独木舟过大,为后文鲁滨逊无法将之推下水埋下伏笔。】

现在,剩下的就是下水问题了。要是我的独木舟真的下水了,我肯定会进行一次有史以来最为疯狂、最不可思议的航行了。

尽管我想尽办法,费尽力气,可就是无法使船移动一步。

小船所在的位置离水仅一百码,绝对不会再多。首先遭遇的难题是,要把小舟移到河边,要走过一个向上的斜坡。因此,我决定把地面掘起,挖一个向下的斜坡。于是,我立即动手进行这项工程,并且也历尽艰辛。当想到有可能逃生的机会,谁还会顾得上艰难困苦呢?不料完成了这项工程,克服了这一障碍后,我还是一筹莫展。因为就像那只搁浅在沙滩上的小艇一样,我依然无力移动这只独木舟。

既然我无法使独木舟下水,就只得另想办法。估计了一下两地间的距离,我决定挖一条船坞或者开一条运河,直接让独木舟漂在水上。于是我又着手这项大工程。一开始,我就进行了一些估算:看看运河要挖多深多宽,怎样把挖出来的土运走。结果发现,若我一个人进行这项工程,至少要花十至十二年。因为河岸太高,所耗费的工程量太大。最后只能不甘心地放弃这个办法。【名师点睛:与前文鲁滨逊造了过大的

独木舟相呼应，在吸取经验的前提下，鲁滨逊首先估计了挖运河的可行性，最后决定放弃。】

这件事使我非常伤心。到这时我才明白，但为时已晚。做任何事，若不预先计算一下所需的代价，不正确估计一下自己的力量，那是十分愚蠢的！和以往一样，我以虔诚和欣慰的心情，度过了我上岛的第四个周年纪念日。

在岛上的几年时间，阅读《圣经》已经成为我生活的一部分，我也尝试着将《圣经》中的理论付诸实践。再加上上帝的特别关照，我获得了崭新的认知。对我来说，世界是遥远的。我和它已没有任何关系，也对它没有任何期望。可以说，我与世无求。总之，我与世界已无什么牵连，而且以后也不会再发生什么关系。因此，我对世界的看法，就像我们离开人世后对世界的看法一样：这是我曾经居住过的地方，但现在已经离开了。我完全可以引用亚伯拉罕对财主说的那句话："你我中间隔着一条深渊。"【写作借鉴：比喻，引用，首先将荒岛生活比喻离开人世后，再引用名言，增加可信度，便于读者理解。】

在这里，我摆脱了一切人世间的罪恶。我既无"肉体的欲望、视觉的贪欲，也无人生的虚荣"。我一无所求，因为，我所有的一切，已足够我享受了。我是这块土地的实际所有者。只要我愿意，我尽可以在这个小岛上封王称帝。不用担心敌人，也不用考虑竞争者。只要我想，我可以生产一整船的粮食，虽然我只需要生产我需要的就行了。我有很多的海龟，但我只偶尔吃一两只就够了。我有充足的木材，可以用来建造一支船队。我有足够的葡萄，可以用来酿酒或制葡萄干，等把船队建成后，可以把每只船都装满。【写作借鉴：排比，以系列句式相同的句子，富有气势地说明鲁滨逊是该荒岛的实际掌权者。】

我能用的东西是有限的，现在我已经够用够吃，还需要贪图别的什么吗？若猎获物太多，吃不了就得让狗或野兽去吃；若粮食收获太多，吃不了就会发霉；树木砍倒不用，躺在地上就会腐烂，除了当作柴

烧烹煮食物外，根本没有什么别的用处。【名师点睛：此处突出了鲁滨逊的乐观和富足。】

总之，事理和经验使我懂得，世间万物，唯其有用，才是最可宝贵的。任何东西，积攒多了，就应送给别人；我们能够享用的，最多不过是我们能够使用的部分，多了也没有用。无论是谁处于我的位置，即使是这个世界上最贪婪最吝啬的守财奴，也不会有任何贪求的欲念。因为我是如此富有，甚至不清楚如何去使用我的财富。我缺的东西不多，所缺的也都是一些无足轻重的小东西。

前面我曾提到过，我有一包钱币，其中有金币，也有银币，总共大约值三十六英镑。可是，这些肮脏、可悲而又无用的东西，至今还放在那里，对我毫无用处。【写作借鉴：对比，钱币是人们竞相追逐的，却被鲁滨逊视作毫无用处的东西，体现了鲁滨逊的清苦和无奈。】

时常想着，我宁愿用大把大把的金币去换区区十二打烟斗，或是一个磨谷的手磨。我甚至愿意用我全部的钱币去换价值仅六个便士的英国萝卜和胡萝卜种子，或者去换一把豆子或一瓶墨水。可是现在，那些金币银币对我一点用处也没有，也毫无价值。它们放在一个抽屉里，而且一到雨季，由于洞里潮湿，就会发霉[金银不可能发霉。作者此处暗用《圣经》中的一个说法]。

在此种情况下，就算是满抽屉的钻石，如果毫无用处，在我心中也是价值全无。

与当初上岛时相比，我已大大改善了自己的生活状况。现在的我，生活舒适，心情欢畅。我总是会在吃饭的时候，惊诧感动于上帝在旷野为我摆下筵席的壮举。我已学会多看看自己生活中的光明面，少看看生活中的黑暗面；多想想自己所得到的和所拥有的，少想想所欠缺的和无法得到的。【写作借鉴：对比，鲁滨逊逐渐体会到人世的美好，都是独自生活的感悟。】这种态度使我内心感到由衷安慰，实难言表。在这儿，我写下这些话，就是希望那些不知足的人们能有所觉醒：他们之所以不能舒舒服服地享受上帝的恩赐，正是因为他们老是在期望和贪求他们还没有得到的东西。我感到，我们老是为缺少什么东西而不满足，是因为我们对已经得到的东西缺少感激之情。【名师点睛：鲁滨逊在生活中感悟到人生哲理，也以此来劝勉读者：知足常乐，常怀感恩之心。】

还有一种想法对我也大有好处。这种想法毫无疑问对像我一样身处困境的其他任何人也一定大有用处。那就是拿现在的情况和当初遭遇的情况加以对比。上帝神奇地做出了目前这样的安排，把大船冲近海岸，让我不仅能靠近它，还能从上面取下所需要的东西搬到岸上，使我获得救济和安慰。假如不是这样，我就没有工具工作，没有武器自卫，没有弹药猎取食物了。

我经常几个小时或是几天地低头沉思。我自己设想：假如我没能从船上取下任何东西，那将怎么办呢？假如那样，除了龟之外，我就找不到任何其他食物了。而龟是很久之后才发现的，那么，我一定早就饿死了。即使不饿死，我也一定过着野人一样的生活，即使想方设法打死一只山羊或一只鸟，我也无法把它们开膛破肚，剥皮切块，而只好像野兽一样，用牙齿去咬，用爪子去撕了。

这种比较使我对上帝的仁慈充满感激之情。我当初的生活虽然是困苦的，但却不是最悲惨的。身处困境的人常会抱怨："有谁会像我们这样苦呢？"在此，我希望他们静心地读并思考我这句话，好好想一想那些比他们处境更悲惨的人吧。还应想一想，假如造物主故意捉弄他们，他们的境况将会更糟。

此外，还有一种想法，使我心里充满了希望，从而内心获得极大的安慰。那就是，把我目前的境况与造物主应对我的报应加以比较。过去，我过着可怕的生活，对上帝完全缺乏认识和敬畏。我父母曾给我很好的教育，他们也尽力教导我应敬畏上帝，教育我应明白自己的责任，明白做人的目的和道理。可是，天哪，我很早就当了水手，过上了航海生活。

鲁滨逊漂流记

要知道，水手是最不尊敬不畏惧上帝的人，尽管上帝使他们的生活充满了恐怖。由于我年轻时就有过水手生活经历，与水手们为伍，我早年获得的那不多的宗教意识，早就从我的头脑里消失得一干二净了。我单薄的宗教信仰，在伙伴的嘲笑下，在时时遭遇危险而视死如归的心境下，在缺乏善良之人的有意教导下，早早地消失殆尽了。

那时，我完全没有善心，也不知道自己的为人，不知道该怎样做人。对于上帝热心的恩赐，我从未说过一句感谢。比如，被葡萄牙船长救起时，在巴西安身立命发展顺利时，从英国顺利采购货物时，种种这些都是上帝的恩赐。另一方面，当我身处极端危难之中时，我从不向上帝祈祷，也从不说一声"上帝可怜可怜我吧"。在我的嘴里，要是提到上帝的名字，那不是赌咒发誓，就是恶言骂人。

正如前面提到的，一连好几个月，我对过去的罪恶生活一直进行着反省，心里感到非常害怕。同时，想起流落孤岛后，上帝给予的种种恩赐，种种仁慈宽厚，种种以德报怨，心里充满了希望。我想，上帝已接受了我的忏悔，并且还会怜悯我。

反省使我更坚定了对上帝的信念。我不但心平气和地接受了上帝对我当前处境的安排，甚至对现状怀着由衷的感激之情。我竟然没有受到惩罚而至今还活着，我不应该再有任何抱怨。我得到了许许多多的慈悲，而这些慈悲我是完全不应该期望能获得的。我绝不应该对自己的境遇感到不满，而是应该感到心满意足。我应该感谢每天有面包吃，因为我能有面包吃，完全是一系列的奇迹造成的。<u>我感到，我是被奇迹养活着，这种奇迹是罕见的，就像以利亚被乌鸦养活一样。</u>【写作借鉴：举例子，列举以利亚被乌鸦喂养的例子，说明"我是被奇迹养活着"，以此来说明奇迹的奇特。】应该说，正是由于发生了一系列的奇迹，我至今还能活着。在世界上所有的荒无人烟的区域，我感到这里是最好的地方。即使我会因为远离人世而感到苦闷。但是在这里，不用担心吃人的野兽，凶猛的虎狼，毒人的动植物，更不用焦虑会不会有野人的存在。

　　总而言之，我的生活，在一方面看来，是一种可悲；在另一方面看来，却是一种恩赐。我不再乞求任何东西，以使自己过上舒适的生活。我希望自己能感受到上帝的体贴和关怀。在这种体会下，我才能心满意足，不再悲伤，并常常感到宽慰。

　　我来到岛上已经很久了。从船里带上岸的许多东西不是用完了，就是差不多快用完了或用坏了。

　　前面已经提到过，我的墨水早就用完了，到最后，只剩下一点点。我就不断加点水进去，直到后来淡得写在纸上看不出字迹了。但我决定只要还有点墨水，就要把每月中发生特殊事件的日子记下来。翻阅了一下日记，发现我所遭遇的各种事故，在日期上有某种巧合。如果我有迷信思想，认为时辰有凶吉，那我一定会感到无限的惊诧。【写作借鉴：细节描写，从日记上发现时间有惊人的巧合，由此促进鲁滨逊的联想。】

　　首先，我前面已提到过，9月30日，是我离家出走来到赫尔去航海的日子；我被萨累的海盗船俘虏而沦为奴隶的日期，也正好是同一天。

　　其次，我从雅茅斯锚地的沉船中逃出来的那天，也正是后来我从萨累逃跑的那天，同月同日。

　　我出生在9月30日，巧合的是，也正是二十六年后的同一天，我奇迹般获救，奇迹般流落孤岛。可以说，我的罪恶生活和孤单生活始发于同一天。

　　除了墨水用完之外，"面包"也吃完了。这是指我从船上拿回来的饼干。我饼干吃得很节约，一天一块，也维持了整整一年365天。在收获到自己种的粮食之前，我还是断了一年的面包。后来，我可以吃到自己做的面包了。对上帝我真是感激不尽，正如我前面所说的，我能吃到面包，真是奇迹中的奇迹！

　　我的衣物早已破烂得七七八八，至于内衣更是没有了。只有几件我舍不得穿而保存下来的从水手们箱子里找到的花格子衬衫。在这儿，大部分时间只能穿衬衫，穿不住别的衣服。还好在水手服装里有大约三打衬衫，这帮了我的大忙。另外，还有几件水手值夜穿的服装，那穿起来就太热了。虽然这里天气酷热，用不着穿衣服，但我总不能赤身裸体吧。即使岛上只有我孤身一人，我也没有赤身裸体的打算。说实话，这种念头我想都不敢想。【名师点睛：虽然一人生活，没有外界眼光，鲁滨逊依然有着自己身为文明人的坚持。】

我不能赤身裸体当然是有理由的。这儿阳光炽热，裸体晒太阳根本就受不了，不一会太阳就会把皮肤晒出泡来。穿上衣服就不同了，空气可以在下面流通，这比不穿衣服要凉快两倍。同时，在太阳底下不戴帽子也不行。这儿的太阳热力难挡，直接晒在头上，不一会儿就晒得头痛难熬。但如果戴上帽子，那就好多了。【写作借鉴：对比，反衬，将穿衣不穿衣，戴帽不戴帽进行对比，突出穿衣戴帽的舒适，体现岛上生活的困难艰苦。】

鉴于这些情况，我打算整理一下衣服，要紧的是我需要先做两件背心，以前的背心早破烂得不成样子了。至于布料，就用水手值夜的衣服拆下来再搭上一些其他的布料。于是我做起裁缝来。其实，我根本不懂缝纫工作，只是胡乱缝合起来罢了。我的手艺可以说是再糟糕不过了。尽管如此，我还是勉强做成了两三件新背心，希望能穿一段时间。至于短裤，我直到后来才马马虎虎做出几条很不像样的东西。

以前应该提及过，凡是我打死的四足野兽，我都把皮毛用棍子支在太阳下晒干了。这样处理下，有的皮毛还不错，有的却是晒得又干又硬。我首先用这些皮毛做了顶帽子，把毛翻在外面，可以挡雨。帽子做得还可以，我就又用一些皮毛做了一套衣服，包括一件背心和一条长仅及膝的短裤。为了挡风，背心和短裤都制作得十分宽大，毕竟我不需要御寒。当然，我不得不承认，不论是背心还是短裤，做得都很不像样，因为，如果说我的木匠手艺不行，那我的裁缝手艺就更糟了。话虽如此，我还是做好了，总算能够将就着穿。只要在下雨时，把背心和帽子有毛的那一面穿在外面，就可以挡雨，防止身上被淋湿了。

后来，我又花了不少时间和精力做了一把伞，我非常需要一把伞，也一直想做一把。在炎热的巴西，我见过有人做伞，这儿比巴西更靠近赤道，天气也更炎热，伞的作用非常大。此外，我还不得不经常外出，伞对我实在太有用了，遮阴挡雨都需要它。我历尽艰辛，花了不少时间，好不容易做成了一把。做伞确实不易，就是在我自以为找到诀窍之后，还是做坏了两三把，直到最后，总算做成了一把勉强可用的。做一把撑开的伞很简单，但要是想把伞收起来就不是那么容易了。若是伞只能一直撑在头顶上，不便于携带的话，也就不那么适用了。

最后，正如我上面说的，总算做成了一把，尚能差强人意。<u>我用皮毛做伞顶，毛翻在外面，可以像一座小茅屋似的把雨挡住，并能挡住强烈的阳光。</u>【写作借鉴：比喻，将皮毛伞比作小茅屋，将皮毛伞遮挡阳光的作用描述得很清晰。】

这样，就是在最炎热的时候，我也不用担心外出被暴晒，甚至比以前最凉爽的时候还要舒服。伞不用的时候，就可以折起来夹在胳膊下，携带十分方便。

Z 知识考点

1. 做一个独木舟先_____，然后_____，再用工具_____，再把里面_____，如此这般做成一只小船。
2. 鲁滨逊在岛上还用_____制作了一把伞。
3. 这部小说用第_____人称按_____顺序来叙述。

Y 阅读与思考

1. 如何理解鲁滨逊记日记和阅读《圣经》以及他祈祷的行为？
2. 如果让你选文中的一句话作为座右铭，你会选哪一句？为什么？

第十节

巡 游

> **M 名师导读**
>
> 　　岛上的生活安稳却乏味，鲁滨逊又重燃起了探险的渴望。乘着小船，鲁滨逊进行了一次有惊无险的环岛旅行。

　　我现在的生活幸福愉悦。我遵从上帝的指引，听从命运的安排。甚至，我认为现在的生活比以前有社交的日子还要舒心。因为，每当我抱怨没有人可以交谈时，我便责问自己，同自己的思想交谈，而且，通过祷告同上帝交谈，不是比在世俗人群中交际更好吗？【写作借鉴：心理描写，反问，鲁滨逊在感到孤独时自我开解，一句反问，语气强烈，表达了自己的观点。体现出他逐渐成长成熟的心态。】

　　此后五年，我的生活环境和生活方式基本上没有什么变化，也没有什么特别的事情发生。我的主要工作，不是为了维持一年吃用而顺应时节种水稻和大麦，晒葡萄干，储存食物，就是带着那把枪天天清晨出门跑步，顺便打些动物。在此期间，除了这些日常工作外，我做的唯一一件大事就是给自己又造了一只独木舟，最后确实也做成功了。为了把独木舟引入半英里外的小河里，我挖了一条运河，有六英尺宽，四英尺深。先前做的那只实在太大，我始终无法把它放到水里去，也无法把水引到它下面来。这是由于我事先没有考虑到船造好后的下水问题，而这问题是我应该预先考虑到的。现在，那艘独木舟只能躺在原地留作纪念，提醒我下一次应学得聪明些。【名师点睛：独木舟不能

用，鲁滨逊将之作为教训，警示自己。表现他是一个乐观的人。】

这一次，我没能找到一棵较合适的树，而且，还需把水从半英里以外引过来。然而，当我看到有成功的希望时，就不愿放弃这一机会。我一直渴望着能坐着小船去对面的大陆，因此，即使造船的时间长约两年，我也没有丝毫的厌倦或是偷懒行为。

我造的第一只独木舟是相当大的，因为我想用它渡到小岛对面的那块大陆上去，其间的距离约有四十海里。遗憾的是，新造的船太小，不可能渡过那么长的海域，这违背了我对它的期望。可是，我至少可以用这条小船，沿岛航行一周，实现我环岛旅行的夙愿了。

为了实现环岛航行的目的，我要把样样事情做得既周到又慎重。甚至，我在小船上安装了小小的桅杆，还用珍藏的帆布做了一张帆。你们知道，我从大船上取下的帆布多得很，且一直放在那里没用过多少。

安装好桅杆和帆之后，我决定坐船试航一番，结果发现小船走得相当不错。于是，我在船的两头都做了小抽屉或者可以说是小盒子，里面放粮食、日用品和弹药之类的东西，免得给雨水或浪花打湿。除此之外，我专门在船舷内挖了一条可以放枪的长槽，甚至为了防潮，我还做了一块可以盖住长槽的垂板。

我又把我的那把伞安放在船尾的平台上。伞竖在那里，也像一根桅杆，伞顶张开，正好罩在我头上，挡住了太阳的势力，像个凉篷。从那以后，我就常坐在独木舟上在距小河适当距离的海面上游荡。后来，我急于想看看自己这个小小王国的边界，就决定绕岛航行一周。为此，我先往船上装粮食，装了两打大麦面包（其实不如叫大麦饼），又装了一满罐炒米（这是我吃得最多的粮食），一小瓶甘蔗酒，半只山羊肉，还有一些火药和子弹，准备用来打山羊。除此之外，我还拿了以前提到的在水手箱中找到的两件水手值夜的衣服放在船上。我准备把一件拿来当作铺被，一件拿来当作盖被。【名师点睛：鲁滨逊的准备工作做得很充分，说明他考虑周到。】

鲁滨逊漂流记

我成为这个岛国的国王已第六年了，或者说，我流落在这个荒岛已第六年了。反正怎么说都可以。在这第六年的11月6日，我开始了这次环绕小岛的航行。这次航行所花费的时间比预期长得多，即使小岛一点不大。因为我在东头遭遇了一大片岩石，航道被阻。岩石向海里延伸，差不多有六海里远，这些礁石有的露出水面，有的藏在水下。礁石外面还有一片沙滩，约有一海里半宽。因此，我不得不把船开到远处的海面上，绕过这个岬角航行。

在刚刚发现这片礁石的时候，我就想返航，其一是不清楚绕外海要多久；其二是担心我不能回到出发地。于是，我就下了锚——我用从船上取下来的一只破铁钩做了锚。

我把船停稳当后，就带枪走上岸。我爬上一座可以俯视岬角的小山，在山顶上，我看清了岬角的全部长度，决定冒险继续前进。

从我所站的小山山顶向海上放眼望去，看见有一股很强很猛的急流向东流去，差不多一直流到那岬角附近。我进一步仔细地观察了一下，因为我发现，这股急流中隐藏着危险。如果我把船开进这股急流，船就会被它冲到外海去，可能再也回不到岛上了。说真的，假如我没有先爬上这座山观察到这股急流，我相信一定会碰到这种危险的。因为，岛的那边也有一股同样的急流，不过离海岸较远，而且在海岸底下还有一股猛烈的回流。即使我能躲过第一股急流，也会被卷入回流中去。

刚好那两天那儿一直吹东南风，风力大且风向正与我上面提过的急流相反，所以那两天附近的海面波涛汹涌，我就在那儿停留了两天。在这种情况下，如果我靠近海岸航行，就会碰到大浪，如果我远离海岸航行，又会碰到急流，所以怎么走都不安全。【写作借鉴：环境描写，海水水流错综复杂，一方面体现鲁滨逊面临的情况复杂，在另一方面也体现出鲁滨逊的沉着冷静。】

第三天早晨，海上风平浪静，因为在夜里风已大大减小了。于是我又冒险前进。可是一开船，我又犯了个大错误，足以给那些鲁莽而无知的水手作为前车之鉴[鉴，铜镜，引申为教训。前面翻车的教训。比喻把前人或以前的失败作为借鉴]。因为我一靠近岩石群，当时我离开海岸的距离还没有我的船那么长，就发现自己陷入一股激流，就像磨坊闸门里冲出来的水那样的激流。【写作借鉴：举例子，用磨坊闸门冲出来的水来说明水流的湍急，使文章表达的意思更明确，读者更明白，增强说服力。】它来势是如此凶猛，裹挟着我的船一直向前冲去。我用尽一切办法，想让船避到激流边上去，却毫无用处。无奈地被远远冲离左边的激流，这时恰恰没有一丝风。

我只得拼命划桨，但还是无济于事。我感到自己这下子又要完蛋了。因为我知道，这岛的两头各有一股急流，它们必然会在几海里以外汇合，到那时，我是必死无疑了，而且我也看不出有什么办法可以逃过这场灭顶之灾。那么，我就只有死路一条了。倒不是淹死在海里然后葬身鱼腹，因为现在风平浪静，而是活活饿死。不错，我曾在岸上抓到一只大龟，重得几乎拿都拿不动。我把龟扔进了船里。此外，我还有一大罐子淡水。但是，如果我被冲进汪洋大海，周围没有海岸，没有大陆，也没有小岛，我这么一点点食物和淡水又有什么用呢？

现在我才明白，只要上帝有意安排，它可以把人类最不幸的境遇变得更加不幸。我也因此深深地感到，我那荒凉的孤岛是世上最可爱的地方，而我现在最大的幸福，就是重新回到荒岛上。【写作借鉴：对比，将更大的不幸与之前的不幸加以比较，突出之前不幸的微不足道。】

我怀着热切的心愿向它伸出双手。"幸福的荒芜小岛啊，"我说，"我将永远看不到你了！"然后，我又对自己说："你这倒霉的家伙，你将去何方？"现在，我开始责备自己生来不知感恩，我是一直在为自己孤独的处境苦恼，而现在我会不惜一切，只要能让我回到岸上那儿去。可见，像我这样一个平凡的人，不亲自经历更恶劣的环境，就永远看不到自己原来所处环境的优越性;不落到山穷水尽的地步,就不懂得珍惜自己原来享受的一切。

　　眼看自己被冲进茫茫的大海,离开我那可爱的小岛已有六海里多远,我从心底里感到我的小岛确实可爱无比。看到回去已经没有指望了,几乎无法用言语形容,我的内心是多么惊恐。但是,我还是拼命地划桨,直到脱力为止,同时,尽可能保持往北的方向。也就是向激流边缘,漩涡所在的地方划过去。约莫中午光景,太阳过了子午线,我忽然感到了一丝风,向东南偏南的微风。这使我心情稍微振奋了一点。约莫是过了半个多钟头以后,风稍微变大了。这时候,我同那座岛的距离已经相当远了,只要有一点儿云或者碰上雾蒙蒙的天气,那我一定要完了。因为我未带罗盘,只要我看不到海岛,我就会迷失方向无法回去。幸好天气始终晴朗,我立即竖起桅杆,张帆向北驶去,尽量躲开那股急流。

　　我刚竖起桅杆张好帆,船就开始向前行驶了。我看见四周海水较清,就知道激流已经在附近转换方向啦。因为在激流势头猛的地方,颜色是浑浊的。果然,不久我发现,在半海里以外,海水打在一些礁石上,浪花四溅。那些礁石把这股急流分成两股,主要的一股继续流向南方,另一股被礁石挡回,形成一股强烈的回流,向西北流回来,水流湍急。

　　<u>凡是知道在即将被处决之前得到暂缓处决令是什么滋味的人,或者眼看要被强盗杀害而得到拯救是什么滋味的人,或者经历过那种类似的绝境的人,都不难猜测我眼下是怎样一种又惊又喜的心情,我是多么欣喜地把船开进这条漩涡形成的水流。</u>【写作借鉴:运用排比的修辞手法增强气势,渲染出鲁滨逊脱离危险之后极端喜悦的情感。】此时,正当风顺水急,我张帆乘风破浪向前,那欢快的心情是不难想象的。

　　这股回流一直把我往岛上的方向冲了约三海里,但与先前把我冲向海外的那股急流相距六海里多,方向偏北。因此,当我靠近海岛时,

发现自己正驶向岛的北岸，而我这次航行出发的地方是岛的南岸。

这股回流把我冲向海岛方向三海里之后，它的力量已成了强弩之末，再也不能把船向前推进了。我发现自己正处在南北两条激流中间，而两条激流相距大概三公里。我刚才说，我正好处于两股激流之间，且已靠近小岛。这儿海面平静，海水没有流动的样子，而且还有一股顺风。我就乘风向岛上驶去，但船行慢得多了。

大约下午四点钟，在离海岛不到三海里的地方，我看到了伸向南方的岬角，这一点我前面也已提到过。正是这堆礁石引发了这次祸端。岬角把急流进一步向南方逼去，同时又分出一股回流向北方流去。这股回流流得很急，一直向正北。

这不是我要航行的方向，我的航线是要往西走。考虑着风很大，我就向西北方向斜插过这股回流。约莫一小时后，我离海岛就只有一海里的距离了。趁着当时海面平静，很快我便顺利上了岸。

上岸之后，我立即跪在地上，感谢上帝搭救我脱离大难，并决心放弃坐小船离开孤岛的一切胡思乱想。<u>我吃了一些所带的东西，就把小船划进岸边的一个小湾里藏在树底下。不知不觉的，我就躺在地上陷入了睡眠。</u>【写作借鉴：动作描写，鲁滨逊倒头就睡，没有一点儿多余的行为，显示了他的疲惫不堪。】这次航行使我疲惫不堪，筋疲力尽。

我完全不知道该怎样驾船回家。我遇到了这么多危险，知道照原路回去是十分危险的，而海岛的另一边，也就是西边的情况，我又一无所知，更无心再去冒险。我就指望着第二天顺着海岸向西行进，希望找到一条可以停泊我的小战舰的小河，准备在需要它的时候再来取。我驾船沿岸行驶了约三海里，找到了一个小湾，约一英里宽，愈往里愈窄，最后成了一条小溪。这对于我的小船倒是一个进出方便的港口，就仿佛是专门为它建立的小船坞似的。我把小船停放妥当后，便上了岸。仔细地环顾四周，看看这是哪里。

我很快就发现，这儿离我上次徒步旅行所到过的地方不远。所以，我只从船上拿出了枪和伞（因为天气很热）就出发了。经过这次后怕不已的惊险航行后，我为在陆地上行走感到十分安心与舒适。傍晚，我就到了自己的茅舍。屋里一切如旧，因为这是我的乡间别墅，我总是把一切都收拾得整整齐齐的。

艰难地爬过围墙，躺倒在树荫下，深吸一口气。渐渐地陷入了睡梦，我实在是太疲倦了。不料，忽然有人叫我的名字，瞬间将我从梦中惊醒。

"鲁滨！鲁滨！鲁滨·克鲁索！可怜的鲁滨·克鲁索！你在哪儿，鲁滨·克鲁索？你在哪儿？你去哪儿啦？"

亲爱的读者，你们不妨想想，这有多么让我吃惊啊！【写作借鉴：语言描写，岛上只有一个人，此时却有人叫鲁滨逊的名字，设置悬念，引起读者兴趣。】

开始我睡得很熟，因为上半天一直在划船，下半天又走了不少路，所以困乏极了。虽然我被惊醒了，但是整个人还未清醒过来，仍然是半梦半醒的状态。因此，我以为只是睡梦中有人在唤我名字。但那声音不断地叫着"鲁滨·克鲁索！鲁滨·克鲁索！"终于使我完全清醒过来。这一醒，把我吓得心胆俱裂，一骨碌从地上爬起。睁大双眼看向喊声的方向，我那只鹦鹉正停在栅栏上。啊，原来是它在和我说话呢！这些令人伤心的话，正是我教它说的，也是我常和它说的话。它已把这些话学得惟妙惟肖了，经常停在我的手指头上，把它的嘴靠近我的脸，叫着"可怜的鲁滨·克鲁索，你在哪儿？你去哪儿啦？你怎么会流落到这儿来的？"以及其他我教给它的一些话。

但是，明知道喊我名字的是这只鹦鹉，我还是沉默了好一会儿才回转心神。【写作借鉴：神态描写，明知道呼喊他的是一只鹦鹉，鲁滨逊为什么会陷入思绪？体现了鲁滨逊长期被困孤岛的孤独、寂寞、感伤。】首先我感到奇怪，这小鸟怎么会飞到这儿来的？其次，为什么它老守在这儿，不到别处去？但在我确实弄清楚与我说话的不是别人，而是我那忠实的鹦鹉后,心就定下来了。"波儿。"我边喊它边伸出手来,这只可爱的会说话的小鹦鹉便像往常一样飞停在我的大拇指上。接连不断地对我叫着"可怜的鲁滨·克鲁索",并问我"怎么到这儿来啦?""到哪儿去啦?"仿佛很高兴又见到我似的。于是我就带着它回老家去了。

浑浑噩噩地在海上漂了这么些天,我实在是受够了。现在我需要好好地休息几天,回想一下这几天的经历。我很想把小船弄回海岛的这一边来,也就是我的住所这一边,但想不出切实可行的办法。至于岛的东边,我已经去过那儿,知道不能再去冒险了。一想到这次经历,我就胆战心惊,不寒而栗(lì)[恐惧心理引起的惊抖]。而岛的西边,我对那儿的情况一无所知。如果运气糟糕,那边也有同样的激流在航线上,我无法预料我会不会遭受同样的危险,甚至我很可能被卷进激流,又被冲到海里去。想到这些,我便决心不要那小船了,尽管我花了好几个月的辛勤劳动才把它做成,又花了好几个月的工夫引它下水进入海里。

知识考点

1.在岛上的第_____年,鲁滨逊开始了他的环岛航行。

2.下列对小说内容的分析,错误的一项是 (　　)

A.鲁滨逊在独木舟上装备了桅杆和帆,并准备了大量的食物、弹药等。

B."上岸之后,我立即跪在地上,感谢上帝搭救我脱离大难,并决心放弃坐小船离开孤岛的一切胡思乱想。"说明鲁滨逊在此次航行中受到的惊吓之大,以至于他没有勇气再继续航行。

C."幸福的荒芜小岛啊!"语言描写,深刻地描写出鲁滨逊对荒岛生活的满足。

D."忽然有人叫我的名字,瞬间将我从梦中惊醒。"是鲁滨逊的幻听,因为岛上根本没有人类。

3.文中"每当我抱怨没有人可以交谈时,我便责问自己,同自己的思想交谈,而且,通过祷告同上帝交谈,不是比在世俗人群中交际更好吗?"运用了什么修辞手法?

_____
_____

阅读与思考

1.鲁滨逊建造大独木舟的时候,忘记考虑什么?对你有什么启示?

2.你有哪些梦想?你都是怎样实现这些梦想的?

第十一节
孤岛生活

> **M 名师导读**
>
> 环岛旅行惊险万分,鲁滨逊只得待在岛上过一种恬静悠闲的生活。一切都井井有条,鲁滨逊像岛的领主一般,生活幸福。

差不多有一年的工夫,我压制着自己的性子,过着一种恬静悠闲的生活,这一点你们完全可以想象。【名师点睛:"压制"说明鲁滨逊已经厌倦现在的生活,为下文的变化埋下伏笔。】

我享受于现今的境遇,服从上帝对我的安排。我生活幸福愉悦,唯一的遗憾是没有可以交往的人。

在此期间,为了应付生活的需要,我的各种技艺都有长足的进步。我有很强的自信心,我现在是一个手艺出色的木匠,特别是,我可以在缺乏工具的前提下有所作为。

此外,出乎意料的是,我的陶器现在也做得相当完美了。我想出了一个好方法,用一只轮盘来制造陶器,做起来又容易又好看。和现在做出来又圆又有样子的器皿相比,以前制作的陶器简直难以入目。让我感到最自豪、最高兴的是,我居然还做成功了一支烟斗。尽管我做出来的这只烟斗又粗劣又难看,并且烧得和别的陶器一样红,可是却坚实耐用,烟管也抽得通。【写作借鉴:细节描写,详细叙述了烟斗的制作过程,表现出鲁滨逊生活的艰难,和鲁滨逊在创造上的聪明才智。】这对于我是个莫大的安慰,因为我有的是烟叶。只是当时船上的那几只烟斗，我忘记带下来，毕竟开始我也不知道岛上也长有烟叶。后来再到船上去找，却一只也找不到了。

现在我也能用藤皮编出各式各样的筐子来，当然也靠我的匠心独具[形容艺术构思运用得很独特]，编织品也都非常实用，也算是我的一大进步，唯一的不足还是外表不太雅观。这些筐子或是用来放东西，或是用来运东西回家。例如，我外出打死了山羊，就把死羊吊在树上剥皮挖肚，再把肉切成一块块装在筐子里带回家。同样，有时我抓到一只海龟，也随即杀了，把蛋取出来，再切下一两块肉，装在筐子里带回来，余下的肉就丢弃不要了，因为带回去多了也吃不掉。【写作借鉴：举例子，用事例列举筐子的作用。说明筐子对现在的鲁滨逊有重要作用。】此外，我又做了一些又大又深的筐子来盛谷物。待收获的谷物被晒干，我就会搓出所有的谷粒放在筐子里储存起来。

我现在开始发现我的火药已大大减少了，这是无法补充的必需品。现在我正在琢磨不用弹药猎山羊的方法，其实也就是怎样捉山羊的问题。前面我也曾提到，上岛第三年，我捉到了一只雌的小山羊，经过驯养，它长大了。后来，我一直想再活捉一只雄山羊与它配对，可是想尽办法也没能抓到一只。到最后，小山羊成了老山羊，我怎么也不忍心杀它，直至它老死。【写作借鉴：侧面描写，宁愿山羊老死，也没想过杀了它，因为他们之间建立了深厚的情感，体现了鲁滨逊的善良仁慈。】

现在我已在岛上生活了十一年。前面也已说过，我的弹药越来越少了。于是我一直在研究用陷阱或夹子捉山羊的方法，希望可以捉到一两只山羊，怀孕的母羊是最好的。

为此，我做了几只夹子来捕捉山羊。我确信有好几次山羊曾被夹子夹住了，但是，由于没有铅丝之类的金属线，夹子做得不理想，结果它们总是吃掉诱饵弄坏夹子后逃之夭夭[表示逃跑得无影无踪]。

最后，我决定挖陷阱试试看。我先选择了一块经常有山羊吃草的草地，然后挖了几个大陷坑，再在坑上盖了一些我自己做的木头条子，随后又压了一些很重的物体。开始几次，我在盖好的陷坑上面放了一些大麦穗子和干米，但有意未装上机关。我一看就知道，山羊曾走进去吃过谷物，因为上面留下了它们的脚印。【写作借鉴：动作描写，详细叙述怎样布置陷阱，体现了鲁滨逊的胆大心细。】有一天晚上，我一下子在三个陷阱里都安了机关。

第二天早晨跑去一看，只见食饵都给吃掉了，可三个机关都没有动。这真使人丧气。于是，我改装了机关。具体我不再细说了。简而言之，在一天早上我去看陷阱的时候，一共收获了好几只山羊。有一只老公羊独自在一个陷阱里，另一个陷阱里扣了一只公羊，两只母羊，其他都是小羊。

对那只老公羊我毫无办法。它凶猛异常，我不敢下坑去捉它。我是想抓活的，这也是我的目的。当然我也可以把它杀死，但我不想那么做，因为那不是我的意愿。这样想着，我就把它放走了。老山羊一脱离陷阱就像吓掉魂一样狂奔跑走了。【写作借鉴：动作描写，将老山羊逃跑的情态描写得淋漓尽致。】当时我没有想到，就是一头狮子，也可以用饥饿的办法把它驯服，但这只是到后来我才懂得了这个办法。我只需要让它在陷阱里饿几天，等它精神萎靡的时候给它水和食物，它就能像小羊一样温顺乖巧。只要饲养得法，山羊是十分伶俐、十分容易驯养的。

可是，当时我并不知道有什么好办法，所以只好把老山羊放走了。然后，把小山羊一只只捉上来用绳子拴好，再颇费心思地牵回家去。

小山羊好久都不肯吃东西。后来，我给它们吃一些谷粒，因为味道甜美，它们很喜欢吃，就慢慢驯顺起来。现在我总算知道没有子弹打猎该怎么满足自己对山羊肉的需求了，就是驯养一批山羊，乐观地想，也许不久后，我房前屋后会有一大群山羊了。

目前，我首先想到的是，必须把驯养的山羊与野山羊隔离开来。否则，驯养的小山羊一长大，就会跑掉又变成野山羊。那我只好用坚固的栅栏圈一块空地，然后把野山羊与驯养的山羊隔绝起来。这样，里面的驯羊出不来，外面的野羊进不去。

我孤身一人，要圈地修筑栅栏无疑是一项巨大的工程，可这样做又是绝对必要的。只是我要找一个合适的地方，那儿需要有供山羊吃的草和水，还需要可以休息的阴凉地。

我找到了一个十分合适的地方，以上三个条件样样具备。

这是一大片平坦的草原，也就是西部殖民者所说的热带或亚热带那种树木稀疏的草原。草原上有两三条小溪，水流清澈，小溪尽头有不少树木。只要是圈过地的人，一定会认为我的做法没有算计，甚至只要我把自己开始的想法告诉他们，他们不可能不笑话我。因为我的圈地规模过大，如果要把栅栏修筑起来，至少有两英里长！说真的，栅栏长短的问题我还可以克服，即使十英里，我也可以慢慢弄好。圈地过大才是主要问题。当时我没有考虑到，山羊在这么宽广的范围内，一定会到处乱跑，就像没有围起来一样。如果要捕捉它们，就根本无法抓到。【写作借鉴：倒叙，讲解了圈地过大的缺点，设置悬念，为下文埋下伏笔。】

我开始动手修筑栅栏，但直到完成了大约五十码时，才想到了上面提到的问题。于是我立即停工，并决定先圈一块长约一百五十码，宽约一百码的地方。短时期内，这个面积可以容纳我驯养的山羊。等以后羊群增加了，我可以进一步扩大圈地。

这倒是个稳妥的办法，所以我鼓起勇气重新动手干了起来。

这第一块圈地用了差不多三个月的时间才完成。在此期间，小羊一直被拴在有茂盛野草的地方，并且从未离开过我的视线，我期望这样我们就可以"混熟"。我还经常用大麦穗子和一把把大米喂它们，让它们在我手里吃。这样，当我把栅栏修筑完成之后，即使把它们放开，它们也会回来跟着我转，并咩咩叫着向我讨吃哩！【写作借鉴：细节描写，描述和山羊培养感情是驯养山羊的一套好方法。】

我的目的总算达到了。不到一年半，我已连大带小有了十二只山羊了。又过了两年，除了被我宰杀吃掉的几只不算，我已有了四十三只了。在那以后，我的羊已经很多了，我甚至又圈了五六块地养羊。在这些圈地上，都做了窄小的围栏；我要捉羊时，就把羊赶进去。同时，在各圈地之间，又做了一些门使之彼此相通。现在我不仅随时有羊肉吃，还有羊奶喝，这是我当时没有想到的意外惊喜。想到此处，真是让我喜出望外。现在，我有了自己的挤奶房，有时每天可产一两加仑的羊奶。我这人一生没有挤过牛奶，更没有挤过羊奶，也没有见过人家做奶油或乳酪。可是，经过多次的试验和失败，我终于做出了奶油和干酪，而且做得方便利索。可见大自然不但使每个生灵都得到食物，而且还自然而然地教会他们如何充分地利用各种食物。【名师点睛：适应了荒岛生活的鲁滨逊，有很多劳动成果，体现出他的勤劳勇敢。】

　　造物主对待自己所创造的一切生灵是多么仁慈啊，哪怕他们身处绝境，他也还是那么慈悲为怀。他可以让痛苦苦难的命运变得幸福而甜蜜。纵使我们被囚禁在牢狱里，也都会称赞它的仁慈与善良。当我刚来到这片荒野时，以为自己一定会饿死。现在，呈现在我面前的是如此丰富的筵席。

　　即使你是一个信奉斯多葛哲学的人，看到我和我的小家庭成员共进晚餐的情景，也一定会忍俊不禁。我是一个坐在中间的全岛的君王。我的臣民永远要听从我的命令，不得违背，不得反抗。我对我的臣民拥有绝对的控制权，可以随意地杀或者抓或者放，没有人会背叛。

　　再看看我是怎样用餐的吧！我一个人坐在那儿进餐，其他都是我的臣民在一旁侍候。我的鹦鹉仿佛是我的宠臣，只有它才被允许与我讲话。我的狗现在已又老又昏聩了，它总是坐在我右手。而那两只猫则各坐一边，不时地希望从我手里得到一点赏赐，并把此视为一种特殊的恩宠。【写作借鉴：拟人，将猫狗等动物当作臣民，显示了"我"在自己领地上的绝对权威。】

这两只猫是从船上带下来的一条猫的小猫,那两只猫已经死掉了,我亲手把它们葬在我的住宅附近。这两只就是我从那些小猫中留下来驯养起来的,其余的都跑到树林里成了野猫。那些野猫后来给我添了不少麻烦,因为它们经常跑到我家里来掠劫我的东西。最后我不得不开枪杀了它们的一大批,终于把它们赶走了。<u>所以,我现在有那么多仆人侍候我,生活也过得很富裕,唯一缺乏的就是没有人可以交往而已,其他什么都不缺。但不久之后,我就有人交往了,后来甚至感到交往的人太多了。</u>【写作借鉴:过渡句,上承富足生活,下启鲁滨逊的改变,同时设置悬念:为什么交往的人太多?】

　　我曾经说过,我非常希望能使用那只小船,但又不想再次冒险。因此,有时候,我竭力思考着能把船弄回这边小岛的方法;有时,我会莫名想着算了吧,不要也行。可是我这人生性不安于现状,总是想到我上次出游时到过的海岛的那一边走一趟,看看有没有办法把小船弄过来。也就是在那里,我才得以登上小山,借此看出海岸和潮水的流向,这念头在心里变得越来越强烈,最后我终于决定沿着海岸从陆上走到那边去。于是我就出发了。说起来很搞笑的是,不过,任何一个人在英格兰遇到我这副模样的话,我一定不是把他们吓一大跳,就是引得他们哈哈大笑。我也常常停下来打量自己,想到自己如果穿这套行装,像这样打扮在约克郡旅行,也禁不住笑起来。下面我把自己的模样描绘一下吧。

　　我头上戴着一顶又高又大的山羊皮做的便帽,不仅不像样,后面还垂挂着一条长长的帽檐。一来是为了遮太阳,二来是为了挡雨,免得雨水流进脖子。在热带,被雨淋湿是最伤身体的。

　　我上身穿了一件山羊皮做的短外套,衣襟遮住了一半大腿。下身穿了一条齐膝短裤,也是用一只老公羊的皮做成的,两旁的羊毛一直垂到小腿上,看上去像条长裤。鞋子和袜子我是没有的,我只是做了一双类似靴子的东西,靴长及小腿,两边像绑腿一样用绳子系起来。

我也不知道这该叫什么。

这双靴子与我身上的其他装束一样，极端拙劣难看。

我腰间束了一条宽阔的皮带，那是用晒干了的小山羊皮做的，皮带没有搭扣，只用两根山羊皮条系着。带子上有两个搭环，照例是水手用来挂短刀和短剑的地方，而我是在两边挂了一把小锯和一把小斧头。另一条较窄的皮带，斜挂在我的肩膀上，也用皮条系着。这条皮带的末端，在我左胳膊下，挂着两个山羊皮袋，一个装火药，一个装子弹。我背上背着筐子，肩上扛着枪，头上撑着一顶羊皮做的太阳伞，样子又难看又笨拙。尽管如此，除了枪之外，这把伞也是我随身不可缺少的东西。至于我的脸，倒不像穆拉托人那么黑，看上去像一个住在赤道九度、十度之内的热带地区那种不修边幅的人。我的胡子曾长到四分之一码长，但我有的是剪刀和剃刀，所以就把它剪短了，但上嘴唇的胡子仍留着，并修剪成像回教徒式的八字大胡子，就像我在萨累见到的土耳其人留的大胡子一样，摩尔人是不留这种胡子的。我不敢说我的这副胡子长得可以挂住我的帽子，但确实又长又大，要是在英国让人看见，准会把人吓一大跳。【名师点睛：一身行头并没有考虑外形因素，只讲求实用。但依稀可见鲁滨逊担心不被世人接受的心理。】

不过，关于我的这副模样，只是顺便提提罢了，因为根本没有人会看到，我模样如何就无关紧要了，所以我也不必多费笔墨。我就做这种打扮，连着走了五六天的样子。首先，我沿着海岸走到上次登山的地方。由于这次没有照顾小船的负担，就找着一条小路上了那个山岗。当我远眺伸入海中的岬角时，前面我曾提到，上次到达这儿时我不得不驾船绕道而行，但现在只见海面风平浪静，那儿竟然没有波澜，这大大出乎我的意料。

对这个现象我感到莫名其妙，决心花些时间留心观察一下，看看是否与潮水方向有关。不久我就明白了其中的奥妙。

原来，从西边退下来的潮水与岸上一条大河的水流汇合，形成了那股急流；而西风或北风的强度又决定了那股急流离岸的远近。【名师点睛：明白了那股急流的奥秘，宛如柳暗花明。】等到傍晚，我重新登上小山顶。当时正值退潮，我又清楚地看到了那股急流。只不过这一次离岸较远，约在一海里半处；而我上次来时，急流离岸很近，结果把我的独木舟冲走了。要是在别的时候，也许不会发生这种情况。

　　这次探查使我得到了一个信息，那就是，只要能注意到潮水的涨落，我就可以很轻松地将小船弄到我居住点那边。但当我一想到上次所遭遇的危险经历，就被吓得不敢想这么多了。于是，我做了一个新的决定，那就是再造一条独木舟。这样，我在岛的这边有一只，岛的那边也有一只。这样做虽然比较费力，但却比较安全。

　　你们要知道，现在我在岛上已有了两个庄园——我也许可以这么称呼我的两处住所。【名师点睛：鲁滨逊将住宅称呼为庄园，侧面体现出他的荒岛生活很闲适。】

　　一处是我那个小小的城堡或帐篷。在小山脚下，四周建起了围墙，后面是一个岩洞，现在，岩洞已扩大成好几个房间，或者说好几个洞室，一个套着一个。这些洞室中有一间最干燥最宽大的房间，这间房间还有一扇门能直接通到围墙外面，也可以说是城堡外面。也就是说，通到了围墙和山石的连接处。在这一间里，我放满了前面提到过的那些陶土烧制成的大瓦缸，还放了十四五只大筐子，每只大筐子能装五六蒲式耳粮食，主要装的是谷物。有些筐子里直接装着穗子，有些筐子里就装着我拾掇好的谷粒。那堵用高大树桩围起的栅栏已经长成了茂密的树，不管谁都不会想到这里面有人居住。

　　靠近住所，往岛内走几步，在一片地势较低的地方，有两块庄稼地。我一直依照时节播种和收获。如果我需要更多的粮食，毗邻还有不少同样相宜的土地可以扩大。

　　此外，在我的乡间别墅那边，现在也有一座像样的庄园。

　　首先，我有一间茅舍。这间茅舍还在不断地加以修理。详细地说就是我经常修剪长岔了的树枝，把这些树篱修剪到一定的高度。我的梯子也一直放在树篱里面。那些树起初只不过是一些树桩，现在却长得又粗又高了。我频繁地修剪枝丫，希望这些树桩可以枝繁叶茂，生机勃勃。它们也没有辜负我的期望，最后都是树荫如盖，十分贴合我的心意。树篱中央，则搭着一顶帐篷。帐篷是用一块帆布做成的，由几根柱子支撑着，永远不必修理或重搭。帐篷下放了一张睡榻，那是我用兽皮和其他一些柔软的材料做成的。兽皮都是从捕获的野兽身上剥下来的，积累了一大堆。睡榻上横铺着一条毛毯，那是我从船上的卧具里拿出来的。另外还有一件很大的值夜衣服用作盖被。我每次有事离开我的老住所时，就住在这座乡间别墅里。

与别墅毗邻的是我的圈养地，里面养着山羊。当初，为了圈这块地，我曾历尽艰辛。我竭尽全力把栅栏做得十分严密，免得圈在里面的山羊逃出去。我不遗余力，辛勤劳作，在栅栏外插满了小木桩，而且插得又密又多，样子不像栅栏墙，倒像是一个围墙。在木桩与木桩之间，连手都插不进去。后来，在第三个雨季中，这些小木桩都长大了，成了一堵坚固的围墙，甚至比围墙还坚固。

这一切都可以证明我并没有偷懒。只要能使我的生活舒适，我就会竭尽全力去完成某件事情。<u>我认为，手边驯养一批牲畜就等于替自己建立了一座羊肉、羊奶、奶油和奶酪的活仓库。</u>【写作借鉴：比喻，将羊圈比作活仓库，形象生动地写出了圈养牲畜的作用与好处。】无论我在岛上生活多少年——哪怕是四十年——也将取之不尽，用之不竭。鉴于我把羊圈修建得牢实严密，一伸手，我就能抓住这些山羊。我把这个主意彻底实施，结果把木桩插得太密了，等它们长大后，我还不得不拔掉一些呢！与此同时，我还种植了一些葡萄，像我冬天储藏的葡萄干，都是我种植园的葡萄晒制的。这些葡萄干我都小心保存，因为这是我现有食物中最富营养最可口的食品。葡萄干不仅好吃，而且营养丰富，祛病提神，延年益寿。

鲁滨逊漂流记

　　我的乡间别墅正处于我泊船的地方和我海边住所的中途，因此每次去泊船处我总要在这里停留一下。我经常去望一望那条船，顺带整理船上的东西。有时我也驾起独木舟出去消遣消遣，但我再也不敢离岸太远冒险远航了，唯恐无意中被急流、大风或其他意外事故把我冲走或刮走。<u>然而，正在这时，我的生活却发生了新的变化。</u>【名师点睛：过渡句，统领下文，设置悬念。】

Z 知识考点

1. 在荒岛上，鲁滨逊刚开始主要的食物是_____，由于担心弹药用完，他就把它们捉住饲养起来。

2. 文中"我是一个坐在中间的全岛的君王。我的臣民永远要听从我的命令，不得违背，不得反抗。我对我的臣民拥有绝对的控制权，可以随意地杀或者抓或者放，没有人会背叛"体现了鲁滨逊怎样的人物形象？

_____

_____

3. "差不多有一年的工夫，我压制着自己的性子"，分析"压制"一词的作用。

_____

_____

Y 阅读与思考

1. "任何一个人在英格兰遇到我这副模样的话，我一定不是把他们吓一大跳，就是引得他们哈哈大笑。"这句话是什么意思？

2. 鲁滨逊驾舟环岛航行的失败给了我们什么启示？

第十二节

足 印

> **M 名师导读**
>
> 偶然发现的脚印,打破了鲁滨逊闲适的生活,他夜不能寐,为可能出现的入侵者提心吊胆。最后,鲁滨逊修筑了大量的防御工事,用来保护自身的安全。

一天中午,我像往常一样去看看那艘独木舟。忽然在沙滩上发现一个赤脚的脚印,顿时把我吓坏了。我呆呆地站在那里,犹如挨了一个晴天霹雳,又像大白天见到了鬼。【写作借鉴:神态描写,把鲁滨逊的惊恐表现得淋漓尽致。】我侧耳倾听,又环顾四周,可什么也没有听到,什么也没有见到。我狂奔向高地,眺望远处,还在海边来回跑了几趟,但是毫无头绪。脚印就这一个,再也找不到其他脚印。我跑到脚印前,看看还有没有别的脚印,看看它是不是我自己的幻觉。但是,脚印还是摆在那里。是一个完整的脚印,有脚指头,也有脚后跟。但是让我疑惑的是,这个脚印是如何出现在这里的呢?毫无头绪。

这让我心烦意乱,我像一个精神失常的人那样,头脑里尽是胡思乱想,后来就拔腿往自己的防御工事跑去,一路飞奔,几乎脚不沾地。可是,我心里又惶恐至极,一步三回头,看看后面有没有人追上来,连远处的一丛小树,一枝枯树干,都会使我疑神疑鬼,以为是人。【写作借鉴:心理描写,动作描写,作者细致地写出了主人公看到脚印后的惊慌失措和恐惧。】

一路上，有许多形形色色的东西把我吓坏了，使我凭借自己的想象力幻想出各种东西。我的脑子里涌出了各种胡思乱想，反正这个经历是难以叙述的。我一跑到自己的城堡（以后我就这样称呼了），一下子就钻了进去，好像后面真的有人在追赶似的。我到底是用梯子爬进去的呢，还是从门走进去的？自己也记不起来，可不是？第二天，我就记不起了。因为，我跑进这藏身之所时，心里恐怖至极，就算一只受惊的野兔逃进自己的草窝里，一只狐狸逃进自己的地穴里，也没有像我这样胆战心惊。【写作借鉴：比喻，将"我"比作受惊之兔，逃跑之狐，形象生动地写出"我"当时的恐惧。】

　　我一夜都没合眼。时间越长，我的疑惧反而越大。这似乎有点反常，也不合乎受惊动物正常的心理状态。看来，主要还是因为我的大惊小怪，才引起一连串的胡思乱想，结果自己吓自己。而且，想的时间越长，越是都往坏处想。有时候，我想那准是魔鬼干的，而且还找出理由来支持我的设想。我想，其他人怎么会跑到那儿去呢？把他们送到岛上来的船在哪里呢？别的脚印又在什么地方呢？一个人又怎么可能到那边去呢？【写作借鉴：排比，一连串的问句，使语言气势强烈，也表达了主人公内心的恐惧。】可反过来一想，要是说魔鬼在那儿显出人形，仅仅是为了留下一个人的脚印，那又未免毫无意义，因为我未必一定会看到它。我想，魔鬼若是为了吓吓我，可以找到许多其他办法，何必留下这个孤零零的脚印呢？

　　再说，我一般都居住在岛上的另一边，他再怎么也不会这么蠢，把脚印留在一个我平常几乎见不到的地方，更何况是在沙滩上，只要有一阵风，或是一阵潮涌，脚印就会被冲刷得无影无踪了。这一切看来都不能自圆其说，也不符合我们对魔鬼的一般看法，在我们眼里，魔鬼总是十分狡猾的。

　　所有的这一切都可以证明，并不是魔鬼的原因，那种认知是毫无根据的。因此，我马上得出一个结论：那一定是某种更危险的生物，也就是说，一定是海岛对岸大陆上的那些野人来跟我作对。【名师点睛："马上""更危险"说明了鲁滨逊此刻已经陷入极度慌乱的状态。】

他们应该是偶尔在海上划着小木舟的时候，遭遇了激流或者逆风，被冲到或是刮到了海岛上。至于我没有发现他们的原因，大概是他们不愿意留在这座孤岛上就回到了海上。

当上述种种想法在我头脑里萦回时，起先我还庆幸自己当时没有在那边，也没有给他们发现我的小船。要是他们真的看到了小船，就会断定这小岛上有人，说不定会来搜寻我。

但是随后，我的脑子里不由自主地冒出了许多恐怖的想法。我猜测，他们或许已经发现了我的小船，也发现了人类居住的痕迹。又想，如果这样，他们一定会来更多的人把我吃掉。即使他们找不到我，也一定会发现我的围墙。那样，他们就会把我的谷物通通毁掉，把我驯养的山羊都劫走。最后，我只好活活饿死。

恐惧心驱走了我全部的宗教信仰。在此之前，我亲身感受到上帝的恩惠，使我产生了对上帝的信仰。现在，这种信仰完全消失了。【名师点睛：一有外界干扰，鲁滨逊对上帝的信仰就出现了动摇，说明鲁滨逊的思想并不稳定。】过去，上帝用神迹赐给我食物。而现在，我似乎认为他竟无力来保护他所赐给我的食物了。一想到此，我不由抱怨起自身贪图安逸的陋习，好像感觉一切都在自己的掌握之中，认为自己一定能享用地里收获的谷物。如果我多栽种一些粮食，而不是只打算可以接得上下一季的粮食。这种自我谴责是有道理的，所以我决定以后一定要囤积好两三年的粮食。这样，无论发生什么事，也不至于因缺乏粮食而饿死。

正因为天命难测，人生才会如此丰富多彩，变化无穷！【名师点睛：这话正是鲁滨逊变化无常的命运的真实写照。】在不同的情形下，人们的感情色彩也迥然不同。我们今天所爱的，往往是我们明天所恨的；我们今天所追求的，往往是我们明天所逃避的；我们今天所希冀的，往往是我们明天所害怕,甚至于胆战心惊的。【写作借鉴:排比,生动有力地表现出鲁滨逊现在的思想,没有什么是永恒不变的,我们就要居安思危,应对突如其来的变化。】现在,我自己就是一个生动的例子。以前,我以为自己最大的痛苦是孤独。我被人类社会抛弃,孤身一人处于汪洋大海的一座孤岛上,就像上帝认为我不足以与人类为伍,与人类交往一样,一个人过着被人世隔绝的生活,被贬黜的寂寞生活。而现在呢,只要疑心可能会看到人,我就会不寒而栗;只要见到人影,看到人在岛上留下的脚印无声无息地躺在那里,我就恨不得地上有个洞让我钻下去。

人的想法就是这样变幻无常。惊魂未定之时,我又产生了许多关于人生的稀奇古怪的看法。认识到,我当前的境遇,正是大智大仁的上帝为我安排的。我既然无法预知天命,就该服从上帝的绝对权威。因为,我既然是上帝创造的,他就拥有绝对的权力按照他的旨意支配我和处置我;而我自己又曾冒犯过他,他当然有权力给我任何惩罚,这是合情合理的。我自己也应理所当然地接受他的惩罚,因为我对上帝犯了罪。

于是,我又想到,既然公正而万能的上帝认为应该这样惩罚我,他当然也有力量拯救我。相反,如果上帝认为不应该拯救我,我就只能认命地听从上帝的安排。与此同时,我还需要向上帝祈祷,对他寄予厚望,听候他的吩咐。

我就这样苦思冥想,花去了许多小时、许多天,甚至许多星期、许多个月。思考的结果对我产生了一种影响,不能不在这里提一下。那就是:一天清晨,我正躺在床上想着野人出现的危险,心里觉得忐忑不安。这时,我忽然想到《圣经》上的话:"你在患难的时候呼求我,我就必拯救你,而你要颂赞我。"于是,我愉快地从床上爬起来,不仅心里感到宽慰多了,而且获得了指引和鼓舞,我虔诚地向上帝祈祷,恳求他能拯救我。【写作借鉴:引用,主人公因为恐惧而祈求《圣经》的救助，《圣经》给了他力量。】做完祈祷之后，我就拿起《圣经》翻开来，首先就看到下面这句话："等候上帝，要刚强勇敢，坚定你的意志，等候上帝！"这几句话在当时给了我极大的安慰，无法用语言形容。于是，我放下了《圣经》，我的心也充满了对上帝的感激之情，也不再感到忧愁哀伤。

我就在那里不停地东想西想，一会儿对那个脚印疑神疑鬼，一会儿又自我反省。忽然有一天，我觉得这一切也许全是我自己的幻觉。那只脚印可能是我下船上岸时自己留在沙滩上的。这个想法使我稍稍高兴了一些，并竭力使自己相信，那确实是自己的幻觉，那只不过是自己留下的脚印而已。【写作借鉴：心理描写，主人公一直在思考那个脚印，并且自我催眠那是他自己的脚印后还沾沾自喜，这恰恰体现了他对入侵者的恐惧。】因为，我既然可以从那儿上船，当然也可以从那儿下船上岸。更何况，我自己也无法确定哪儿我走过，哪儿我没走过。很有可能我会成为一个大傻瓜，如果最终证明那只是我自己的脚印。我就像那些编造恐怖故事却吓坏了自己而没有吓坏别人的大傻瓜一样。

于是，我又鼓起勇气，想到外面去看看。我已经三天三夜没有走出城堡了，家里快断粮了，只剩一些大麦饼和水。另外，顾及那些山羊也该挤奶了。那些可怜的家伙这么久没有挤奶了，一定十分痛苦吧。事实上，这项工作一直被当作我的消遣。由于长久没有挤奶，有好几只羊几乎已挤不出奶，身体也受到了损害。

相信那不过是自己的脚印，这一切只是自己在吓自己，我就壮起胆子重新外出了，并跑到我的乡间别墅去挤羊奶。我一路上担惊受怕，一步三回头往身后张望，时刻准备丢下筐子逃命。【写作借鉴：动作描写，"一步三回头""张望""丢""逃命"等动作将鲁滨逊的担惊受怕刻画得十分真实。】

不难想象，如果有人目睹了我走路的样子，不是认为我做了什么亏心事，就是以为我最近受了极大的惊吓。不过，受惊吓却是事实。

可是，我一连跑去挤了两三天奶，什么也没有看到，我的胆子才稍稍大了一点。我想，其实没有什么事情，都是我的想象罢了。但我还不能使自己确信那一定是自己的脚印，除非我再到海边去一趟，亲自看看那个脚印，用自己的脚去比一比，看看是不是一样大。只有这样，我才能确信那是我自己的脚印。不料，确定了两个情况后我不由得心惊胆战、忧心忡忡起来。<u>其一，我发现如果我想停放小船，绝不可能在那个地方上岸；其二，仔细地对比了我的脚印，我发现我的脚印小很多。结果我吓得浑身颤抖，好像发疟疾一样。</u>【写作借鉴：细节描写，一对比，主人公就非常惊惧，体现了鲁滨逊对入侵者的害怕。】我马上跑回家里，深信至少有一个人或一些人上过岸。总之，岛上已经有人了，说不定什么时候会对我进行突然袭击，使我措手不及。至于我应采取什么措施进行防卫，却仍毫无头绪。

唉，人们在恐惧慌乱中做下的决定大多是可笑的。这个时候，所有在清醒情况下做的决定或者种种办法，都会行之无效，不知道怎么做。我的第一个想法，就是把那些围墙拆掉，把所有围地中的羊放回树林，任凭它们变成野羊，免得敌人发现之后，为了掠夺更多的羊而经常上岛骚扰；其次，我又打算索性把那两块谷物田也挖掉，免得他们在那里发现这种谷物后，再常常到岛上来劫掠。最后，我甚至想拆掉所有的住所和帐篷，消除人类居住的痕迹，以防他们想要搜索岛上的人类。

这些都是我第二次从发现脚印的海边回家之后在晚上想到的种种问题。当时就和第一次发现脚印一样，我整个人又惊慌失措，心情忧郁沉重。<u>由此可见，对危险的恐惧比看到危险本身更可怕千百倍；而焦虑不安给人的思想负担又大大超过我们所真正担忧的坏事。</u>【名师点睛：鲁滨逊在恐惧下已经惊慌失措，由此可见，焦虑和恐惧会带给人类比危险本身更大的伤害。】

更糟糕的是，我以前还想着听天由命，以此寻得宽慰和解脱，现在真正遭遇了灾祸，我却不能再那么听天由命，也就没有了寻求安慰的途径。我觉得我就像《圣经》里的扫罗，不仅埋怨腓利士人攻击他，并且埋怨上帝离弃了他。因为我现在没有用应有的办法来安定自己的心情，没有在危难中大声向上帝呼吁，也没有像以前那样把自己的安全和解救完全交托给上帝，听凭上帝的旨意。毕竟我要是那么做，当面对这种突如其来的意外时，我大概会乐观些，对于这次的难关也会有更大的决心去渡过。

我胡思乱想，彻夜不眠。一直到早晨，由于思虑过度，精神疲惫，才昏昏睡去。在香甜的睡梦结束后，我的内心获得了无与伦比[指事物非常完美，没有能够与它相比的同类东西]的安宁。我开始冷静地思考当前的问题。我内心进行了激烈的争辩，最后得出了这样的结论：这个小岛既然风景宜人，物产丰富，又离大陆不远，就不可能像我以前想象的那样绝无人迹。岛上虽然没有居民，但对面大陆上的船只有时完全有可能来岛上靠岸。那些在这座岛上岸的人，有一部分抱有一定的目的，但也有一部分是被逆风刮过来的。

我在这岛上已住了十五年，但从未见过一个人影。因为，即使他们偶尔被逆风刮到岛上来，也总是尽快离开，看来，到目前为止，他们仍认为这座孤岛是不宜久居的地方。

现在，对我来说最大的危险不过是那边大陆上偶尔在此登岸的三三两两的居民而已。他们是被逆风刮过来的，上岛完全是出于不得已，所以他们也不愿留下来，上岛后只要有可能就尽快离开，很少在岛上过夜。否则的话，潮水一退，天色黑了，他们要离岛就困难了。所以，我只需要为自己留一条退路来躲避上岸的野人，除此之外，就不用在乎其他的事情了。

这时，我深深后悔把山洞挖得太大了，并且还在围墙和岩石衔接处开了一个门。经过长时间的考虑，我准备再修筑一道半圆形的防御工事。就在我十二年前种的两行树那里打一些木桩，使之前比较紧密的树干之间更加紧密。我很快就把这道围墙打好了。我从破船上拿下的七支短枪现在被安置在七个洞里,并用架子支撑好,样子像七尊大炮。这样,在两分钟之内我可以连开七枪。我辛勤工作了好几个月,才完成了这道墙;而在没有完成以前,我一直感到自己不够安全。【名师点睛:完备的防御工作完成后,鲁滨逊才得到少许的安宁,由此可见他的恐惧之深。】

在围墙修筑好以后,我又在墙外空地上插了两万多枝极易生长的杨柳树枝,密密麻麻。更甚者,我在杨柳林子围墙中间留出了很长的空地。这样,如有敌人袭击,我一下子就能发现;而他们因为无法在外墙和小树间隐蔽自己,就难以接近外墙了。

不到两年的时间里,这儿就会长出了一片浓密的丛林,然后在不到五六年的工夫里,一片森林就会拔地而起,浓密且粗壮,甚至可以阻挡人的去路。谁也不会想到树林后会有什么东西,更不会想到有人会住在那儿了。【名师点睛:精心布置的森林围墙让主人公有了安全感,一方面体现鲁滨逊的恐惧,一方面体现他的良苦用心。】在树林里我没有留出小路,因此我的进出办法是用两架梯子。一架梯子靠在树林侧面岩石较低的地上;岩石上有一个凹进去的地方,正好放第二架梯子。只要我把两架梯子移走,每一个妄想走进城堡的人,都难以保护自己不受到我的反击;即使他可以越过树林,也只能在我的外墙外面徘徊而进不了我的内墙。

现在,我可以说已竭尽人类的智慧,千方百计地保护自己了。以后可以看到,我这样做不是没有道理的,虽然我目前还没有预见到什么危险,所感到的恐惧也没有什么具体的对象。

进行上述工作时,我也没有忽略别的事情。我对我的羊群报以了极大的关注,有了它们,我就不必浪费火药和子弹,也不需要花费极大的力气去追捕山羊。我当然不愿放弃自己驯养山羊所得到的便利,免得以后再从头开始驯养。

为此，我考虑良久，觉得只有两个办法可以保全羊群。一是另外找个适当的地方，挖一个地洞，每天晚上把羊赶进去；另一个办法是再圈两三块小地方，彼此相隔较远，越隐蔽越好，每个地方养六七只羊。把羊群分开圈养，如果不幸，羊群遭到不测，我只需要花费一些时间和劳力就可以把羊群继续发展起来。【名师点睛：周密的计划说明鲁滨逊是一个深谋远虑、有大智慧的人。】我认为，这是一个非常合理的计划。

因此，我就花了一些时间寻找岛上最深幽之处。我选定了一块非常隐蔽的地方，完全合乎我的理想。那是一片小小的湿洼地，周围是一片密林。这座密林正是我上次从岛的东部回家时几乎迷路的地方。在这里我找到了一块面积大约有三英亩的空地，四周还被茂密的树林围栅栏一样围了起来，从这一点上，我就不需要花费很大的力气去圈地。

于是，我立刻在这块地上干起来。不到一个月时间，篱墙就打好，羊群就可以养在里面了。现在这些山羊都是经过很长一段时间驯养的，已经非常温驯了，放在那里也不需要担心它们跑掉了。因此我一点也不敢耽搁，马上就移了十只小母羊和两只公羊到那儿去。羊移过去之后，我继续加固篱墙，做得与第一个圈地的篱墙一样坚固牢靠。唯一的不同是，我已经不像第一次做栅栏那样急急忙忙的了，所花费的时间也少得多。

Z 知识考点

1. 一个_____的出现打破了鲁滨逊平静的生活，他辗转反侧，心中的害怕带走了_____给他的希望……

2. 下列对文章内容的分析中，错误的一项是　　　　（　　）

A."这时，我忽然想到《圣经》上的话：'你在患难的时候呼求我，我就必拯救你，而你要颂赞我。'"，比喻，这句话给予鲁滨逊指引和鼓励。

B.不寒而栗:对别人的威胁感到恐惧而惊抖。

C."恐惧心驱走了我全部的宗教信仰",拟人,"驱"富有人性化的动作,形象化说明"我"没有了对宗教信仰的希望。

D."正因为天命难测,人生才会如此丰富多彩,变化无穷!"感叹句,表达了鲁滨逊的感叹。

阅读与思考

1.鲁滨逊为什么如此害怕一个野人的脚印?

2.鲁滨逊发现脚印,经过一番思考后得出了一个什么样的结论?(用原文内容作答。)

第十三节

发现野人踪迹

M 名师导读

鲁滨逊始终相信,沙滩足印的出现是一个预示。果不其然,野人出现了……

我辛辛苦苦从事各项工作,仅仅是因为我看到那只脚印,因而产生了种种疑惧。其实,直到现在,我也没有在岛上看见过任何类似人的身影。我也在日日忐忑的心情中安稳地过了两年时间。这种不安的心情使我的生活远远不如从前那样舒畅了。这种情况任何人都可以想象的。试想一个人成天提心吊胆地生活,生怕有人会害他,这种生活会有什么乐趣呢?更让人痛心的是,这种焦虑不安的心情影响了我对宗教的虔诚。因为我时刻担心落到野人或食人生番的手里,简直无心祈祷上帝。即使在祈祷的时候,也已不再有以往那种宁静和满足的心情了。【名师点睛:无时无刻的担心影响了鲁滨逊的正常生活,他逐渐陷入恐惧中,不复之前的宁静心情。】

每次祈祷时,我都因为害怕在某个深夜被野人吃掉而心情烦闷,怀揣着极大的精神负担,感觉身边处处充满着危险。经验表明,平静、感激和崇敬的心情比恐怖和不安的心情更适于祈祷。一个人在大祸临头的恐惧下做祈祷和在病床上做祈祷的效果是一样的,因为心情同样不安。这种时候是不宜做祈祷的,因为,这种不安的心情影响到一个人的心理,正如疾病影响肉体一样。不安是心灵的缺陷,祈祷也是心灵的行为。心灵上有了缺陷，其危害性大于等于肉体上的缺陷。因此，在不安的心灵下祈祷是毫无用处的。

现在，再接着说说我接下来做的事。我把一部分家畜安置妥当后，便走遍全岛，想再找一片这样深幽的地方，建立一个同样的小圈地养羊。我一直向西走，直到到达一个从未涉及的地方，在这里，我远眺大海，仿佛看见远处有一艘船。我曾从破船上一个水手的箱子里找到了一两只望远镜，可惜没有带在身边。那船影太远，我也说不准到底是不是船。

我一直凝望着，直到眼睛酸涩难忍。当我下山时，那艘船影早已消失得无影无踪了，我也只能抛之脑后。

不过，我由此下了决心，以后出门衣袋里一定要带一副望远镜。

我走下山岗，来到小岛的尽头。这一带我以前从未来过。

一到这里，我知道了，在岛上发现人脚印实在是很寻常的一件事。只是老天爷有意安排，让我漂流到岛上野人从来不到的那一头。否则，我早就知道，那些大陆上来的独木舟，有时在海上走得太远了，偶尔会渡过海峡到岛的这一边来找港口停泊，这是经常有的事。但两个部落的独木舟在海上相遇时，他们之间会进行战斗。失败者会被打胜了的部落当作俘虏带到岛上这边来，然后尊崇食人部落的习惯，把俘虏杀死吃掉。关于吃人肉的事，我下面再谈。

再说我从山岗上下来，走到岛的西南角，我马上就吓得惊慌失措、目瞪口呆了。只见海岸上满地都是人的头骨、手骨、脚骨，以及人体其他部分的骨头，我心里的恐怖，简直无法形容。我还注意到一个斗鸡坑似的圆圈，那儿应该还生过火。不难想象一群野人围坐一圈，举行残忍的宴会，以自己同类为食的场景。【名师点睛：详细叙述食人场地的环境，其恶心残忍可见一斑。】

见到这一情景，我简直惊愕万分。呆立许久，我忘记了自己继续待在这儿的危险。想到这种极端残忍可怕的行为，想到人性竟然堕落到如此地步，我忘记了自己的恐惧。吃人的事我以前虽然也经常听人说起过，可今天才第一次亲眼看到吃人留下的现场。我转过脸去，不忍再看这可怕的景象。我感到胃里东西直往上冒，人也几乎快晕倒了，最后终于恶心得把胃里的东西都吐了出来。我吐得很厉害，东西吐光后才略感轻松些。

这个时候我是一秒钟也无法忍受了，于是我马上飞快地跑上小山，向自己的住所跑去。

当我远离了食人现场一段距离之后，我才深吸了几口气，呆立在路上。过了好一会儿，心情才慢慢平复。我仰望苍天，热泪盈眶，心里充满了感激之情，感谢上帝把我降生在世界上别的地方，使我没有与这些可怕的家伙同流合污。尽管我感到自己目前的境况十分悲惨，但上帝还是在生活上给我种种照顾。我不仅不应该抱怨上帝，而且应该衷心地感激他。

尤其是，在这种不幸的境遇中，上帝指引我认识他，乞求他的祝福，这给了我莫大的安慰。这种幸福足以补偿我曾经遭受的和可能遭受的全部不幸。

我就怀着这种感激的心情回到了我的城堡。从来没有像今天这般觉得自己的住所是如此安全可靠，一想到此，我心情略微放松了些，也宽慰多了。因为我看到，那些残忍的食人部落来到岛上并不是为了寻找什么他们所需要的东西。他们到这儿来根本不是为了寻求什么，需求什么或指望得到什么。因为，有一点是可以肯定的：他们常常在树林茂密的地方登陆，从来没在这个岛上发现过任何他们需要的东西。

【写作借鉴：心理描写，鲁滨逊对野人的行为原因进行了分析，体现了鲁滨逊知己知彼的战斗策略。】我知道，我在岛上已快十八年了，在这儿，我从未见过人类的足迹。只要我自己不暴露自己，只要自己像以前一样很好地隐蔽起来，我完全可以再住上十八年。而且，我相信当我全身心致力于把自己掩藏起来的话，我是绝不可能把自己暴露的。除非我发现了拥有文明的人类，我才有勇气暴露自己和他们交往。

我对这伙野蛮的畜生，对他们互相吞食这种灭绝人性的罪恶风俗真是深恶痛绝。因此，在那之后的大概两年我一直活动在自己的活动范围里面，整日心情阴郁，愁眉不展，郁郁寡欢。【写作借鉴：神态描写，鲁滨逊整日心情忧郁，厌恶野人的罪恶。】我所谓的活动范围，就是指我的三处庄园——我的城堡、我的别墅和我那森林中的圈地。这中间，那森林中的圈地，我只是用来养羊，从不派别的用处。因为我天生憎恶那些魔鬼似的食人畜生，所以害怕看到他们，就像害怕看到魔鬼一样。这两年中，因为担心那些野人，我压根儿没想过把小船弄回来，只想着另外再造一艘。那时候，若落到他们手里，我的命运就可想而知了。

可是，尽管如此，时间一久，我对吃人部落的担心又逐渐消失了，更何况我确信自己没有被他们发现的危险。所以，我又像以前那样泰然自若地过平常生活了。所不同的是，我比以前更小心了，比以前更留心观察，唯恐被上岛的野人看见。特别是，我使用枪时更小心谨慎，以免被上岛的野人听到枪声。【名师点睛：鲁滨逊恢复日常生活，也从中吸取了教训，从此谨慎地生活。】

我很庆幸自己早就驯养了一群山羊，现在就再也不必到树林里去打猎了。那样，我就不需要用枪，其实我也用捕机或是陷阱等老办法捉过一两只山羊。因此，此后两年中，我记得我没有开过一次枪，虽然每次出门时总还是带着的。此外，我曾从破船上弄到三把手枪，每次出门，我至少带上两把，挂在腰间的羊皮皮带上。我又把从船上拿下来的一把大腰刀磨快，系了一条带子挂在腰间。我出门的时候装扮的模样也是很可怕的。除了前面我描述过的那些装束外，又添了两把手枪和一把没有刀鞘的腰刀，挂在腰间的皮带上。

这样过了一段时间，除了增加上述这些预防措施外，我似乎又恢复了以前那种安定宁静的生活方式。这些经历使我认知到，我所遭遇的不幸，与我即将有可能遭遇的不幸相比，应该是幸运万分了，更何况上帝完全可以使我的命运更悲惨。这又使我进行了一番反省，我想，如果大家能把自己的处境与处境更糟的人相比，而不是与处境较好的人相比，就会对上帝感恩戴德，而不会怨天尤人了。如果能做到这样，不论处于何种境况，人们的怨言就会少多了。【名师点睛：鲁滨逊领悟了自己的感想，每个人都是比上不足，比下有余。所以我们要积极乐观地看待生活。】

　　从现在的情形来看，我并不缺少一些必需的东西。可是，由于受到那些野蛮的吃人者的惊吓，我现在时时为自己的安全而担惊受怕。以往，为使自己的生活过得舒服，我充分发挥了创造发明的才能，但现在就无法充分发挥了。我原本打算尝试一下能否把大麦制成麦芽，甚至可以借此用麦芽来酿酒。现在，这一计划也放弃了。当然，这实在也是一个荒唐的念头，连我自己也经常责备自己把事情想得太简单了。因为我不久就看出，许多酿造啤酒必不可少的材料我都没有，也无法自己制造。首先，我没有必要的啤酒桶。曾经，我花费了几个月的时间也没有成功做出木桶。其次缺少必需的啤酒花——啤酒花为酿造啤酒的原料。在啤酒酿造中，啤酒花具有不可替代的作用。也没有发酵用的酵母，更没有可以用来煮沸的铜锅铜罐。但是，即使这样，我仍然坚信，我很有可能会成功，但是前提是没有对食人族的惊惧和恐怖。

　　因为我的脾气是不管什么事情，一旦决心去做，不成功是绝对不罢休的！

　　但是现在，我的创造力在向另一个方面诡异地发展了。我日日夜夜都在琢磨，怎样趁那伙食人恶魔在进行残忍的人肉宴会时杀掉他们一批人。而且，如果可能的话，我还可以顺便拯救那些被他们带到岛上的受难者。【名师点睛：鲁滨逊一直想如何去惩罚那些野人，甚至救下那些被俘虏的受难者，说明他是一个充满正义感的人。】我想了各种可以消灭这些野人的法子，再不济也可以恐吓他们，让他们再也不敢上岛来。如果真的想把我酝酿过的计划通通记载下来的话，那就会比这本书还要厚了。然而，这一切都是不切实际的空想。只想不做，起不了任何作用。更何况如果他们二三十人成群结伙而来，我孤身一人怎么能对付得了呢？他们带着标枪或弓箭之类的武器，射起来能像我的枪一样打得准。

　　有时我又想在他们生火的地方下面挖个小坑，里面放上五六磅火药。等他们生火时，必然会引爆火药，把附近的一切都炸毁。但是首先我不愿意把自己仅剩的火药浪费在他们身上，毕竟我剩下的火药已经不足一桶了。再说，我也不能保证火药在特定的时间爆炸，给他们一个突然袭击。可能最多也不过是把火星溅到他们的脸上，使他们吓一跳罢了，绝对不会使他们放弃这块地方，永远不敢再来。因此，我把这个计划搁置一边，另想办法。不过，后来我又想到了一个办法。我可以提前在三支枪里装上双倍的弹药，然后埋伏在适当的地方。等到他们正热闹地举行吃人仪式时，就对他们开火，再不济也能打死两三个。

　　然后带上我的一把手枪和一把腰刀向他们冲去，如果他们只有一二十人，准可以把他们杀得一个不留。这个妄想使我心里高兴了好几个星期。无论白天或黑夜，我都在想着这个计划。甚至睡梦里也是我枪击那些野人的场景。

　　我对这个计划简直着了迷，竟费了好几天的工夫去寻找适当的埋伏地点。而且我常常去查看他们举行仪式地点附近的地形，现在我可以骄傲地说，我对附近的地形了然于心。<u>尤其是我报复心切，恨不得一刀杀死他们二三十个；而我一次次亲临现场，看到那恐怖的景象，看到那些野蛮的畜生互相吞食的痕迹，更使我怒气冲天。</u>【名师点睛：从这里可以看出，鲁滨逊是个正直的人，对于这种野蛮的行为无法忍受，一心想要消灭罪恶。】

最后我在小山坡上找到了一个可以把自己隐蔽起来的地方，在这里，我可以监视这些野人在踏上小岛后的一举一动。在他们上岸之前，我可藏身在丛林里，因为那儿有一个小坑，大小正好能使我藏身。我可以稳稳当当地坐在那里，把他们食人的残忍行为看得一清二楚。等他们凑在一块儿的时候，就对准他们头上开枪，准能打中目标，第一枪就能打伤他们三四个。

于是，我就决定在这儿把计划付诸实施。我先把两支短枪分别装上双弹丸和四五颗有手枪子弹那么大的子弹；在另一支鸟枪里装了特大号鸟弹。另外，每把手枪再装四颗子弹。出发之前，再把弹药带足，以做第二次、第三次射击之用。就这样，我完成了战斗准备。

计划安排已定，我在自己的想象中一次又一次地付诸实施。

同时，每天上午我都要跑到那小山坡上去巡视一番，看看海上有没有小船驶近小岛，或从远处向小岛驶来。我选定的地点离我的城堡有三英里多。一连守望了两三个月，每天都毫无所获地回到家里，我开始对这件苦差事感到厌倦了。在那段时间里，什么也没有出现，更别说有人上岸或者靠岸了，在整个洋面上，一点儿影子也没有，尽管我用肉眼或者望远镜看遍了茫茫大海。

在每天到小山上巡逻和瞭望期间，我始终精神抖擞，情绪高涨，决心实现自己的计划。我的情绪好像也一直很适合干这件肆无忌惮的事情。我就是为了要惩治他们做的坏事，才想要干掉二三十个赤身裸体的野人的。但是我对这件坏事压根儿没在脑子里仔细地想过，而无非是先看到了这一带这些人违背人性的习惯，被他们的恐怖行为激起了怒火，凭一时的激情来做出来这个决定的。造物主治理世界，当然是英明无比的，但他似乎已经弃绝了这些土人。任他们按照自己令人憎恶的、腐败堕落的行为去行事，任他们多少世纪以来干着这种骇人听闻[使人听了非常吃惊。多指社会上发生的坏事情]的勾当，形成这种可怕的风俗习惯。要是他们不是被上天所遗弃，要是他们没有堕落到如此毫无人性的地步，他们是绝对不会落到现在这种境地的。不过，我前面说过，我已经对我毫无收获的巡视感到厌倦了。

于是，我对自己的计划也改变了看法，并开始冷静地考虑我自己的行动。我想：这么多世纪以来，上天都容许这些人不断互相残杀而不惩罚他们，那我有什么权力和责任擅自将他们判罪处死，代替上天执行对他们的判决呢？这些人又究竟对我犯了什么滔天大罪呢？我又有什么权力参与他们的自相残杀呢？【写作借鉴：心理描写、疑问句、排比，鲁滨逊抛开对野人的主观厌恶，产生了自己的思考，排比句式的疑问句，语气强烈，抒发了鲁滨逊对野人的仁慈。】我经常同自己进行辩论："我怎么知道上帝对于这件公案是怎样判断的呢？毫无疑问，这些人并不知道他们互相吞食是犯罪行为，他们那样做并不违反他们的良心，因而他们也不会受到良心的谴责。他们并不知道这是一种罪行，就像我们大多数人犯罪之前也不知道这么做是犯罪的。他们并不认为杀死战俘是犯罪行为，也不认为吃人肉是犯罪的，就像我们毫不犹豫地杀牛、吃羊肉是一样的。我稍稍从这方面考虑了一下，就觉得自己不对了。我感到他们并不是我过去心目中所谴责的杀人犯。有些基督徒在战斗中常常把战俘处死，甚至在敌人已经丢下武器投降后，还把成队成队的敌人毫无人道地杀个精光。从这方面来看，那些土人与战斗中残杀俘虏的基督徒岂不一样！

我又想道：尽管他们用如此残暴不仁的手段互相残杀，跟我却是毫无干系的。他们并没有伤害我。如果他们想害我，我为了保卫自己而向他们进攻，那也还说得过去。可现在我并没有落到他们手里，他们也根本不知道我的存在，因而也不可能谋害我。那么我主动攻击他们，就说不上公道了。【写作借鉴：心理描写，鲁滨逊想要匡扶正义去处死那些野人，但他又纠结于野人在此阶段并没有给他造成伤害，没有理由去主动攻击他们。侧面体现出鲁滨逊不仅乐于伸张正义，而且也宽厚仁慈的品质。】这无异于给在美洲干尽种种暴行的西班牙人一个辩护的借口。我们都清楚，那些西班牙人有多么残暴，他们在美洲屠杀了大量的土著人。的确，那些土人有一些残忍的风俗，譬如活人祭祀。但他们终究还是无辜的。所以如今再说到他们被斩草除根、亡国灭种的时候，不用说欧洲其他一切信奉基督教国家的人民，甚至西班牙人自己也没有不深恶痛绝的。他们都认为那是一场血腥的屠杀，是一种无法被上帝和人类接受的残忍行为。至于在"西班牙"这个名词，它被一切有人道精神的人，有基督教同情的人认为是世界上最令人心惊胆战、毛骨悚然的。好像西班牙王国名气特别大，因为它培育了一个铁石心肠的，对不幸者毫无同情心的民族，而同情心是仁慈品德的标志。

基于上述考虑，我终止了执行攻击野人的计划，或至少在某些方面几乎完全停止了行动。这样，我逐渐放弃了这一计划，因为，我认为自己做出袭击那些野人的决定是错误的。

我不应干预他们的内部事务，除非他们先攻击我。我应做的是，只要可能，尽量防止他们攻击我自己。不过，现在我至少知道，如果自己一旦被发现并受到攻击，该如何对付他们了。

其实，我觉得主动袭击野人的计划是不可能拯救我自己的，其最有可能的是彻底将我陷入危险之中。因为，除非我有绝对把握杀死当时上岸的每一个人，还能杀死以后上岸的每一个人。否则，如果有一个人逃回去，把这儿发生的一切告诉他们的同胞，他们就会有成千上万的人过来报仇，我这岂不是自取灭亡吗？这是我当前绝对不应该做的事。

总的看来，无论是根据原则还是策略，我都不应该纠缠这件事。我必须用尽一切方法，消除我在岛上留下的痕迹，消除他们对岛上有人居住的怀疑，不让他们发现我。

这种聪明的处世办法还唤起了我的宗教信念。种种考虑使我认识到，当时我制订的那些残酷的计划，要灭绝这些无辜的野人，完全背离了我自己的职责，因为，他们至少对我是无害的。至于他们彼此之间所犯的种种罪行，与我毫无关系。他们属于同一个民族，我应该把他们留给全民族的统治者——上帝去评判他们的罪行。他知道用怎样合适的处罚来判决这些大张旗鼓吃人的罪人。

现在，事情在我看来已经非常清楚了。我觉得，上帝没有让我干出这件事来，实在是一件最令我庆幸的事情。我认识到，我没有任何理由去干这件事。如果我真的干了，我所犯的罪行无异于故意谋杀。于是我跪下来，以最谦卑的态度向上帝表示感谢，感谢他把我从杀人流血的罪恶中拯救出来，并祈祷他保佑我，不让我落入野人手里，以防止我动手伤害他们。除非上天高声召唤我，让我为了自卫才这样做。

【写作借鉴：心理描写，鲁滨逊的思想经历了一种转变。从单纯的替天行道到认识到自己没有决定他人生死的权力，是他思想的升华。】

此后，我在这种心情下又过了将近一年。这一年里，我一次也没有去过那座小山，更别提视察他们的身影，了解他们有没有上岸了。因为，一方面我不想碰到这些残忍的家伙，不想对他们进行攻击；另一方面，我生怕自己一旦碰上他们会受不住诱惑，把我原来的计划付诸实施，生怕自己看到有机可乘时会对他们进行突然袭击。在此期间，我只做了一件事：去把原来停放在那边的小船挪了个位置，把小船转移到岛的东边来了。我把船驶进了一个位于高耸的岩石下的小湾。由于那儿有几条激流，我知道不管在什么情况下，那些野人都是不敢驾着船来这儿的。【名师点睛：鲁滨逊既不愿伤害野人，也提前将船放在安全的地方，与野人互不干涉，体现了鲁滨逊对每一个独立生命体的尊重。】

同时，我把放在船上的一切东西都搬了下来，因为一般短途来往不需要这些东西，其中包括我自己做的桅杆和帆，一个锚样的东西——其实，根本不像锚或搭钩，可我已尽我所能，做成那个样子。我把船上所有的东西通通搬下来，免得让人发现有任何船只或有人居住的踪迹。

此外，我前面已提到过，我比以往更深居简出。除了干一些日常工作，如挤羊奶、照料树林中的羊群等，我很少外出了。【名师点睛：叙述了主人公的日常，深居简出以防被野人发现，体现出他对野人的恐惧。】羊群在岛的另一边，因此没有什么危险。因为那些野人尽管偶尔在海上出没，肯定从来没有想到要到岛上来寻找什么，所以从来不离开海岸，到岛内来转悠。我并不怀疑，在我由于恐惧而做出预防措施之后，他们可能像以前一样，到岸上来过几回。真的，我一想到我过去出游的情况，不禁不寒而栗。我以前外出只带一支枪，枪里装的也是一些小子弹。就这样我在岛上到处东走走，西瞧瞧，看看能不能弄到什么吃的东西。在这种情况下，假使碰上他们，或被他们发现，我该怎么办呢？因为，我没有多少自卫能力。我当初要是发现的不是一个人的脚印，而是看到十五到二十五个野人在追我，我会感到多么震惊啊！凭着他们的跑步速度，我是无论如何也逃不出他们的手掌心的。【写作借鉴：心理描写、疑问句，鲁滨逊一直担忧野人，整日都在设想碰上野人的场景，侧面体现出鲁滨逊的恐惧。】

有时想到这些，我就会吓得魂不附体，心里异常难过，半天都恢复不过来。我简直不敢想象当时会怎么办，因为我不但无法抵抗他们，甚至会因惊慌失措而失去从容应付的能力，更不用说采取我现在经过深思熟虑和充分准备的这些措施了。说真的，认真地考虑了这些事情以后，我的心情非常忧郁，有时候，这种愁绪会持续很长一段时间。最后，我总是想到上帝，感谢他把我从这么多看不到的危险中拯救出来，使我躲开了不少灾祸，而我自己是无论如何无法躲避这些灾祸的，因为我完全不可能预见到这些灾祸，也完全没有想到会有这种灾祸。【名师点睛：环境会影响一个人的信仰。鲁滨逊从一个不信教的人成为一个将《圣经》奉为真理的人，这是他遭遇了太多的磨难后的感悟。】

我们的生活遇到危难的时候，上帝会仁慈地使我们化险为夷，后来这种想法也经常地出现在我的脑海中。我们在一无所知的情况下，多么神奇地被救了出来。我们在困窘中，就是在左右为难或是踌躇不定的境地中，不知道该走向何方；而我们为你打算走这边的时候，一个悄悄的暗示会指引我们走那边。不仅如此，有时候在我们的理智意向和责任都指引我们走那边的时候，就会有一股不知来自何方的意念，压倒原有的一切感觉和愿望。结果，后来的事实证明，要是当初我们执意走我们心目中想走的那一边，那我们早已万劫不复了。

反复思索之后，我自己定下了一条规矩：每当自己心里出现这种神秘的暗示或冲动，指示我应做什么或不应做什么，我就坚决服从这种神秘的指示，尽管我不知道为什么该这么做或该这么走，我知道的只是心里的这种暗示或冲动。在我一生中，可以找出许许多多这样的例子，由于我遵循了这种暗示或冲动而获得了成功，尤其是我流落到这个倒霉的荒岛上以后的生活，更证明了这一点。在我的人生历程中，我可以举出很多我这样做的成功的例子。要是当初我用同现在一样的目光去注意的话，我还可以看到更多。不过，人只要能变得聪明，是不会嫌太迟的。

我奉劝那些三思而后行[这句话的意思是：凡事都要再三思考后行动]的人，如果在你们的生活里，也像我一样充满了种种出乎寻常的变故，或者即使没有什么出乎寻常的变故，都千万不要忽视这种上天的启示，不管这种启示是不是什么看不见的神明发出的。关于这一点，我不准备在这里讨论，也无法加以阐明。但这种启示至少可以证明，精神与精神之间是可以交往的，有形事物和无形事物之间是有神秘的沟通的。而且，这种证明是永远无法推翻的。关于这一点，我将用我后半生孤寂生活中的一些很重要的例子加以证明。

知识考点

1.在鲁滨逊上岛的第＿＿＿＿＿＿＿年，鲁滨逊发现了野人食人现场的人体残骸，在这之后的＿＿＿＿＿＿＿年里，鲁滨逊一直守在他的三个庄园里，即＿＿＿＿＿＿＿、＿＿＿＿＿＿＿、＿＿＿＿＿＿＿。

2.下列对原文的分析错误的一项是　　　　　　　　（　　）

A.鲁滨逊酿造啤酒需要啤酒桶、酵母、铜锅等,这些物品恰好鲁滨逊都没有。

B."试想一个人成天提心吊胆地生活,生怕有人会害他,这种生活会有什么乐趣呢?"反问句,以强烈的语气抒发了对自身整日惶恐的不满。

C."我仰望苍天,热泪盈眶。"神态描写、动作描写,以对上帝将自己降生在文明世界的感激体现出主人公对野人残忍行为的厌恶。

D."那我有什么权力和责任擅自将他们判罪处死,代替上天执行对他们的判决呢?"反问,加强语气,强调了鲁滨逊有权参加这场纠纷。

3.分析"只见海岸上满地都是人的头骨、手骨、脚骨,以及人体其他部分的骨头,我心里的恐怖,简直无法形容"的描写手法和作用。

_____

_____

阅读与思考

1.为什么鲁滨逊在这段时间渐渐远离了宗教信仰?

2.鲁滨逊的创造才能经历了怎样的改变?

第十四节

威 胁

> **M 名师导读**
>
> 在野人的潜在威胁下,鲁滨逊彻夜难安。没有一劳永逸的法子,鲁滨逊只能做好抵抗野人的准备工作,枕戈待旦。

由于我一直生活在危险之中,因而日夜忧虑,寝食难安,这就扼杀了我使自己生活舒适方便的发明创造能力。如果我坦率承认这一点,读者一定不会感到奇怪。我现在更要关心的是我的安全,而不是我的食物了。现在我要处处留意,不敲一颗钉子,不劈一根木头,只怕我弄出来的声音被那些人听到;由于同样的理由,我更不敢开枪了。尤其叫我担心的是生火这件事,唯恐烟火在白天老远就被人发现而把自己暴露。因此,我把一切需要生火的事,如用锅子烧东西或抽烟斗等都转移到我那林间别墅去做。【写作借鉴:动作描写,鲁滨逊避免了一切有可能被野人发现的行动,侧面体现了他对野人深深的恐惧。】在那儿,我待了一段时期之后,发现了一个天然地穴,这使我感到无限欣慰。地穴很深。我敢保证,即使野人来到洞口,也不敢进去。说真的,没有人敢进去,也没有人像我一样,为了找一个安全的栖身地,就不顾死活地冒险进去。

地穴的洞口在一块大岩石底下。有一天,我正在那儿砍柴,准备用来烧炭,偶然间发现了一个洞口,这一发现我除了归诸天意外,只能说是偶然了。在叙述我的发现之前,我要先交代一下我要烧炭的理由。事情是这样的：

前面我已经说过，我不敢在我的住所附近生火。可是，那儿是我生活的地方，我不能不烤面包，不能不煮肉。于是，我按照在英格兰看到的用草泥掩盖着烧炭的情形，想出了这个烧木炭的办法。把木头烧成木炭，然后把木炭带回家。这样，如果家里需要用火，就可以用木炭来烧，省得有冒烟的危险。【名师点睛：照应前文鲁滨逊为了避免被野人发现，都是在隐蔽处烧火，使小说结构更紧凑。】

烧木炭的事顺便就谈到这里。再说有一天，我正在那里砍柴，忽然发现，在一片浓密的矮丛林后面，好像有一个深坑。我出于好奇心，向里面望去，费了好大的劲走进洞口，发现洞里相当大，这就是说，我在里面完全能站直身子，甚至还能再加一个人。可是说实在的，我一进去就赶快逃了出来，因为我朝地穴深处一看，只见里面一片漆黑，我向里面望去，只见有两只闪闪发亮的大眼睛，我不清楚是人还是鬼，眼睛闪烁如两颗星子。【写作借鉴：比喻，把主人公看到的两只眼睛比作两颗星星，生动形象地写出了眼睛的闪亮。】模模糊糊的亮光直接从洞口照进来，引起眼睛的反光。

尽管这样，过了一会儿，我还是恢复了镇静，连声骂自己是个大傻瓜。我对自己说，一个怕鬼的人是不配孤身一人在一座荒岛上待二十年的，而且我敢说，在这个洞里，没有什么比我自己更可怕的了。于是，我又鼓起勇气，点燃了一个火把，重新钻进洞去。可是，我刚走出三步，又像第一次那样吓得半死。因为我忽然听到一声很响的叹息声，就像一个人在痛苦中发出的叹息。接下来，传来一阵断断续续的声音，好像是说的含含糊糊的词语似的，接着又传来了一声沉重的叹息。我不由向后退去，这的确把我吓得心惊胆战，浑身直冒冷汗。要是我当时戴帽子的话，一定会吓得毛发倒竖，把帽子也挤掉。可是，我还是尽量鼓起勇气。而且，我想上帝和上帝的神力是无所不在的，他一定会保护我。【写作借鉴：细节描写，夸张，主人公的头发都会根根

<u>竖立起来，描写夸张离奇，鲁滨逊非常恐惧、心惊胆战的形象被刻画得栩栩如生。</u>】这样一想，也稍稍受到了鼓舞。于是，我高举火把，向前走了两步。我借着火光一看，原来地上躺着一只大得吓人的公山羊，正在那里竭力喘气，快要死了。这山羊大概是在这个洞穴里找到了一个老死的地方。

我推了一下这只山羊，指望着把它赶出去。它试图站起身子，但是已经虚弱至极，没有力气了。我想，倒不如让它趴在这儿。既然它能吓得我胆战心惊，也会吓到野人的，只要那些人敢在它没有咽气之前闯进这里。

这时，我从惊恐中恢复过来，开始察看周围的情况。我发现洞不太大，周围不过十二英尺，但这完全是一个天然的洞穴，既不方，也不圆，不成什么形状，没有任何人工斧凿的痕迹。我又发现，在洞的尽头，还有一个更深的地方，但很低，只能俯下身子爬进去。至于这洞通向何处，我当然不得而知。因为没有蜡烛，我暂时放弃了进去的打算，决定第二天再来，带上蜡烛和火绒盒，盒子是我用一杆火枪的闭锁机改造的，火药池里放着引火材料。另外，我还得带一盘火种。

第二天，我带了六支自己做的大蜡烛去了。我现在已经能用羊脂做出很好的蜡烛。我俯下身子在低矮的小洞里爬行了大约十来码。顺便提一下，我认为，考虑到我既不知道要爬多远，又不清楚里面有什么，我的举动无疑是非常冒险的了。钻过这段通道后，洞顶豁然开朗，洞高差不多有数十英尺。我环顾周围上下，只见这地下室或地窟的四壁和顶上，在我两支蜡烛烛光的照耀下，反射出万道霞光，灿烂耀目。这情景是我上岛以来第一次看到的。至于那岩石中是钻石，是宝石，还是金子，我当然不清楚，但我想很可能是这类珍宝。

<u>虽然在洞里没有光线，但这却是一个令人赏心悦目的最美丽的洞穴。地面平坦而干燥，还有一层细细松松的沙粒，看不到叫人厌恶和有毒的生物，四面洞壁和洞顶上一点儿也不潮湿，唯一进入的困难是</u>

进口窄小，但这是一个安全的地方，而且是我需要的藏身所在。【写作借鉴：环境描写，以主人公的视角叙述了山洞的环境，表现了鲁滨逊的满意和愉悦之情。】所以，这个缺点于我来说反而成了一个优点。我对自己的发现真是欣喜万分，决定立刻把我最放心不下的一部分东西搬到洞里来，特别是我的火药库和多余的枪支，包括两支鸟枪和三支短枪。因为我一共有三支鸟枪和八支短枪，在城堡里留下五支短枪架在外墙洞里像大炮一样，作战中需要时也可随时拿下来使用。

在这次转移军火时，我也顺便打开了我从海上捞起来的那桶受潮的火药。我发现海水从四面八方渗进桶里，有三四英寸厚的火药受潮了，结成饼，变成硬块，像果壳保护果仁似的，里面的火药却完好无损。【写作借鉴：比喻，将完好无损的火药比作果核里的果仁，生动形象地描写出火药的形状和鲁滨逊的欣喜之情。】我从桶里弄到了差不多六十磅尚未变质的火药，这真是一个可喜的收获。不用说您也知道，我把全部火药都搬了过去。从此以后，我在城堡里最多只放三磅火药，唯恐发生任何意外。

另外，我又把做子弹的铅也全部搬了过去。

我现在把自己想象成一个古代的巨人，据说他们当时是住在石洞里的，在那儿，没有人能够袭击他们。我自己想，只要我待在洞里，即使有五百个野人来追踪我，也不会找到我。就是给他们发现了，也不敢向我进攻。

我发现洞穴的第二天，那只垂死的老山羊就在洞口边死去了。我觉得，相比于把它拖出去，在原地挖一个大坑就地掩埋还要更方便些。所以我就把它埋在那儿，以免闻到死羊的臭味。

我现在在岛上已经住了二十三年了，对这个地方以及对自己在岛上的生活方式，也已非常适应了。只要肯定没有野人上这地方来打扰我，我就心安了。即使我不得不在这里度过余生，直到最后一刻，像洞里那只老山羊一样，躺着咽气也心满意足了。【写作借鉴：比喻，直接抒发出自己想要安稳度日的想法，将自己比作老山羊，也正是这种向命运屈服的想法的体现。】同时，我又想出了一些小小的消遣和娱乐，使我的日子过得比以前快活多了。

首先，我前面也提到过，我教会了鹦鹉说话。现在，它说得又熟练又清楚，实在令人高兴。它同我一起生活了至少二十年。以后它会再活几年，我就不确定了。不过巴西有个说法，鹦鹉可以存活一百年，说不准可怜的鹦鹉还在岛上一声声地叫着"可怜的鲁滨逊"！但愿没有一个英国人会这样倒霉，跑到那里听它说话。要是真被他听到了，他肯定认为是碰上了魔鬼呢！我的狗也讨我欢喜，是个可爱的伴侣，跟我不下十六年，后来终于老死了。至于我的那些猫，前面也已说过，由于繁殖太多，我不得不开枪打死了几只，免得它们把我的东西通通吃光。后来，我从船上带下来的两只老猫都死了，我又不断地驱逐那些小猫，不给它们吃东西，结果它们都跑到树林里去，变成了野猫。只有两三只我喜欢的小猫被我留在家里驯养起来。可是每当它们生出小猫时，我就把小猫投在水里淹死。这些是我一部分的家庭成员，除了这些以外，我总是在家里养两三只小羊羔，教它们吃我拿在手里的东西。

此外，还养了两只鹦鹉，也会说话，也会叫"鲁滨逊"，可都比不上第一只说得那么好。不过，说真的，我在它们身上下的功夫不及第一只的多。我还有几只驯服了的海鸟，我不知道它们叫什么名字，都是从海岸上抓的，剪去了身体上的硬毛，养了起来。现在，我城堡围墙外打下去的那些小树桩，已长成浓密的丛林。那些鸟就栖息在矮丛中，并生出了小鸟，非常有趣。我很喜欢这个场面。我前面说过，只要我可以不对野人提心吊胆，我已经开始对我过的生活感到心满意足了。

可是，事情的发展却与我的愿望相反。这部小说的读者一定会得出这样一个正确的结论：在我们的生活中，我们竭力想躲避的坏事，却往往是我们获得拯救的途径。【写作借鉴：心理描写，主人公的心灵感悟，

<u>有利于与读者引起共鸣，引起读者的赞同。</u>】我们一旦遭到这种厄运，往往会吓得半死，可是，正由于我们陷入了痛苦，才得以解脱痛苦。在我这没法解释的一生中，我可以举出许多例子。但是，没有比我在这岛上单独生活的最后几年里的情况更值得特别注意的了。

前面我已说过，这是我在荒岛上度过的第二十三个年头。当时正是12月冬至前后。这是南半球的夏至时节，正巧是我的收获季节，这就需要我长时间外出，处理田地间的事情。一天清晨，天还未大亮，我就出门了。忽然，只见小岛尽头的海岸上一片火光，那儿离我大约有两英里远。这让我万分惊恐——我曾在那里发现过野人光临的痕迹。让我更苦恼的是，这火光不是在岛的另一边，而是在我这一边。

说真的，一看到这个景象，我立刻停住了脚步，不敢往树林外面走了，生怕受到野人的袭击。心里却怎么也无法平静，我怕那些野人万一在岛上走来走去，发现我的庄稼——有些已经收割，有些还没有收割，或者发现我其他一些设施，从而得出岛上有人住的判断。那样一来，他们不把我搜出来是不会罢休的。<u>在这紧急的关头，我立马跑回城堡，随手收起梯子，尽可能消除一切人工的痕迹，尽量使围墙外面的景象荒芜自然。</u>

然后，我在城堡内做好防御野人袭击的准备。我把手枪和所有的<u>炮全都装好弹药。</u>【<u>写作借鉴：动作描写，将鲁滨逊对野人的恐惧和要与野人抗争的决心体现得淋漓尽致。</u>】所谓炮，就是那些架在外墙上的短枪，样子像炮，我就这么叫罢了。做好准备，我决定与野人们战斗到最后一刻。同时，我也记得向上帝祈求保护，希望上帝能把我从野蛮人手里拯救出来。在这种心情和状态下，我大约等了两小时，就又急不可待地想知道外面的情况了，因为我没有探子可以派出去为我打探消息。

我在家里又坐了一会，琢磨着该怎样应对当前的情况。最后，我压抑不住想要了解外面情况的急迫心情，所以我把梯子靠在了山岩上。前面我曾提到过，山岩边有一片坡坎，我登上那片坡坎，再把梯子抽上来放在坡坎上,然后登上山顶。我平卧在山顶上,取出我特意带在身边的望远镜,向那一带地方望去。

目光所及之处,有十几个浑身赤裸的野人,围坐在一个小火堆旁。天气这么热,他们生火显然不是为了取暖。我想,他们一定是带了战俘,想在那里烧烤人肉,至于那些战俘带上岛时是活是死,我就不得而知了。【写作借鉴:心理描写,鲁滨逊第一印象就是烤人肉,由此可见野人给鲁滨逊留下的印象很深,鲁滨逊对野人充满恐惧。】

他们有两只独木舟,已经拉到了岸上。那时正值退潮,他们大概要等潮水回来后再走。面对这个情况,我整个人都是茫然无措的。重要的是,他们这次在小岛这边登陆,我无法想象他们发现我的住所时我的内心是多么恐惧。他们的位置离我的住所是多么近啊!但我后来注意到,他们一定得趁着潮水退潮时上岛。这一发现使我稍稍安心了一点。只要他们不在岸上,我在涨潮期间外出是绝对安全的。知道这一点,我以后就可以安安心心地外出收割我的庄稼了。

事情果然不出我所料,当潮水开始西流时,他们就上船划桨离去了。不过,登上独木舟之前,他们在那里载歌载舞,手舞足蹈,这些在我的望远镜中看得一清二楚。但是我仍然看不出是男是女,即使他们没有穿任何遮羞的东西。【写作借鉴:外貌描写,"没有穿任何遮羞的东西"体现了他们文化的匮乏。】

一见他们上船离开,我立即背上两支枪,把两把手枪也挂在腰带上,又取了一把没鞘的大刀悬在腰间,迅速向靠海的那座小山跑去——那里正是我第一次发现野人踪迹的地方。我全副武装,负担太重,怎么也走不快,花了两个多钟头才赶到那里。

一到那儿,我才看清楚,一共有五艘独木舟在海上会合,向大陆驶去。刚才我看漏了三只船。

对我来说,这真是一个可怕的现象。尤其是当我走到岸边,看到他们所干的惨绝人寰的残杀所遗留下来的痕迹,更是心惊胆战!那血迹，那人骨，那一块块人肉！可以想象，那些残忍的家伙当时一定是在一边吞食，一边寻欢作乐。见此情景，我义愤填膺。【写作借鉴：细节描写，环境的详细叙述，体现出野人的残暴。】

这不禁使我重新考虑：下次再碰到他们过来干此罪恶勾当，非把他们赶尽杀绝不可，不管他们是什么部落，也不管他们来多少人。

但我明显地感觉到，他们上岛的次数很少。因为过了一年零三个月以后，我才又重新看到他们。在这段时间里，我既没有看见他们，也没有发现他们的脚印。看来，在雨季，他们肯定是不会出门的，至少不会跑到这么远的地方来。然而，在这一年多中，我却时刻担心遭到他们的袭击，所以日子过得很不舒畅。由此，我悟出一个道理：等待大难临头比遭难本身更令人痛苦，尤其是无法逃避这种灾难而不得不坐等其降临，更是无法摆脱的恐惧。

这段时间里，我只是一心想杀这些野人。大部分时间我不干别的，只是苦思冥想杀人的计划。我设想过怎么进攻，譬如要提防他们兵分两路，就像上次一样。但是，我压根儿没有考虑过，我先杀掉十几二十人，还会在第二天，第二周，或者第二个月以后，再杀掉一批人。这样一批一批杀下去，永无止境，我自己最后岂不也成了杀人凶手，比那些食人生番更残暴？！

我现在每天都在疑虑和焦急中过日子，感到自己总有一天会落入那些残忍无情的家伙手中。要是在某些时候我冒险出去的话，我也会左看右看，会尽最大可能提防。唯一令我宽慰并感到大为幸福的是，我驯养了一批羊。因为我无论如何也不敢再开枪，尤其是在他们常来的那一带地方，唯恐惊动了那些野人。我知道，即使我暂时把他们吓跑，最迟第二天他们就会卷土重来，那时，说不定会来两三百只独木舟，我的后果也就可想而知了。

可在这一年零三个月中，我竟然再没见到过一个野人。直到后来，才再一次碰见他们。详细经过，下面再说。不错，在这段时期中，他们很可能来过一两次。不过，他们大概没有在岛上逗留多久，要不就是没有让我听到他们的动静。

迄今为止，我已经在这座荒岛上度过了二十四年的春秋冬夏（即使四季在这里并不明显）。大概是在这一年的5月份，我再次见到了那些吃人者。这可以说是一次奇遇。下面我就讲讲这次不期而遇的经过。

Z 知识考点

1. 文中是鲁滨逊的动物伙伴的是_____、_____、_____。
2. 下列对原文的分析，错误的是（ ）

A."眼睛闪烁如两颗星子。"比喻，形象生动地写出眼睛在漆黑的山洞中发亮的样子。

B."结成饼，变成硬块儿，像果壳保护果仁似的。"比喻，富有创造力地写出了火药受潮的模样。

C."我现在更要关心的是我的安全，而不是我的食物了。"说明鲁滨逊的工作重心转变了。

D.烧炭是因为鲁滨逊不习惯烧柴。

3. "因为我忽然听到一声很响的叹息声，就像一个人在痛苦中发出的叹息。接下来，传来一阵断断续续的声音，好像是说的含含糊糊的词语似的，接着又传来了一声沉重的叹息。"运用了描写手法，有什么作用？

_____
_____

Y 阅读与思考

1. 你如何看待野人吃同类这件事？

2. 你怎么理解"等待大难临头比遭难本身更令人痛苦，尤其是无法逃避这种灾难而不得不坐等其降临，更是无法摆脱的恐惧"这句话？

第十五节

炮 声

M 名师导读

一个风雨交加的晚上，一声枪响将沉迷于《圣经》的鲁滨逊唤醒。他欣喜若狂，点燃柴火寻求救援。他能如愿以偿吗？

这十五六个月提心吊胆的日子，让我心烦意乱至极。我睡不安稳，总是做噩梦，时常在夜晚从梦中吓醒。白天，一脑门儿的烦劳压得我心神俱疲；夜晚，我时常做杀人的梦，还在梦中振振有词地举出种种我为什么杀他们的理由。所有这一切，现在先不提。且说到了5月中旬，大约是5月16日。这是根据我刻在柱子上的日历计算的，我至今还每天在柱上刻划痕，但已不太准了。

这一天，暴风雨大作，整日雷声隆隆，电光闪闪，直至晚上，依然风雨交加，整夜不停。我也记不清具体是什么时间，只记得当时我正在读《圣经》，还在认真地考虑我的处境。忽然间听到好像是海上传来的枪响，大吃一惊。【写作借鉴：细节描写，枪声代表着文明世界，那声枪响说明有现代人来到这里，给鲁滨逊带来了逃离的希望。】

这个意外事件与我以前碰到的任何事件完全不一样，因而在我头脑里所产生的反应也完全不一样。听到枪声后，我一跃而起，转眼之间就把梯子竖在半山上，登上半山的坡坎后，又把梯子提起来架在坡坎上，最后爬上了山顶。【写作借鉴：动作描写，鲁滨逊动作迅速，不难看出他对离开孤岛的渴望，一丝希望他都会去抓住。】当此时，一道火光闪现，告诉我即将听到第二声枪响了。果不其然，半分钟之后，我听到了枪声。从那声音判断，这枪声正是从我上回坐船被急流冲走的那一带海上传来的。

我立即想到，这一定是有船只遇难了，而且，他们一定有其他船只结伴航行，因此放枪发出求救信号。当时，我的心里十分镇定。我想尽管我无法对他们施以援手，但他们可以救助我。所以我把手头上能找到的干柴都抱在一起，堆成一堆，在小山顶上生起火来。木柴很干，火一下子烧得很旺。虽然风很大，火势依然不减。【写作借鉴：动作描写，点燃的火使船上的人看到，这何尝不是鲁滨逊的希望。我们能感受到他心中获得解救的火焰越燃越旺。】我确信，只要海上有船，他们一定看得见。事实是，他们确实看到了。因为我这里火一烧起，马上又听见一声枪声，接着又是好几声枪响，从同一个方向传来。

我把火烧了一整夜，一直烧到天亮。天大亮后，海上开始晴朗起来。这时，我看到，在远处海面上，在小岛正东方向，仿佛有什么东西，不知是帆，还是船。我看不清，用望远镜也没有作用，毕竟距离太远了。而且，整个海面上，雾气很浓。

整整一天，我一直眺望着海面上那东西，不久便发现它一直停在原处，一动也不动。于是我断定，那一定是条下了锚的大船。可以想象，我想把事情搞明白的心情是多么急切。拿起枪，我就向岛的南边跑去，直接跑到我以前被急流冲走的那些岩石前。到了那里，天气已完全晴朗了。我一眼就看到，有一只大船昨天夜里撞在暗礁上失事了。【写作借鉴：动作描写，鲁滨逊想要了解情况的心是那么迫切，体现了他对重返文明世界的追求。】这真叫我痛心。事实上，我上次驾舟出游时，就发现了那些暗礁。正是这些暗礁，挡住了急流的冲力，形成了一股逆流，使我那次得以死里逃生。这是我生平从最绝望的险境里逃生的经历之一。

由此可见，同样的险境，对这个人是安全的，对另一个人却可能意味着毁灭。看来那些人，因为不清楚这儿的地形，就被急流带着撞上暗礁了。再加上当时刮的是东北风。我猜想他们一定没有看到这座小岛，否则，他们一定可以换乘小艇从而保住性命的。但看来他们昨晚并没有看到小岛，只是鸣枪求救，尤其是他们看到我燃起的火光后，更是多次放枪。由此我头脑里出现了种种设想。

首先，我想到，他们看到我点燃的火光后，必然会下到救生艇里拼命向岸上划来，但由于风急浪高，把他们刮走了。一会儿我又猜想，他们在这以前已经失去了小艇，很多情况都会造成这种结果的。譬如，他们遭遇了巨浪，水手就把救生艇拆卸下来或者扔进茫茫大海。过会儿我又想，也许与他们结伴同行的船只，在见到他们出事的信号后，已把他们救起来带走了。我又想到，说不定他们已经坐上救生艇，可是遇到了我上次碰上的那股急流，给冲到大洋里去了。

到了大洋里，他们可就糟了，那是必死无疑的。说不定这会儿他们都快饿死了，甚至可能正在人吃人呢！

所有这些想法，都是我各种含有可能性的猜测罢了。在我当时的处境下，只能眼睁睁地看着这伙可怜人遭难，并从心里为他们感到难过；除此之外，我毫无办法。可是，这件事在我思想上产生了很好的影响。从这次事件中，我进一步认识到上帝对自己的恩惠，我是多么感激他对我的关怀啊！尽管我处境悲惨，但我的生活还是过得非常舒适，非常幸福。同时，我也要感谢上帝在船难中仅让我一人死里逃生。迄今为止，我目睹了两艘船遇上海难，同样不幸的事，除了我，没有一个水手能够从大海里生还。此外，从这件事中，我再一次认识到，不管上帝把我们置于何等不幸的境地或何等恶劣的生活环境，我们总会亲眼看到一些使我们感恩的事，看到有些人的处境比自己更不幸。【写作借鉴：心理描写，看见这么多人葬身大海，鲁滨逊为自己能死里逃生更加感谢上帝，更懂得知足常乐，更懂得感恩。】

就拿这伙人来说吧，我简直很难想象他们中间有什么人能死里逃生，也没有任何理由指望他们全体生还。他们唯一生还的可能是与他们同行的那艘船已经把他们救起来了。不过，说真的，这种可能性实在太小了，因为我没有看到一丝有这个可能的迹象。

我一看到这个情景，心里就涌出了一种难以抑制的求友渴望，有时，我甚至会大声疾呼："啊！哪怕有一两个人——就是只有一个人能从船上死里逃生也好啊！那样他就能到我这儿来，与我做伴，我能有人说说话也好啊！"【写作借鉴：语言描写，鲁滨逊大声疾呼，渴求有人做伴，侧面体现出他的孤独，他渴望有人交流。】

多少年来，我一直过着孤寂的生活，可从来没有像今天这样强烈地渴望与人交往，也从来没有像今天这样深切地感到没有伴侣的痛苦。【名师点睛：多年的情感在这时突然爆发，鲁滨逊意识到自己急需一个伴侣，迫切地希望能和人们交流。他不愿意再孤单下去了。直接的呐喊，情感真挚，感人至深。】

在人的喜爱中，有一些想望像一道道暗暗的泉流。一旦这种想望被看得见的或看不见的目标所引发，都会像流水那样以不可阻挡的势头去拥抱那个目标。因为那个目标是支持下去的原动力，不达目标，我们就会痛苦不堪。

我多么渴望能有一个人死里逃生啊！"啊，哪怕只有一个人也好啊！"这句话我至少重复了上千次。

"啊！哪怕只有一个人也好啊！"每当我咕哝这句话时，不禁会咬紧牙关，半天也张不开来。同时还会紧握双拳，如果手里有什么不结实的东西，一定会被捏得粉碎。【写作借鉴：动作描写，鲁滨逊无法控制自己，侧面显示出无人做伴、无人交谈的苦闷。】

关于这种现象及其产生的原因和表现形式，还是让那些科学家去解释吧。我只是原原本本完完整整地叙述事实。我当初发现这个事实的时候，也是大吃一惊，尽管我不清楚产生这种现象的原因，毫无疑问，这是我内心最热切强烈的呼唤。因为我深切地体会到，如果能有一位基督徒与我交谈，对我实在是一种莫大的安慰。

但他们一个人也没有幸存下来。这也许是他们的命运，也许是我自己的命运，也许是我们双方都命运不济，让我们不能互相交往。直到我在岛上的最后一年，我也不清楚那条船上究竟有没有人生还。而使我痛心的是，仅仅过了几天，我就在失事船只附近的海滩上看见了一个年轻人的尸体，他是被淹死的。他身上只穿了一件水手背心，一条开膝麻纱短裤和一件蓝麻纱衬衫。从他的穿着，我无法判别他是哪个国家的人。他的衣袋里除了两块西班牙金币和一个烟斗外，其他什么也没有。于我而言，烟斗比那两个硬币的价值要高出不止十倍。

海面上已经风平浪静，我很想冒险坐上小船去那失事的船上看看。我相信一定能找到一些对我有用的东西。此外，我还抱着一个更为强烈的愿望促使我非上那艘破船不可。那就是如果船上有活人的话，我不仅可以救他的命，还可以使我得到莫大的心灵安慰。【写作借鉴：心理描写，鲁滨逊执着地想到那艘破船上去，一方面是对生命的尊重，另一方面则是对同伴的渴望。】这个念头时刻盘踞在我心头，使我日夜不得安宁，一心就想乘小船上去看看。这种愿望是如此强烈，以至于连自己都无法抗拒，我想，一定是有什么隐秘的神力在驱使着我。到了这个地步，我若是还不去，就是莫大的愚蠢了。因此，我打算上船去探一探，至于结果如何，就祈求上帝的祝福啦。

在这种愿望的驱使下，我匆匆跑回城堡做好出航的准备。我拿了不少面包，一大罐淡水，一个驾驶用的罗盘，一瓶甘蔗酒——这种酒我还剩下不少，一满筐葡萄干。我把一切必需品都背在身上，走到我藏小船的地方。我先把船里的水掏干，让船浮起来。然后把所有的东西都放进船里。接着，我又跑回家去取些其他东西。这一次我拿了一大口袋米，还有那把挡太阳的伞，又取了一大罐淡水、二十多只小面包——实际上是一些大麦饼，这次拿得比上次还多。另外又拿了一瓶羊奶，一块干酪。我费了不少力气，流了不少汗，才把这些东西通通运到小船上。【写作借鉴：细节描写，鲁滨逊物资准备充分，这都是他吸

<u>取以往经验教训的成果。详写出航准备，也体现了鲁滨逊心情的愉悦。】</u>然后，我祈祷上帝保佑我一路平安，就驾船出发了。我先在默默地祈祷中把独木舟划到岛的东北边。现在，我就只有两个选择了。要么勇敢前进，要么知难而退。我注视着一直在远处翻滚的两股急流，回想起上次九死一生的惊险，我的心里开始失去了勇气。因为我可以想见，只要被卷入这两股急流中的任何一股，小舟一定会被冲进外海，到那时，我就再也看不到小岛，再也回不到小岛了。我的船仅仅是一只小小的独木舟，只要大海上稍稍起一阵风，便难逃覆没的命运。

在这样的思想压力之下，我不得不考虑放弃原定的计划，把小船拉进沿岸的一条小河里，自己迈步上岸，在一块小小的高地上坐下来沉思。我心里既害怕又想干，对我的这次航行既忧心忡忡，又跃跃欲试。

正当我沉思的时候，潮水上涨了，一时半会儿，我是不能出海的。<u>我应该先找一个制高点看一下激流的延伸方向，那么我就可以判断，如果我被冲出去了，我能否被另一股激流冲回家来。</u>【写作借鉴：心理描写，上次在两股急流这里吃了亏，鲁滨逊就吸取了教训，提前勘探此地的情况。】我刚想到这一层，就看见附近有一座小山。从山上可以看到左右两边的海面，对两股急流的流向也可以一目了然，从而可以确定我回来时应走哪一个方向。

到了山上，我发现那退潮的急流是沿着小岛的南部往外流的，而那涨潮的急流是沿着小岛的北部往里流的。所以我只要在岛的北面回来，自然而然就可以顺利回岛。

经过观察，我大受鼓舞，决定第二天早晨趁第一次潮汐出发。我把水手值夜的大衣盖在身上，在独木舟里过了一夜。

第二天一早，我就驾舟出发了。我起先是向正北方向航行，然后我顺着那股向东的激流，小舟飞快行驶，然而这次并没有像上次那样逼得我控制不了方向，所以我还能控制船的航行。我以桨代舵，使劲掌握航向，朝那失事的大船飞驶过去。不到两小时，我就到了破船跟前。

眼前的景象一片凄凉。从那条船的构造外形来看，这是一条西班牙船，船身被紧紧地夹在两块礁石之间。它的船尾和船一侧的后部全部被海浪打得粉碎。它的上甲板由于撞得太猛，嵌在岩石中间了；它的主桅和前桅都歪倒在甲板上，这就是说，都齐根折断了。但是它的船头还完好无损，坚固非常。我靠近破船时，船上出现了一只狗。

它一见到我驶近，就汪汪吠叫起来。我向它一呼唤，它就跳到海里，游到我的小船边来，我把它拖到船上，只见它又饥又渴，快要死了。我给了它一块面包和一些淡水，它吃得很急很猛，很像饿了十天半月的狼。【写作借鉴：比喻，将小狗比作饿了很久的狼，形象地展现了小狗的饿，也暗示船上的人凶多吉少。】它喝水也没有节制，总感觉我不阻止，它会一直喝，直到肚子胀破。

接着，我就上了大船。我第一眼看到的，是两个淹死的人。他们紧紧地抱在一起，躺在前舱的厨房里。看来，船触礁时，海面上狂风暴雨，海浪接连不断地打在船上，船上的人就像被埋在水里一样，实在受不了最后窒息而死。除了那条狗，船上没有任何其他生还的生物。一眼望去，船上没有完好的货物，都被海水浸泡坏了。在底舱里有几桶酒，我也说不上来是葡萄酒还是白兰地，潮水退后，就露了出来。那些酒桶很大，我无法搬动它们。另外，我还看见几只大箱子，可能是水手的私人财物。我搬了两只到我的小船上，也没有来得及检查一下里面究竟装的是什么东西。

如果触礁的是船尾，撞碎的是船首，我此行收获就大了。

从两只箱子里找出来的东西，就有理由让我相信，船上有大量可观的财富。从该船所走的航线，我也不难猜想它是从南美巴西南部的布宜诺斯艾利斯或拉普拉塔河口出发，准备开往墨西哥湾的哈瓦那，然后也许再从那儿驶向西班牙。所以，船上无疑满载金银财宝，可是这些财富在眼下对任何人都毫无用处。至于船上的人究竟发生了什么情况，我就无从得知了。

除了那两只箱子，我还找到了一小桶酒，约有二十加仑。

我费了九牛二虎之力，才把酒桶搬到小船上。船舱里还有几支短枪和一只盛火药的大角筒，里面大约有四磅火药。短枪对我来说已毫无用处。因此我就没有拿，只取了盛火药的角筒。另外我拿了一把煤铲和一把火钳，它们都是我必需的。<u>我还拿了两把小铜壶，一只煮巧克力的铜锅和一把烤东西用的铁耙</u>。心满意足地把货物装进我的独木舟，带着小狗，准备回家了。【写作借鉴：细节描写，找到了必需的铜锅等，鲁滨逊心情愉悦。】这时正值涨潮，潮水开始向岛上流。天黑后不到一小时，我终于回到了岸上，但人已累得疲倦不堪了。当晚在小船上安歇了一夜。

第二天早晨，我决定把运回来的东西都放到新发现的地穴里去，而不是放到城堡里去。饱餐一顿后，我把我的货物都搬上了岸，开始细细查看。那桶酒，我发现，也是一种甘蔗酒，但是同我们在巴西喝的那一种不一样，一句话，难喝。可是，我打开那两只大箱子后，找到了几样对我非常有用的东西。例如，在一只箱子里，有一只精致的小酒箱，里面的酒瓶也十分别致，装的是上等的提神烈性甜酒，每瓶约三品脱，瓶口上还包着银子；还有两罐上好的蜜饯，瓶口封得很严密，咸水没有进去。另外还有两罐却已被海水泡坏了。我又找到一些不错的衬衫，这正是我求之不得的东西。还有一打半白麻纱手帕和有色的领巾。麻纱手帕我也十分需要，我简直能想象到大热天用它来擦脸是怎样爽快的一种享受。此外，在箱子的钱箱里，还有三大袋西班牙银币，约一千一百多枚，其中一袋里有六块西班牙金币和一些小块的金条，都包在纸里，估计约有一磅重。

在另一只大箱子里找到了一些衣服，但是对我的作用微乎其微，接近于无。看样子，这只箱子是属于船上的副炮手的。箱子里没有很多火药，只有两磅压成细粒的火药，装在三只小瓶里。我想大概是装鸟枪用的。总而言之，这一次出海的收获并不是很令人欣喜，因为有用的东西太少。至于钱币，对我当然毫无用处，真是不如粪土！我宁愿用全部金币银币来换三四双英国袜子和鞋子，因为这些都是我迫切需要的东西，我已经好几年没有鞋袜穿了。【名师点睛：通过金钱和鞋袜的对比，写出金钱并不是万能的。也从侧面说明鲁滨逊的处境举步维艰。】不过，这次出海还真的收获了两双鞋子，虽然是从淹死的两位水手脚上扒下来的。【写作借鉴：细节描写，死人穿过的鞋子，鲁滨逊没有丝毫介意。侧面体现出他对鞋子的渴求。】另外，在这只大箱子里也找到两双鞋，这当然也是求之不得的。但这两双鞋子都没有英国鞋子舒适耐穿，因为不是一般走路穿的鞋子，只是一种便鞋而已。在这只船员的箱子里，我另外又找到了五十多枚西班牙银币，但没有金币。我想这只箱子的主人一定家境贫寒，生活朴实，而另一只箱子的主人一定是位高级船员。

　　不管怎么说，我还是把所有的钱搬回了山洞，像以前一样妥善收藏好。可惜的是，我进不去破船的其他位置。否则的话，我准可以用我的独木舟一船一船地把钱币运到岸上。

　　如果有一天我能逃回英国，就是把这些钱都放在这里也非常安全，等以后有机会再回来取也不迟。【写作借鉴：为回英国后用钱做路费，置办物资埋下伏笔。】

　　我把所有的东西运到岸上小心翼翼地放好就回到小船上，沿着海岸，把船划到原来停泊的港口，把船缆系好，然后拖着疲惫的身子回到了我的老住所。到那里，眼看一切平安无事，就开始休养生息，像往日一样度过每天的生活，整理家务。

　　这只是一段短短的插曲，给我悠闲自在的日子增添了一丝亮色。现在，我外出的次数很少，即使我比以前更谨慎，更加注意外面的动静，即使有时大胆到外面活动，也只是到小岛的东部走走，因为我确信野人从未到过那儿，因此用不着处处提防，也用不着带上许多武器弹药。要是到其他地方去，只带少许武器弹药就不行了。

Z 知识考点

1. 作者在这篇小说中主要通过_____描写来塑造人物形象。

2. "啊,哪怕只有一个人也好啊!"这句话运用了什么描写手法,有什么作用?

_____

_____

3. "听到枪声后,我一跃而起,转眼之间就把梯子竖在半山上,登上半山的坡坎后,又把梯子提起来架在坡坎上,最后爬上了山顶。"分析这句话的作用。

_____

_____

Y 阅读与思考

1. 你怎样看待"同样的险境,对这个人是安全的,对另一个人却可能意味着毁灭"?

2. 为什么鲁滨逊听到求救信号后反应那么激烈?

第十六节

较　量

M 名师导读

海船失事,鲁滨逊的希望破灭。看着再次踏上荒岛的野人,鲁滨逊拿起武器,准备俘虏一个野人,寻求脱困的方法。

我在这种情况下又过了将近两年。在这两年里,我头脑里充塞着各种各样的计划,一心想着逃离孤岛,尽管我自己也知道,我那倒霉的头脑似乎生来就是为了折磨我的肉体。有时候,在明知那艘船上没有什么我需要的东西,我也不需要冒险出海去取东西的时候,我会突然涌起去那艘破船上查看一番的勇气。有时候,我又想乘小舟东逛逛西走走。【写作借鉴:细节描写,鲁滨逊常常会有突然的想法,不按常规思考。】我毫不怀疑,如果我现在有我从萨累逃出来时坐的那条小船,早就冒险出海了。而那个时候,就算没有航行的方向,不知道去哪里,我也不在乎了。

普通人常见的通病,就是不知足,老是不满于上帝和大自然对他们的安排。现在我认识到,他们的种种苦难,至少有一半是由于不知足这种毛病造成的。患有这种病的人大可以从我的一生经历中得到教训。【名师点睛:不知足是通病,读者应引以为戒。】

就拿我自己来说吧,正是由于我不满足自己原来的境况,又不听父亲的忠告——我认为,不能接受教训,实在是我的"原罪",再加上接下来我犯的种种同样性质的过错成了我陷入这种悲惨境地的必由之径。当时，造物主已安排我在巴西做了种植园主。如果我自己不痴心妄想发财，而是满足于财富缓慢地积累，这时候我也许已成了巴西数一数二的种植园主了，然而现在，我孤单地沦落在这荒岛上，一去二十几年，生活悲惨、孤寂。

虽然我在巴西经营时间不长，但就是在那段短短的时间里，我还是获利颇丰。如果我继续经营下去的话，现在至少已经拥有十几万葡萄牙金币的家产了。那个时候，我的种植园已经走上了正常的轨道，一切都在往好的地步发展。可我偏偏把这一切丢弃，甘愿去当一名船上的管货员，只是为了到几内亚去贩卖黑奴。

现在想来，这到底算是怎么一回事呢？要是我守住家业，只要有耐心，经过一段时间之后，同样可以积聚大笔财富，我不是也可以在自己的家门口，从那些黑奴贩子手里买到黑奴吗？【写作借鉴：反问，鲁滨逊一连两个问题说明他完全可以留在巴西靠种植园致富，根本没必要去出海。】尽管价钱昂贵一些，但是我压根儿犯不着为了这么一点儿差价，冒如此大的风险。

但是，每一个涉世未深的年轻人都会有这样一个毛病。不经过多年的磨炼，不用高昂的代价获得人生的阅历，是不会明白自己的愚蠢行为的，我现在的情况就是这样。我的天性就是不知满足，总想获得更多，也不甘心安于现状。所以，我头脑里老是盘算着逃离荒岛的种种办法和可能性。为了使读者对我后面要叙述的故事更感兴趣，在这儿我不妨先谈一下我这种荒唐的逃跑计划最初是怎样形成的，后来又是怎样实施的，以及我实施这一计划的根据。【写作借鉴：插叙，交代前因后果，便于读者理解。】

从那艘船上回来后，我就在城堡里过起了平静无波的生活。就像深山里的隐者。我把独木舟按原来的办法沉入水底隐藏好，过着以前那样平静的日常生活。现在的我拥有以前没有的钱币，但这些钱并没有增加我的财富。因为金钱对我毫无用处，就像秘鲁的印第安人，在西班牙人来到之前，金钱对他们也是毫无用处的。

一晃，我在岛上度过了二十四年的光阴。现在正值雨季三月。一天夜里，我躺在吊床上，辗(zhǎn)转反侧[翻来覆去，睡不着觉。形容心里有所思念或心事重重]，难以入睡。我很健康，没有病痛，没有什么不舒服，心情也很平静，可是怎么也合不上眼，就是睡不着。可以这么说，整个晚上都没打过盹。

那天夜里，数不尽的人生往事在我的回忆里掠过，心潮澎湃，思绪万千。我粗略地回顾了自己一生的历程。我回想起自己怎样流落到这荒岛上，又怎样在这儿过了二十四年的孤寂生活。

我想到，来到岛上的最初几年，我怎样过着无忧无虑的快乐生活。后来，在沙滩上发现了野人的脚印后，又怎样焦虑恐惧，过着忧心忡忡的生活。我并不怀疑，也相信以前野人也一直到岛上来的，而且可能时不时的有几百人来到那沙滩上。但在此之前，我不知道这件事，当然也不会担惊受怕。那时，我无知且无惧，尽管有危险潜伏在身边，我也过得快活自在。我想，如果不知道有危险，就等于没有危险，生活就照样无忧无虑，十分幸福。由此，我悟出不少有益的道理。造物主对人类的认识进行一定的限制，恰恰是他的英明。所谓无知者无畏，虽然人类经常处在各种各样的危险之中，可一旦让他们发现这些危险，肯定就会心烦意乱，精神不振。而如果不能看清事实真相，对周围的危险一无所知，那么，人们就会过着泰然宁静的生活。【写作借鉴：心理描写，鲁滨逊有所感悟，无知者无畏，无知是上帝最大的慈悲。】

我这样想了一段时间后，就开始认真地考虑这么多年来我在这荒岛上一直所面临的危险。这种危险是实实在在的，可是，我过去却经常坦然自若地在岛上走来走去。也许，当时恰好有一片山坡，一棵树或者黑夜隔开了我，才使我免遭最悲惨的灾祸——被吃掉。如果落到他们手里，他们就会马上把我抓起来，就像我抓只山羊或海鳖一样。同样，在他们看来，把我杀死吃掉，也不是什么犯罪行为，就像把一只鸽子或鹬杀了吃掉在我看来也不是什么犯罪行为一样。我衷心感激我伟大的救世主，如果我不承认我的感激之情，那我就不诚实了。我极为谦逊地承认，他总在我一无所知的情况下及时搭救我，要不是这样的话，我一定早就不可避免地落入残酷无情的野人手中了。

这些念头想过之后，我又想到了那些畜生的天性——那些吃人者的天性。我想，上帝如何能容忍他创造的一些生物落到如此灭绝人性的地步，不，堕落到甚至比野兽还不如，连自己的同类也吃的地步？我考虑来，考虑去，最后还是不得其解。【名师点睛：鲁滨逊疑惑上帝为什么会允许吞食同胞的生物存在？体现了他对野人食人的厌恶】

于是，我又想到另一些问题：这些畜生究竟住在什么地方？他们住在对面的大陆上，这一点不错。他们住的地方离我这儿有多远？他们为什么要冒险这么远的离家出海？他们驾的是什么船？他们既然已经来到我这儿，我干吗不可以做好充分的准备，料理好我的事务，这样我岂不是可以上他们那儿去吗？

可是，我从来没有考虑过一旦到了那里我该怎么办；也没有考虑过万一落入野人手里结果会如何；也没有考虑过万一他们追杀我，我又该怎样逃命。【写作借鉴：排比句，增强语气，震撼地表现出鲁滨逊想要快速登岸的急迫心理。】不但如此，我甚至一点也没有考虑到，我一上大陆，那些吃人者必然会追杀我，不管他们来自什么部落，所以，我是绝无逃生希望的。即使我运气好没有落在他们手里，我怎么去弄吃的呢？何况我也不知道要把船划到哪个方向。

总之，所有这些，我都没有想过。那个时候，我全身心都想着划着独木舟渡过海峡，顺利到达对面的大陆。我认为，自己目前的处境是世界上最悲惨不过的了，除了死亡，任何其他不幸都比我目前的境况强。我想，只要一上大陆，我就会得救。或者，我可以像上次在非洲那样，沿着海岸线，慢慢划行着独木舟，一直驶到有居民的地方，从而可以获救。而且，说不定还会碰到文明世界的船只，他们就一定会把我救出来。【名师点睛:"我"认为自己处境艰难,只比死亡好一点。】而这么做,我还想不到比死亡更惨烈的后果,况且,死了倒还一了百了,也算是把所有苦难都熬到了头。

请读者注意,我当时心烦意乱,性情急躁,所以才产生了上述种种想法。原因如下:长期以来,我一直麻烦事不断,而登上那艘船后又大失所望,我可以说是被折磨得再也沉不住气了。我本来以为上了那艘船已经接近实现我那个迫不及待的愿望了,这就是说,可以有人讲讲话,可以听听我现在待着的是什么地方和这个地方的一些情况,还想知道我能否得救。这些都是我冒险上船所迫切追求的目的,可是结果一无所获。所有这些都使我头脑发昏,感情冲动。在此之前,我已心情平静,只想听天由命,一切凭上天做主。可现在,心情怎么也安定不下来了。我好像没法把思维转向任何事情,只想着驾船到大陆去的计划。而且这种愿望越来越强烈,简直使我无法抗拒。

有两三小时工夫,强烈的欲望使我激动得心跳加剧,热血沸腾,好像得了热病一样。当然,这只是我头脑发热罢了。

我就这么想啊想啊,直想得精疲力竭,直至昏昏睡去。也许有人以为,我在睡梦中也会登上大陆。可是,我没有做这样的梦,却做了一个与此毫不相干的梦。我梦见自己像往常一样,一大早走出城堡,忽然看见海面上有两只独木舟载着十一个野人来到岛上。他们另外还带来了一个野人,准备把他杀了吃掉。突然,他们要杀害的那个野人一下子跳起来,撒腿狂奔,希望能保住自己的性命。睡梦中,我恍惚见他很快就跑到我城堡外的浓密的小树林里躲起来。【名师点睛:睡梦中的内容为下文埋下伏笔。】我发现只有他一个人,其他野人并没有过来追他,便走出城堡,微笑着向他招手示意,让他安静,不需要怕我,我不会伤害他。他急忙跪在地下,仿佛求我救救他。于是,我向他指指我的梯子,叫他爬上去,并把他带到我住所的洞穴里。由此,他就成了我的仆人。【写作借鉴:动作描写,鲁滨逊的动作带着同情,但事情太过于顺利以至于不真实。】我一得到这个人，心里就想，现在，我真的可以尝试着探索那片大陆了。这个野人可以做我的向导，告诉我该如何行动，什么地方可弄到食物，什么地方可去，什么地方不可去。正高兴地细数着他的作用，我就醒过来啦。起初，我觉得自己大有获救的希望，高兴得无法形容。及至清醒过来，发现那只是梦中发生的事情，不仅被失望和沮丧的情绪俘虏，懊悔不已。【写作借鉴：心理描写，落差太大，鲁滨逊无法接受，读者也是怅然若失。】

但是，这个梦境却给了我一个启示：我若是想摆脱孤岛生活，唯一的办法就是尽可能弄到一个野人。而且，如果有可能的话，最好收服一个被俘虏的野人。但要实现这个计划也有其困难的一面，那就是进攻一大群野人，并把他们杀得一个不留。这种做法可以说是孤注一掷（zhì）[一下投下全部赌注，企图最后得胜。比喻在危急时用尽所有力量做最后一次冒险，以求侥幸成功。孤注：把全部力量做最后一次赌注，以求翻本；掷：投掷骰子]之举，难保不出差错。不仅如此，从另一方面来说，这种做法是否合法，还值得怀疑。再说，一想到要流这么多血，尽管是为了我的得救，我的心也直打哆嗦。我前面也已经谈到过我为什么不应该主动去攻击野人的种种理由，所以我在此不必再啰唆了。另外，我现在还可以举出种种其他理由来证明为什么我应该攻击这些野人。譬如说，这些野人是我的死敌，只要可能，他们就会把我吃掉。再譬如说，我这样做是为了保护自己的生命，是为了拯救自己，这是一种自卫的行动。因为，他们若向我进攻，我也不得不还击。我说，尽管有这些理由为我要采取的行动辩护，我对为了自己的脱困得救而让别人流血，还是于心不安，所以有好长一段时间，我再怎么着也没法说服自己这么干。

我内心进行了激烈的思想斗争，心里十分矛盾，各种理由在我头脑里反复斗争了好久。【写作借鉴：心理描写，纵使想了很多杀死野人的理由，鲁滨逊还是认为他的行为太残暴，体现了他内心的善良与矛盾。】最后，要使自己获救的迫切愿望终于战胜了一切，不管花多大的代价，我也要弄到一个野人。

现在，第二步就是怎样实施这一计划，这当然一时难以决定。

由于想不出什么妥当的办法，我决定先进行守候观察，看他们什么时候上岸，其余的看那时的情况，随机应变吧。

这样决定之后，我就经常出去侦察，一有空我就出去。这情况真叫我丧气、这么久的等待，开始闹得我心烦意乱。因为这一等又是一年半以上，我差不多每天都要跑到小岛的西头或西南角去，看看海面上有没有独木舟出现。可是，这么长时间中一次也没有看到，真是令人灰心丧气，懊恼至极。但这一次我没有像上次那样完全放弃希望，相反，没想到这次拖得越久，我要把事情干成的心愿反而更热切啦。总之，我从前处处小心，尽量避免碰到野人，可现在却急于要同他们碰面了。【写作借鉴：对比，将前后截然相反的态度加以比较，反衬出鲁滨逊的迫切回岛之情。】

此外，我认为自己有充分的能力驾驭一个野人，甚至两三个野人也毫无问题，只要我能把他们弄到手就行，我可以使他们完全成为我的奴隶，要他们做什么就做什么，并且任何时候都可以防止他们伤害我。【写作借鉴：心理描写，表现出鲁滨逊身上所具有的欧洲殖民主义所具有的剥削思想。】这个认知使我高兴了好一阵子。可是，这一切都只是空想，计划无从实现，因为很久很久野人都没有出现。

自从有了这些想法之后，我就经常会想到这件事，可是一直没有解决，因为一直没有付诸实践的机会。

这样大约又过了一年半光景。一天清晨，意料之外的，我发现五只独木舟停靠在岸边。船上的人都已上了岛，但却不知道他们去哪儿了。他们来的人这么多，完全弄乱了我的原定计划。因为我知道，一只独木舟一般载五六个人，有时甚至更多。现在一下子来了这么多船，少说也有二三十人，我孤身一人，怎么可能对付得了这么多野人呢？

因此，我只好悄悄躲到城堡里，坐立不安，一筹莫展。

可是，我还是根据过去的计划，积极地准备战斗武器，以便一有机会，立即行动。我等了好久，留神听他们的动静，最后，实在耐不住了，就把枪放在梯子脚下，像平时那样，分作两步爬上小山顶。我站在那里，尽量不把头露出来，唯恐被他们看见。【写作借鉴：动作描写，小心翼翼的动作，将鲁滨逊的害怕描绘得淋漓尽致。】我拿起望远镜进行观察，发现他们不下三十人，并且已经生起了火，正在煮肉。至于他们怎样煮的，煮的究竟又是什么肉，我就不得而知了。他们都围着火堆手舞足蹈，舞步野蛮且没有章法，不过他们按照自己的步子，跳得激情而热烈。

正当我观望的时候，从望远镜里又看到他们从小船上拖出两个倒霉的野人来。看来刚才他们是被放在那儿的，现在被带出来要宰杀了。我看到其中一个被木棍或木刀乱打一阵，立即倒了下去。接着便有两三个野人一拥而上，动手把他开膛破腹，准备煮了来吃。【写作借鉴：动作描写，通过野人残暴的动作，写出了食人风俗的恶心。】另一个俘虏被撂在一边，可能是想过一会儿再动手拿他开刀。就在这时，这个可怜的家伙看见自己手脚松了绑，无人管他，以为是有了逃命的希望。他突然跳起身来，以一种不可思议的速度，沿着海岸向我奔跑过来。我是说，他正飞速向我的住所方向跑来。

我得承认，当我见他朝我这边跑来时，我真的是被吓坏了。因为我认为，那些野人必然全部出动来追赶他。这时，我看到，我梦境中的一部分开始实现了：那个野人必然会在我城堡外的树丛中躲起来。【写作借鉴：照应前文，梦中发生的事情再现。】可是在梦中，那些野人没有来追他，更没可能发现他躲在树丛里；但是现实中，是这样吗？我仍旧站在原地，一动也不动。后来，我发现追他的只有三个人，胆子就大一点了。尤其是我发现那个野人跑得比追他的三个人快得多，而且把他们愈甩愈远了。只要他能再跑上半小时，就可完全摆脱他们了。

这时我萌生了极大的勇气。

在他们和我的城堡之间，有一条小河。这条小河，我在这本书的开头部分曾多次提到过。我搬运破船上的货物时，就是借助这条小河搬上岸的。我看得很清楚，那逃跑的野人必须游过小河，否则就一定会被他们在河边抓住。当时潮水正在上涨，那逃跑的野人一到河边，没有丝毫犹豫就跳下了河，只划了三十来下便游过了河。他一爬上岸，又迅速向前狂奔。【写作借鉴：动作描写，野人的动作显示出强健的体魄和逃命的急切。】后面追他的那三个野人到了河边。其中只有两个会游水，另一个却不会，只好站在河边，看其他两个游过河去。又过了一会，他一个人就悄悄回去了。这其实救了他一命。

我注意到，那两个会游水的野人游得比那逃跑的野人慢多了。他们至少花了一倍的时间才游过了河。这个时候，我脑海里产生了一股强烈的、难以抗拒的冲动。我要找个仆人，现在正是时候。说不定我还能找到一个伴侣，一个帮手呢。这明明是上天召唤我救救这个可怜虫的命呢！我立即跑下梯子，拿起我的两支枪——前面我已提到，这两支枪就放在梯子脚下。然后，用同样的速度，来到小山顶，翻过小山，向大海跑去。我抄了一条近路，跑下山去，插身在追踪者和逃跑者之间，向那逃跑的野人大声呼唤。他回头望了望，起初仿佛对我也很害怕，其程度不亚于害怕追赶他的野人。【写作借鉴：动作描写，鲁滨逊毫不犹豫的动作说明他早就打算寻找一个同伴，也显示了他敏锐的洞察力。】

我一边做手势示意他过来，一边慢慢向后面追上来的两个野人迎了上去。当他俩走近时，我一下子冲到前面的一个野人跟前，用枪杆子把他打倒在地。【写作借鉴：动作描写，"一下子"写出了"我"动作的敏捷。】当时我之所以不想开枪，是担心其余的野人听见枪声。其实距离这么远，枪声是很难听到的。即使隐隐约约听到了，他们也看不见硝烟，所以肯定会弄不清是怎么回事。第一个野人被我打倒之后，跟他一起追来的那个野人就停住了脚步，应该是受到了惊吓。于是我又急步向他迎了上去。当我快走近他时，见他手里拿起弓箭，准备拉弓射箭，箭头直指我。我不得不先向他开枪，一枪就把他打死了。

于是，那逃跑的野人这时也停住了脚步。这可怜的家伙虽然亲眼见到他的两个敌人都已经倒下，而且看起来已经必死无疑，但还是被我的枪声和火光吓坏了。<u>他一动不动地站在那里，神情呆滞，既不进也不退，看得出来，他更想逃走，而不是向我走过来。</u>【写作借鉴：神态描写，逃跑的野人被枪惊吓到，说明他不知道那是什么东西，体现出野人部落的落后。】

我向他大声招呼，做手势叫他过来。他明白了我的意思，向前走走停停，再走走再停停。看他站在那里浑身发抖的样子，【名师点睛：野人"走走停停""浑身发抖"说明他内心无比恐惧。】我想，他一定以为自己成了我的俘虏，也将像他的两个敌人那样被杀死。我又向他招招手，叫他靠近我，并做出种种手势叫他不要害怕。他越走越近，而且每走十到十二步，就要跪倒在地，对我的救命之恩表示感谢。我对他微笑，显出一副和颜悦色的神情，招呼他走得更近些。<u>最后，他走到我跟前，再次跪下，吻着地面，又把头贴在地上，把我的一只脚放到他的头上，好像在宣誓愿终身做我的奴隶。</u>【写作借鉴：几个动作描写表现出野人的真诚。】我把他扶起来，对他十分和气，并千方百计叫他不要害怕。

然而，事情还没完呢。那个被我用枪杆打倒的野人其实并没有死，刚才只是被我打昏了，现在正苏醒过来。所以我指给被我救的野人看，告诉他，那个野人没有死。他一看，对我说了几句话，虽然我不明白他的意思，可对我来说却是那样悦耳动听，因为这是我二十五年来第一次听到别人和我说话，以前我最多也只能听到自己自言自语的声音。当然，现在不是多愁善感的时候。那个被打倒的野人，已经恢复到可以坐在地上的程度了。

我发现被我救出的野人又有点害怕的样子，便举起另一支枪准备射击。这时,我那野人(我现在就这样叫他了)做了个手势,要我把挂在腰间的那把没鞘的刀借给他。于是我把刀给了他。他一拿到刀,就走近那个野人,一挥手,一下子砍下了那个野人的头,其动作之干脆利落,胜过德国刽子手。【写作借鉴:动作描写,写出了野人动作的干脆利落,也说明了野人的血腥与残忍。】这让我大为惊讶。要知道这个人在此之前,除了他们自己的木刀外,恐怕还从未见过一把真正的刀呢。难道是他们的木刀也能这么锋利?可以一刀断头?后来我了解到,事实确实如此。他们的刀虽然是用很硬的木头做成,却做得又沉重又锋利。再说我那野人砍下了敌人的头,带着胜利的笑声回到我跟前。他先把刀还给了我,然后做了很多我不能理解的手势,把他砍下来的野人头放在我脚下。

也许,最让他感到惊讶和迷惑不解的,是我怎么能从这么远的距离把另一个野人打死。【写作借鉴:神态描写,写出了野人极强的好奇心。】所以,他用手指了指那个野人的尸体,做着手势要我让他过去看看。我也比画起了双手,尽量让他看懂我允许他过去看一看。他走到那死人身边,简直惊呆了。他两眼直瞪瞪地看着死人,然后又把尸体翻来翻去,想看个究竟。他看了看枪眼,子弹正好打中那野人的胸部,在那里穿了个洞,但是并没有很多血流出来,因为那个人一中弹就死了,血液都来不及流出来,就只留在体内了。等他取下那野人的弓箭回到我跟前,我立即叫他跟我离开这地方。我用手势告诉他,后面可能会有更多的敌人即将追上来。

他弄懂了我的意思,用手势表示要把两具尸体用沙土埋起来,免得被追上来的野人发现蛛丝马迹。我打手势叫他照办。他马上干起来,不一会儿工夫,就用双手在沙土上刨了一个坑,刚好埋一个野人。他把尸体拖了进去,用沙土盖好。接着用同样的方法,埋了第二个野人的尸体。我估计,他总共只花了一刻钟,就把两具尸体埋好了。【写作借鉴:动作描写,突出了野人动作迅速,身手灵活。】然后,我叫他跟我一起离开这儿。我一开始并没有把他带回城堡,而是带着他去了岛那边我发现的自然洞穴。我这样做是有意不让自己的梦境应验,因为在梦里,他是跑到城堡外面的树丛中躲起来的。

到了洞里,我给他吃了些面包和一串葡萄干,又给了他点水喝。因为我见他跑了半天,已经又饿又渴,疲惫不堪了。他吃喝完毕后,我又指了指一个地方,做着手势叫他躺下来睡一觉。那儿有一堆我以前准备的干草和一条毯子,也是以前带来的。偶尔,我也会在这里打个盹儿。于是这个可怜的家伙一倒下去就呼呼睡着了。

知识考点

1.鲁滨逊第一次出海的目的地是_____,不料却遇到了可怕的风浪,好不容易才保住了性命。鲁滨逊第二次出海是去_____经商,这一次他成功了。鲁滨逊第三次出航极为不幸,他们遇到了_____,被俘虏,变成了奴隶,逃出后抵达_____,在那里独自经营一个_____,生活过得很顺利。鲁滨逊第四次航行是去非洲买_____,遭遇飓风,一连十二天。当行驶到南美洲一个岛屿附近时,船突然_____,遂遭灭顶之灾。

2.鲁滨逊进入荒岛后第一个家是　　　　　　(　　)

　　A.小木屋　　　　B.山洞　　　　C.帐篷

阅读与思考

1.为什么鲁滨逊要抓一个野人?

2.为什么鲁滨逊有一个发展顺利的种植园,还要出海贩卖黑奴?

第十七节

"星期五"

M 名师导读

鲁滨逊凭借火药之威,从野人手中救下了一个梦寐以求的伙伴和助手。他给他取名叫星期五。但是语言不通、价值观迥异的两人能和谐相处吗?是什么维系了他们的关系?

这个野人外貌清秀,身材合宜,四肢挺直又结实,但并不显得粗壮。他个子很高,身体健康,年纪看来约二十六岁。他的五官分布得恰到好处,没有那种凶巴巴、恶狠狠的表情,脸上有一种男子汉的英勇气概,又具有欧洲人那种和蔼可亲的样子,这种温柔亲切的样子在他微笑的时候表现得更为明显。

他的头发又黑又长,但不是羊毛一般的鬈发。他的前额又高又大,目光锐利而又活泼。他的皮肤不怎么黑,略带棕色,然而不像巴西人或弗吉尼亚人或美洲其他土人的肤色那样是黄金褐色的,令人生厌,而是一种深茶青色,油光乌亮,使看见他的人都生出一种清爽的感觉。很难用言语形容。他的脸圆圆胖胖的,鼻子却很小,但又不像一般黑人的鼻子那样扁。他拥有薄薄的嘴唇,牙齿瓷白宛若象牙,他的嘴形的确是很漂亮。【写作借鉴:外貌描写,作者分别描述了"星期五"的头发、前额、肤色、嘴形,其中运用到了比喻的修辞手法,"星期五"的形象跃然纸上。】他并没有睡得死死的,实际上只打了半小时的盹就醒来了。

他一醒来就跑到洞外来找我,因为当时我正在挤羊奶,我的羊圈就在附近。一见到我，他就向我表示了臣服感激之心。譬如，他趴在地上，做出各种手势和奇怪的姿态。最后，他又把头放在地上，靠近我的脚边，然后又像上次那样，把我的另一只脚放到他的头上，这样做完之后，又向我做出各种姿势，表示顺从降服，愿终身做我的奴隶，为我效劳。【写作借鉴：动作描写，通过"趴""放"等动作形象写出了"星期五"的一系列姿态，表现了"星期五"对鲁滨逊的臣服。】

弄明白他的意思之后，我告诉他，我对他非常满意。过了一会儿，我就正式和他交流，并借此教他学习我的语言。首先，我告诉他，他的名字叫"星期五"，正是在这一天我救了他的命，给他取这个名字，就是为了纪念这一天。我教他说"主人"，并告诉他这是我的名字。我还教他说"是"和"不是"，并告诉他这两个词的意思。我用瓦罐给他盛了一些羊奶，然后又递给他一块面包。我先把面包浸在羊奶里吃，给他做示范，他很聪明地像我一样吃饭，还做手势，表达他对食物的喜爱。

晚上，我和他一起在地洞里睡了一夜。天一亮，我就叫他跟我一起出去，并告诉他，我要给他一些衣服穿。他明白我的意思后，显得很高兴，因为他一直赤身裸体，没有东西遮挡羞处。【写作借鉴：侧面描写，通过对"星期五"没有衣服蔽体的描写，体现野人的蒙昧未开化。】当我们走过他埋下两具尸体的地方时，他就把那地方指给我看，并告诉我他所做的记号。他向我比画着手势，希望我把尸体挖出来充作食物！对此，我表示十分生气，我向他表明，对人吃人这种残忍的行为我深恶痛绝，我做出一想到这种罪恶勾当就要呕吐的样子。【写作借鉴：神态描写，"呕吐的样子"体现出鲁滨逊对"人吃人"这种行为的憎恶。】然后，我向他招手，叫他马上跟来，他立即十分驯服地跟着我走了。我把他带到那小山顶上，看看他的敌人有没有走。拿出望远镜，我看向他们昨天待着的地方。但那些野人和独木舟都不见了。显然他们上船走了，并且把他们的两个同伴丢在岛上，连找都没有找他们。

我对这一发现并不感到满足。现在的我，拥有极强的好奇心和近乎自大的勇气，便带着我的奴隶星期五，准备到那里看个究竟。我给了他一把刀，让他拿在手里，他自己又把弓箭背在背上——我已经了解到，他是一个出色的弓箭手。另外，我还叫他给我背一支枪，而我自己则背了两支枪。武装好之后，我们就向那些野人昨天聚集过的地方出发了，我想知道更多关于野人的信息，因为我对他们的了解太匮乏了。

在那里，呈现在我面前的是一幅惨绝人寰[形容惨痛到了极点，世上少有。多形容酷刑、屠杀等造成的各种惨状]的景象，遍地都是死人骨头和人肉，鲜血染红了土地；那大片大片的人肉，有的吃了一半，有的砍烂了，有的烧焦了，东一块西一块的，一片狼藉。【写作借鉴：此处运用了白描的手法，描写了当时悲惨的场景，细致的描写让人很容易想象到当时的场景。】地上随处可见食人盛宴的疯狂痕迹，到处都是被俘虏的失败者的血肉。看到这些，我血管里的血不由得都冰冷了，连心脏也停止了跳动。【写作借鉴：夸张，鲁滨逊"血管里……停止了跳动"夸张描写了他震惊、恐惧的心情，也反映出食人宴会的血腥和惨绝人寰。】那真是太可怕了，太惨不忍睹了。然而我的野人奴仆——星期五，对这视若平常，没有一点儿反应。

我看到的，一共有三个骷髅，五只人手，三四根腿骨和脚骨，还有不少人体的其他部分。星期五用手势告诉我，他们一共带了四个俘虏来这儿举行人肉宴，三个已经被吃掉了。他是第四个。说到这里，他还指了指自己。他还告诉我，这是因为野人部落里新王和旧部发生了一场战争，他作为新王的臣员被俘虏到了这里。他们这一派也抓了大批俘虏。这些俘虏被带到不同的地方杀掉吃了，就像那些野人把他们带到这儿杀了吃掉一样。

我让星期五把所有的骷髅、人骨和人肉以及那些野人吃剩下来的东西收集在一起，堆成一堆，然后点上火把它们通通烧成灰烬。我发现星期五对人肉的渴望深入骨髓，仿佛吃人是他的天性。但我明确表示，对吃人肉的事极端憎恶，不要说看到这种事，甚至连想都不愿想。我还设法让他明白，如果他敢再吃一口人肉，我就把他杀了，这才使他不敢有所表示。

办完这事以后，我们又回到了城堡里。回家之后，我翻箱倒柜给他捣饬服装。首先，我给了他一条麻纱短裤。这条短裤是我从那条失事船上死去的炮手箱子里找出来的，这件事我前面已提到过了。短裤略改一下，刚刚合他的身。随后，我又凭借我不错的裁缝手艺，（用羊毛）给他缝制了一件不错的背心。另外，我又给了他一顶兔皮帽子，戴起来挺方便，样子也很时髦。现在，他的这身穿戴也还过得去了。他看到自己和主人几乎穿得一样好，心里十分高兴。说句实话，他刚开始穿上这些衣服时，还很不习惯。当然他第一次穿裤子，当然会觉得别扭，不过，除此之外，他也感觉背心的袖筒磨痛他的身体，例如肩膀或者胳肢窝等地方。后来我把那使他难受的地方略微放宽了一些，再加上他对穿衣服已经慢慢感到习惯，也就喜欢上他的衣着了。

回到家中的第二天，我就考虑如何安置星期五的问题。一方面，我要尽可能让他生活得舒适，另一方面，还要注意不让他威胁我的生命。为此，我在两道围墙之间的空地上，给他搭了一个小小的帐篷，也就是说，这小帐篷搭在内墙之外，外墙之内。虽然内墙上有一个出口，但是我在入口处做了一个门柜和一扇只能在里面打开的木板门。我只需要在夜间睡觉时，反闩上门抽走梯子就行了。而且我还在内墙和岩壁之间用长木条做椽子搭了一个屋顶，把我的帐篷完全遮盖了起来。椽子上又横搭了许多小木条，上面盖了一层厚厚的、像芦苇一样结实的稻草。【写作借鉴：细节描写，详细叙述了帐篷的搭建材料，都是会发出很大声响的，说明主人公对"星期五"还存有戒备之心。】这样一来，如果星期五想通过内墙来到我身边，就必然会弄出许多声响，也就一定会把我惊醒。另外，在我过去用梯子爬进爬出的地方，也装了一个后门。绝对不可能从外面把这两道门打开，否则的话，活门就会自动落下来，从而发出很大的声响。除了这些准备，我每天夜里都会放一把武器在床边，时刻防备着突发事件。

其实，对星期五我根本用不着采取任何防范措施。再也没有像星期五这样忠厚诚实、顺从可爱的仆人。他没有脾气，性格开朗，不耍花招，对我又顺从又热心。

他对我的感情，就像孩子对父亲的感情，从感情产生的那一刻起，就无法割舍了。可以说，无论何时何地，他都宁愿牺牲性命，献出自己拥有的一切，只为了可以保护我。后来，他的许多表现都证明了这一点，并使我对此坚信不疑。我深信，我根本不用对他时刻充满警惕。

这不由得使我常常想到，上帝对世事的安排，自有其天意，当上帝治理自己创造的万物时，一方面他剥夺了世界上许多生物的才干和良知；另一方面，他照样赋予他们与我们文明人同样的能力、同样的理性、同样的感情、同样的善心和责任感，也赋予他们同样的嫉恶如仇的心理。他们和我们没有任何差别。我们一样的以诚挚的心对待他人，对爱情忠贞不渝，与邻里为善，对陌生人心存善意。而且，当上帝给他们机会表现这些才干和良知时，他们和我们一样，立即把上帝赋予他们的才干和良知发挥出来做各种好事，甚至可以说比我们发挥得更充分。对此，我不能不感到惊讶。【写作借鉴：心理描写，"星期五"的美好品质引发了主人公的深思。】

每每想到这些，我不禁感到有些悲哀可笑。太多事实证明，我们文明人在发挥这些才干和良知方面，反而流露出卑鄙下作的情态。尽管我们不仅有能力，而且，我们受到上帝的教诲、上帝的圣灵和上帝语言的启示，这使我们能有更深刻的认识。让我感到奇怪的是，为什么上帝不给这成百上千万的生灵以同样的教诲和启示，使他们懂得赎罪的道理。我认为，如果这个野蛮的野人可以代表那些未受到上帝教海的生灵，他们肯定比我们这些所谓的文明人更优秀。

关于这些问题，我有时甚至会思考得过于极端，以致冒犯了上帝的统治权，认为他对世事的安排欠公正——他把他的教诲赐予了一部分人，而不赐予另一部分人，却又要这两部分人负起同样的义务。但我终于还是打消了这种想法，并得出了以下的结论：

我们不知道上帝根据什么神意和律法来给这些人定罪。上帝既然是神，他必然是神圣且公正的，且他的这种神圣和公正是没有人可以推翻的，也就是说上帝是绝对神圣，绝对公正的。假如上帝做出判决，不把他的教诲赐给这些人，那一定是因为他们违反了上帝的教诲，也就是违反了《圣经》上所说的他们自己的律法。而上帝的判决，也是以他们的良心所承认的法则为标准的，虽然这些法则所依据的原则还没有被我们了解。

<u>上帝就像陶匠，我们都是陶匠手里的陶土。</u>【写作借鉴：比喻，把"上帝"比作陶匠，把"我们"比作陶土，形象生动地揭示了"上帝"与"我们"的关系。】就像没有一样陶器可以对陶匠说："你为什么把我做成这个样子？"一样，我们这些被上帝创造的生灵同样无法如此质问。

现在还是再来谈谈我的新伙伴吧。我对他非常满意，并决定教会他做各种各样的事情，使他成为我有用的助手，特别是要教会他说英语，让他能听懂我说的话。他非常善于学习，尤其是学习时总是充满活力和对新知识的渴求与好奇。每当他听懂了我的话，或是我听懂了他的话，他就欢天喜地，十分高兴。因此，与他谈话对我来说实在是一件可以使人心情愉快的事情。

<u>现在，我的生活变得顺心多了。甚至于我对自己说，我乐于享受永生待在这个岛上，只要不再碰到那些食人部族。</u>【名师点睛：有了"星期五"，鲁滨逊的生活顺心了许多，他甚至愿意永远留在孤岛上，可见"星期五"给他带来了很多乐趣。】

回到城堡两三天之后，我觉得应该让星期五戒掉那种可怕的吃相，

尤其是要帮助他戒掉吃人的陋习。为此，我想应该让他尝尝正常人类吃的肉食的滋味。于是，一天早晨，我带他到树林里去。我原本想从自己的羊圈里选一只小羊，把它杀了带回家煮了吃。可是，走到半路上，我发现有一只母羊躺在树荫下，身边还有两只小羊坐在那儿。我一把扯住星期五，并对他说："站住别动。"同时打手势，让他不要走动，以免惊扰我的猎物。接着我举起枪，开枪打死了一只小羊。可怜的星期五上次曾看到我用枪打死了他的敌人，但当时他站在远处，弄不清是怎么回事，也无法通过想象得出"我是怎样把他的敌人打死的？"的答案。可这一次他看到我开枪，浑身颤抖，简直吓呆了，差一点瘫倒在地上。【写作借鉴：夸张的修辞手法，表现了"星期五"对枪的无比恐惧。】

他既没有去看我开枪射击的那只小羊，也没有看到我已把小羊打死了，只顾扯开他自己的背心，仔细地检查了身体各处，看看自己有没有受伤。【名师点睛：鲁滨逊只想把小羊打死，没想到"星期五"的反应十分有趣，让人会心一笑。】原来他以为我要杀死他。他跑到我跟前，扑通一声跪下来抱住我的双腿，【写作借鉴：动作描写，一系列"跑""跪""抱"将"星期五"向"我"求饶的场景描绘得跃然纸上。】嘴里叽里咕噜说了很多我不理解的语言。但我不难明白他的意思，那就是求我不要杀他。

为了使他相信我绝对不会伤害他，我一面用手把他从地上扶起来，一面哈哈大笑，一面用手指着那打死的小羊，叫他跑过去把它带回来。他马上跑过去，在那里查看小山羊是怎样被打死的，思索良久，仍然没有得到答案。

其间，我趁机重新把枪装上了子弹。不久，我就看到一只大鸟，样子像一只苍鹰，正落在我射程之内的一棵树上。为了让星期五稍稍明白我是怎样开枪的，就把他拉到我跟前。我用手指了指那只鸟——现在我看清了，其实那是一只鹦鹉，而我原先把它当成苍鹰了。我用手指了指那只鹦鹉，又指了指自己的枪和鹦鹉身子底下的地方，意思是说，我要开枪把那只鸟打下来。随着我的一声枪响，他立即看到那鹦鹉掉了下来。

尽管开枪前我已经给他解释了我要做什么，让他做好心理准备，可他还是再一次被吓得呆立在了那里。尤其使他感到惊讶的是，由于他没有看到我事先把弹药装到枪里去，就以为枪里一定有什么神奇的对生命伤害特别大的东西，可以把人啦、鸟啦、野兽啦以及远远近近的任何生物都杀死呢。在那之后的很长一段时间内他都保持着十分惊讶的表情。我知道，再让他这样下去，他一定会把我和我的枪当神一样崇拜呢！至于那支枪，事后好几天，他连碰都不敢碰它，他还尝试于跟它交流，经常对着枪唠唠叨叨自言自语，仿佛枪会回答他似的。后来我才从他口里知道，他只是向那支枪祈求保留他的性命。【名师点睛："星期五"对一支枪敬若神明，甚至祈求，充分显示了野人部族的愚昧落后，蛮荒而未开化。】

等他的惊讶略微平静下来之后，我就用手指了指那只鸟掉下去的地方，叫他跑过去把鸟取来。可他去了好半天才回来。原来那只鹦鹉还没有一下子死掉，落下来之后，又拍打着翅膀挣扎般的四处扑腾，一下子扑腾走了，也不知掉到了哪里。可星期五还是找到了它，把它捡回来，给了我。我见他对我的枪感到神秘莫测，就趁他去取鸟的机会重新装上弹药，并不让他看见我是怎样装弹药的，以便碰到任何其他目标时可以随时开枪。可是，后来没有碰到任何可以值得开枪的目标，就只把那只小羊带回了家。当天晚上，我就给小羊剥了皮，把羊肉切成小块。

我本来就有一只专门煮肉的罐子，就把一部分肉放到里面慢慢煮，做成了鲜美的羊肉汤。我先吃了一点，然后也给他吃了一点。他吃完了之后，感到非常高兴，并表示很喜欢吃。但最使他感到奇怪的是，他看到我居然在肉和肉汤里放盐。他向我做手势，表示盐不好吃。他沾了一点盐放在嘴里，做出作呕的样子，呸呸地吐了一阵子，又赶紧用清水漱了漱口。我也拿了一块没有放盐的肉放在嘴里，也假装呸呸地吐了一阵子，表示没有盐肉就吃不下去，正像他有盐吃不下去一样。但这没有用，他不喜欢也不习惯在肉里或汤里撒上盐来调味。直到过了很长一段时间之后，他还是只放很少一点盐。【名师点睛：两个人沟通不便，只能夹杂着动作和手势来聊天，但是这样的生活也非常有意思。】吃过煮羊肉和羊肉汤之后，我又决定在第二天请他吃烤羊肉。

我按照英国烤羊肉的方法，在火的两边各插一根有杈的木杆，上面再搭上一根横杆，再用绳子把肉吊在横杆上，让它不断转动。

星期五对我这种烤肉方法感到大吃一惊。但当他尝了烤羊肉的味道后，却试图用各种方法告诉我，他是多么爱吃这种味道，我是不可能不理解他的意思的。最后，他告诉我，他从此之后再也不吃人肉了。听到他讲这句话，我感到非常高兴。【名师点睛：习惯是可以改变的，只要我们用另一种更优秀的习惯来代替它。就像鲁滨逊成功地让"星期五"放弃吃人肉的习惯一样。】

第二天，我叫他去打谷，把谷子筛出来。筛谷的办法我前面已提到过了，我让他照着我的办法做。不久，他打谷筛谷就做得和我一样好，不过后面他更加用心地工作了，那是因为他知道筛谷的巨大意义。因为我等他打完谷之后，就让他看我做面包、烤面包。这时，他就明白，打谷是为了做面包用的。没多久，他也能做面包、烤面包了，而且制作结果和我相差无二。

这时，我也考虑到，现在既然多了一张嘴巴吃饭，就得多开一点地，多种一点粮食。于是，我又划了一块较大的地，像以前一样把地圈起来。星期五对这工作干得又主动又卖力，而且干起活来总是高高兴兴的。我又把这项工作的意义告诉他，使他知道现在添了他这个人，就得多种些粮食，多做些面包，如此才能保证我们俩拥有足够的粮食。他似乎很能领会这个意思，并表示他知道，我为他干的活比为我自己干的活还多。【名师点睛：由此可见"星期五"是个会感恩的人。】所以，只要告诉他怎么干，他一定会尽他最大的努力去干。

Z 知识考点

1. 鲁滨逊救了一个野人,并给他取名为_____。
2. 下列对原文的分析错误的一项是　　　　　　　（　　）
A. "羊毛一般的鬈发"的比喻修辞手法,使发丝蜷曲的形状跃然纸上,生动而形象。
B. "做出各种姿势"的动作描写,表达了野人对鲁滨逊的臣服。
C. 鲁滨逊将野人睡觉的地方精心安排,是担心野人会伤害他。
D. "像芦苇一样结实的稻草",将稻草比作芦苇,喻体是稻草。
3. "这个野人外貌清秀"运用了什么描写手法,有什么作用?
_____
_____

Y 阅读与思考

1. 为什么鲁滨逊给野人取名为星期五?
2. 你认为鲁滨逊将这个野人视作什么?奴仆还是伙伴?根据文中内容回答。

第十八节

希 望

M 名师导读

星期五的到来,使鲁滨逊多了一项工作——教授星期五技能和传播上帝的思想。他们一起工作、生活。同时,借由星期五之口了解了更多这片地区的情况,鲁滨逊产生了去野人所在陆地的想法。

这是我来到荒岛上度过的最愉快的一年。星期五已经可以流利地说英语了,也差不多完全能明白我要他拿的每一样东西的名称和我让他去的每一个地方,而且,还喜欢一天到晚跟我谈话。以前,我很少有机会说话。现在,我的舌头终于又可以用来说话了。【写作借鉴:对比,强烈突出"星期五"的到来确实让"我"多了很多乐趣。】我喜欢与他进行交谈,那使我心情愉悦。不仅如此,我对他的人品也特别满意。相处久了,我越来越感到他是多么天真诚实,我真的打心底里喜欢上了他。同时,我毫不怀疑,我是这个世界上他最喜爱的人。

有一次,我有心想试试他,看他是否还怀念自己的故乡。

我问他,他生活的部族一直是战争的胜利者吗?听了我的问题,他笑了。他回答说:"是的,是的,我们一直打得比人家好。"他的意思是说,在战斗中,他们总是占优势。

由此,我们开始了下面这段对话——

主人:既然你们一直打得比人家好,那你怎么会被抓住当了俘虏呢,星期五?

星期五：我被抓住了，但是还是我的部族打了胜仗。

主人：怎么打赢的？你的部族打赢了，你又怎么会被他们抓住呢？

星期五：在我打仗的地方，他们的人比我们多。他们抓住了一个、二个、三个，还有我。而在别处，我的部族打败了他们，抓了他们一两千人。

主人：可是，你们的人为什么不把你们救回去呢？

星期五：他们把一个、二个、三个，还有我，一起放上独木舟，逃跑了。当时，我们的部族并没有将独木舟放在周围。

主人：那么，星期五，你们的部族怎么处置抓到的人呢？他们是不是也把俘虏带到一个地方，像你的敌人那样，把他们杀了吃掉？

星期五：是的，我们部族也吃人肉，我们会吃光每一个战败的俘虏。

主人：他们把人带到哪儿去了？

星期五：带到别的，他们想去的地方。

主人：他们到这个岛上来过吗？

星期五：是的，是的，他们来过。也到过别的地方。

主人：你以前也和他们一起到过这个地方吗？

星期五：是的，我来过这儿——他用手指了指岛的西北方（看来，那是他们常去的地方）。

<u>通过这次谈话，我了解到，我的仆人星期五，以前也经常和那些吃人者一起，在岛的另一头上岸，举行食人宴会，就像他这一次被带到岛上来，差一点也给别的吃人者吃掉一样。</u>【写作借鉴：照应前文，与"星期五"是野人的身份相互照应。】

几天以后，我鼓起勇气，把他带到岛的那一头，也就是我前面提到过的那地方。他马上认出了那地方。他告诉我，他和族人到过这地方一次，<u>吃了二十个男人、两个女人和一个小孩。他还不会用英语说二十个单词，所以用了许多石块在地上排成了长长的一行，用手指了指那行石块数给我看。</u>【名师点睛："星期五"知道用石子摆出自己想要表

达的意识，说明他是一个善于思考的人。】

我不厌其烦地叙述这段情节，是因为它与后来的事情有关。也就是在这次交谈之后，我问他，小岛离大陆究竟有多远，独木舟是否经常出事？他告诉我没有任何危险，独木舟也从未出过事。但在离小岛不远处，有一股急流和大风，水流总是上午一个方向，下午又是一个方向。

起初我还以为这不过是潮水的关系，比如说涨潮和退潮。后来我才弄明白，那是奥里诺科河在河口气势汹汹的涨潮和落潮引起的。而我们的岛，刚好处在该河的入海口。我在西面和西北面看到的陆地正是一个大岛，叫特里尼达岛，处于河口的北面。

我向星期五提出了许多问题，内容涉及这一带的地形、居民、海洋、海岸，以及附近居住的民族。他毫无保留地把他所知道的一切都告诉了我，态度十分坦率。【名师点睛：借"星期五"之口，鲁滨逊大致了解了周边环境，为后文逃离做铺垫。】我又问他，他们这个民族分成多少部落，叫什么名字。可问来问去只问出一个名字，就是加勒比人。我马上明白，他所说的是加勒比群岛，在我们的地图上，属于美洲地区。这些群岛从奥里诺科河河口，一直延伸到圭亚那，再延伸到圣马太。他指着我的胡子对我说，在月落的地方，在离这儿很远很远的地方，也就是他们国土的西面，住着许多像我这样有胡子的白人。他还说，这些人在那边杀了很多很多的人。我知道，他指的是西班牙人。他们在美洲的杀人暴行在各民族中世世代代传播了下去，名声极坏。

我问他能不能告诉我怎样才能从这个岛上到那些白人那边去。他对我说："是的，是的，可以坐两只独木船去。"起初我不明白他的意思，也无法让他说明"两只独木船"的意思。最后，费了好大的劲，才弄清楚他的意思。原来他说的是需要有两个独木舟那么大的大船。

星期五的谈话令我很感兴趣。从那时起，我就抱着一种希望，但愿有一天能有机会从这个荒岛上逃出去，并指望这个可怜的野人能帮

<u>助我实现我小小的心愿。</u>【名师点睛:"星期五"的到来,为鲁滨逊离开孤岛萌生了希望,为后文埋下伏笔。】

现在,星期五已与我在一起生活了相当长的一段时间,他渐渐学会跟我交谈。在这段时间里,我总会有意无意地给他灌输与宗教相关的东西。

有一回,我问他:他是谁创造出来的?这可怜的家伙一点也不明白我的意思,以为我是在问他谁是他的父亲。我又换了一个角度,问他:大海,我们行走的大地、高山、树林,都是谁创造出来的?他告诉我,是一位叫贝纳木基的老人创造出来的,这位老人住在很远很远的地方。但是他却无法告诉我这位伟大的老人究竟是个怎么样的人,他只知道,他的年龄很大,比海洋陆地,月亮星辰都要更早存在。

我又问他:"既然这位老人家创造了万物,万物为什么不崇拜他呢?"

他脸上马上显出既庄重又天真的神气说:"万物都对他说'哦'。"

接着,我又问他,在他的部族里,死亡的族人会到哪儿去呢?他说:"是的,都到贝纳木基老人那里去了。"

然后我又问他,被他们吃掉的人是不是也到那里去了?他说:"是这样的。"

从这些事情入手,我逐渐教导他,让他意识到,上帝才是真正的神。我指着天空对他说,万物的伟大创造者就住在天上,并告诉他,上帝用神力和神意创造了世界,治理着世界。我还告诉他,上帝是万能的,他能为我们做任何事情,他能把一切都赐予我们,也能把一切从我们手里夺走。这样,他逐渐懂得了上帝的道理。他专心致志地听我讲,并且很乐意接受我向他灌输的观念:基督是被上帝派来替我们赎罪的。我们应当向上帝祈祷,尽管他在天上,也能听到。

有一天,他对我说,上帝能从比太阳更远的地方听到我们的话,他必然是比贝纳木基更伟大的神。因为贝纳木基住的地方不算太远,可他却听不到他们的话,除非他们到他住的那座山里去向他谈话。我问他，他可曾去过那儿与他谈过话？他说，没有，他是青年人，因而，从不会去，只有那些被称为奥乌卡尔的老人才去。经过他解释，我才知道，所谓奥乌卡尔，就是他们部族的祭司或僧侣。据他说，他们到那儿去说"哦"（他说，这是他们的祈祷），然后就回来，把贝纳木基说的话传达给他们。

从星期五的话里，我可以推断，即使是世界上最愚昧无知的异教徒中，也有一套装神弄鬼的伎俩，譬如祭司制度。同时，我也发现，把宗教神秘化，从而使人们能敬仰神职人员，这种做法不仅存在于罗马天主教，也存在于世界上一切宗教，甚至也存在于愚昧而没有开化，并且残暴不堪的野人中间。

我致力于向我的仆人星期五揭发这是那些奥乌卡尔的骗局。我告诉他，那些老人假装到山里去对贝纳木基说"哦"，完全是骗人的把戏。他们说他们把贝纳木基的话带回来，更是骗人的诡计。

我对他说，假如他们在那儿真的听到什么，真的在那边同什么人谈过话，那也一定是魔鬼。然后，我用很长的时间跟他讲魔鬼及其来历：魔鬼的来历，它对上帝的反叛，对人类的仇恨及其原因，它是怎样统治着世界上最黑暗的地方，让人们像礼拜上帝一样礼拜他，以及它是怎么用种种阴谋诡计引诱人类自取灭亡，又怎样偷偷潜入我们的情欲和感情，迎合着我们的心理来安排他的陷阱，经过我们的自我选择，甘心走上灭亡的道路。【写作借鉴：语言描写，从主人公对魔鬼的描述中可以看出他认为魔鬼是用控制思想的方法来控制人类。主人公排斥这种控制，也让"星期五"不要相信魔鬼。】

我发现，让他对上帝的存在获得一个正确的观念还是比较容易的，但要让他对魔鬼有正确的认识，就不那么容易了。我可以根据许多自然现象向他证明，天地之间必然存在一个最高的主宰，一种统治一切的力量，一种冥冥中的引导者。崇敬我们自己的创造者，是完全公正合理的，如此等等，就不一一列举了。可是，关于魔鬼的观念，他的起源，他的存在，他的本性，特别是他一心作恶并引诱人类作恶的意图等等，我却没有明显的证据去证明。

有一回，我又跟他谈起关于上帝的问题：上帝的权威，上帝的全知全能，上帝嫉恶如仇的本性，以及他怎样用烈火烧死那些奸恶不义之徒。这方面的东西，我对星期五说到了很多。我还向他谈到，上帝既然创造了万物，也可以在一刹那间把全世界和我们全人类都毁灭。在我谈话的时候，他总是非常认真地听着。然后，我又告诉他，在我们心中，魔鬼是上帝的死对头，他使尽种种恶意和手段来破坏上帝善良仁慈的安排，试图毁灭这个世界上基督的王国，等等。

这时，这可怜的家伙却向我提出了一个自然而又天真的问题，一下子就把我难住了，简直不知怎样回答他才好——【写作借鉴：语言描写，"星期五"的疑问有其独特见解，却动摇了主人公根深蒂固的思想，让鲁滨逊开始质疑自己的思想。】

星期五说："你说，上帝是强大的、伟大的，那么，他拥有比魔鬼更强大、更有力的力量，是吗？"

"是的，是的，"我说，"星期五，上帝比魔鬼更强大，上帝高于魔鬼。因此，我们应该祈祷上帝，使我们有力量把魔鬼踩在我们的脚下，并且给予我们抵挡他的诱惑的勇气。"

"可是，"星期五又问，"既然上帝比魔鬼更强大、更有力，为什么上帝不把魔鬼杀死，免得它再做恶事呢？"

他这个问题实在是超出了我的想象。因为，尽管我现在年纪已很大了，但作为一个教导别人的老师，却资历很浅，我不善于解决道德良心的问题，也不够资格辩难决疑。我一时不知如何回答他才好，就只好装作没听清他的话，问他说的是什么。可是，星期五却十分认真地，又把刚才提的问题用英语结结巴巴地重复了一遍。【名师点睛：再次询问一个问题显露了"星期五"追求真理的赤子之心。】这时，我已经稍微平复了一下心绪，回答他说："上帝最终将严惩魔鬼，魔鬼必定受到审判，并将被投入无底的深渊，经受地狱之火的熬炼，永世不得翻身。"

这个回答当然不能解决星期五的疑惑，他用我的话回问我："最终、必定，我不懂。但是，为什么不现在就把魔鬼杀掉？为什么不老早就把魔鬼杀掉？"

我回答说："你这样问我，就等于问为什么上帝不把你和我杀掉，因为，我们也犯了罪，得罪了上帝。上帝留着我们，是给了我们一个忏悔的机会，一个获得赦免的机会。"

他把我的话想了好半天，最后，他显得很激动，并对我说："对啦，对啦，你、我、魔鬼都有罪，上帝留着我们，是让我们忏悔，让我们都获得赦免。"

这让我十分尴尬。他的这些话使我充分认识到，虽然天赋的观念可以使一般有理性的人认识上帝，可以使他们自然而然地对至高无上的上帝表示崇拜和敬礼，然而，要认识到耶稣基督，要认识到他曾经替我们赎罪，认识到他是我们同上帝之间所立的新约的中间人，认识到他是我们在上帝宝座前的仲裁者，那就非得有神的启示不可。这就是说，只有上帝的启示才能在人的灵魂中形成这些观念。

也就是说，只有救世主耶稣的普度众生的福音，只有上帝的语言和上帝的圣灵，才是人类灵魂绝对不可或缺的引导者，也只有福音可以帮助我们认识上帝拯救人类的道理，找到我们获救的方法。

为了岔开我跟星期五之间无法继续的话题，我装作匆匆忙忙的样子站起来，仿佛突然想到一件什么要紧的事情，必须出去一下。我找了一个借口，把他支到一个相当远的地方去办件其他事情。等他走后，我十分诚挚地祷告上帝，祈求他赐予我教导这个可怜的野人的好方法，祈求他用他的圣灵帮助这可怜无知的人从基督身上接受上帝的真理，成为一个基督教徒；同时祈求他指导我用上帝的语言同这个野人谈话，以便使这可怜的家伙心悦诚服，使他可以睁开双眼，使他可以拯救灵魂。【写作借鉴：细节描写，鲁滨逊向上帝祈求解求方法，是因为他对自身

的思想产生了质疑，也发现自己在教导"星期五"上的能力不足。】

当星期五从外面回来时，我又同他进行了长时间的谈话，谈到救世主耶稣代人赎罪的事，谈到从天上来的福音的道理，也就是说，谈到向上帝忏悔、信仰救世主耶稣等这一类事情。然后，我又尽可能向他解释，为什么我们的救世主出现时并不是天使，而降世为亚伯拉罕的后代，为什么那些堕落的天使不能替人类赎罪，以及耶稣的降生是为了挽救迷途的以色列人，等等。

事实上，在教他的时候，我所采用的方法，只能说尽量真心教导，因为懂得的知识也不多。同时，我也必须承认，在向他说明这些道理时，我自己也在不少问题上获得了很多知识。这些问题有的我过去自己也不了解；有的我过去思考得不多，现在因为要教星期五，难免无形中给了我深入思考的压力或动力。我想，凡是诚心帮助别人的人，都会有这种边教边学的体会。【名师点睛：鲁滨逊在教导别人的过程中修行自身，完美诠释了"在教中学"的教学新理念。】我感觉现在自己更喜欢探讨这些问题了，热情也更大了。所以，不管这个可怜的野人将来对我是否有帮助，我也应该感谢他的出现。现在，我不再像以前那样整日皱着额头，满目哀愁了，生活也逐渐愉快起来。每当我想到，在这种孤寂的生活中，我不但自己靠近了上帝，靠近了造物主，而且还接收并遵循了上帝的旨意，去挽救一个可怜的野人的生命和灵魂，使他认识了基督教这唯一正宗的宗教和基督教义的真谛，使他认识了耶稣基督，使他获得永生。每当想到这里，我的灵魂便充满快乐，这是一种真正内心感觉到的欢愉。现在我觉得我能流落到这荒岛上来，实在是一件值得庆幸的事，而在此之前，我却认为是我生平最大的灾难呢！【写作借鉴：对比，与现在相比，刚到岛上的生活就像一场灾难，对比突出了现在生活的愉悦。】

我怀着这种感恩的心情，度过了我在岛上的最后几年。在我和星期五相处的三年中，因为有许多时间同他谈话，日子过得幸福完满，如果在尘世生活中真有"幸福完满"的话。现在他已经是一个虔诚的基督徒了,甚至比我对上帝还要虔诚。

当然,我完全有理由希望,并为此感谢上帝,我们两人都能成为真正悔罪的人,并从悔罪中得到安慰,从头到尾改正自己的过错、迎接崭新的自己。在这里,我们有《圣经》可读,这就意味着我们离圣灵不远,可以获得他的教导,就像在英国一样。

我经常诵读《圣经》,并尽量向星期五解释《圣经》中那些词句的意义。星期五也十分认真刻苦,积极提问,怀抱极大热忱。这使我对《圣经》的认识比一个人阅读时钻研得更深,了解得更多了。【名师点睛:两个人一同学习《圣经》,有了很好的学习效果,可见小组学习的优势,也表明了鲁滨逊内心的满足。】这一点我在前面也已提到。

此外,根据我在岛上这段隐居生活的经历,我还不得不提出一点自己的体会。我觉得关于对上帝的认识和耶稣救人的道理,在《圣经》中写得如此明白,轻轻松松就可以理解并接受,对人类来说实在是一种无限的、难以言喻的幸福。我仅通过阅读《圣经》,就能使自己认识到自己的责任,并毫不犹豫地大步向前去担负起这样一个重大的任务:真诚地忏悔自己的罪行,依靠救主耶稣来拯救自己,在实践中改造自己,服从上帝的一切指示。而且在无法得到别人的帮助和教导时(这儿的"别人",是指与我同类的人),只要自己阅读《圣经》,也能无师自通地获得所有这些认识,并通过这种浅显明白的教导,还能启发这个野人,使他成为我生平所少见的虔诚的基督徒。

至于世界上所发生的一切有关宗教的争执、纠缠、斗争和辩论,无论是教义上微细的区别,还是教会行政上的种种计谋,对我们来说,都毫无用处。【写作借鉴:心理描写,鲁滨逊不在乎以宗教为名的种种争执、纠缠、斗争和辩论,只是一门心思地研读《圣经》,体现了他对《圣经》的虔诚,而不为外物所扰。】而且,在我看来,对世界上的其他人也毫无用处。我们走向天堂最可靠的指南就是《圣经》——上帝的语言。感谢

鲁滨逊漂流记

上帝，正是他的圣灵教导我们去认识真理，使我们和顺地遵照上帝的旨意。也正因这样，我们也从不受世界上种类繁多的宗教争执的影响。

言归正传，现在还是让我把一些重要的事情，按先后发生的顺序，继续讲下去吧。

我和星期五成了好朋友，我说的话，他几乎都能听懂。他的英语尽管说得不太地道，却也已经可以相当流利地与我交谈了。于是，我就向他倾诉了我的一生。尤其是流落孤岛的原因、经过和这么多年在孤岛生活的点滴。我又把火药和子弹的秘密告诉了他——在他看来，这确实是个秘密，并教会了他开枪。我还给了他一把刀，这令他十分高兴。另外，我还替他做了一条皮带，皮带上挂了一个佩刀的搭环，就像在英国我们用来佩刀的那种搭环。不过，在搭环上，我没有让他佩腰刀，而是给他佩了把斧头，因为斧头不仅可以在战斗时派上用场，在平时用处更多。【名师点睛：在送给"星期五"的皮带上，让"星期五"把斧头而不是腰刀挂在上面，是一种创新，体现鲁滨逊并非因循守旧固守传统的人。】

我向他详细介绍了我的家乡，譬如英国人的日常生活，我们对上帝的崇敬，我们交往的方式以及英国航海贸易是怎么开始的。我又把我所乘的那条船出事的经过告诉他，并指给他看沉船的大致地点。至于那条船，早已给风浪打得粉碎，现在连影子都没有了。

我给他指过那只在逃难途中翻沉的小艇，不过现在摆在我们面前的是它零落的碎片。想当年，我想着将它放进海里，竭尽全力却没有成功。星期五看到那只小艇的碎片，站在那里出神了好一会儿，一句话也不说。我问他在想些什么。他说："我看到过这样的小船到过我们的地方。"【写作借鉴：人类文明世界才拥有的小艇在野人部落出现过，设置悬念，引起读者注意，为下文做铺垫，引发读者深思。】我好半天都不明白他的意思。最后，经过详细追问，我才明白他的意思：据他说，有一只同样模样的小艇被风浪冲去他部族那边，而且在那边海岸靠岸过。由此，我马上联想到，这一定是一只欧洲的商船在他们海岸附近的海面上失事了，那小艇是被风浪打离了大船，漂到他们的海岸上。当时，我的头脑真是迟钝极了，我怎么就没有想到有人可能从失事船只上乘小艇逃生，到了他们那边呢？至于那是些什么人，我当然更是想都不会想了。所以，我只是让星期五详详细细地描绘一番，那只小艇到底是什么样子。

星期五不仅把小艇的情况做了清楚的说明，而且还很起劲地补充说："我们又从水里救出了一些白人。"

到了这个时候，我才恍然大悟，马上问他小艇上有多少白人。他说："有，满满一船，都是白人。"

当我问他具体是多少时，他扳着手指头告诉我，一共有十七个。

我又问他们的下落。他回答说："他们都活着，就住在我们的部落里。"【名师点睛："星期五"的回答让鲁滨逊看到找到同胞的希望。】

根据这些情况，我想，那些白人一定是我上次在岛上看到出事的那条大船上的船员。他们知道那艘大船会因为触礁而沉没，就打算乘着小艇逃生。只是他们上岸的地方有野人居住。

因此，我更进一步仔仔细细地打听那些白人的下落。星期五再三告诉我，他们现在仍住在那里，已经住了四年了。野人们不仅不去打扰他们，还供给他们粮食吃。我不禁疑问，并且询问出声："为什么你们不吃掉他们？"星期五说："不，我们和他们成了兄弟。"对此，我的理解是，他们之间有一个休战协议。随后，他解释说，只有发生战争时，他们才以人为食。他们只吃战争中抓到的俘虏，一般情况下是不吃人的。

在那以后很久，有一天，天气晴朗，我和星期五偶然走上岛东边的那座小山顶。在那里，一个晴朗的日子里，我也曾看到过美洲大陆。忽然，距我几步以外，正在全神贯注眺望大陆的星期五，出乎意料地手舞足蹈，兴奋之情溢于言表，把我叫了过去。我问他是怎么回事？他说："噢，真高兴！真快活！我看到了我的家乡，我看到了自己的部落了！"

这时，我看到他脸上现出一种异乎寻常的欣喜，双眼闪闪发光，流露出一种热切兴奋和神往的神色，仿佛想立刻返回他故乡去似的。【写作借鉴：神态描写，作者将"星期五"的表情刻画得栩栩如生，"星期五"的形象跃然纸上，"星期五"对回部族的渴望也淋漓尽致地流露了出来。】看着星期五反常的行为，我不由深思起来，忽然之间就不敢相信他了，融洽的氛围霎时有了改变。我甚至认为，只要星期五能回到自己的部落中去，他不但会忘掉他的宗教信仰，而且也会忘掉他对我的全部义务。他一定会毫不犹豫地把我的情况告诉他部落里的人，说不定还会带上一两百他的同胞到岛上来，拿我来开一次人肉宴。那时，他一定会像吃战争中抓来的俘虏一样兴高采烈。【写作借鉴：举例子，作者列举"吃俘虏的心情"来表现"星期五"带领野人来抓捕"我"的心情，说明即使共同生活很久，鲁滨逊依然对"星期五"持有戒心。】

后来我才知道，我冤枉了星期五，想到他是一个多么忠厚的老实人啊，我心里就有一股歉意。可在当时那种情况下，我的疑虑有增无减，一连好几个星期都不能排除。我对他采取了不少防范的措施，对他也不像以前那样友好，那样亲热了。而事实上，他还跟从前一样，既忠实，又感恩，根本就没有想到这些事情上去。一点也没有看出我对他的怀疑，而我也没有找到一点怀疑他伪装的根据。事实证明，他不仅是一位虔诚的基督徒，还是一位知恩图报的朋友。他的这种品质实在使我非常满意。

那段时间我心里对他充满了戒备，我就时不时地试探他，希望他露出马脚，来证明我的怀疑是正确的。可是我却发现，他真诚无比，每一句话都让我没有理由去怀疑。也正因这样，我重新给予了他信任，即使我心里仍然充满疑虑。

有一天，我们又登上了那座小山。不过海上笼罩着浓浓的雾气，根本看不见对面的大陆，连一丝轮廓都没有。我对星期五说："星期五，你不想回到自己的家乡，回到自己的部族去吗？"

他说:"是的,我很想回到自己的部族去。"

我说:"你回去打算做什么呢?你要重新过野蛮生活,再吃人肉,像从前那样做个吃人者吗?"

他脸上马上显出郑重其事的样子,拼命摇头:"不,不,星期五要告诉他们做好人,告诉他们要祈祷上帝,告诉他们拒绝以人肉为食,告诉他们吃谷物面包,吃牛羊肉,喝牛羊奶。"

我说:"那他们就会杀死你。"

他一听这话,脸上显出很庄重的神色说:"不,他们不会杀我。他们爱学习。"【名师点睛:从鲁滨逊和"星期五"的对话中可以看出野人部族处在自身的社会规则里,并没有对错之分,只是两种社会规则的矛盾。野人并非都是残忍的。】接着,他又补充说他们已经从小艇上来的那些有胡子的人那儿学了不少新东西。

我又问他是否想回去。他笑着对我说,他的游泳技术不能突破生理极限。我告诉他,我可以给他做条独木舟。他说,如果我愿意跟他去,他就去。

"我去?"我说,"我去了,他们不就把我吃掉了?"

"不会的,不会的,"他说,"我不会让他们吃你。我要让他们爱你,非常非常爱你!"他的意思是说,他会告诉他们我怎样杀死了他的敌人,救了他的命。所以,他会使他们爱我。而且他还用尽一切赞美之词(他所知道的)来说明那十七个白人在他们那里享受的待遇非常好。那些白人是在船只遇难后上岸到他们那儿的,他叫他们"有胡子的人"。

这个时候,我确实很想冒险渡海过去,看看能否与那些有胡子的人会合。我能肯定,那些人不是西班牙人,就是葡萄牙人。我也相信,只要我可以顺利与他们会合,我们就很容易逃出这个地方。因为,一方面我们在大陆上;另一方面,我们成群结伙,人多势众。这要比我一个人孤立无援,从离大陆四十海里的小岛上逃出去容易得多。所以,几天之后,我又带着星期五外出工作,谈话中我对他说,我将给他一条船，让他可以回到自己的部族那儿去。尔后，我就把他带到小岛另一头存放小船的地方，把一直沉在水中的船起了出来，先把里面的水排干，让船浮起来，和他一起坐了上去。

我发现他在划船上的天赋无与伦比，他驾船时的船速比我快一倍。

所以，在船上，我对他说："好啦，星期五，我们可以到你的部族去了吗？"听了我的话，他愣住了。看来，他似乎是嫌这船太小，走不了那么远。我便又告诉他，我还有一只大一点的船。于是，第二天，我又带他到我存放我造的第一只船的地方，那只船我造了却无法下水。他说，船倒是够大。不过，这船的历史也有二三十年了，并且我创造了它之后就让它自生自灭了。显然，船身上到处都是岁月腐朽的痕迹，已经干裂或是朽烂了。星期五告诉我，这样的船就可以了，可以载"足够的食物、饮水和面包"——他是这样说的。

总之，我当时已一心一意打算同星期五一起到大陆上去了。我对他说，我们可以动手造一条跟这一样大的船，让他坐着回家。他一语不发，但是表情庄重且悲伤。我问他这是怎么回事。他反问我道："你为什么生星期五的气？我做错了什么事？"

我问他这么说是什么意思，并告诉他，我根本没有生他的气。

"没有生气！没有生气！"他把这句话说了一遍又一遍，"如果你没有生气为什么让我回去？"

我说："星期五，你不是说你想回去吗？"

"是的，是的，"他说，"我想我们两个人都去，不是星期五去，主人不去。"总之，没有我，他是绝不想回去的。

我说："我去！但是，星期五，我去那儿有什么事好做呢？"

他马上回答说："你有很多好事可以去做，譬如教野人成为善良、聪明和气的人，你可以教野人信奉上帝，学会祈祷，你可以教野人过新生活。"【名师点睛："星期五"的个人形象十分突出，他十分忠诚于他的主人，而且他已经信仰上帝，也希望自己的族人可以信奉上帝，开始新

生活。】

"唉，星期五，"我说，"你不知道你在说些什么啊？我自己也是一个无知的人啊！"

"你行，你行，"他说，"你能把我教好，我相信，你有这个能力教好大家。"

"不行，不行，星期五，"我说，"你一个人去吧，让我一个人留在这儿，仍像以前一样过日子吧。"

他听了我的话，顿时跑去把他日常佩带的那把斧头取来交给我。我很吃惊地问他："你给我斧头干什么？"

"拿着它，杀了星期五吧！"他说。

"我为什么要杀星期五呢？"我很奇怪。

他马上回答说："你为什么要赶走星期五呢？拿斧头杀了星期五吧，不要赶他走。"【名师点睛："星期五"宁肯死亡也不愿离开他的主人，体现了"星期五"对鲁滨逊难以割舍的依恋之情。】不难看出，他的态度是那么诚恳，他对我的感情是那么情真意切，不离不弃。因此，我对他说，只要他愿意跟我在一起，我再也不打发他走了。这话我后来还反反复复对他说了无数次。

总之，从他全部的谈话看来，他对我的情意是坚定不移的，他绝对不愿离开我。他之所以想回到自己的家乡去，完全是出于他对自己部族的热爱，并希望我和他一起去，他认为我会对他们有所帮助。然而，我去了是否会对他们有用处，连我自己都毫无把握，又怎么能为此而去对面的大陆呢？仅仅依据星期五所说的，他那边住着十七个有胡子的人？但是，我心里想逃出去的渴望如野草生长，一直未息。所以我还是决定，要立即带上星期五，去找一棵可以砍伐的大树，拿它造条大一点的独木舟，以便驾着它到对面的大陆上去。

这岛上到处是树木，足够用来造一支小小的船队，而且不仅仅是造一支独木舟的船队，而是可以造一支大船的船队。不过，为了避免上次无法移动船只的失误，我需要挑选一棵生长在水边的树，这样造好船只后，我们就能直接下海了。

最后，星期五终于找到了一棵。用什么木料造船，他要比我内行得多。【名师点睛："星期五"给鲁滨逊提供了大量的帮助。】直到今天，我还说不上我们砍下来的那棵树叫什么名字，只知道样子像热带美洲的黄金木，或者是介于黄金木和中南美的红杉之间的树。那种红杉又称巴西木，因为这树的颜色和气味都与这两种树相似。

至于怎样使树干中空，星期五的建议是原始方法——用火烧；我叫他学会使用工具去凿空树干。我把工具的使用方法告诉他之后，他立即很机灵地使用起来了。经过一个月左右的辛勤劳动，我们终于把船造好了，而且造得很好看。我教星期五怎样使用斧头，我俩用斧头把独木舟的外壳砍削得完全像一条正规的小船。接下来，我们又差不多花了两星期的工夫，借着大转木一点一点把它推进水中。小船下水之后，我们发现，用它载上二十个人也绰绰有余。而且在星期五的操控下，小船回旋自如，摇桨如飞，真是又灵巧又敏捷，让我大为惊异。

【名师点睛："星期五"能让没有桅杆和船帆的小船运转自如，可见他有丰富的驾船技巧。】我问他，我们能不能坐这只船过海？

"是的，"他说，"我们能乘它过海，就是有风也不要紧。"

星期五当然不会知道，我对小船还另有一番设计。我要给独木舟装上桅杆和船帆，还要配上锚和缆索。说到桅杆，那倒容易。我选了一棵笔直的小杉树，这种树岛上到处都是，附近就找到了一棵。我让星期五把树砍下来，并教他削成桅杆的样子。但是船帆使我大费脑筋。虽说我收藏了许多旧船帆，但不用想也知道，它们是经受不住二十六年光阴的。也怪我平时缺少保管，但我也的确想不出它们还有什么作用。事实上，大部分也确实烂掉了。可是，从这些烂帆布中间，我还是找到了两块帆布，看上去还不错，可以用来做船帆。由于没有针，缝制起来十分费力费时。花了不少力气，才勉强做成一块三角形的东西，样子丑陋不堪。那船帆的样子像我们英国的三角帆。用的时候，帆杆底下装一根横木，船篷上再装一根横木，就像我们大船的救生艇上装的帆一样。对这种帆我是很熟悉的——当时我从北非巴巴里出逃时的那艘长艇上，装的就是这种帆。关于这件事，我在本书的第一部分就已详细叙述过了。

好东西总是要经过时光打磨的。为了把制造与装备桅杆和船帆的工作做得尽可能完美无缺，这最后一项工作，差不多花了我两个月左右的工夫。此外，我还配上小小的桅索以帮助支撑桅杆。我在船头还做了个前帆，以便逆风行船。尤其重要的是，我在船尾还装了一个舵，这样转换方向时就能驾驭自如了。【名师点睛：详细叙述了造船的准备工作，鲁滨逊考虑到了各种情况，体现了鲁滨逊心思缜密。】我造船的技术当然不能算高明，然而知道这些东西非常有用，而且是必不可少的，也就只好不辞辛劳，尽力去做了。制船的过程中，经历了多次失败和实验，若是能一次成功，倒是可以节省接近一半的时间。

小船装备完毕，我就把使用帆和舵的方法教给星期五。他当然是个划船的好手，可是对使用帆和舵却一窍不通。他见我用手掌舵，驾着小舟在海上往来自如，又见那船帆随着船行方向的变化，一会儿这边灌满了风，一会儿那边灌满了风，不禁大为惊讶——简直惊讶得有点发呆了。【名师点睛：仅仅给小船加上帆和舵，"星期五"就非常惊讶，体现了野人部族的落后。】不久，我就教会了他使用舵和帆，他很快就能熟练驾驶，成了一个出色的水手。但是他一直不理解罗盘的作用，我也不清楚该怎么向他解释。好在这一带的气象比较好。白天没有海雾遮挡，总是能看见大陆；夜晚的星星一直很明亮，也能辨清方向。当然雨季情况就不同了，可是雨季一般谁都不出门，不要说出海航行了，就是在岛上走走也很少。

我流落到这个荒岛上，现在已经是第二十七个年头了，虽然最后三年似乎可以不算在里面。因为自从我有了星期五做伴，生活和以前大不相同了。这个纪念日,像以前一样,我是怀揣着感激之心度过的。假如我过去有充分的理由感谢上帝的话,那现在就更如此了。因为现在我有更多的事实表明上帝对我的关怀,并且在我面前已呈现了极大的希望,我可以很快脱离大难,成功的可能性也极大。我心中有冥冥的感觉,我至逃出生天的日子,已经不用等一年了。尽管如此,我仍像过去一样,照样耕作、挖土、种植、打围篱。另外,采集和晒制葡萄干这些日常工作,一切都如常进行。

知识考点

1. 鲁滨逊在荒岛上第一次听到别人和自己说话是在（　　）

A.十三年后　　B.十六年后　　C.十八年后　　D.二十五年后

2. 对内容的分析错误的一项是（　　）

A."以前,我很少有机会说话。现在,我的舌头终于又可以用来说话了",对比,突出鲁滨逊有"星期五"陪伴拥有了很多快乐。

B.这一节中有大量的语言描写,是鲁滨逊逐渐了解星期五的过程。

C.星期五用石子表示数字,说明他是一个不聪明的人,一百以内的数字都数不清。

D.鲁滨逊给了"星期五"一条皮带,一把斧头,一把刀。

3. "他一语不发,但是表情庄重且悲伤"这句话有什么作用?

_____

_____

阅读与思考

1. 鲁滨逊教会了星期五哪些知识?

2. 分析星期五的人物形象。

第十九节

战 斗

> **名师导读**
>
> 在雨季刚刚结束的时候,外来的独木舟打破了鲁滨逊和"星期五"平静的生活。鲁滨逊此时决定与他们决一死战。一场轰轰烈烈的战斗打响了。

雨季快到了,那时我们大部分时间都只好待在家里,为此,我得先把我们的新船放置妥当。我把船移到从前卸木排的那条小河里,并趁涨潮时把它拖到岸上。我又叫星期五在那里挖了一个小小的船坞,宽度刚好能容得下小船,深度刚好在把水放进来后能把船浮起来。然后,趁退潮后,我们又在船坞口筑了一道坚固的堤坝挡住海水。这样,潮水上涨得再高,对小船也没有威胁。为了遮住雨水,我们又在船上面放了许多树枝,密密层层地堆了好几层,看上去像个茅草屋的屋顶。【名师点睛:将船上搭上树枝的形象喻作屋顶,形象而生动,也体现鲁滨逊和"星期五"两人对新船的珍视。】就这样,我们等候着11月和12月的到来:那是我准备冒险的日期。

旱季快到了。看着气象越来越适合出海,我就开始做出海计划了。我做的第一件事,就是储备起足够的粮食供航行之用,并打算在一两个星期内掘开船坞,把船放到水里去。一天早晨,我正忙着这类事情,就叫星期五去海边抓个海龟。我们每星期总要抓一两只回来,吃它的蛋和肉。星期五刚去不久,就飞也似的跑回来,一纵身跳进外墙,他跑得飞快，仿佛脚不着地似的。【名师点睛：表现出"星期五"腿力矫健，同时设置悬念，"星期五"为什么跑这么快？】我还来不及问他是怎么回事，他就大叫道："主人，主人，不好了，不好了！"

"什么事，星期五？"

"那边有一只，两只，三只独木船，一只，两只，三只！"

我听了他这种说法，还以为有六只独木船呢；后来一问，才知道只有三只。为了让星期五不那么恐惧，我安慰他说："不要害怕。"

可是，这可怜的家伙简直吓坏了，他以为这些人是来找他的，一定会把他切成一块块吃掉。【名师点睛：将"星期五"恐惧的神情描写得淋漓尽致。】他因为恐惧而一直颤抖，我不知道该如何帮他缓解，让他镇静下来。我安慰他说："我们都有危险，我们都有可能被吃掉。"

"不过，"我说，"星期五，我们得下定决心与他们打一仗。你能打吗，星期五？"

他说："我会放枪，可他们来的人太多。"

我说："那不要紧，我们的枪就是不打死他们，也会把他们吓跑。"

我还问他："如果我保护你，你会保护我吗？并且与我成为伙伴听从我的指挥。"他说："你叫我死都行，主人。"

于是我拿了一大杯甘蔗酒让他喝下去。我的甘蔗酒一向喝得很省，因此至今还剩下不少。等他把酒喝下去之后，我叫他去把我们平时经常携带的那两支鸟枪拿来，并装上大号的沙弹。那些沙弹有手枪子弹那么大。接着，我自己也取了四支短枪，每支枪里都装上两颗弹丸和五颗小子弹，又把两把手枪各装了一对子弹。此外，我又在腰间挂上那把没有刀鞘的大刀，给了星期五那把斧头。【名师点睛：一系列准备武器的行为说明他们对战争严阵以待。】

做好战斗准备，我就拿了望远镜跑到山坡上去看动静。从望远镜里，我一下子就看出，一共来了二十来个野人，带了三个俘虏。他们一共有三只独木舟。看情况，他们只是举行一次食人宴会，野蛮且血腥，但我清楚，他们已经习以为常了。

我还注意到，他们这次登陆的地点，不是上回星期五逃走的那地方，而是更靠近我那条小河的旁边。那一带海岸很低，并且有一片茂密的树林一直延伸到海边。看到他们登岸，想到这些畜生所要干的残忍的勾当，真令人打心底里感到憎恶。我因为极度的愤怒，决定杀光那些野人，我向山下跑去，告知了星期五我的决定并询问他的立场。这时星期五已消除了他恐惧的心情，又因为我给他喝了点甘蔗酒，精神也大大振奋。听了我的话，他大为高兴，并一再向我表示，就是我叫他死，他也情愿。【写作借鉴："我"的话可以让"星期五"克服恐惧，体现了他对鲁滨逊的忠诚。】

我当时真是义愤填膺。我先把早已装好弹药的武器分作两份。交给星期五一把手枪，叫他插在腰带上，又交给他三支长枪，让他背在肩上。我自己也拿了一把手枪和三支长枪。

我们就这样全副武装出发了。我又取了一小瓶甘蔗酒放在衣袋里，并把一大袋火药和子弹交给星期五拿着。我告诉星期五要听我指挥，命令他紧跟在我身后，没有我的命令，不得乱动，不得随便开枪，不得任意行动，也不许说话。【写作借鉴：细节描写，鲁滨逊要求严格，体现了他严谨认真的性格。】就这样，我向右绕了一个差不多一英里的圈子，准备过小河，钻进树林里。因为我想在被发现之前，使他们进入射击距离内。看似很冒险但是我通过望远镜观察，知道这是很容易就能做到的。

在前进过程中，我过去的一些想法又回到了我的心头，我的决心动摇了。这倒不是我怕他们人多，因为他们都是赤身裸体，没有武器，我对他们可以说是占着绝对优势，这是毫无疑问的，哪怕我一个人去也不成问题。可是，我想到的是，我究竟有什么使命，什么理由，什么必要去杀人流血，要去袭击这些人呢？他们既没有伤害过我，也无意要伤害我。他们那血腥残暴的风俗，是上帝的杰作，是他们的不幸，毕竟上帝想让他们处于蒙昧未开化的阶段。更何况，他们于我而言，是无辜的。上帝并没有召唤我，要我去判决他们的行为，更没有要我去执行上帝的律法。任何时候，只要上帝认为适当，他满可以亲自执法，对他们全民族所犯的罪行，进行全民性的惩罚。即使那样，也与我无关。当然，对星期五来说，他倒是有正当的理由的，因为他和这群人是公开的敌人，和他们处于交战状态。他要去攻击他们，那倒是合法的。但对我来说，情况就不同了。【名师点睛：鲁滨逊陷入了矛盾，一方面他想要解救无辜，另一方面，他又纠结于滥杀无辜，体现了鲁滨逊内心的善良。】我一边往前走，一边被这些想法纠缠着。最后，我停下脚步，准备探查一番他们的宴会，看一看事态发展再决定应该做什么。我决定，若非获得上帝召唤，绝对不去干涉他们。

这样决定之后，我就进入了树林。星期五紧随我身后，小心翼翼、悄然无声地往前走。我们一直走到树林的边缘，那儿离他们最近，中间只隔着一些树木，是树林边沿的一角。到了那里后，我就悄悄招呼星期五，指着林角上最靠外的一棵大树，要他隐蔽在那树后去观察一下，如果能看清楚他们的行动，就回来告诉我。他去了不大一会儿工夫，就回来对我说，从那儿他看得很清楚，他们正围着火堆吃一个俘虏的肉，另外还有一个俘虏，手脚被捆绑着，正躺在不远处的沙地上。

照他看来，他们接着就要杀他了。我听了他的话，火气顿时就冒了出来。他又告诉我，那躺着的俘虏不是他们部落的人，而是他曾经对我说过的坐小船到他们部落里去的那种有胡子的人。

我听说是有胡子的白人，不禁大为惊讶。我走到那棵大树背后用望远镜一看，果然看见一个白人躺在海滩上，手脚被菖蒲草一类的东西捆绑着。同时，我还看出，他是个欧洲人，身上穿着衣服。这时，我看见他们在离我大约五十码的灌木，就在我面前这棵树的前面。我只要绕一个小圈子，就可以走到那边，而且不会被他们发觉。只要一到那边，我和他们的距离就不到一半的射程。这时，我已怒不可遏了，但还是强压心头的怒火，往回走了二十多步，来到一片矮树丛后面。【写作借鉴：动作描写，神态描写，鲁滨逊心里愤怒，却能强压怒火，体现了他极强的自制力。】靠着这片矮树丛的掩护，我一直走到那棵大树背后。那里有一片小小的高地，离那些野人大约有八十码远。我走上高地，把他们的一举一动看得清清楚楚。

事情已发展到万分紧急的关头了，因为我看到有十九个野人挤在一起坐在地上，他们派出另外两个野人去宰杀那可怜的基督徒。大概，他们要把他给肢解掉，单独烤一条胳膊或是一条腿。我看到那两个野人这时已弯下腰，解着那白人脚上绑的东西。我转头对星期五说："听到我的命令再行动。"

听到星期五保证照办，我又对他说："好吧，星期五，你看我怎么办就怎么办，不要误事。"【名师点睛：鲁滨逊的强势显露无遗。】然后，把一支短枪和一支鸟枪放在地上，星期五照做。我用剩下的一支短枪向那些野人瞄准，并让星期五也如此照做。我问星期五是否准备好了，他说："好了。"然后，我说："开火！"

星期五的枪法比我强多了。射击的结果是，他那边打死了两个，伤了三个。我这边只打死了一个，伤了两个。【名师点睛："星期五"的枪法好，体现出他极强的学习能力，使"星期五"的人物形象更饱满。】结果不必说，那群野人受到了极大的惊吓，还能跑的全部从地上跳起来，茫然地四处张望。逃跑都不知道跑向哪个方向。因为他们都没搞懂灾祸是怎么发生的。

星期五一双眼睛紧盯着我，因为我吩咐过他，注意我的动作。我放完第一枪，马上把手里的短枪丢在地上，拿起一支鸟枪。星期五也照着做了。他看见我闭起一只眼瞄准，他也照样瞄准。我说："星期五，你预备好了吗？"他说："好了。"我就说："以上帝的名义，开火！"说着，我又向那群惊慌失措的畜生开了一枪，星期五也开了枪。这一回，我们枪里装的都是小铁沙或手枪子弹，所以尽管只打倒了两个，但受伤的却很多。那些野人疯狂地乱跑乱叫，鲜血淋漓，几乎没有完好无损的。不久，其中有三个也倒下了，虽然还不曾完全死去。【名师点睛：鲁滨逊和"星期五"对野人的伤害很大。】

"喂，星期五，"我一边放下子弹已经打空的鸟枪，拿起还装着子弹的那杆火枪，对星期五说，"现在，你跟我来！"他勇气十足地跟了上来。说罢这话，我们就一起冲出树林，出现在那些野人面前。当我看到他们已经看得见我们时，我就拼命大声呐喊，同时叫星期五也跟着我大声呐喊。我一面呐喊，一面向前飞跑。其实我根本跑不快，因为身上的枪械实在太重了。我们一路狂奔向那个白人俘虏。

前面已经说过，那可怜的有胡子的人这时正躺在野人们所坐的地方和大海之间的沙滩上。两个正准备杀死并肢解他的野人，在第一声枪响的时候就惊慌失措了。他们丢开了俘虏，拼命向海边跑去，跳上了一只独木船。这时，那群野人中也有三个向同一方向逃跑。我回头吩咐星期五，要他追过去向他们开火。他立即明白了我的意思。向前跑了约四十码，跑到离他们较近的地方，就向那批野人开枪。起初，看到他们一下子都倒在船里，我还以为他把他们通通打死了。可不久我又看到他们中有两个人又迅速坐了起来。尽管这样，他也打死了两个，打伤了一个；那个受伤的倒在船舱里，仿佛死了一般。

当星期五向那批逃到独木舟上的野人开火时，我拔出刀子，割断捆着白人的菖蒲草，给他松了绑，然后把他从地上扶起来。我用葡萄牙语问他是什么人。

他用拉丁话回答说："基督徒。"他摇摇晃晃地站立不稳，疲惫不堪，说话仿佛都在消耗他的精气。我从口袋里拿出那瓶酒，做手势叫他喝一点。他马上喝了几口。我又给了他一块面包，他也吃了下去。当我问他是哪个国家的人时，他说："西班牙人。"这时，他精神已稍稍有些恢复，便做出各种手势，表示他对我救他的命如何如何感激。

"先生，"我搜刮着记忆中稀少的西班牙语，"这些我们回头再说吧。

现在打仗要紧。要是你还有点力气的话，就拿上这把手枪和这把刀杀过去吧！"

他马上接过武器，表示十分感激。就奋不顾身地向那些试图杀害他的人奔去，仿佛滋生了力量，一下子就把当中两个砍成几块。【名师点睛：动作残忍而凶狠，将他对这些野人的仇恨刻画得淋漓尽致。】我们进行的这场攻击实在太出乎野人们的意料了，这帮可怜的家伙给我们的枪声吓得东倒西歪，连怎样逃跑都不知道，就只好拿他们的血肉之躯来抵挡我们的枪弹。星期五在小船上打死打伤的那五个，情形也一样。他们当中三个人受了伤，栽到船里去以后，另外两个也吓得栽了进去。

这时候，我手上仍拿着一支枪，但我没有开枪，因为我已把手枪和腰刀给了那西班牙人，手里得留一支装好弹药的枪，以防万一。我把星期五叫过来，吩咐他赶快跑到我们第一次放枪的那棵大树边，把那几支我们撂在那儿的子弹已经打空的枪拿过来。他一下子就取回来了。于是我把自己的短枪交给他，自己坐下来给所有的枪再次装上弹药，并告诉他需要用枪时随时可来拿。我在给这些枪装弹药的时候，那个西班牙人同一个野人开展了一场你死我活的搏斗。

那个野人手执一把他们的大木刀向他猛扑过去。要不是我开枪阻止的话，西班牙人刚才已经死在这把木刀下了。那西班牙人虽然身体虚弱，却异常勇猛。我看到他时，他已和那野人恶战了好一会了，并且在那野人头上砍了两个大口子。可是，那野人强壮无比，威武有力，只见他向前猛地一扑，就把西班牙人压倒在地，并伸手去夺西班牙人手中的刀。那西班牙人被他压在底下，急中生智，连忙松开手中的刀，从腰间抽出手枪，我都来不及跑过去帮忙，他对准那野人，一枪结束了敌人的性命。【名师点睛：强壮无比的野人依然死在子弹下，可见冷兵器再厉害也抵不过高科技的火药手枪。】

星期五趁着没人管他，手里只拿了一把斧头，就向那些望风而逃的野人追去。他先用斧头结果了刚才受伤倒下的三个野人的性命，然后把他能追赶得上的野人杀个精光,一个不留。这时候,那西班牙人跑过来向我要枪,我就给了他一支鸟枪。他拿着鸟枪,追上了两个野人,把他们都打伤了,但因为他已没有力气再跑了,那两个受伤的野人就逃到树林里去了。接着,星期五又追到树林里,砍死了一个。另一个却身手异常敏捷灵活,虽然受了伤,还是跳到海里,拼力向留在独木舟上的那两个野人游去。这三个人,连同一个受了伤而生死不明的野人,从我们手中逃出去了,二十一人中其余的十七人,都被我们打死了。全部战果统计如下:

被我们从树后第一枪打死的,三人;第二枪打死的,两人;被星期五打死在船上的,两人;受伤后被星期五砍死的,两人;在树林中被星期五砍死的,一人;被西班牙人杀死的,三人;在各处因伤毙命或被星期五追杀而死的,四人;在小船里逃生的,四人;其中一人虽没有死,也受了伤。以上共计二十一人。

那几个逃上独木舟的野人,拼命划着船,想逃出我们的射程。虽然星期五向他们开了两三枪,可我没看到他打中任何人。星期五希望用他们的独木船去追杀他们。其实,我也担心,如果他们卷土重来,带着大部队的话,我们三个人一定会被杀死吃掉的。所以我也同意星期五到海上去追他们。我立刻跑向一只独木船跳了上去,并叫星期五也一起上来。可是,我一跳上独木舟,就发现船上还躺着一个俘虏,真是大大出乎我的意料,那俘虏也像那西班牙人一样,手脚都被捆绑着,等着被杀了吃掉。他已经被吓了个半死,因为不能抬头了解情况,再加上脖子和脚给绑得太紧,而且也绑得太久,所以只剩一口气了。我立刻把捆在他身上的菖蒲之类的东西割断,想把他扶起来,但是他连说话的力气都没有了,更不要说站起来了。【名师点睛:野人神色疲惫,虚弱不堪,侧面体现出另一伙野人的残暴。】他只能可怜地呻吟,或许他还以为我们要准备吃了他呢。

星期五一上船,我就叫星期五跟他讲话,告诉他已经遇救了。同时，我又把酒瓶掏出来，叫星期五给这可怜的野人喝两口。那野人喝了酒，又听见自己已经获救，不觉精神为之一振，居然马上坐了起来。不料，星期五一听见他说话，把他的脸一看，立刻又是吻他，又是拥抱他，又是大哭大笑，又是大喊大叫。接着又是一个劲儿地乱跳狂舞，大声唱歌。然后又是大哭大号，又是扭自己的两手，打自己的脸和头，继而又是高声大唱，又是乱跳狂舞，活像个疯子。他的举动，让我不由自主地泪流满面。等他闹腾了半天，我才有机会询问他怎么了。不料，他稍微平静了一点后，竟然对我说，那是他父亲。【写作借鉴：神态描写，动作描写，父子俩在孤岛上相逢，"星期五"一系列动作都展现了他的兴奋与开心。】

　　我看着星期五见到他父亲和见到他父亲免于死亡之后，在脸上呈现的喜极欲狂的表情和一片孝心，我内心所受的感动实难言表。不仅如此，在他们父子相逢之后，他那种父子见面后流露的深情厚爱，我更是无法形容。只见他一会儿跳上小船，一会儿又跳下来，这样上上下下，不知折腾了多少趟。每次一上船，他总要坐到他父亲身边，袒开胸膛，把父亲的头紧紧抱在胸口，一抱就是半个钟头。他这样做是为了使父亲感到舒服些。然后，他又捧住他父亲被绑得麻木和僵硬的手或脚，不停地搓擦。【写作借鉴：这里属于动作描写，作者通过对"星期五"动作的细致描写，生动形象地表现了"星期五"的孝顺和体贴。】我见他这样做，就把酒瓶里的甘蔗酒倒了一些出来给他，叫他用酒来按摩，这对治疗的用处很大。

　　既然接连发生了这些事，我们也就没时间再去追那条独木舟上的野人了。他们当时也已划得很远很远，已经看不见他们的身影了。事实上，我们没有去追击，倒是我们的好运气。因为不到两小时，海上就刮起了大风，估计那些逃跑的野人还没有走完四分之一的路程就遭遇了大风。那一夜刮了许久的西北风，我估摸着，他们遇上了逆风，不是小舟翻沉就是难回大陆。

现在再回过头来谈谈星期五吧。他这时正围着他父亲忙得不可开交，使我不忍心差他去做什么事。等我觉得他可以稍稍离开一会儿时才把他叫过来。他过来了，又是跳，又是笑，一副兴高采烈的样子。我问他的父亲有没有吃面包，他摇头说："没有，坏小子都吃光了。"

我从自己特意带出来的一只小袋里掏出一块面包给他，又给了他一点酒，叫他自己喝。他连尝都不舍得尝，给他父亲吃了。我衣袋里还有两三串葡萄干，我给了他一把，叫他也拿给他父亲吃。他把这把葡萄干送给他父亲之后，马上又跳出小船，像着了魔似的向远处跑去，而且跑得飞快。他简直是我人生中见过的跑得最快的人。尽管我对着他大声叫喊，他还是头也不回地一个劲往前跑。不到一刻钟工夫，他跑回来了，不过速度已经没有去的时候那么快了。我才发现是他手上的东西拖累了他。

他走到我面前我才知道，原来他是跑回家去取了一只泥罐子，替他父亲弄了些淡水来，并且又带来了两块面包。他把面包交给我，把水送给他父亲。我这时也感到很渴了，就顺便喝了一口。他父亲喝了点水后，精神好多了，比我给他喝酒还有效，因为他确实渴得快要虚脱了。

他父亲喝完水，我便把星期五叫过来，问他罐子里还有没有水。他说："有。"<u>我就让他给那个西班牙人水和面包，因为他和星期五的父亲一样又饿又渴。</u>【名师点睛：作者写出主人公把水给那个西班牙人喝，表现了主人公的善良。】这时，那西班牙人已没有一点力气了，正躺在一棵树底下的绿草地上休息。他的手脚因刚刚被绑得太紧，现在又肿又硬。我看到星期五把水给他送过去，他就坐起来喝水，并把面包接了过去，开始吃起面包来了。我走到他面前，又给了他一把葡萄干。他抬起头来望着我，脸上露出无限感激的样子。可是他身子实在太虚弱了，尽管他在与野人战斗时奋力拼搏，但现在却连站都站不起来。他试了两三回，但的确都没能办到。他的脚踝肿得厉害，而且疼痛难忍。我让他坐下吩咐星期五用甘蔗酒替西班牙人擦一下，像他对他的父亲做的那样。我还让他用甘蔗酒擦洗擦洗。

我发现，星期五真是个心地诚挚的孝子。他一边为西班牙人搓擦，一边频频回头看他的父亲是否还坐在原来的地方。

有一次，他忽然发觉他父亲不见了，就立即跳起来，一句话也不说，飞跑到他父亲原来坐的地方，他跑得飞快，几乎看不见他的双脚接触地面。他过去一看，原来他父亲为了舒舒手脚的筋骨，躺了下去。他这才放心，又赶紧回来。【名师点睛："星期五"发现父亲不见了，十分着急，更加说明他的孝心。】这时我对西班牙人说，让星期五扶他走到小船上去，然后坐船到我们的住所，这样我可照顾他。

不料星期五力大无比，一下子就把那西班牙人背在身上，向小船那边走去。一直背到那艘独木船上然后轻轻放下他，让他两只脚垂在船里，人坐在船舷上，接着把他抱进去，安置在他父亲的身边。然后，星期五立即跳出小船，把船推到水里，划着它沿岸驶去。尽管这时风已刮得很大了，可他划得比我走路还快。他把他俩安全地载到那条小河里，让他们在船里等着，他自己又马上翻身回来，去取海边的另一只独木舟。我在半路遇上他，问他上哪儿去？他说："去取那只小船。"

他随即像一阵风似的走掉了，因为肯定没有任何人跑得像他那么快，连马也不行。【写作借鉴：夸张手法的运用，表明"星期五"跑的速度之快，十分生动形象。】我从陆路刚走到小河边，他就已经把另一只独木船划进河里了。他先把我渡过小河，又去帮助我们两位新来的客人下了船。可是他俩都已无法走动，把可怜的星期五弄得一筹莫展。

为了打破这个僵局，我想了想办法。我让星期五叫他俩坐在河边，让他自己到我身边来。不久，我们便做了一副类似担架的东西。我们把他俩放上去，我和星期五一前一后抬着他俩往前走。但是，把他们抬到住所围墙外时，我们更加犯愁了。因为要把他们两人背过墙去是绝对不可能的，但我又不愿拆坏围墙。于是，我和星期五只好动手搭个临时帐篷。【名师点睛：体现了主人公和"星期五"的机智。】不到两小时帐篷就搭成了,而且样子也挺不错。帐篷顶上铺一层旧帆布,帆布上又铺上树枝,帐篷就搭在我们外墙外面的那块空地上。也就是说,在外墙和我新近种植起来的那片幼林之间。在帐篷里,我们用一些现成的干稻草搭了两张地铺,上面各铺了一条毯子,再加上一条毯子当作盖被。

Z 知识考点

1. 鲁滨逊和"星期五"遭遇了一拨野人,野人俘虏了一个_____(国家)的白人,一番战斗,杀死了_____个野人,在清点俘虏时,发现了星期五的_____。

2. 下列对小说内容的分析错误的一项是 （　　）

A. "主人,主人,不好了,不好了!"语言描写,惊讶的语气中透出"星期五"的恐惧。

B. "我当时真是义愤填膺",说明了鲁滨逊对野人残暴行径的愤怒,也体现了鲁滨逊极强的正义感。

C. 西班牙人被鲁滨逊解救后就加入了战斗,说明他是一个好战分子。

D. "星期五一听见他说话,把他的脸一看,立刻又是吻他,又是拥抱他,又是大哭大笑,又是大喊大叫。"动作描写,形象地描写出"星期五"得知父亲安好并与父亲相见的喜悦。

Y 阅读与思考

1. 哪些行为体现出"星期五"的孝顺?

2. 当鲁滨逊得知那个俘虏是白种人时,他的情绪有什么变化?

第二十节
君 臣

M 名师导读

这次的战争收获了意外的惊喜。星期五得以与他的父亲重聚；鲁滨逊也从西班牙人口中看到了离开荒岛的希望。不过首先，他们需要去营救其他白人。

现在，我这小岛上已经有了居民了。我觉得自己已有了不少百姓。我不禁觉得自己犹如一个国王。【名师点睛：主人公以前一直单独居住在荒凉的小岛上，突然有了人烟，主人公心里十分开心。】每想到这里，心里有一种说不出的喜悦。首先，整个小岛都是我个人的财产，因此，我对所属的领土拥有一种毫无异议的主权；其次，我的百姓都服从我的命令，我是他们的绝对君主和立法者。他们对我都充满感激，因为他们的性命都是我救下来的。假如有必要，他们个个都甘心情愿为我献出他们自己的生命。【名师点睛：鲁滨逊对他们的性命具有支配权，由此可以看出，鲁滨逊有着强烈的统治欲望。】还有一点值得一提的是，我虽然只有三个臣民，但他们却分属三个不同的宗教：星期五是新教徒；他的父亲是异教徒，而且还是个吃人者；而那个西班牙人却又是个天主教徒。不过，我是允许宗教自由的，尤其是在我的领土上。

我解救出来的两个俘虏身体已十分虚弱。我首先把他们安顿好，使他们有遮风避雨和休息的地方，然后，就想到给他们弄点吃的东西。我吩咐星期五从我特地豢养着的羊群里挑了一只未长成的半大小羊，把它宰了。我把山羊的后半截剁下来，切成小块，叫星期五加上清水煮，又在汤里加了点小麦和大米，制成味道鲜美的羊肉糊汤。我做饭都是在外墙外面的，这次依然是这样，还是露天炖的羊肉。羊肉糊汤烧好后，我就端到新帐篷里去，又在那里替他们摆上一张桌子，坐下来和他们一块吃起来，同时和他们又说又笑，尽可能鼓起他们的精神。聊天时，星期五就成了我的翻译，主要是在我和他父亲交流的时候。

吃完了中饭，或者不如说吃完了晚饭，我就命令星期五驾一只独木船，把我们的短枪和其他枪支搬回来，因为当时天色已晚，时间又仓促，这些武器就被迫放在了原地。第二天，我又命令他把那几个野人的尸体埋掉，因为尸体在太阳下暴晒，不久就会发臭。虽然那场人肉宴遗留的残骸还有很多，但是，我也只是吩咐星期五一个人去埋掉。因为我无法忍受看到那种场景。所有这些工作，星期五都很快就完成了，而且，他把那群野人留在那一带的痕迹都消灭得干干净净。后来我再到那边去时，要不是靠了那片树林的一角辨别方向，简直认不出那个地方了。

我和我两个新到的臣民进行了一次短时间的交谈。首先，我让星期五问问他父亲，那几个坐独木船逃掉的野人会有什么结果，并问他，他是否认为，他们会带大批野人来报复我们，人数可能会多得我们难以抵抗。他的第一个反应是，那条小船必然逃不过那天晚上的大风。那些野人不是淹死在海里，就是给大风刮到南方其他海岸上去了。如果是被刮到其他海岸，他们必定无法逃脱当地野人之手。而如果他们的小船出事的话，也必然会淹死。至于说，万一他们真能平安抵达自己的海岸，他们可能会采取什么行动，星期五的父亲说，那就很难说了。不过，照他看来，他们受到我们的突然袭击，被我们的枪声和火光已吓得半死，所以他相信，他们回去以后，一定会告诉自己部落里的人，说那些没有逃出来的人，被雷电劈死了，而不是给敌人打死的。至于那两个在他们面前出现的人，也就是我和星期五，他们一定以为是从天上下来消灭他们的天神或复仇之神，因为他亲耳听到他们用自己部族的土话把这意思传来传去。他们怎么也不能想象，人类可以指挥雷电和天火，还能用神力杀死他们，因为他们并没有看到我们抬一下手。这位年迈的野人说的果然不错。因为，后来事实证明，那些野人再也不敢到岛上来了。看来，那四个人居然从风浪里逃生，回到了自己的部落。部落里的人听了他们四人的报告，简直吓坏了。他们一致相信，任何人到这魔岛上来，都会被天神用火烧死。【名师点睛：野人相信世界上有天神，显示了他们的愚昧未开化。】

当然，在荒岛上的我是不可能知道有这件事发生的。所以，有很长一段时间，整天提心吊胆，带着我的全部军队严加防守。我感到，我们现在已有四个人了，哪怕他们来上一百人，只要战斗的地方平坦开阔，我都敢跟他们干一仗。

过了一些时候，并没有见野人的独木舟出现，我就不是那么担心野人卷土重来了，并重又开始考虑坐船到大陆上去的老问题。我之所以重新考虑这个问题，还有另一个原因，那就是，星期五的父亲向我保证，我若到他们那儿去，他们全部族的人一定会看在他的面上，恭敬而友善地接待我这个来宾。【名师点睛："星期五"的父亲"向我保证"，说明他在族中地位较高。】

可是，当我和那西班牙人认真交谈之后，又把这个念头暂时收起来了。因为他告诉我，目前他们那边还有十六个西班牙人和葡萄牙人。他们自从船只遇难逃到那边之后，确实也和那些野人相处得很好，但生活必需品却十分匮乏，甚至无法维持他们的生活所需。

我仔细询问了他们的航程，才知道他们搭的是一条西班牙船，从拉普拉塔河出发，前往哈瓦那，准备在哈瓦那卸货，船上主要装的是散货和银子，然后再看看有什么欧洲货可以运回去。他们船上有五个葡萄牙水手，是从另一条遇难船上救下来的。后来他们自己的船也出事了，淹死了五个西班牙船员，其余的人经过无数艰难危险，逃到那些吃人者聚居的海岸时，已经因为饥饿而生机涣散。上岸后，他们也时刻警惕着被那些野人吃掉。【名师点睛：叙述出他们到这座岛上来的原因。】

他又告诉我，他们本来也随身带了一些枪械，但因为既无火药，又无子弹，所以毫无用处。原来他们所有的弹药都给海水浸湿了，身边仅剩的一点点，也在他们初上岸时，全拿去猎杀动物充作食物了。

我问他，在他看来，那些人结果会怎样，有没有逃跑的打算。他说，他们多次有过这个想法，但一没船，二没造船的工具，三没粮食，所以商量来商量去，一直没有找到适宜的方法，往往以眼泪和失望收场。我又问他，如果我向他们提出一个使他们逃生的建议，在他看来，他们是否会接受？如果让他们都到我这岛上来，这件事能否实现？我对他实话实说，我最怕的是，一旦我把自己的生命交到他们的手里，他们说不定会背信弃义，恩将仇报。因为感恩图报并非是人性中固有的美德，更重要的是，人们经常为自身利益而奋斗都未曾听说有谁因为报恩而奋斗的。我又告诉他，假如我帮助他们脱离险境，而结果他们反而把我当作俘虏，押送到西班牙去，那对我来说处境就相当危险了。因为英国人一到那里，就必定会受到宗教迫害，那个时候，无论他是为什么到了那里，都不重要了。我说，我宁可把生命交给那些野人，让他们活活把我吃掉，也不愿落到那些西班牙僧侣的手里，受宗教法庭的审判。我又补充说，假如他们不会背弃我的话，我相信，只要他们到岛上来，我们有这么多人手，就一定可以造一条大船，把我们大家一齐载走，或向南开往巴西，或向北开往西印度群岛或西班牙海岸。可是，如果我把武器交到他们手中，他们反而恩将仇报，把我充作俘虏运到西班牙，我岂不是好心不得好报，陷入最麻烦的境地吗？【名师点睛：鲁滨逊深谋远虑，考虑到了最坏的结果，体现了他性格上的谨慎、小心。】

听了我的话，他回答说，他们当前处境非常悲惨，而且吃足了苦头，所以，他深信，他们对任何能帮助他们脱险的人，绝不会有忘恩负义的念头。他说这些话时，眼神坚定，言辞恳切。同时，他又说，如果我愿意的话，他可以同老黑人一齐去见他们，同他们谈谈这件事，然后给予我答复。

他说他一定会跟他们讲好条件，叫他们郑重宣誓，绝对服从我的领导，把我看作他们的司令和船长；同时，还要让他们用《圣经》和《福音书》宣誓对我效忠到底，不管我叫他们到哪一个基督教国家去，都要没有条件和犹豫地跟我去，并绝对服从我的命令，直到他们把我送到我所指定的地方平安登陆为止。最后，他又说，他一定要叫他们亲手签订盟约，并把盟约带回来见我。【名师点睛：西班牙人各种表忠心，体现了他对回欧洲的迫切；带盟约回来，体现了他的诚心，丰富了人物形象，使西班牙人的性格更加鲜明生动。】接着他又对我说，他愿意首先向我宣誓，没有我的命令，他一辈子都只能侍奉在我身侧。万一他的同胞有什么背信弃义的事情，他将和我一齐战斗，直到死亡。

他还告诉我，他们都是有文化、素质极高的人，目前正在危难之中。他们没有提高战斗力的武器，没有保暖挡风的衣物，也没有足以果腹的食物，命运完全掌握在野人的手里，他们没有重返故乡的希望。因此，他敢保证，只要我肯救他们脱离大难，他们一定愿意跟我一起出生入死。

听了他这番保证，我决定尽一切可能冒一下险救他们出来，并想先派那老野人和这位西班牙人渡海过去同他们交涉。可是，当我们一切准备妥当，正要派他们出发时，那个西班牙人忽然自己提出了新的不同建议。他的意见不仅慎重周到，而且非常真诚，使我十分高兴。于是，我听从了他的劝告，把搭救他同伴的计划延迟了一年半。【名师点睛：西班牙人的建议合理，鲁滨逊便采纳了，说明他善于听取他人的建议。】情况是这样的：

这位西班牙人与我们朝夕相处近乎一个月的时间了。在这一个月里，我让他看到，在上帝的恩赐下，我是用什么方法来维持自己的生活的。同时，他也清楚地看到我的粮仓还储藏了多少粮食。这点粮食我一个人享用当然绰绰有余，但如果不节省着吃用，就不够现在一家人吃了，因为我现在家里的成员已增加到四口人。如果他的几位同胞从对岸一起过来，那是肯定不够吃的。据他说，他们那边还有十四个人活着。如果我们还要造条船，航行到美洲的一个基督教国家的殖民地去，这一点粮食怎么能够维持全船人长时间的消耗呢？

　　他对我说，他认为最好让他和星期五父子再开垦一些土地，把我们能省下来的粮食全部做种子，通通播下去，等到再收获一季庄稼之后，再谈这个问题。这样，等他的同胞过来之后，就有足够的粮食吃了。<u>因为，缺乏生活必需品，会导致一个团体内部的不稳定，或者他们会认为自己出了火坑，又被投入了大海。</u>【名师点睛：将困在野人部落和没有生活必需品比作火坑和大海，形象生动地描写出粮食的重要性。】

　　"你知道，"他说，"以色列人当初被救出埃及时感到高兴，但在旷野里缺乏面包时，他们甚至反叛了拯救他们的上帝。"

　　他的顾虑完全是有根据的，他的建议也非常好，所以，我不仅对他的建议非常赏识，而且对他的忠诚也极为满意。于是，我们四个人就一起动手用那些木头工具掘地。不到一个月的时间就开垦好一大片土地，正好赶在了播种季节之前。我们在这片新开垦的土地上，种下了二十二斛大麦和十六罐大米——总之，我们把除了必要的当作食物的粮食外，其他的种子都被我播种了。实际上，在收获以前的六个月中间，我们所保留下来的大麦甚至还不够我们吃的。这六个月，是指从我们把种子储存起来准备播种算起。在这个热带地区，从播种到收获是不需要六个月的。

　　现在，我们已有不少居民，即使那些野人再来，也不用害怕了，除非他们来的人数特别多。所以，只要我们有空闲的时间，就可在全岛到处自由来往。由于我们的脑子里都想着逃走和脱险的事情，所以大家都无时无刻不在想办法，于我而言就是这样。为了这个目的，我选了几棵方便造船的树,并做了标记,叫星期五父子把它们砍倒。然后,我又把自己的意图告诉那西班牙人,叫他监管和安排星期五父子工作。我把自己以前削好的一些木板给他们看,告诉他们我是怎样辛辛苦苦地把一棵大树削成木板的,并叫他们照着去做。最后,他们居然用橡树做成了十二块很大的木板,每块约两英尺宽,三十五英尺长,两至四英寸厚。可想而知,这项工作的劳动量和艰苦程度是巨大的。

同时,我又想尽办法把我那小小的羊群繁殖起来。为此,我让星期五和那西班牙人头一天出去,我和星期五的父亲第二天出去,采用这种轮流出动的办法,捉了二十多只小山羊,把它们和原有的羊圈养在一起。因为每当我们捉住一只母羊,就把小羊留起来送到羊群中去饲养。此外,更重要的是,当晒制葡萄干的季节到来时,我吩咐他们仨摘了大量的葡萄,把它们挂在太阳底下晒干。要是我们在以生产葡萄干著称的阿利坎特,我相信,我们这次制成的葡萄干可以足足装满六十至八十大桶。【写作借鉴:列数字"六十至八十大桶"形象而具体地说明了鲁滨逊储藏之丰。】又好吃,又富于营养。葡萄干和面包是我们日常生活的主要食品,对改善我们的生活起了很大的作用。

收获庄稼的季节到了,我们的劳动成果是丰富的,尽管这不能说是岛上的丰收年,但收获的粮食也足够应付我们的需要了。【名师点睛:并非丰收年,收成的数量就蔚为可观,体现鲁滨逊生存能力之强。】我们种下去的二十斛大麦,现在居然收进并打出来了二百二十多斛;稻米的收成的涨幅差别不大。这些存粮,就是那边十四个西班牙人通通到我们这边来,也足够我们吃到下一个收获季节;或者,如果我们准备航海的话,也可以在船上装上足够的粮食。有了这些粮食,我们可以开到世界上任何地方去——我是说,可以开到美洲大陆的任何地方去而不用担心会在茫茫大海上挨饿。

我们把收获的粮食收藏妥当后,大家又动手编制更多的藤皮——也就是编制一些大筐子用来装存粮。对于编藤皮,那个西班牙人经验丰富，编出来的藤筐又好又多，而且老怪我以前没有编更多的藤皮做防御之用，但我看不出有什么必要。

现在，我们已有了粮食，足够供应我所盼望的客人了，我就决定让那西班牙人到大陆上去走一趟，看看怎么可以把他们弄过来。临行之前，我向他下了严格的指示，即任何人，如果不先在他和那老野人面前发誓，表明上岛之后绝对不对我进行任何伤害或攻击，都不得带到岛上来。毕竟我是出于好心帮助他们脱险的。同时，还要他们发誓，在遇到有人叛变的时候，一定要和我站在一起，保卫我，并且无论到什么地方，都要绝对服从我的指挥。我要求他们把这些条件都写下来，并亲笔签名。【名师点睛：鲁滨逊语气坚决，说明他十分担心西班牙同胞叛变，也体现了他深谋远虑，防人之心不可无的谨慎性格。】我知道他们既没有笔，也没有墨水，我们怎么能使他们非办到不可呢？说真的，这是个我们从来没有想过的问题。

那个西班牙人和那个老野人，也就是星期五的父亲，在接受了我的这些指示后就出发了。他们坐的独木船，当然就是他们上岛时坐的其中的一只。更确切地说，当初他们是被那伙野人当作俘虏用其中的一只独木船载到岛上来的，是准备把他们杀了吃掉的。

我还给了他们每人一支短枪，都带着燧发机，又给了他们八份弹药，吩咐他们尽量节约使用，不到紧急关头，切勿开火。

这是一件令人愉快的工作，因为二十七年来，这是第一次我为解救自己所采取的实际步骤。【名师点睛：鲁滨逊有了正式解救自己的行动，他心情愉快。】我给了他们许多面包和葡萄干，足够他们吃好几天，也足够那批西班牙人吃上七八天。我们送他们启程，祝愿他们一切顺利。同时，我也同他们约定好他们回来时船上应悬挂的信号。这样，他们回来时，不等靠岸我老远就可把他们认出来了。

他们出发时，正好是顺风。据我估计，那是10月中旬月圆的一天。至于准确的日期，自从我把日历记错后，就再也弄不清楚了；我甚至没有严格地记下到底过了多少年。但后来我检查我的记录时，发现年份倒没有记错。

Z 知识考点

1."我"有三个臣民,但他们分属于不同的信仰。星期五是_____,他父亲是未经启蒙的_____,西班牙人是_____。

2.下列对小说内容的分析错误的一项是　　　　　　　　（　　）

A.鲁滨逊将三个人看作他的臣民,说明他殖民主义思想浓厚。

B.让西班牙人和老野人去解救十四个白人,是鲁滨逊流落荒岛这么多年来做出的第一次可以解救自身的实际行动。

C.因为西班牙人非常熟悉他的船只的情况,原因在于他是船长。

D."我和星期五,他们一定以为是从天上下来消灭他们的天神或复仇之神"说明了野人的愚昧未开化。

Y 阅读与思考

1.为迎接那些白人,鲁滨逊做了哪些准备?

2.假如你救了一个人,你会挟恩求报吗?为什么?

第二十一节

英国船

> **M 名师导读**
>
> 营救白人的船只还未返航，一艘不正常的英国船只在小岛靠岸了。似乎离开孤岛的希望就在眼前，鲁滨逊顺利解救了白人船长。他能逃离荒岛吗？

在他们走后第八天，忽然发生了一件意外的事情。这件事那么奇特，那么出人意料，也许是有史以来闻所未闻的。【写作借鉴：开篇点出一件事，设置悬念，不仅吸引读者阅读，还营造了一种神秘的氛围，为下文做铺垫。】那天早晨，我在自己的茅舍里睡得正香，忽然星期五跑进来，边跑边嚷："主人，主人，他们来了！他们来了！"

我立即从床上跳起来，未带任何武器，急忙披上衣服，穿过小树林（现在它已长成一片浓密的树林了），跑了出来。这完全违反了我平时的习惯。当我放眼向海上望去时，不觉大吃一惊。只见四五海里之外，有一只小船，正挂着一副所谓"羊肩帆"向岸上驶来。正是顺风向，海风把小船向岸边推送。

接着我就注意到，那小船不是从大陆方向来的，而是从岛的最南端驶过来的。于是我把星期五叫到身边，叫他不要离开我。因为，这些人不是我们所期待的人，现在还不清楚他们是敌是友。【名师点睛：鲁滨逊并没有欣喜，而是观察他们是敌是友，体现了鲁滨逊谨慎的特点。】

然后，我马上回家去取望远镜，想看看清楚他们究竟是些什么人。

我取出梯子爬到小山顶上。每当我对什么东西放心不下，想看个清楚，而又不想被别人发现，就总是爬到这山上来瞭望。

我一上小山，就看见一条大船在我东南偏南的地方停泊着，离我所在处大约有七八海里，离岸最多四五海里。我一看就知道，那是一艘英国船，是一条英国长艇。

我当时混乱的心情难以凭借语言描述。一方面，我看到了一艘大船，而且有理由相信船上有我的同胞，是自己人，心里有一种说不出的高兴。然而，另一方面，我心里又产生了一种怀疑。我不知道这种怀疑从何而来，但使我自发地怀揣警惕之心。首先，我想，一条英国船为什么要开到这一带来呢？因为这儿不是英国人在世界上贸易往来的要道。其次，我知道，近来并没有发生过什么暴风雨，不可能把他们的船刮到这一带来。【名师点睛：鲁滨逊冷静而严密地在心里做出分析，体现了鲁滨逊的睿智和聪明。】

如果他们真的是英国人，他们到这一带来，一定心怀不轨。我与其落到盗贼和罪犯手里，还不如像以前那样过下去。【名师点睛：经历过多重磨难之后，鲁滨逊已经养成了谨慎的性格。】

有时候，一个人明明知道不可能有什么危险，但心里却会受到一种神秘的暗示，警告我们有危险。对于这种暗示和警告，任何人都不能轻视。我相信，凡是能细心观察事物的人，很少会否认这种暗示和警告。同时，不容置疑的是，这种暗示和警告来自一个看不见的世界，是与幽灵或天使的交流。如果这种暗示是向我们发出警告，要我们注意危险，我们为什么不可以猜想，这是一种善意的警告。知道这个，其他的，譬如，这位警告者地位是高是低，都不重要。

当前发生的情况，充分证明我的这种想法完全正确。不管这种神秘的警告从何而来，要是没有这一警告，我就不可能分外小心，那我早已大祸临头，陷入比以往更糟的处境了。【名师点睛：证明了鲁滨逊思维的准确性，也更加突出他的机智。】

眼下的问题大大证实了我的猜测。

我在小山上瞭望了没多久，就看见那只小船驶近小岛。他们好像在寻找可以把小船开进来、他们便于上岸的河湾。但他们沿着海岸走得不太远，所以没有发现我从前卸木排的那个小河湾，只好把小船停在离我半英里远的沙滩上靠岸。对我来说，这是上帝对我的祝福。因为，如果他们进入河湾，就会在我的家门口上岸。那样的话，他们就会攻打我的城堡，把我赶出去，抢走我的一切。

他们上岸之后，我看出他们果然都是英国人，至少大部分是英国人。这使我非常高兴。其中有一两个看样子像荷兰人，但后来证明倒并不是荷兰人。他们一共有十一个人，其中三个好像没有带武器，而且仿佛被绑起来了似的。船一靠岸，就有四五个人首先跳上岸，然后把那三个人押下船来。我可以看到，三个人中有一个用极为激动的姿势，表示恳求、苦恼和绝望，姿势甚至有一点儿夸张。【写作借鉴："跳"和"押"生动形象地写出了那些人细致的动作，可以看出鲁滨逊观察得十分细致。】另外两个人有时也举起双手，显出很苦恼的样子，但没有第一个人那样激动。

我看到这幅情景，真有点莫名其妙，不知他们究竟在搞什么名堂。【名师点睛：在这里设置悬念，这群人究竟要做什么？】星期五在旁边一直用英语对我喊道："啊，主人，你看，英国人同野人一样吃俘虏！"

"怎么，星期五，"我说，"你以为他们会吃那几个人吗？"

"是的，"星期五说，"他们会吃掉他们的。"

"不会，不会，"我说，"星期五，我看他们会杀死他们，但绝对不会吃他们，这我敢担保！"

当时，我不知道眼前发生的一切究竟是怎么回事，只是一边眼睁睁瞧着这个可怕的场面，一面站着直打哆嗦，估计这三个俘虏随时会被杀死。有一次，我看到一个恶棍甚至举起一把水手们称为腰刀的那种长刀，向其中一个可怜的人砍去，眼看他就要倒下来了。这使我不寒而栗。

我这时恨不得那西班牙人和那老野人还在我身边，可惜他们一起走掉了。我也恨不得自己能有什么办法神不知鬼不觉地走到他们前面，走到我枪弹的射程以内，把那三个人救出来。【名师点睛：鲁滨逊看到那些被残忍虐待的人恨不得把他们从灾难中救出来，体现了鲁滨逊的善良和正义感。】因为我看到他们这伙人都没有带枪支。但后来我想到了另外的办法。

我看到，那伙盛气凌人的水手把那三个人粗暴地虐待一番之后，就在岛上四散走开了，好像想看看这儿的环境。同时，我也发现，那三个俘虏的行动也很自由，但他们三个人都在地上坐了下来，一副心事重重和绝望的样子。【名师点睛：写三个俘虏的动作，他们都一致地"坐"了下来，表现了他们心中的绝望和迷茫。】

这使我想起自己第一次上岸的心情。那时，我惶恐地四处张望，灰心丧气地以为自己死路一条，我那时多么恐惧，生怕被野兽吃掉，竟然在树上睡了一夜。

那天晚上，我万万没有想到，老天爷会让风暴和潮水把大船冲近海岸，使我获得不少生活必需品。后来正是靠了这些生活必需品我才活了下来，并一直活到今天。同样，那三个可怜的受难者也不会想到，他们一定会获救，而且不久就会获救。他们也绝对不会想到，就在他们认为肯定没命或毫无出路时，他们实际上是完全安全了。

我们在世上看到的是这么少，所以有充分的理由去愉快地依靠伟大的造物主！造物主从来不会让他自己所创造的生灵陷于绝境。即使是在最恶劣的环境里，他总会给他们一线生路。【名师点睛：表达出对生活的希望，指出生活虽有苦难，但我们仍然要对人生充满信心。】有时候，他们的救星往往近在眼前，比他们想象得要近得多。不但如此，他们有时似乎已山穷水尽，而实际上却是给他们安排好了获救的出路。

这些人上岸时，正是潮水涨得最高的时候。他们中一部分人站在那里同俘虏谈判，另一部分人在四周东逛西逛，看看他们究竟到了什么地方,忽略了潮水退去。结果海水退得很远,把他们的小船搁浅在沙滩上。

他们原本在船上留了两个人。可是,据我后来了解,他俩因白兰地喝得多了点而睡着了。后来,其中一个先醒来,看见小船搁浅了,推又推不动,就大声呼喊那些四处闲逛的人。于是,他们马上都跑到小船旁去帮忙。可是,小船太重,那一带的海岸又是松软的沙土,简直是一片流沙。所以,他们怎么使劲也无法把船推到海里去。【名师点睛:船被搁浅,为后文的发展奠定基础。】

水手大概是全人类中最没有脑子、最不懂得思前想后的家伙了。因此,在这种情况下,他们干脆放弃了这个工作,又去四处游荡了。我听见一个水手向另一个水手大声说话,叫他离开小船:"算了吧,杰克,别管它了。潮水上来,船就会浮起来的。"凭这句话,我完全证实了一直牵挂在我心头的大问题,即他们是哪国人。【名师点睛:再次设置悬念,鲁滨逊知道他们是哪国来的,却并没有告知读者。】

到目前为止,我一直把自己严密地隐蔽起来,除了上小山顶上的观察所外,不敢离开自己的城堡一步。想到自己城堡的防御工事非常坚固,我心里感到很高兴。【名师点睛:表现出鲁滨逊内心的惶恐以及小心翼翼。】我知道那小船至少要过十小时才能浮起来。那时候,天已经黑透了,我就可以比较自由、方便地察看他们的行动和交谈了。

与此同时,我像以前那样做好战斗准备。这一次,我比过去更加小心,因为我知道,我要对付的敌人与从前是完全不一样的。现在,我已把星期五训练成一个百发百中的神枪手。

我命令他也把自己武装起来。我自己拿了两支鸟枪,给了他三支短枪。我现在的样子,真是狰狞可怕:身上穿件羊皮袄,样子已够吓人,头上戴顶大帽子,这种奇异的装扮我以前是提及过的。腰间照常挂着一把没有刀鞘的刀,皮带上插了两把手枪,双肩上各背了一支枪。【写作借鉴:细致的外貌描写符合鲁滨逊在孤岛生存多年的形象。】

上面我已经说过，我需要天色暗下来，那时我才便于行动。下午两点钟左右，天气最热。我发现他们都三三两两地跑到树林里，大概去睡觉了。那三个可怜的人，因为担忧他们的处境，睡也睡不着，只好在一棵大树的荫凉下呆呆地坐着，离我大约一百多码远。而且，看样子其他人看不见他们坐的地方。

看到这种情况，我决定出现在他们面前，了解一下他们的情况。我马上向他们走过去。我上面说了，我的样子狰狞可怕。我的仆人星期五远远地跟在我后面，也是全副武装，样子像我一样可怕，但比我稍好一些，不像我那样，像个怪物。

我悄悄走近他们，在他们看见我之前，抢先用西班牙语向他们喊道："先生们，你们是什么人？"

一听到喊声，他们吃了一惊，可看到我以及我那副杀气腾腾的模样以后，越发不知所措，惊慌十倍还不止。【名师点睛：鲁滨逊的奇特模样果然把他们吓到了，照应前文。】我见他们要逃跑的样子，就用英语对他们说："先生们，别害怕。也许，在你们意料之外的时候，在你们眼前的人，正是你们的朋友呢！"

"他一定是天上派下来的，"其中一个说，并脱帽向我致礼，神情十分认真，"因为我们的处境凭借人类的力量是无法挽救的。"

"一切拯救都来自天上，先生，"我说，"你们看来正在危难之中，你们能让一个陌生人来帮助你们吗？你们上岸时，我早就看见了。你们向那些蛮横的家伙哀求的时候，其中有一个人甚至举起刀来要杀害你们呢！这一切我都看到了。"【写作借鉴：一系列的语言描写，表现出了俘虏们的恐惧，同时也突出了主人公的勇敢和机智。】

那可怜的人泪流满面，浑身发抖，显得十分惊异。他回答说："我是在对上帝说话呢，还是在对人说话？你是人，还是天使？"

"这你不用担心，先生，"我说，"如果上帝真的派一位天使来拯救你们，他的服装一定会比我好得多，他的武器也一定完全不一样。请你们放心吧。我是人，而且是英国人。你们看，我是来救你们的。我们就两个人，我和我的仆人，而且我们有武器和弹药。请你们大胆告诉我们，我们有什么能够帮助你们的吗？你们到底发生了什么事？"
【名师点睛：表现鲁滨逊的幽默风趣以及真性情。】

"我们的事，先生，"他说，"说来话长，而我们的凶手又近在咫尺。现在，就长话短说吧，先生。我是那条船的船长，我手下的人反叛了。我好不容易才说服他们不杀我。最后，他们把我和这两个人一起押送到这个岛上来。他们一个是我的大副，一个是旅客。我们原以为，等待我们的只有饥饿而死。毕竟，我们开始认为，这是一个没有人烟的荒岛，真不知道怎么办呢！"

"你们的敌人，那些暴徒，现在在什么地方？"我问，"你们知道他们到哪儿去了吗？"

"他们正在那边躺着呢，先生。"他指着一个灌木林说，"我现在心中充满恐惧，总担心他们注意到我们，知道了你说的话。要那样的话，我们通通没命了！"【名师点睛：通过俘虏们的回答，表现了那些暴徒的残酷与狠毒，以及俘虏们心里的担心害怕。】

"他们有没有枪支？"我问。他回答说，他们只有两支枪，一支留在船上了。

"那就好了，"我说，"就把一切交给我来处理吧。"

"我看到他们现在都睡着了，一下子就可把他们都杀掉。不过，是不是活捉更好？"他说，他们中间有两个杀人不眨眼的恶棍不能对他们心慈手软。只要把这两个坏蛋解决了，其余的人就会回到自己的工作岗位上去。我问是哪两个人。他说现在隔那么远，他分不清，不过他愿意服从我的指挥。

"那好吧，"我说，"我们退远一点，免得给他们醒来时看到或听到。回头我们再商量办法吧。"于是，他们高兴地跟着我往回走，一直走到树林后面隐蔽好。

"请你听着，先生，"我说，"我如果冒险救你们，你愿意接受我两个条件吗？"

他没等我把条件说出来，就先说，只要把大船收复回来，他和他的船完全听从我的指挥。如果船收复不回来，他也情愿与我共生死，同存亡。我要上哪儿就上哪儿。其他两个人如是说。【名师点睛：从主人公的话语中可以看出其勇敢，也表现了俘虏们渴望被救的心情十分迫切。】

"好吧，"我说，"我只有两个条件。第一，你们留在岛上期间，绝对不能侵犯我在这里的主权；如果我发给你们武器，无论什么时候，只要我向你们要回，你们就得交还给我。你们不得在这岛上反对我或我手下的人，并必须完全服从我的管理。第二，如果我们把那艘船抢回来，你们必须把我和我的人免费送回英国。"【名师点睛：鲁滨逊向俘虏们提出条件，充分保证自己在岛上的利益，体现了鲁滨逊思维的缜密。】

他给了我一切能够被想出来的保证。他还说，我的这些要求是完全合情合理的，他将会彻底履行。同时，他会永生感激我的救命之恩。

"那好吧，"我说，"现在我交给你们三支短枪，还有火药和子弹。现在，你们认为下一步要怎么做？"

他一再向我表示感谢，并说他情愿听从我的指挥。【名师点睛：船长将作战计划的制订完全交给鲁滨逊，体现了船长对鲁滨逊的信任。】我对他说，现在的事情很棘手。不过，我认为，最好趁他们现在还睡着，就向他们开火。如果第一排枪放过后还有活着的，并且愿意投降，那就可以饶他们的命。至于那些因为开枪而被打死的人，也是命运使然。

船长心地十分善良。他说，能不杀死他们就尽量不要杀死他们。只有那两个家伙是不可救药的坏蛋，是船上暴动的祸首。留着他们，我们自己必定会遭殃。他们回到船上，就会发动全体船员反叛，把我们通通杀掉！【名师点睛：船长的自卫建议体现了船长仁慈又思考周全的性格。】

"那好吧，"我说，"我的建议是最稳妥的，因为这是救我们自己的唯一的办法。"

然而，我看他还是很不愿意杀人流血，所以便对他说，这事不妨由他们自己去办，怎样干方便就怎样干吧。

正当我们在谈话的时候，听见他们中间有几个人醒来了。

不一会儿，又看到有两个人已经站了起来。我问："其中有没有谋反的头子？"他说："没有。"

"那好吧，"我说，"你就让他们逃命吧。看样子是老天爷有意叫醒他们，让他们逃命的。可是，你如果放跑了其他人，你就犯下大错了。"

听了我的话，他的神情兴奋起来，就把我给他的短枪拿在手里，又把一把手枪插在皮带上。他的两个伙伴也跟着他一起去了，每人手里也都拿着一支枪。他那两个伙伴走在前面，大概弄出了一点声响，那两个醒来的水手中，有一人听到了响动，转过身来看到了他们，就向其余的人大声叫唤，但已经太迟了。他刚一叫出声，他们就开枪了。开枪的是船长的两个伙伴。至于那船长，他很聪明地没有开枪，保存了他的实力。他们都瞄得很准，当场打死了一个，另一个也受了重伤，但还没死。他一头爬起来，急忙向其余的人呼救。这时船长已一步跳到他跟前，对他说，现在呼救已太晚了，他应该祈求上帝宽恕他的罪恶。话一说罢，船长就用火枪托把把他打倒在地，叫他再也开不了口。跟那两个水手在一起的还有其余三个人，其中有一个已经受了轻伤。就在这时，我也到了。或许是明白大势已去，他们便放弃了抵抗，只是哀声求饶。船长告诉他们，他可以饶他们的命，但他们得向他保证，表示痛恨自己所犯的反叛罪行，并宣誓效忠船长，帮他把大船夺回来，然后再把他们开回牙买加去，因为他们正是从牙买加来的。

他们竭力向船长表示他们的诚意，船长也愿意相信他们，并饶他们的命。对此，我毫无疑义，只有一个要求，就是在他们在岛上的这段时间，一定要捆绑他们的手脚。

<u>与此同时，我派星期五和船长手下的大副到那小船上去，命令</u>

他们把船扣留起来,并把上面的几支桨和帆拿下来。他们一一照办了。【名师点睛:此时的鲁滨逊早已成为思想成熟的人,对任何事情都能够考虑周全。】不一会儿,有三个在别处闲逛的人因听到枪声,这时也回来了。算他们运气,没有跟其余人在一块。看到他们船长的身份从俘虏转变为胜利者,也顺从地让我们捆绑起了手脚。这样,我们就大获全胜了。

现在,船长和我已经有时间来打听彼此的情况了。我先开口,把我的全部经历告诉了他。他全神贯注地听着我讲,显出无限惊异的神情。【写作借鉴:肖像描写,通过描写船长在听鲁滨逊讲话时惊讶的神情,体现了船长善于聆听的优良品格。】特别是在我讲到怎样用奇妙的方式弄到粮食和军火时,更显得惊讶万分。他听了我的故事,大为感动,因为我的经历,实在是一连串的奇迹。但是,他从我的故事联想到自己,看来我这条命的存在好像是有意被保留下来救他的命的,想到这儿,他的眼泪从脸上纷纷淌下来,再也说不出话来了。

谈话结束后,我把他和他的两个伙伴带到我的住所。我照样用梯子翻墙而过。到了家里,我拿出面包和葡萄干之类我常备的食品招待他们,还让他们看了我在这地方居住多年才造出来的一切设备。

Z 知识考点

1. 一艘明显不正常的英国船只在岛边登陆,鲁滨逊营救了被绑起来的白人_____。

2. "首先,我想,一条英国船为什么要开到这一带来呢?因为这儿不是英国人在世界上贸易往来的要道。其次,我知道,近来并没有发生过什么暴风雨,不可能把他们的船刮到这一带来。如果他们真的是英国人,他们到这一带来。"这句话运用了什么描写手法,有什么作用?

_____

_____

3."想到这儿,他的眼泪从脸上纷纷淌下来,再也说不出话来了"一句运用了什么描写手法,有什么作用?

_____

_____

阅读与思考

1.你觉得鲁滨逊此时的心情是怎样的?

2.一艘英国船只停靠在岛边,鲁滨逊却疑虑重重,体现他什么样的性格特征?

第二十二节

平息叛乱

> **M 名师导读**
>
> 　　幸运的是，被救的白人是该船的船长；不幸的是，船长已经丧失了对该船的掌控权。为了回家的希望，一场实力悬殊的战斗打响了。

　　我的谈话，以及我所做的一切，都使他们感到十分惊讶。

　　船长特别欣赏我的防御工事，我是如此巧妙地把自己的住宅隐藏在密密匝匝的树林里。【写作借鉴：侧面描写，通过船长对鲁滨逊的评价与看法，体现出鲁滨逊的聪明能干、勤奋，为下文做铺垫。】这片小树林现在已经栽了二十年了，由于这里树木比在英国长得快，现在已经成了一片小小的森林，而且十分茂密。我在树林里保留了一条弯弯曲曲的小径，其他任何地方都走不进来。我告诉他，这是我的城堡和住宅，像许多王公贵人一样，我在乡间还有一所别墅。我高兴的时候就去那儿住一住。下一回，我会带他去看的，但是，现在，我们的事情是考虑怎样去夺回那艘海船。船长同意我的看法，可是，他说，他一时想不出什么办法，因为大船上还有二十六个人。他们既已参加了叛乱，在法律上已犯了死罪，因此已别无出路，只好一不做二不休，硬干到底。【名师点睛：这句话反映出他们接下来必将迎来一场恶斗。】因为，他们知道，如果失败了，一回英国或任何英国殖民地，他们就会被送上绞架。但我们人数过少，是不适合强攻的。

　　我对他的话沉思了一会儿，觉得他的结论很有道理，因而觉得必须迅速做出决定。一方面，可以用出其不意的办法，把船上的那伙人引入某种圈套；另一方面，得设法阻止他们上岸攻打我们，消灭我们。这时候，我立刻想到，再过一会儿，大船上的船员不见小船和他们伙伴的动静，一定会感到奇怪。【名师点睛：通过对事情发展的各方面分析，体现了他的能干细心、谨慎成熟的性格。】那时，他们就会坐上大船上的另一只长艇上岸来找他们。他们来时，说不定还会带上武器，实力就会大大超过我们。船长听了我的推断，觉得很有可能。

于是，我告诉他，我们首先应该把搁浅在沙滩上的那只小船凿破，把船上所有的东西都拿下来，使它无法下水，他们就无法把它划走。于是我们一起上了小船，把留在上面的那支枪拿了下来，又把上面所能找到的东西通通拿下来。【名师点睛：通过鲁滨逊在面对一系列困难时做出的谋划与安排，体现了他的大局意识与足智多谋。】其中有一瓶白兰地，一瓶甘蔗酒，几块饼干，一角火药，以及一大包用帆布包着的糖，大约有五六磅重。这些东西我都非常需要，尤其是糖和白兰地，我好多年没感受过糖和白兰地的滋味了。

船上的桨呀、桅杆呀、帆呀、舵呀等东西，早已经拿走了。所以，我们把剩下的这些东西搬上岸之后，又在船底凿了一个大洞。这样一来，即使他们有充足的实力战胜我们，也没法把小船划走。

说真的，我对夺回海船倒不存在多大希望。我的看法是，只要他们不把那只小船弄走，我们就可以把它重新修好。那样，我们就可乘它去利华德群岛，顺便也可把那些西班牙朋友带走。因为我心里还时刻记着他们。【名师点睛：鲁滨逊对收复大船的方法的看法，与应该实施的计划，体现了他的独立思维，有主见与谦逊谨慎。】

我们立即按计划行事。首先，我们竭尽全力，把小船推到较高的沙滩上。这样，即使潮水上涨，也不致把船浮起来。何况，我们已在船底凿了个大洞，短时间内无法把洞补好。正当我们坐着思忖该干什么时，大船上传来一声枪响，接着看到船上旗帜飘荡，应该是打信号，叫小船回去。【写作借鉴：动作描写，通过鲁滨逊与水手推船，放枪的一系列动作，体现了水手与大家的合作意识。】可是，他们看不见小船上有任何动静。于是，接着又放了几枪，并向小船又发出了一些别的信号。

最后，他们见信号和放枪都没有用处，小船还是没有任何动静。我们在望远镜里看见他们把另一只小船放下来，向岸上摇来。当他们逐渐靠近海岸时，我们看出小船上载着不下十人，而且都带着枪支。

那条大船停泊在离岸大约六海里的地方。他们坐小船划过来时，我们看得清清楚楚，连他们的脸也认得出来。他们向岸上划来时，潮水把他们冲到第一只小船的东边去了。于是他们又沿着海岸往西划，直奔第一只小船靠岸和停泊的地方。

依靠着望远镜，我说，我们完全看得见他们，而且艇子上的那些人，船长都认识，他们的性格船长都了解。他说，其中有三个人非常老实。他相信，他们之所以参加这场叛乱，是因为受到其他人的威吓，而他们又人少势单，因而是被迫的。那水手长似乎是他们的头目。他和其余的几个人都是船员中最凶狠的家伙。【名师点睛：通过船长对三个人的性格分析与故事发展分析，体现了船长的老谋深算，聪明，深谋远虑，圆滑老练。】现在，他们既然发动了叛乱，就一定要硬干到底了。因此，船长非常担心，他们实力太强，我们难以取胜。

我向他微微一笑，对他说，处于我们这种境遇的人，早已无所畏惧了。【名师点睛：通过鲁滨逊在经历一切事情之后的态度，体现了他沉着、冷静与越来越成熟的性格。】反正任何一种遭遇都比我们当前的遭遇要强些，因此，我们应有思想准备，其实，不论是生是死，结果都一定会是一种解脱。我问他对我的处境有何看法，为了获得解脱，是否值得冒险？

"先生，"我说，"你刚才还认为，上帝让我活在这里是为了拯救你的生命，并使你稍稍振作了一下精神。现在，你的这种信念到哪里去了呢？对我来说，只有一件事是抱有遗憾的。"【名师点睛：通过鲁滨逊对船长的询问，不仅体现鲁滨逊面对事情时的淡定从容，同时也体现了船长的胆怯。】

"什么事？"他问。

"就是你所说的，他们当中有三个老实人，我们应保证他们的生命。如果他们也都是暴徒，我真会认为是上帝有意把他们挑出来送到你手里来的呢。因为，我敢担保，凡是上岸的人，都将成为我们的俘虏。他们是死是活，要看他们对我们的态度而定了。"我语气激昂，面带微笑，船长不由鼓起了勇气。【名师点睛：通过写"我"与船长对话时的神态，体现了"我"的自信，心直口快。】于是，我们立即开始做战斗准备。当我们一看到他们放下小船，就考虑到要把俘虏分散。这件事我们已做了妥善的安置。

至于俘虏中船长特别不放心的那两个，我派星期五和船长手下的一个人把这两个人送到我的洞室里去。那地方很远，绝对不会被人发现，或听到他们的呼救声。他们自己即使能逃出洞外，在树林里也找不到出路。他们把这两个人绑了起来安置在洞里，但照样供给他们吃喝，并答应他们，如果他们安安静静地待在洞里，一两天之后就恢复他们的自由；但如果他们有一丝一毫逃跑的意味，等待他们的就是死亡。他们都老老实实地保证，愿意被关起来，耐心等待，并感谢我们对他们的优待，因为我们提供食物和灯光。星期五还给了他们几支蜡烛——是我们自己做的，这样不致让他们在黑暗中受煎熬。当然，他们万万没有想到，星期五一直在洞口站岗，看守着他们。

其他的俘虏拥有更好一些的待遇。有两个一直没有松绑，因为船长对他们仍不放心，但是，另外的两个人，在船长的鼎力支持下，已经在为我工作了。同时，他们本人也慎重宣誓，要与我们共存亡。因此，加上他们和船长一伙好人，我们一共是七个人，都是全副武装。我有很大的信心，很轻松，我们就可以制服那即将上岸的十几个人，毕竟还有几个人是老实人。

那批人来到头一只小船停泊的地方,马上把他们自己的小船推到沙滩上,船上的人也通通下了船,一起把小船拉到岸上。看到这一情况,我心里非常高兴。因为我就怕他们把小船在离岸较远的地方下锚,再留几个人在船上看守。那样,我们夺取小船的计划就不易实施了。

【名师点睛:体现了鲁滨逊的担忧与不成熟的心理表现。】

一上岸,他们首先一起跑去看前一只小船。不难看出,当他们发现船上空空如也,船底上有一个大洞,都露出大吃一惊的神情。

他们把眼前看到的情况寻思了一会儿,就一起使劲大喊了两三次,希望能被他们的同伴听见,但是没有一人回应。接着,他们又围成一圈,放了一排枪。枪声我们当然听见了,而且枪声的回声把树林都震响了。【名师点睛:通过写船员们的喊叫、放枪等动作,体现了船员们焦急的心理状态。】可是结果还是一样。那些关在洞里的,自然听不见。那些被我们看守着的,虽然听得很清楚,却没有回答他们的勇气。

这事大大出乎他们的意料,使他们万分惊讶。事后他们告诉我们,他们当时决定回到大船上去,告诉船上的人说,那批人都给杀光了,长艇也给凿沉了。于是,他们把小船推进水里,乘船走了。

看到他们的这一举动,船长非常吃惊,简直不知怎么办才好。他相信,他们一定会回到大船上去,把船开走,因为他们一定认为他们的伙伴都已没命了。【名师点睛:体现了船长处事果断、深谋远虑、稳重的性格。】如果那样,他就没有可能收回大船了。可是,不久,他看到那批人又有了新的举动,又一次使他惶恐不安起来。

他们把船划出不远,又回到了小岛上。

看来,这是他们刚才商量好的新措施。

那就是,留三个人在小船上,其余的人一齐上岸,深入小岛去寻找他们的伙伴。

这使我们大失所望,简直不知怎么办才好。因为如果我们让小船开跑，即使我们把岸上的七个人通通抓住，那也毫无用处。那三个人一旦乘小船回到大船上，我们收回大船的希望一定会更加渺茫，毕竟大船完全可以扬帆离去。【名师点睛：通过对七个人处理的分析，体现出鲁滨逊对现在形势的担忧，表现他善于分析的性格特征。】

可是，我们除了静候事情的发展，别无良策。那七个人上岸了，三个留在船上的人把船划得离岸远远的，然后下锚停泊等岸上的人。这样一来，我们也不能攻击小船上的人。

那批上岸的人紧紧走在一起，向那小山头前进。而那小山下，就是我的住所。我们可以把他们看得清清楚楚，可他们根本看不到我们。他们若走近我们，倒是求之不得，因为近了我们就可以向他们开枪。他们走向远处去也是极好的，我们就可以在户外对付他们了。

在小山顶上，他们可以看见那些山谷和森林远远地向东北延伸，那是岛上地势最低的地方。他们一上山顶，就一个劲地齐声大喊大叫，一直喊得喊不动为止。【名师点睛：通过描述船员们上山喊叫的情景，体现了他们胆怯，不愿意再次探险的心理。】看来他们不想远离海岸，深入小岛腹地冒险，也不愿彼此分散。于是，他们就坐在一棵树下考虑办法。如果他们也像前一批人那样，决定先睡一觉，那倒成全了我们的好事。但是，他们太害怕危险了，不敢睡觉，尽管他们也说不上他们到底是害怕什么危险。

他们正在那里聚在一起商量的时候，船长向我提出了一个建议。这建议是合理且有效的。那就是，他们或许还会开一排枪，目的是想让他们的伙伴听见。我们应趁他们刚开完枪，就一拥而上。那时他们只好束手就擒，我们就可以不流一滴血把他们制服。【名师点睛：通过船长的建议，他对当时形势的发展做了分析，体现了他的足智多谋和圆滑老练。】我对这个建议很满意。不过，要达到目的的话，我们必须离他们很近，在他们来不及装上弹药前就冲上去。

可是，他们并没有开枪。我们悄悄地在那里埋伏了很久，不知怎么办才好。最后，我告诉他们，在我看来，天黑之前我们不能采取任何行动。但到了晚上，如果他们不回到小船上去，我们也许可以想出什么办法包抄到他们和海岸中间，这时候我们就可以对小船上的人用计引诱他们上来。【名师点睛：鲁滨逊对他们不回船上后我方应采取的策略进行讲述，体现了他的乐观好动、善于思考、反应灵敏的品质。】

我们又等了很久，心里忐忑不安，巴不得他们离开。只见他们商议了半天，忽然一起跳起来，向海边走去。这一下，我们心里真有点慌了。【名师点睛：鲁滨逊在岸边观察他们的一切行为，体现了作者对势态发展的忧虑，故事趋于紧张。】看来，他们认定这地儿有危险，使他们害怕到假装自己的伙伴死掉，打定主意重新回到海船上，按照原定的路线继续航行。

我一见他们向海边走去，马上猜到他们已放弃搜寻，准备回去了。事实也确实如此。我把我的想法告诉了船长，他也为此十分担忧，心情沉重极了。可是，我很快想出了一个把他们引回来的办法，这计策真是神了，完全达到了我的目的。

我命令星期五和那位大副越过小河往西走，一直走到那批野人押着星期五登陆的地方，并叫他们在半英里外的那片高地上，尽量大声叫喊，一直喊到让那些水手听见为止。【名师点睛：聪明的鲁滨逊很快想出了计策，这为后文的发展奠定了基础。】我又交代他们，在听到那些水手回答之后，再回叫几声，然后不要让他们看见，兜上一个大圈子，一面叫着，一面应着，把他们尽可能远地引进岛上的树林深处。然后，再按照我指定的路线迂回到我这边来。

那些人刚要上小船，星期五和大副就大声喊叫起来。他们马上听见了，就一面回答，一面沿海岸往西跑。他们朝着喊话的方向跑去。跑了一阵，他们就被小河挡住了去路。【写作借鉴：动作描写，"喊""跑"等一系列动词，表现出了他们在面对突如其来事情时的慌张。】因为这时候河里正在涨潮，他们过不去，只好让小船上的人过来，渡他们过去。一切都在我意料之中。

他们渡过河后，我发现小船已向上游驶了一段路程，进入了一个好像内河港口的地方。他们从船上叫下一个人来跟他们一块走，只在船上留了两个人，还把小船用绳子拴在木桩上。

这一切正合我的心愿。我让星期五和大副继续干他们的事，自己马上带其余的人偷偷渡过小河，出其不意地向那两个人扑过去。当时，一个人正躺在岸上，一个人还在船里待着。那岸上的人半睡半醒，正想爬起来，船长冲在最前面，直扑到他面前，把他打倒在地，然后向小船上那人喊话，让他投降，要不，就要他的命。【写作借鉴：动作描写，半睡半醒的人被船长打倒，船长又吆喝一声，体现了船长的敏捷，处事果断，动作麻利。】

当一个人看到五个人向他扑来，而他的同伴又已被打倒，叫他投降是用不着多费什么口舌的。而且，他又是被迫参加叛乱的三个水手之一，所以，他不但一下子就被我们降服了，而且后来还忠心耿耿地参加到我们这边来。

与此同时，星期五和大副也把对付其余几个人的任务完成得很出色。他们通过边喊边回应的方式，把他们从一座小山引向另一座小山，从一片树林引向另一片树林，不但把那批人搞得精疲力竭，而且把他们引得很远很远，不到天黑他们是绝不可能回到小船上来的。不用说，就是星期五他们自己，回来时也已劳累不堪了。

我们现在已无事可做，只有在暗中监视他们，等时机一到，就对他们迎头痛击，万无一失地治得他们服服帖帖。

星期五他们回来好几小时后，那批人才回到了他们小船停泊的地方。我们老远就能听到走在头里的几个人向掉在后面的几个人大声呼唤着，要他们快点跟上。还可以听到他们在回答和抱怨又累又脚痛，没法走得更快的声音。这对我们来说是一个再好不过的机会。

最后，他们总算走到了小船跟前。当时潮水已退，小船搁浅在小河里，那两个人又不知去向，我无法用言语形容他们的表情是多么惊慌失措。我们听见他们互相你呼我唤，声音十分凄惨。他们都说是上了一个魔岛，岛上不是有人，就是有妖怪。如果有人，他们必然会被杀得一个不剩；如果有妖怪，他们也必然会被妖怪抓走，吃个精光。【写作借鉴：正面描写，写他们惊慌失措的样子，体现出了水手们的胆怯性格，为下文故事发展做铺垫。】

他们大声呼喊，不断地喊着他们那两个伙伴的名字，可是毫无回音。又过了一会儿，我们从傍晚暗淡的光线下看见他们惶惶然地跑来跑去，双手扭来扭去，一副绝望的样子。有时候，他们会走到小船上坐着休息，然后又上岸来，重新走来走去。他们反反复复地重复着这种举动。

这时，我手下的人恨不得我允许他们趁着夜色立即向他们扑上去。我情愿在最有利的时机下手，这样可以对他们手下留情，尽可能少杀几个，尤其是不愿让我的任何一个自己人冒丧命的危险，因为我知道对方也配备着良好的武器。【名师点睛："我"当前处优势地位，本可将其一网打尽，可"我"并没有这么做，体现了"我"的谨慎心细、考虑周全、领导才能。】我决定等待，看看他们是否会散开。因此，为了更有把握制服他们，我命令手下人再向前推进埋伏起来，并让星期五和船长尽可能贴着地面匍匐前进，尽量隐蔽，并在他们动手开枪之前，尽可能地靠近那些人。

他们向前爬了不多一会儿，那水手长就带着另外两个水手朝他们走来。这水手长是这次叛乱的主要头目，现在比其他人更垂头丧气。船长急不可耐，不等他走近看清楚，就同星期五一起跳起来向他们开了枪。【名师点睛：船长还没有等他们靠近，就迫不及待地开枪，体现了船长的焦急、冲动、莽撞，侧面突出了鲁滨逊的沉稳。】因为当时的他和星期五只听到他的说话声。

那水手长当场给打死了。另一个身上中弹受伤，倒在水手长身旁，过了一两小时也死了。第三个人拔腿就跑。

我一听见枪响，立即带领全军前进。我这支军队现在一共有八个人，那就是：我，总司令；星期五，我的副司令。另外是船长和他的两个部下。还有三个我们信得过的俘虏，我们也给他们发了枪。

趁着漆黑的夜色，我们向他们发动了猛攻。他们根本看不清我们究竟有多少人。那个被他们留在小船上的人，现在已是我们的人了。我让他一个个地叫着他们的名字，试探着询问他们是否同意休战谈判，这样也许会不战而胜。情况果然像我们说的那样。因为不难理解，他们处在当前的情况下是十分愿意投降的。【名师点睛："我"命令部下喊水手的名字，希望借此减少伤亡，体现了"我"在危难时刻的深思熟虑与责任心。】于是，他尽量提高嗓门，喊出他们中间一个人的名字："汤姆·史密斯！汤姆·史密斯！"

汤姆·史密斯似乎听出了他的声音，立即回答说："是鲁滨逊吗？"

那个人恰好也叫鲁滨逊，他回答说："是啊，是我！看在上帝分上，汤姆·史密斯，快放下武器投降吧！要不你们马上都没命了。"

"我们向谁投降？他们在哪儿？"史密斯问。

"他们在这儿，"他说，"我们船长就在这儿，带了五十个人，已经搜寻你们两小时了。水手长已给打死了。维尔·佛莱也已受伤。我被俘虏了。你们不投降就完蛋了！"

"我们投降，"史密斯说，"他们肯饶我们命吗？"

"你们肯投降，我就去问问看，"鲁滨逊一边应着，一边询问船长的意见。船长亲自跑出来喊道："喂，史密斯，你听得出，这是我的声音。只要你们放下武器投降，我就饶你们的命，只有威尔·阿金斯除外。"

【名师点睛：船长愿意饶恕大多数人，体现了他的善良，但并未饶过始作俑者，体现了他的善恶分明。】

听到这话，威尔·阿金斯叫喊起来："请您看在上帝的分上，宽恕我吧，我并没有干什么特别的事，他们和我一样。"

但事实并非像他说的那样。因为根据当时的情况，当他们发动这次叛乱时，正是这个威尔·阿金斯首先把船长抓了起来，而且对船长的态度十分蛮横。他不仅捆绑了船长的双手，野蛮地虐待他，还用下流的语言辱骂他。这时，船长告诉他，他必须首先放下武器，然后听候总督处理。所谓总督，指的就是我，因为现在他们都叫我总督。

最后，他们都放下了武器，请求饶命。于是，我派那个和他们谈判的人以及另外两个水手，把他们通通绑起来。

然后，我那五十人的大军——其实，加上他们三人，我们总共才八个人便上去把他们和他们的小船一起扣起来。而我和另一个人，为了显示自己的身份尊贵，并没有露面。【写作借鉴：设置悬念，鲁滨逊竟然在关键场合没有露面。】

我们下一步工作就是把那凿破的小船修好，并设法把大船夺回来。而船长这时有工夫同他们谈谈了。他向他们讲了一番大道理，指出他们对待他的态度如何恶劣，他们的居心如何险恶，并告诉他们，他们的犯罪行为，会使他们受尽煎熬和苦难，也许还会被送上绞刑架。

他们一个个表示悔罪，苦苦哀求饶命。对此，船长告诉他们，他们不是他的俘虏，而是岛上主管长官的俘虏。他说，他们本来以为把他送到了一个荒无人烟的荒岛上，但上帝要他们把他送到有人居住的岛上，而且，岛上还有一位英国总督。他说，总督原先准备把他们全部绞死。但现在他决定饶恕他们，大概要把他们送回英国，按照法律规定处理。但阿金斯除外。总督下令，要阿金斯准备受死，明天早晨就要把他吊死。

这些话虽然都是船长杜撰出来的，然而却达到了预期的效果。阿金斯跪下来哀求船长向总督求情，饶他一命。其余的人也一起向船长哀求，要他看在上帝分上，不要把他们送回英国。

这时我忽然想到，我们离开荒岛的时间到了。现在把这些人争取过来，让他们全心全意去夺取那只大船，已非难事。于是我在夜色中离开了他们，免得他们看见我是怎样的一个总督。然后，我把船长叫到身边。当我叫他的时候，因为两人相距很远，就派了一个人去传话，对船长说："船长，司令叫你。"

船长马上回答说："回去告诉阁下，我就来。"【写作借鉴：语言描写、细节描写，鲁滨逊要求一下达，船长"马上"听从了，侧面体现出船长对鲁滨逊的尊敬。】

这般表演使他们深信不疑。他们相信，司令和他手下的五十名士兵就在附近。

船长一到，我就把夺船的计划告诉他。船长认为计划非常周密，就决定第二天早晨付诸实施。

但是，为了使行动比较巧妙，保证取得成功，我对他说，我们应该把俘虏分散安置。首先，他应去把阿金斯和另外两个最坏的家伙绑起来，送到我们拘留另外几个人的那个石洞里去。这件事我们交给星期五和那两个跟船长一起上岸的人去办了。【名师点睛：细致的计划体现出鲁滨逊的心思巧妙，为人谨慎。】

星期五等人把俘虏押解到石洞里，就像送到监狱里。事实上，那是一个阴森可怕的地方，尤其是对那几个处在这种境况里的人。

我又命令把其余的俘虏送到我的乡间别墅里去。关于这别墅，我前面已做过详尽的叙述。那边本来就有围墙，他们又都被捆绑着，所以把他们关在那里相当可靠。再说，他们也知道，他们的表现决定了他们的命运，谁都没有胆子胡作非为。

到了早晨，我便派船长去同他们谈判，目的是要他去摸摸他们的底，然后回来向我汇报，看看派他们一起去夺回大船是否可靠。船长跟他们谈到他们对他的伤害以及他们目前的处境。他又对他们说，虽然现在总督已饶了他们的命，可是，如果把他们送回英国，他们还是会给当局用铁链吊死的。

不过，如果他们愿意联合起来，去尝试夺回大船的话，他一定请求总督同意赦免他们。

任何人都不难想象，处在他们的境况下，对于这个建议，真是多么乐于接受。他们一起跪在船长面前，苦苦哀求，答应对他誓死效忠，并且说，他们将永远感激他的救命之恩，甘愿跟他走遍天涯海角，只要他们还活着，就会把他当作再生的父亲。【写作借鉴：动作描写，他们满怀感激之情，有利于主人公夺回大船的计划。】

"好吧，"船长说，"我现在回去向总督汇报，尽力劝他同意赦免你们。"接着，他便回来把他们当前的思想情况原原本本地向我做了汇报，并且说，他相信，他们会一片忠心。

话虽如此，为了保险起见，我叫船长再回去一趟，从他们七个人中挑出五个人来。我要他告诉那些人，他现在并不缺少人手，现在只要挑选五个做他助手，总督要把其余两个人以及那三个已经押送到城堡（指石洞）里去的俘虏留下来做人质，以保证参加行动的那五个人的忠诚。如果他们在执行任务过程中有任何不忠诚的表现，留在岛上的五个人质就要在岸上用铁链活活吊死。【名师点睛：鲁滨逊准备得万无一失，侧面体现出鲁滨逊的谨慎。】

这个办法看起来相当严厉，使他们相信总督办事是很认真的，他们除了乖乖接受外，别无办法。现在，不但是船长，而且五个俘虏也都听从其他俘虏的劝告，把完成任务当作自己的事情了。

我们出征的兵力是这样的：一，船长、大副、旅客。二，第二批俘虏中的两个水手。我从船长口里了解了他们的品行，早已恢复了他们的自由，并发给了他们武器。三，另外两个水手。这两个人直到现在还被捆绑着关在我的别墅里，现经船长建议，也把他们释放了。四，那五个最后挑选出来的人。【名师点睛：详细介绍了出战兵力，更加真实。】

因此，参加行动的一共是十三人。留在岛上的人质是七个人，五个关在城堡的石洞里，两个没有关起来。

我问船长，他是否愿意冒险带领这些人去收复大船。我认为，我和星期五需要留守荒岛，因为岛上还有七个俘虏，而且他们又都被分散看守着，还得供给他们饮食，也够我们忙的了。

我决定牢牢看守好关在洞里的那五个人。我让星期五一天去两次，给他们生活必需品。我要其他两个人先把东西送到一个指定的地点，然后再由星期五送去。

当我在那两个人质面前露面时，我是同船长一起去的。船长向他们介绍，我是由总督派来监视他们的。总督的命令是，没有我的指示，他们不能擅自走动。如果乱跑，就把他们抓起来送到城堡里去，戴上脚链手铐。我们就是用这种办法从来不让他们看到我就是总督，我现在是以另一个人的身份出现，并不时地向他们谈到总督、驻军和城堡等问题。【名师点睛：用另外的身份向他们谈及总督，体现了鲁滨逊的足智多谋。】

船长现在只要把两只小船装备好，把留在沙滩上的那只小船的洞补好，再分派人员上去，别的就没有什么困难了。他指定他的旅客做一条小船的船长，带上另外四名水手。他自己、大副和另外五名水手，上了另一条小船。他们安排得十分巧妙，约莫午夜时分才靠近大船。当他们划到能够向大船喊话时，船长就命令那个叫鲁滨逊的水手同他们招呼，告诉他们人和船都已回来了，他们是花了好多时间才把人和船找回来的。他们一面用这些话敷衍着，一面靠拢了大船。当小船一靠上大船，船长和大副首先带枪上了船。两人的手下都忠诚地支援他们。在他们的协助下船长和大副一下子就用枪把子把二副和木匠打倒了。紧接着他们又把前后甲板上的其他人全部制服，并关好舱口，使下面的人没法上来。

这时，第二只小船上的人也从船头的铁索上爬上来，占领了船头和通往厨房的小舱口，还抓住了三个俘虏，是在厨房里撞上的。

这一切完成后，又肃清了甲板，船长就命令大副带三个人进攻艉楼甲板室，去抓睡在那里做了新船长的叛徒。那个新船长听到警报，已经起床了。他身边有两个船员和一个小听差，每人手里都有枪。当大副用一根铁橇杠把门劈开时，那新船长和他手下的人就肆无忌惮地向他们开火。一颗短枪子弹打伤了大副，把他的胳膊打断了，还打伤了其他两个人，但是没有人员死亡。

大副虽然受了伤，还是一面呼救，一面冲进船长室，用手枪朝新船长头上就是一枪。子弹从他嘴里进去，从一只耳朵后面出来，他再也说不出一句话了。其余的人看到这情形，也都投降了。于是，船已经被顺利夺回，再没有人伤亡。

占领大船后，船长马上下令连放数枪。这是我和他约定的信号，一旦夺船成功，就用这个信号通知我。不用说，听到这个信号我是多么高兴。因为我一直坐在岸边等候这个信号，差不多一直等到半夜两点钟。【名师点睛："半夜两点"体现出鲁滨逊对这场战役的重视和紧张，突显出他对重返大陆的渴望。】

Z 知识考点

1. _____出谋划策，打了一场完美的_____的平息叛乱战争。
2. 下列对小说内容分析错误的一项是 （　　）

A. 鲁滨逊住所的树林已经栽种了将近二十年。

B. "我一直坐在岸边等候这个信号，差不多一直等到半夜两点钟"体现了鲁滨逊对逃离荒岛的渴望。

C. "而我和另一个人因身份关系，暂时没有露面。"设置悬念，吸引阅读兴趣。

D. "这是我的城堡和住宅，但是，像许多王公贵人一样，我在乡间还有一所别墅"中的乡间别墅是第一次修建的住宅。

阅读与思考

1. 叙述鲁滨逊队伍扩大的过程。
2. 鲁滨逊平复叛乱的情节怎样?

第二十三节

准备返回英国

M 名师导读

真的可以离开孤岛了,平息了船员的叛乱之后,鲁滨逊如坠梦中。在尽快解决好岛上琐事之后,鲁滨逊扬起离开的风帆。

我听清了信号,便倒下来睡觉。我整整忙碌了一天,已十分劳累,所以睡得很香。忽然,睡梦中听到一声枪声,把我惊醒。我马上爬起来,听到有人在喊我"总督!总督!"我一听是船长的声音,就爬上小山头,一看果然是他。他指了指那艘大船,然后拥抱我。

"我亲爱的朋友,我的救命恩人,"他说,"这是你的船,它是你的,我们这些人和船上的一切也都是你的!"【写作借鉴:语言描写,船长的语言体现了他的知恩图报。】

我看了看大船,只见它停泊在离岸不到半英里的地方。原来他们一控制船,就起锚航行,加上顺风;船已经锚泊在小河口了。这里正在涨潮,船长把船上的一艘大艇划到了我的木筏第一次登陆的地方,这就是说,的确停靠在我的家门口了。

刚开始,这突如其来的喜事,让我几乎晕倒在地,因为我亲眼看到我脱险的事已十拿九稳,且一切顺利,而且还有一艘大船可以把我送到任何我想去的地方。有好半天,我一句话也答不上来。如果不是船长紧紧抱着我,我被他牢牢支撑着,我早已倒在地上了。

他看见我那么激动,马上从袋里掏出一个酒瓶,给我喝了一口烈性甜酒，这是他特地为我带来的，喝完之后，我就坐在地上。虽然这几口酒使我清醒了过来，可是又过了好半天，才说得出话来。

这时候，船长也和我一样欣喜若狂，只是不像我那么激动罢了。于是，他对我说了无数亲切温暖的话，让我安定下来，清醒过来。但我心中惊喜交加，竟不能自已。最后，我失声大哭。又过了好一会，才能开口说话。【写作借鉴：对比、神态描写，船长已从欣喜中回过神来，"我"却仍兴奋不已，对比突出"我"的欣喜异常。】

这时，我拥抱了船长，称他为我的解救者。我们两个人互相欢欣鼓舞。我告诉他，在我看来，他是上天特意派来救我脱险的。又说这件事的经过简直是一连串的奇迹。这类事情证明，有一种天意在冥冥中支配着世界，证明全能的上帝有一双能洞察世界上最偏僻角落的眼睛，只要他愿意，任何时候都可以救助不幸的人。

我也没有忘记衷心感谢上天。在这荒无人烟的小岛上，在这样孤苦伶仃的处境中，我不仅没有饿死——正是上帝的奇迹，赐给我饮食，而且，我一次又一次地绝处逢生，逃过大难，也都是上帝对我的恩赐。上帝不停地施恩给我，我的心怎能不感谢他的保佑呢？【写作借鉴：心理描写，想起一次次化险为夷，鲁滨逊心中涌动着对上帝的感激之情。】

船长跟我谈了一会儿，便告诉我，他给我带了一点饮料和食物。这些东西，都是那些坏蛋没有糟蹋完剩下来的，所以只能拿出这么一点了。说着，他向小船高声喊了一声，吩咐他手下的人把献给总督的东西搬上岸来。这实际上是一份丰厚的礼物，初看起来，好像要让我在岛上继续待下去，不是要同他们一起乘船走了。

首先，他给我带来了一箱质量上等的烈性甜酒，六大瓶马德拉白葡萄酒，每瓶有两夸脱，两磅上等烟叶，十二块上好的牛肉脯，六块猪肉，一袋豆子和大约一百磅饼干。

另外，他还给我带来了一箱糖，一箱面粉，一袋柠檬，两瓶柠檬汁和许多其他东西。除此之外，对我更有用处的是，他给我带来了六件新衬衫，六条上等领巾，两副手套，一双鞋，一顶帽子，一双长袜，还有一套他自己穿的西装，西装还很新，看来他没有穿过几次。【名师点睛：详写船长给"我"的物资，全是对"我"的友好人情。】一句话，他给我从头到脚都换了行头。

不难想象，对于我这种处境的人，这是一份慷慨而令人喜悦的礼物。可是，我刚把这些衣服穿上身的时候，简直就像是遇上了世界上最不舒服、最束手束脚和最不自主的事情。

送礼的仪式完毕，东西也都搬进了我的住所，我们便商议处置俘虏的问题。我们必须考虑是否冒风险把他们带走。尤其是他们中间有两个人，我们认为是绝对坏到骨子里而且难对付到极点的暴徒。船长说，他知道他俩都是坏蛋，没法对他们宽大。

即使把他们带走，也必须把他们像犯人一样戴上手铐和脚镣。等他的船开到任何一个英国殖民地，就可以把他们送交当局法办。我感到船长对此事确实也很发愁。

对此，我告诉船长，如果他同意，我可以负责说服那两个人，使他们自发提出请求，把他们留在岛上。

"我很高兴你能那样做，"船长说，"我衷心同意！"【写作借鉴：语言描写，船长求之不得让他们留在岛上，可见厌恶之深。】

"那很好，"我说，"我现在就把他们叫来，替你跟他们谈谈。"

紧接着，我便吩咐星期五和那两个人质去把他们带过来。当时，我们早已把那两个人质释放了，因为他们的同伙实践了他们的诺言。他们就一起到洞室去，把关在那儿的五个人照旧绑着手，带到了我的乡间别墅里。到了后先把他们关押起来，等我去处置。

过了一会，我就穿上新衣服去了。现在，我又以总督的身份出现了。我和船长到了那边，会见了自己人，我就叫人把那五个人带到我面前来。我对他们说，我已经详细获悉了他们对待船长所犯的种种罪行。我已了解他们怎样把船夺走，并还准备继续去干抢劫的勾当。但上帝却使他们作茧自缚，跌进了他们替别人挖掘的陷阱。

我让他们知道，在我的指挥下，大船已经夺回来了，现在正停泊在海口里。他们过一会儿就可以看到，他们的新船长正被吊在桅杆顶上示众，他的罪恶行径得到了报应。

至于他们，我倒想知道他们还有什么话来说服我，使我不把他们作为海盗处决。事实上，我完全可以把他们以海盗论处。当然，他们大概绝不会怀疑，我完全有权把他们处死。

这时，他们中间有一个人出来代表大家说话了。他说，他们无话可说。只是他们被俘时，船长曾答应饶他们不死的。他们现在只有低头恳求我的宽容。可是，我告诉他们，因为我自己已决定带着手下的人离开本岛，跟船长一起搭船回英国去。至于船长，他只能把他们当作囚犯关起来带回英国，并以谋反和劫船的罪名送交当局审判。其结果他们应该都知道，那必定是上绞架。所以，我实在也想不出更好的办法，除非他们决定留在岛上，碰碰运气。如果他们同意这个办法，我本人没有意见，因为我反正要离开本岛了。只要他们愿意留在岛上自谋生计，我可以饶他们不死。

他们对此表示十分感激。他们说，他们宁可冒险留在这里，也不愿被带回英国吊死。我就这样把事情谈妥了。【写作借鉴：对比，一是回英国接受判决，二是留在岛上自生自灭，他们选择了留下，设置悬念，他们留下后会怎么样呢？】

然而，船长似乎不太同意这个办法，好像他不敢把他们留在岛上。于是，我对船长做出生气的样子。我对他说，他们是我的俘虏，而不是他的俘虏。我既然答应对他们网开一面，我说的话就应该算数。如果他不同意，我就把他们放掉，只当我没有把他们抓住过。如果他不愿意给他们自由，他自己可以去把他们抓回来，只要他能抓得住。听了这番话，他们表示无限感激。于是，我释放了他们，叫他们退回原来被抓住的树林里去，并对他们说，我可以给他们留一些枪支弹药，并

指导他们怎样在这儿好好过活，要是他们认为合适的话。【写作借鉴：语言描写，字里行间透露出主人公的善良。】

解决了俘虏的问题，我就开始做上船的准备了。我对船长说，我还得做些准备，所以还得在岛上耽搁一个晚上。【写作借鉴：设置悬念，为什么要在这儿耽搁一晚，引发读者阅读兴趣。】我吩咐他先回船上，把一切安排好，第二天再放小船到岸上来接我。我特别下令，让他把那打死的新船长吊在桅杆顶上让那些人可以看见他。

船长走了之后，我派人把那几个人带到我房间里来，同他们严肃地谈论了他们的处境。我对他们说，我认为他们的选择是正确的。如果让船长把他们带走，其结果必然是上绞架受死。我把那吊在大船桅杆顶上的新船长指给他们看，并告诉他们，他们也没有别的指望，只能是这种下场。他们都纷纷表态愿意留在这儿。于是，我就把我这里生活的情况告诉他们，并教会他们怎样把生活过好。我谈了小岛的环境，以及我在这儿生活的经历。我领他们看了我的城堡，告诉他们如何做面包，种庄稼，晒制葡萄干。一句话，教给他们一切使他们生活顺当的不可缺少的办法。【写作借鉴：细节描写，鲁滨逊细致地介绍岛上情况，体现了鲁滨逊的热心与乐于助人。】我又把十七位西班牙人的事情告诉了他们，并对他们说，不久他们也要来岛上了。我给那些西班牙人留了一封信，并要他们答应对他们一视同仁。

我把枪支都留给了他们，其中包括五支短枪，三支鸟枪，还加三把刀。我还留下了一桶半火药。我之所以还有这么多火药，是因为我一直很节省，除了开始两年用掉一些外，后来我就一点都不敢浪费。我还把养山羊的方法教给了他们，告诉他们怎样把羊养肥，怎样挤羊奶，做奶油，制乳酪。

总之，我把自己的经历原原本本地告诉了他们。我还对他们说，我要劝船长再给他们留下两桶火药与一些菜种。我对他们说，菜种一直是我所求之不得的东西。我还把船长送给我的一袋豆子也留给了他们，

嘱咐他们一定要播种和生产更多的豆子。【名师点睛：鲁滨逊热心地传授生活技能，体现出他的善良。】

这些事情办完后，第二天我就离开他们上了大船。我们本来准备立即开船，可是直到晚上都没有起锚。【写作借鉴：过渡句承上启下，引出下文。】第二天一大早，那五个人中有两个人忽然向船边泅来。说尽另外三个人的坏话，说得他们糟糕不堪。他们恳求我们看在上帝分上收留他们，不然他们准会给那三个人杀死。他们哀求船长收留他们，就是马上把他们吊死也心甘情愿。

船长看到这种情形，就推说自己没有决定权，要征得我的同意才行。后来，他们也发誓痛改前非，才把他们收容上船。上船后，每个人都受了鞭刑，打完后再用盐和醋擦伤处。从那以后，他们果然成了安分守己的人了。【写作借鉴：细节描写，一为惩戒，二为警示。】

过了一会儿，潮水上涨了。我就命令把我答应给那三个人的东西，用小船运到岸上去。我又向船长说情，把他们三人的箱子和衣服一起送去。他们收到后，都千恩万谢，感激不尽。我又鼓励他们说，如果将来我有机会派船来接他们，我一定不会忘记他们。

离开小岛时，我把自己做的那顶羊皮帽、羊皮伞和我的鹦鹉都带上船，作为纪念。同时，我也没有忘记把钱拿走。这些钱一共有两笔，一笔是从自己所剩的破船上拿下来的；另一笔是从那条失事的西班牙船上找到的。这情况我在前面都已交代过了。这些钱由于一直存放在那里没有使用的机会，现在都已生锈了。若不经过一番摩擦和处理，很难看出它们是银制的。

根据船上的日历，我在1686年12月19日，离开了这个海岛。我一共在岛上住了二十八年两个月零十九天。【名师点睛：鲁滨逊在岛上生活了二十八年，从侧面表现出他对家乡的怀念。】我第二次遇难而获救的这一天，恰好和我第一次从萨累的摩尔人手里坐长艇逃出来是同月同日。

我乘着这艘船,经过漫长的航行,终于在1687年6月11日抵达英格兰。算起来,我离开已经三十五年了。

Z 知识考点

1.荒岛生活就此结束,鲁滨逊在荒岛上生活了_____年。

2.下列对原文内容的分析,错误的一项是(　　)

A."我也没有忘记衷心感谢上天"体现鲁滨逊在荒岛这么多年,已经充满对上帝的信仰,对上帝满怀感激之情。

B.白人船长送给鲁滨逊大量物资,体现了他的知恩图报和信守诺言。

C.作茧自缚:原意是蚕吐丝做茧。比喻做了某件事,结果使自己受困。也比喻自己给自己找麻烦。

D.鲁滨逊把反叛者留在岛上的目的是困死他们。

Y 阅读与思考

1.得知大船夺回后,鲁滨逊有哪些反应?

2.鲁滨逊为什么要把反叛者留在岛上?

第三章

回归文明

第一节

我成了富翁

> **M 名师导读**
>
> 二十八年后,鲁滨逊终于脱离孤岛,回到了大陆。对于这片土地来说,鲁滨逊已然是一个陌生人了。幸运的是,他的钱财有人保管,一夜之间,成了富翁。只是昔人已不在。

我回到英国,完全成了一个陌生人,好像我从未在英国住过似的。我那位替我保管钱财的恩人和忠实的管家也还活着。但是她历经人世的种种不幸,已经第二次成为寡妇了,而且日子过得挺清苦的。我叫她不要把欠我的钱放在心上,并对她说,我是不会找她麻烦的。相反,为了报答她以前对我的关心和忠诚,我又尽我微薄的财力给了她一点接济。当然,我现在财力有限,只有稍微表示心意。可是,我向她保证,我永远不会忘记她以前对我的好,只要我将来有能力帮助她,绝对不会忘记她。这是后话了。

后来,我去了约克郡。我父亲已经过世,我母亲及其他长辈也都已作古。我只找到了两个妹妹和我一位哥哥的两个孩子。【名师点睛:重返故土,亲人难觅,鲁滨逊伤感至极。】因为大家都以为我早已不在世上了,所以没有留给我一点遗产。也就是说,我没有获得任何金钱上的救济,而靠着我身上的这点钱,又根本无法成家立业。

在我如此窘迫的时候,万万没有料到的是,有人却对我感恩图报。我只是意外地搭救了船长,救了他的船和货物,而船长却把我怎样救了全船和船上的人,详详细细地报告了那些船主。他们把我邀请过去,和他们以及几个有关的商人会面。他们全都对我这次出手相援交口赞扬,还赠予我二百英镑的酬金。

我多次思考了自己的处境,感到实难安身立命,就决定到里斯本去一趟,看看能不能打听到我在巴西的种植园和那合股人的情况。我相信,我那合股人一定以为我离世已久。

抱着这一希望,我搭上了开往里斯本的船,于第二年4月份到达了那里。我的仆人星期五在这一切奔波中非常忠实地陪着我,在任何场合,都是我最忠心的仆人。【名师点睛:表现了"星期五"对鲁滨逊的忠诚。】

到了里斯本,我几经打听,找到了我的老朋友,也就是把我从非洲海面上救起来的那位船长。这真使我高兴极了。船长年事已高,已经不亲自出海了。他让儿子当了船长,而儿子也已近中年了,仍旧做巴西生意。船长早已不怎么记得我了。说实在话,我也一样认不出他了。但不久我就记起了他的面貌。当我告诉他我是谁之后,他也记起了我的面貌。

老友间的交谈,热情亲切。不用说,我接着就询问了我的种植园和合股人的情况。老人家告诉我,他已有九年没有去巴西了。但他可以向我保证,当他离开那里的时候,我的合股人还在人世。我曾委托他和另外两位代理人照管我的产业。尽管那两位代理人已经过世,不过,他相信,我一定会得到一份很好的,关于我种植园的增值清单的报告。因为,当时人们以为我出事淹死之后,我的几位产权代理人就把我在种植园股份内应得的收入报告给了税务官。只要我不去要求收回,他就把收入的三分之一划归国王,三分之二拨给圣奥古斯丁修道院,作为救济灾民以及在印第安人中传播天主教之用。如果我回来,或有人申请继承我的遗产,我的财产就会得到归还,只不过已经分配给慈善事业的历年收入,是不能发还的。

同时,他劝我宽慰一些,政府征收土地税的官员和修道院的司事,一直在监督着我的合股人,让他把每年的收入交出一份可靠的账目,并把我应得的部分上缴。

我问他是否知道种植园发展的情况。又问他,在他看来,是否还值得经营下去。如果我去巴西,在索取我的正当份额时,是否会有什么困难。

他对我说,他也无法准确地说出种植园发展到了什么地步。可是他知道,我那合股人尽管只享有种植园一半的收入,但已成了当地的巨富。他又告诉我,现在回忆起来,他曾听说,仅仅政府收到我所应得的三分之一,每年就达二百葡萄牙金币以上。这部分钱好像拨给了另一个修道院或什么宗教机构去了。要收回这笔财产,应该是不成问题的,因为我的合股人还活着,可以证明我的股权,而且,我的名字也在巴西登记在册。他又告诉我,我那两位代理人的财产继承人,都是很公正、老实的人,而且都很富有。他相信,我不仅可以获得他们的帮助,领到我的财产,而且,还可以从他们那里拿到一大笔属于我的现款。那是他们的父亲在放弃受委托以前代办收下的。【写作借鉴:细节描写,语言描写,从老船长的话语里得知,鲁滨逊可以得到一笔现金,不知道现在怎么样。】

据他回忆,将我的收入部分缴公,还只是十二年以前的事。

我听了他的话,心里难免有些担心和不自在。我问那老船长,我既然立了遗嘱,指定他,这位葡萄牙籍船长作为我财产的全权继承人,那两位代理人怎么能这样处理我的财产呢?

他对我说,他确实是我的继承人。但是,一直未能确切证实我的死亡。在没有获得我死亡的确切消息之前,他不能作为我遗嘱的执行人。而且,还有一层,这远隔重洋的事,他也不愿意干预。但他又说,他确实把我的遗嘱向有关部门登记过,而且提出了他的产权要求。如果他能提出我的死亡证明,他早已根据财产委托权,接管了我的糖厂,并派目前在巴西的儿子去经营了。

"可是,"那老人家又说,"我还有一件事要告诉你。这事你听了可能会不太高兴。当时,我们都以为你已死了,大家也都这样认为,当你的合股人和代理人交给我你头六七年的收入时,我没有拒绝。【写作借鉴:语言描写,侧面体现出老船长的善良与诚实,丰富其人物形象。】但当时,种植园正在发展,需扩充设备,建立糖厂,又要买奴隶,所以利润就没有后面的大。不过,我一定把我的收入及花费开一份可靠的账单给你。"

我和这位年事已高的朋友又连续商谈了好几天,他就把我种植园最初六年的细账交给了我,上面有我的合股人和两位代理人的签字。当时交出来的都是现货,像成捆的烟叶,成箱的糖;此外,还有糖厂的一些副产品,像糖蜜酒和糖蜜等东西。从账目中我可以看到,收入每年都有增加,但正如上面所提到的,由于开头几年开支较大,所以实际收入不大。尽管如此,老人家还是告诉我,他欠我四百七十块葡萄牙金币,另外还有六十箱糖和十五大捆烟叶。那些货物在船只开往里斯本的航行中因失事而全部损失了。那是我离开巴西十一年以后发生的事。

这位善良的人开始向我诉说了他不幸的遭遇,说他迫不得已用我的钱去挽回他的损失,在一条新船上搭了一股。

"不过,我的老朋友,"他说,"你不会在困难的时候,缺钱花的。等我儿子回来,就可以把钱都还给你。"【写作借鉴:语言描写,老船长有勇气告诉鲁滨逊真相,体现了老船长的诚实,他的正直也突显得淋漓尽致。】

说完,他拿出一只陈旧的钱袋,给了我一百六十块葡萄牙金币,又把他搭在新船上的四分之一股份和他儿子的四分之一股份一起开了一张出让证交给我,作为其余欠款的担保。

那条船他儿子现在开往巴西去了。

这位可怜的老人,拥有正直善良的美好品质,实在使我深受感动,我真不忍心听他讲下去了。想到他过去对我的好处,想到他把我从海上救起来,对待我从不吝惜金钱,慷慨大方,特别是看到现在他对我的真诚善良，听着他的诉说，我禁不住流下了眼泪。于是，我首先问他，以他目前的经济状况，能不能拿出这么多钱？拿出这笔钱会不会让他手头吃紧？他告诉我说，拮据当然会拮据一些，但那是我的钱，而且，目前我比他更需要这笔钱。

这位善良的老人所说的话，充满了真挚的友情。我一边听，一边止不住流泪。一句话，我只拿了他一百块葡萄牙金币，并叫他拿出笔和墨水，写了一张收据给他，把其余的钱都退还给了他。【写作借鉴：神态描写，鲁滨逊"一边听，一边止不住流泪"，体现了他对老船长的感激和感动，他不计较的行为也体现他知恩图报，不忘旧情的思想品质。】我还对他说，只要我能够收回我的种植园，这一百块钱我也要还给他。这一点我后来确实也做到了。至于他和他儿子搭在新船上的股权出让证，我是无论如何也不能收的。

我说，如果我要用钱，我相信他一定会给我的，我知道他是一个诚实的人。在他看来，如果我不需要钱，是不会向他要一文钱的，而且我完全有理由收回我所指望的产业。

这些事情办完后，老人家又问我，需不需他给我想一个收回种植园的方法。我告诉他，我想亲自去巴西走一趟。他说，如果我想去，那也好。不过，如果我不想去，也能确保我收回产权，甚至立刻使用我的收入。【写作借鉴：语言描写，字里行间自然流露出老船长对鲁滨逊的真心诚意。】在里斯本的特茹河里，眼下便有一批船要开往巴西。

他让我把我的姓名在官方的登记处登记在案，他自己也写了一份担保书，宣誓证明我还活着，并声明当时在巴西领取土地建立种植园的正是我本人。

我把老人的担保书按照正常手续经公证人证明，又附上了一份委托书。然后，老人又替我写了一封亲笔信，连同上述两份文件，让我一起寄给了他所熟悉的一位巴西商人。这一切办完，他建议我住在他家里等待回信。

这次委托手续真是办得再公正不过了。不到七个月，我收到那两位代理人的财产继承人寄给我的一个大包裹。应该提一下的是，我当时就是因为他们的建议才出海的。包里有下述信件和文件：

第一，我种植园收入的流水账，时间是从他们父亲和这位葡萄牙老船长结算的那一年算起，一共是六年，应该给我一千一百七十四块葡萄牙金币。

第二，在政府接管之前的账目，一共四年，这是他们把我作为失踪者（他们称之为"法律上的死亡"）保管的产业。

由于种植园的收入逐年增加，这四年共结存三万八千八百九十二块葡萄牙银币，合三千二百四十一块葡萄牙金币。

第三，圣奥古斯丁修道院院长的账单。他已经获得十四年的收益。他十分诚实，告诉我说，除了医院方面用去的钱以外，还存八百七十二块葡萄牙金币。他现在把这笔钱记在我的账上。至于国王收去的部分，那是分文不退的。

另外，还有一封合股人写给我的信。他语调真挚恳切，恭喜我平安。他向我报告了我们产业发展的情况以及每年的生产情况，并详细谈到了我们的种植园现在一共有多少英亩土地，怎样种植，有多少奴隶，等等。他在信纸上画了二十二个十字架，为我祝福。他还说，他感谢圣母让我回归人世，并多念祷词。

他热情地邀请我去巴西收回我的产业。同时，他还要我给他指示，若我不能亲自去巴西，他可以把财产交给谁。在信的末尾，他又代表他本人和全家向我表示他们的深厚情谊，又送给我七张精致的豹皮作为礼物。这些豹皮是他派往非洲的另一艘船给他带回来的，他们那次航行，看来比我幸运得多了。另外，他还送了我五箱上好的蜜饯，一百枚没有铸过的比葡萄牙金币略小些的金圆。【写作借鉴：细节描写，鲁滨逊的合股人不但未吞并他的财产，还送给他很多礼物，侧面体现出合股人诚实善良的品格。】

这一支船队还运来了我两位代理人的后代给我的一千二百箱糖，八百箱烟叶；同时，他们还把我账上所结存的全部财产折合成黄金，也给我一起运来了。

现在，我可以说，约伯[此处鲁滨逊自比约伯。约伯的事迹见《圣经·旧约·约伯记》。约伯早年备尝艰辛，晚年享尽幸福，并活了一百多岁]的晚年的确比他早年好，上帝赐给我的比从前更多了。当我读到这些信件，特别是当我知道我的全部财富就在我身旁的时候，简直无法表达我的心怦怦地跳得多么厉害。那些巴西的船队，向来是成群结队而来，同一支船队给我带来了信件，也同时运来了我的货物。当我读到信件的时候，我的财产也早已安抵里斯本的特茹河了。总之，我顿时脸色苍白，直想呕吐。要不是他老人家急忙跑去给我拿了点提神酒来，我相信，这突如其来的惊喜，一定会使我精神失常，当场死去。

不但如此，就是喝了提神酒之后，我仍感到非常难受，一直持续了好几个小时。最后请来了一位医生。他问明病因之后，就给我放了血。这才使我感到舒服了些，后来就慢慢好了起来。我完全相信，如果我当时激动的情绪不是用这种方法排解的话，难免当场死亡。

突然间，我成了拥有五千英镑现款的富翁，而且在巴西还有一份产业，每年带给我一千镑以上的收入，就像在英国的田产一样可靠。总之，我目前的处境，我自己也几乎不知道怎么来弄明白了，更不知道如何安下心来享用这些财富了。【写作借鉴：过渡句，上承鲁滨逊获得的财富，下启鲁滨逊随后的一系列行为。】

我做的第一件事情，就是报答我最初的恩人，也就是那好心的老船长。从我最初遇难，他对我行好事开始，此后自始至终对我善良真诚。我把收到的东西都给他看了。我对他说，我之所以有今天，是因为他对我的恩情仅次于那安排世间一切的上帝。

现在，我有报答他的能力了，为何不千百倍地回报他呢？我先把他给我的一百块葡萄牙金币退还给他。然后，又请来一位公证人，请他起草了一份字据，把老船长承认欠我的四百七十块葡萄牙金币，以最彻底、最可靠的方式全部取消或免除。这项手续完成之后，我又请他起草了一份委托书，委任老船长作为我那种植园的年息管理人，并指定我那位合股人向他报告账目，把我应得的收入交给那些长年来往于巴西和里斯本的船队带给他。委托书的最后一款是，老船长在世之日，每年从我的收入中送给他一百葡萄牙金币；在他死后，每年送给他儿子五十葡萄牙金币。我就是这样报答我的这位老人的。【写作借鉴：细节描写，获得大笔财富的鲁滨逊第一反应就是报答老船长，体现了他知恩图报的良好品质。】

我现在该考虑下一步的行动了，并考虑怎样处置上天赐给我的这份产业了。说实在话，与荒岛上的寂寞生活相比，现在我要操心的事更多了。那时候在荒岛上，我只需要操心我已经有了的，和我所需要的。可现在我负有很大的责任，那就是如何保管好自己的财产。

另一方面，我在巴西的利益似乎需要我去一次。可是，如果我不把这儿的事料理好，把我的财产交托给可靠的人管理，我如何敢鲁莽地前去呢？最初，我想到了我的老朋友，就是那位寡妇。我知道她为人诚实可靠，而且也一定不会亏待我。但是，现在的她，年迈且贫穷。而且，据我所知，还负了债。所以，我没有别的办法，只有带着我的财产，亲自回了英国。

回国之前，当然先得把一些事情料理一下。开往巴西的船队马上要起航了，所以我决定先写几封回信，答复巴西方面寄给我的那些报告。我得体地一一回信，为了他们那忠实且公正的报告。首先，我给圣奥古斯丁修道院院长写了一封回信，在信中，我对他们公正无私的办事态度充满了感激之情，并把那没有动用的八百七十二块葡萄牙金币全部捐献了出去，其中五百块金币捐给修道院，三百七十二块金币随院长意思捐给贫民，但愿这位好心的神父为我祈祷。【写作借鉴：愿意将自己的钱财拿去做慈善，体现出鲁滨逊内心的善良与爱。】

接着，我又给两位代理人的继承人写了一封感谢信，赞扬他们公正无私、诚实忠诚的办事态度。至于要不要送他们任何礼物，我认为，由于他们地位显赫，那就大可不必了。

最后，我又给我的合股人写了一封信，感谢他在发展我们的种植园工作上所付出的辛勤劳动，以及他在扩大工厂经营中所表现的廉洁精神。

Z 知识考点

1.回到英格兰，鲁滨逊仅剩的亲人是两个_____和两个_____，在奴仆_____的陪伴下，他出发去了里斯本，从在非洲救他的_____那里打听到了巴西_____的消息。

2.下列对文章内容的分析，错误的一项是（　　）

A."你不会在困难的时候，缺钱花的。等我儿子回来，就可以把钱都还给你。"语言描写，突显出老船长善良诚实的人物性格。

B."总之，我顿时脸色苍白，只想呕吐。"神态描写，骤变的神情，使鲁滨逊的喜悦惊喜跃然纸上。

C."考虑怎样处置上天赐给我的这份产业。""上天"一词，说明了"我"的产业得来之易。

D.鲁滨逊在巨大的财富前如鱼得水，比在岛上轻松惬意得多。

Y 阅读与思考

1.鲁滨逊回到故乡之初，心情是怎样的？

2.鲁滨逊成为富翁后，是怎样报答他的恩人的？

第二节

陆路历险

M 名师导读

鲁滨逊的上半生,从荒岛逃生到富翁,坎坷起伏。迷茫的鲁滨逊再次踏上了征途。

我就这样安排好了我的事务,出售了我的货物,把我的财物都兑换成信誉可靠的汇票;然后,我便陷入纠结,因为我不知道选哪条路线去英国。我一向习惯于走海路;然而,我当时对走海路去英国有一种说不出的厌恶,乘船对我来说愈来愈困难,甚至有一回,我已经把行李运上了船,准备动身了,我还是改变了主意,不,不是一回,这样的事有两三回哩。

不过,的确有一部分的原因是我乘船的经历很不幸。但是,人们在这种时刻,千万别忽视自己内心的强烈冲动。我挑中过准备乘的两艘船,我的意思是说,比挑任何其他的船挑得更仔细。我已经把行李运上了其中一艘;而同另一艘的船长也谈妥了。果然,这两艘船都出了事。一艘被海盗["海盗"原文是"阿尔及尔人"。凡在巴巴里海岸一带抢劫的都被称为阿尔及尔人,但不一定是阿尔及尔人]连船劫去;另一艘在托尔贝[英吉利海峡入口,在德文郡。下文的"斯塔特"也在德文郡]附近的斯塔特失事,全船只有三个人保全了性命,其他人都淹死了。我乘在哪一艘船上都够惨的了;至于乘在哪一艘船上更惨,这就不好评判了。

当我心中折腾得这样不可开交的时候,我的那位老船长——我任何事都同他商量——热切地劝我别坐海船，而是从陆路到拉科鲁尼亚[西班牙西北部一港口]，渡过比斯开湾[在西班牙和法国之间，渡过比斯开湾，即可到法国的拉罗谢尔海港]，到拉罗谢尔，从那儿走陆路到巴黎，再到加来[法国北部港市，隔多佛尔海峡，同英国的多佛尔遥遥相对]和多佛尔，一路上既舒适又安全；要不，先到马德里，一路上穿过法国，都是陆路。

总之，我已经拿定主意，绝不走海路了，除了从加来到多佛尔非穿过海峡外，决定全程都走陆路。况且，我没有时间和金钱上的压力，走陆路，更舒服。为了使我在旅途中更加愉快，我那位老船长给我介绍了一位英格兰绅士——一个在里斯本经商的人的儿子，他愿意同我一起旅行。我们后来又找到了两个英国商人和两个年轻的葡萄牙绅士做旅伴；不过，两个葡萄牙人只到巴黎为止。这样，我们一共是六个人，带着五个仆人。那两个商人和两个葡萄牙人为了节省开支，将就着两个人雇一个仆人。而我除了星期五外，另外雇了一个英格兰海员做我旅途中的仆人，因为星期五初来乍到，人生地疏，无法伺候好我。【写作借鉴：详细介绍了人员情况。】

我就这样从里斯本出发了。我们这一伙全都骑着鞍(ān)辔(pèi)[骑马的用具，或指驾驭牲口用的嚼子和缰绳]鲜明的好马，全副武装，组成一支小小的队伍，我被他们尊称为队长，一是因为我年长，二是因为我有两个仆人，还是这段旅程的发起者。

我以前既然不拿我的航海日志来打扰你，现在也不必拿陆上的行程来麻烦你。不过，我们后来在叫人厌烦和艰险的旅程中遇到的一些惊险的情节，我是一定不会略过的。【写作借鉴：设置悬念，下面会发生诸如哪些惊险的情节呢？引发读者阅读兴趣。】

我们来到了马德里，我们大伙儿以前都没有来过西班牙，都有兴趣停留一阵子，看看西班牙宫廷和一些值得一看的景致。但是，这时候已经是夏末，我们就急急忙忙地出发，在约莫十月中旬光景离开马德里。但是，我们来到纳瓦拉[西班牙一省，北面与法国以比利牛斯山为界]边界的时候，在几个小城镇吃惊地听到报告，法国那一边的山上已经下了大雪，几个旅客试图冒险闯过去，遇上极大的危险，死里逃生，才不得不退回到潘普洛纳[西班牙纳瓦拉省省会]。

我们来到潘普洛纳后，发现传闻是事实。拿我来说，我早已适应了炎热气候，到过的那些地方身上穿上任何衣服几乎都受不了，现在对寒冷苦不堪言。说真的，痛苦倒还在其次，感受最最深的是吃惊。我们离开老卡斯蒂利亚[西班牙地名，位于新卡斯蒂利亚北部，在比斯开湾边]才十天，那儿不但天气温暖，而且可以说是炎热，现在我们一下子尝到了比利牛斯山吹来的风，寒风冰冷刺骨，手指、脚趾感觉都要被冻得坏死，难以忍受。

可怜的星期五看到一座座山上覆盖着白雪，觉得这么冷，受到了很大的惊吓。他有生以来，从来没有见过雪，也从来没有这么挨过冻。

天气越来越恶劣，我们抵达潘普洛纳的时候，大雪还在纷纷扬扬地下着，而且下个没完，人们都在说，今年的冬天提前来到了。以前不好走的道路，已经被堵住了，甚至不能通行。【名师点睛：突出了此地气候的严寒，说明了环境的恶劣，这促使我们寻求向导的帮助，推动情节发展。】总之就是，有些地方雪太厚，我们压根儿走不过去，而且雪还没有冻结实，像那些北方地带那样，每走一步都要冒被活埋的危险。我们在潘普洛纳待了不少于二十天。眼看着冬天正在来到，而且丝毫不见好转的迹象，因为这是在人们的记忆中被认为是整个欧洲最冷的一个冬天，我建议我们大伙儿改道到富恩特拉比亚[西班牙港市，在法国边界附近，在加斯科涅海湾内]去，在那儿乘船去波尔多[法国西南部港市]，这段路程很短。

不过，我们正在考虑这个方案的时候，进来四个法国绅士。他们曾经在法国境内的山路上被大雪所困，就像我们被阻止在西班牙这一边那样，但是他们找到了一个向导。他带他们穿过朗格多克[法国南部一地区]顶端，走一些受大雪干扰不严重的山路，越过一座座山，据他们说，积雪已经冻得够坚硬，人和马踩上去，也不至于陷入雪里。

我们派人去把那个向导找来。他对我们说，他愿意承担起这份活儿来，把我们从原路带过去，积雪倒没有什么危险，只是我们要准备好足够的武器，保护自己，对付野兽。他说，在这些下大雪的日子里，经常有狼群在山脚下出现，它们因为遍地积雪，缺乏食物，已经饿慌了。我们告诉他，我们早已有充分的准备对付那些畜生，只要他能保证我们避免遇上两腿狼，就没有问题，听说那才是对我们最危险的，尤其在法国那一边的山上。

他的回答使我们感到满意。他说，我们将要走的路上绝对不会碰上那种动物，所以我们马上就兴冲冲地同意跟他动身。另外还有十二个绅士，带着他们的仆人，也愿意同行。他们有的是法国人，有的是西班牙人。我在前面说过，这些人，曾经试走过几次，都被迫退了回来。

于是，我们在十一月十五日，在我们向导的带领下，从潘普洛纳出发了。说真的，使我感到惊奇的是，向导没有带我们往前走，而是径直带着我们退回到我们从马德里上这儿来的那条路上去，走了二十多英里，渡过了两条河，走进了一片平原。这里天气重新暖和起来，而且风景明媚，看不见雪，但是他突然向左一拐，从另一条路往群山走去。一路上崇山峻岭悬崖峭壁，看起来非常可怕，但是他左转右拐，绕来绕去，带着我们迂回曲折地前进，不知盘旋了多少回，我们却在不知不觉中越过了一个个山脊，没有受到积雪多大的阻挠。【名师点睛：顺利的行程一方面说明向导很有经验，另一方面也暗示着什么不好的事情发生，仿佛现在的温暖都是暂时的安宁，为下文遭遇群狼埋下伏笔。】他指给我们看那景色迷人、物产富饶的朗格多克省和加斯科涅省，真是满目青翠，一片葱茏景象，尽管它们的确还很遥远，我们还有艰难的路程要经历。

离天黑大概还有两小时，雪下了一天一夜；我们有点儿担心没法赶路了。但是，他劝我们尽管放心，我们很快就要摆脱困境了。果然，我们开始走下坡路了，而且是比以前更向北走。就这样，我们一切听凭向导，继续前进。

约莫在天黑以前两个钟头光景，向导稍微走在我们前面一点儿，我们刚好看不见他，忽然从一片稠密的树林边上的一条洼道上一下子冲出三条巨大的狼，在它们后面是一头熊。两条狼扑向那个向导。要是他走在我们前面半英里的话，那我们就来不及救他了，他确实免不了会被吃掉了。一条狼紧紧地咬住他的马；另一条凶猛地向他扑去，使他来不及掏手枪，或者是吓慌了，没想到去掏手枪，只是大声吼叫，扯着嗓门向我们求救。我的仆人星期五正在我身旁。我吩咐他策马前行，看看出了什么事。星期五看到了那个人，用同那个人一样大的声音喊叫："啊，主人！啊，主人！"但是，他表现英勇，径直催马赶到那个可怜人身前，拿起他的手枪，对着那只狼的头上开了一枪。【名师点睛：狼的凶猛、带路人的惊慌失措被描写得栩栩如生，可见当时情况的激烈和鲁滨逊一行人遭遇的危险之大。】

那个可怜人真幸运，遇上了我的仆人星期五，因为他在家乡见惯了这种畜生，对它一点儿不怕，所以敢像前面所说的那样逼近它，一枪把它打死。要是换了我们任何一个人的话，必然站在很远开枪，那也许就打不中那条狼，要不，也许会误伤那个人。

不过，这件事情足以使比我胆大的人惊慌。说真的，我们都被吓得半死，因为星期五的枪声一响，我们马上听到两边传来最尖锐凄凉的狼的嗥叫声，而且在群山间引发了轰鸣的回声。在我们听来，好像漫山遍野有成千上万的野狼。不过，说真的，也许狼也并不少到我们不必担心的地步哩。

不管怎样，星期五打死了一条狼，另一条紧紧咬住那匹马的狼马上放开它，逃走了。幸亏它咬的是马头，马头上套着的笼头嚼环正好嵌住狼的牙齿，所以马没有被狼咬成什么大伤。那个人倒确实受了重伤，因为那条凶猛的畜生咬伤了他两处，一处是在他的胳膊上，另一处是在他的膝盖上面一点儿。正在他要被那匹拼命挣扎的马掀倒的时候，星期五及时赶到了，打死了那条狼。【名师点睛：详写向导受伤之重，侧面体现出星期五勇气可嘉。】

不难想象，星期五的枪声一响，我们就加快马速，在那条非常难走的道路上策马前行，好看看到底出了什么事情。一越过原来挡住我们视线的树林，我们就清清楚楚地看到那是怎么一回事，星期五怎样救了那个可怜向导的性命，虽然我们没有马上看出他杀死的是什么野兽。

接下来是星期五和那头熊展开了一场残酷的大战。从来没有一场战斗进行得那么大胆和惊险。尽管我们起先感到吃惊，为他担心，结果，我们都被他逗得乐不可支。熊本来是一种笨重蹒跚的野兽，走起路来没有狼那么轻快、敏捷，所以它有两个特点，那通常是它的行动规则。首先，人本来不是它要捕食的对象，我说本来不是它要捕食的对象，是因为眼下地面上冰封雪盖，它饿急了的时候也可能会干出什么事来，这我却说不上；但是，熊通常是不攻击人的，除非你先攻击它。这就是说，你要是在树林里遇到，不去打搅它的话，它是不会打搅你的。不过，你一定要注意，对它要很有礼貌，为它让路，因为它是一位身份贵重的绅士，就是一位君王走过来，它也不肯让路。不但如此，如果你真的害怕，你最好眼睛望着别处，继续走你的路，因为有时候，你停住脚，站着不动，眼睁睁地盯着它看，它会认为这是有意冒犯它；你要是向它扔任何东西，打中了它的话，哪怕是一根手指头大小的木棍，它也会认为这是侮辱，就撇下一切，追赶上来，讨回公道，因为事关体面，它非计较到底不可。【写作借鉴：比喻，将熊比作一位绅士，形象生动地叙述了它的一大特点。】这是它的第一个特点。第二个特点是，要是它一旦被冒犯了的话，它就会白天黑夜都不离开你，一直到报了仇为止，它会以很快的速度紧盯着你，直到撵上你为止。

我的仆人救下了我们的向导。我们来到他身旁的时候，他正在扶那个人下马，因为那个人既受了伤，又受了惊吓。他受的惊吓的确比受的伤更严重。这时候，我们突然看到那头熊从树林里出来，这只熊的身躯异常庞大，在我看到过的熊当中它是最大的，而且大许多。我们看到它的时候，都有点儿吃惊。但是，星期五看到它的时候，不难看出，这小伙子的脸上显出喜悦和勇敢的神情。"啊！啊！啊！"星期五一边说，一边对熊指了三次，"啊，主人！你给我一个同意。我要同它握握手。我要让你们看个笑话。"【名师点睛：星期五的兴奋设置悬念，引发读者阅读兴趣。】

我看到这个浑小子这么开心，感到惊奇。"你这蠢货，"我说，"它会把你吃掉的。""把我吃掉！把我吃掉！"星期五说，重复了两遍。"我吃掉它。我要让你们看个笑话。你们全都待在这儿，我让你们看得大笑。"他随即坐在地上，把他的皮靴脱了，换上一双他带在衣兜里的轻便鞋，我们管他们穿的那种皮鞋叫平底皮鞋。他把他的马交给我的另一个仆人，带着枪飞也似的跑过去。

那头熊慢条斯理地走过来，没有一点儿找任何人麻烦的意思，【名师点睛："慢条斯理"显示了熊的笨拙与有恃无恐。】直到星期五走得离它很近，叫唤它，好像熊听得懂他的话似的。"你听着，你听着，"星期五说，"我同你说话。"我们远远地跟在他后面。现在我们已经在加斯科涅这一边的山上往下走了，进入了一片巨大的森林，那一带虽然有许多树，但是地势平坦，而且相当空旷。

星期五，我们说过，能够跑得比熊还快，一溜烟似的撵上了它，捡起一块大石头，向它扔去，正好打中了它的脑袋，但是一点儿都没伤着，好像他是把石头扔在一堵墙上似的。【名师点睛：形象生动地写出了石头对熊毫无杀伤力。】但是，星期五却达到了目的，因为这个坏小子一点儿也不怕，他完全是为了要熊追赶他才这么干的，用他的话来说，让我们看笑话。

那头熊一感到有东西打它，看到了他，就转过身来，迈着大得怕人的脚步去追赶他，这种速度会逼得一匹马用中等速度奔跑。星期五逃开去。仿佛要跑到我们这边来向我们求救似的。我们随即决定马上对那头熊开枪，救下我的仆人，虽然我心里很生他的气，那头熊本来走在另一条路上，并没有招惹我们，他偏偏要去把它引到我们这儿来；我特别恼火的是，他把熊引到我们这儿来了以后，自己却逃走了。我大声喊叫："你这狗东西，你就是这样使我们大笑吗？滚开，把你的马牵开，好让我们把这东西打死。"【写作借鉴：语言描写，将"我"对星期五的埋怨和愤怒刻画得淋漓尽致。】他听到我的话，就急得叫起来："别开枪，别开枪。站着别动，你们就能得到许多笑。"这个身手灵活的人跑两步，那头熊只用跑一步；他突然向我们的一边转过去，看到了一棵正好他中意的大橡树，他招呼我们跟上去。他步子的速度加快了一倍，他把他那杆枪放在离树根约莫五六码的地方，手脚灵活地爬到了橡树上去。

那头熊转眼之间来到树前。我们在后面远远地跟着。它干的第一件事情是在那杆枪前站住脚，闻闻那杆枪，但是让枪躺着，并不去动它，接着那头熊就爬上树去，尽管身子是这么吓人地笨重，爬起树来却像猫一样敏捷灵巧。【写作借鉴：比喻，将熊喻作猫，形象生动地写出它的敏捷灵巧，熊的动作跃然纸上。】我一直在心中对我仆人的愚蠢行为感到疑惑，实在看不出有一丝半点可笑的地方，直到看见熊上了树，我们才骑着马赶到大树下。

我们来到那棵树前的时候，星期五已经爬到那棵树的一根大树枝的树梢头，而那头熊到了半中腰的地方。等到熊爬到树枝软的地方，"嗨，"他对我们说，"现在你们看我来教熊跳舞。"【写作借鉴：语言描写、拟人，"跳舞"体现了星期五的幽默感和对熊的捉弄。】于是，他一个劲儿地跳跳蹦蹦，使这根树枝摇摇晃晃。树枝一摇晃，那头熊就摇摇摆摆起来，它只得站着不动，开始回头看，看看它怎样退回去。这时候，我们果真哈哈大笑了。但是，星期五同它的交道还远远没有打完哩。

他看它站着一动也不动，就又叫唤它了，好像他认为那头熊懂得英语似的："为什么，你不再过来一点儿？请你再过来一点儿。"于是，他停止跳跳蹦蹦，不使那棵树摇晃，而那头熊真的好像听得懂他的话似的，又往前走过去了一点儿。接着，他又使劲地蹦蹦跳跳。那头熊又站住了脚。【写作借鉴：语言描写，动作描写，作者浓墨重彩地描写了星期五逗戏狗熊的场景，体现野人部落的特殊文化，也体现出星期五乐观积极向上的心态。】

我们都认为正好乘这个机会对准它的头开一枪。我招呼星期五站着不动，我们会射中它的。但是，他却急得直叫："啊，请别！请别！不开枪，我过后会开枪的。"他原该说"过一会儿"。不管怎样，长话短说，星期五蹦跳得这么厉害，那头熊始终站不稳；我们的确笑够了，但是仍然想象不出这小子会干什么，因为起先我们以为他打算靠摇晃树，让那头熊摔到树下去。我们发现那头熊也相当狡猾，不让他达到目的，因为它绝不走到远得要摔下去的地方去，而是用又宽又大的脚爪抓紧树枝，所以我们想象不出会是怎样的结果，这场玩笑最后怎样结束。

但是，星期五很快就解开了我们心中的疑问。看到那头熊紧紧地抓着树枝不放，而且他再也没法引诱它往前挪一步，星期五说："好吧，好吧，你不来我这儿，那我去你那儿。"说罢，他走到那根树枝的梢头。树梢被他坠着，就弯了下来。他就抓着树枝让自己缓缓地坠下去，乘势下降到一定高度的时候，他就往下跳到地面上，飞快地跑过去拿起他那杆枪，一动也不动地站着。

"喂，"我对他说，"星期五，你现在要干什么呢？你干吗不对它开火？""不开火，"星期五说，"还不开，我马上会开，我不杀它，我等着，再让你们笑笑。"【写作借鉴：语言描写，以问答推动情节发展。】他果真是这么干的，你马上就会看到，因为那头熊看到它的对头走掉后，就在树枝上往回退，不过它退得极从容，每退一步就回头望望，一直后退到树干旁站住,然后还是屁股先下,用爪子抓住树干,挪动一步,然后又挪动一步,一步步地爬下树来。就在这时,它的后脚还没有踩到地面上的时候,星期五就一步抢到它眼前,把枪口捅进它的耳朵,开枪把它打死,那头熊倒在地上,像一块石头。【名师点睛:"像一块石头"生动形象地形容了它的死状。】

然后,那个坏小子转过身来,看我们是不是哈哈大笑。他在我们的脸上看到感到有趣的神情的时候,自己也一个劲儿地大笑起来。"我们家乡就是这样杀熊的[事实上,星期五的家乡一带没有熊]。"星期五说。"你们是这样杀它们的?"我说,"得了吧,你们没有枪。""没有,"他说,"没有枪,是用很大很长的箭。"

这的确给了我们一场很好的娱乐,但是我们仍然待在荒野里。我们的向导又受了重伤。真不知道该干什么。狼的嗥叫声不断地在我脑子里掠过。说真的,除了那一回我在非洲海岸边听到的那种嗥叫声——那段情节我前面已经叙述过了——以外,我从来没有听到过这么使我毛骨悚然的声音。

这种种情况,加上天快黑下来了,我们不得不继续赶路,要不然,星期五原本会说服我们,应该把那头怕人的大家伙的皮剥下来,那是值得保存的,但是我们还要赶三里格[一种长度名称。它是陆地及海洋的古老的测量单位]路,而我们的向导还在催我们快走,所以我们撇下了它,继续往前赶路。

这时地上还是盖满了积雪,只是没有山里头那么深。我们后来听说,那些饿坏了肚子的凶恶的畜生,竟然下山来,来到森林里和平坦的地带,四处寻找食物;它们在一些村子里胡作非为,做了大量坏事,在那一带袭击乡民,咬死许许多多羊和马,还有一些人。

我们还要经过一个危险的地方。我们的向导告诉我们,要是那一带还有狼群的话,那么我们就会在那儿看到它们;那是一片小小的平地,周围都是树林,只有一条又长又窄的隧道[险阻狭窄的道路]。我们必须经过这条又长又窄的小路,穿过树林,然后,就到了我们要去投宿的村子。【写作借鉴:阴森幽暗的树林营造了杀机四伏、危机重重的氛围。】

　　我们在离太阳落山还有半个钟头的时候,进入了第一座树林;在太阳刚落山的时候,踏上这片平地。在第一座树林里,我们没有遇上什么危险,只是在树林里一小片周围不到六公里的平地上,我们看到了五条狼以最快速度一头接一头地横穿过那条小路,好像在追赶和紧紧盯着什么捕食对象似的。它们没有时间理会我们,就跑掉了,一下子跑得踪影全无。看到这情况,我们的向导——顺便提一下,他是个胆小如鼠的可怜虫——通知我们做好准备,因为他相信,会有更多的狼将要来到。【写作借鉴:狼的动作矫健敏捷,突显出鲁滨逊一行人危险之大。】

　　我们大伙儿都把武器准备好,眼睛紧紧盯着四面八方。但是,我们在树林里走了半里格路,一直到我们穿过树林,进入平地,也没有再看到狼。等到我们来到那片平地后,我们就向周围看个明白。我们看到的第一件东西是一匹死马,这就是说,一匹给狼群咬死的可怜的马,至少有十二条狼在对付它。我们说它们在吃它,倒不如说在啃它的骨头,因为马肉已经被它们吃光了。

　　我觉得我们不该去打搅它们的盛宴,再说,它们也没有怎么注意我们。星期五巴不得马上向它们攻击,但是我无论如何不让他动手,因为我发现,这只是我们眼下了解的情况,很可能还有更大的事情要我们去对付哩。我们还没有走过一半平地,就听到左边的树林里有可怕的狼嗥声,很快地看到有百来条狼结成一伙,一窝蜂似的向我们扑来,大多数排成一溜儿,队伍整整齐齐,好像由有经验的军官统领着似的。【写作借鉴:比喻、拟人,"一窝蜂"写出狼群之多,"整整齐齐"显示出狼群的团结。】我不知道怎么对付它们,唯一可行的办法就是我们大家彼此靠拢,排成行。我们一下子就排成了,但是为了保持火力不中断，我命令大家，必须一个隔一个地开火，而那些没有开火的人必须处于准备状态；要是狼群再向我们扑过来的话，就立即发出第二次排枪。另一方面，那些第一次开火的人，不必忙着再在枪里装弹药，而是掏出一把手枪准备着，因为我们全都带着一杆火枪和两把手枪，所以我们只要每次用一半人放枪，就可以放六次排枪。不管怎样，眼下，我们用不着这么干了，因为第一阵排枪发出以后，我们的敌人就被枪声和火光吓坏了。四条狼被射中脑袋，倒在地上；另外几条受了伤，流着血逃走了。我们在雪地上可以看到它们的血迹。我发现它们站住了，但是没有马上逃遁(dùn)[逃跑，隐藏躲避起来]。这当儿，我记起了听人说过的一句话，最凶恶的野兽也害怕人的声音。我吩咐我所有的伙伴一起扯着嗓门喊叫，这个方法果然有效。因为我们一喊叫，它们就开始转身撤退了。接下来，我命令在它们后面开第二次排枪，这使它们撒腿奔跑，纷纷逃进树林去。

这给了我们充足的填装弹药时间。为了不浪费时间，我们继续前进。但是，我们刚装好弹药，准备动身的时候，听到左边这片树林里传出一阵叫声，只是声音离我们比较远，正是在我们要去的路上。

　　黑夜正在来到，暮色愈来愈浓，这对我们更加不利。但是，嗥叫声愈来愈响，不难听出是那些凶恶残酷的畜生的嗥叫和惨嚎。【名师点睛：环境的恶劣显示出主人公一行人情况的紧急。】接着，我们突然看到了有几群狼，一群在我们左边，一群在后边，一群在我们前边，把我们紧紧围住。尽管这样，趁它们还没有向我们进攻，我们尽快地催促我们的马继续前进。由于道路高低不平，我们只能让马小跑着前进。我们就这样纵马前进，看到了树林的口子，它在平地的另一头，这是我们的必经之路。但是，叫我们大吃一惊的是……数不清的狼黑压压地站在路口。

　　突然，一声枪响从树林的另一个口子传出来。我们向那个方向望去，看到冲出一匹马来，马上配备着鞍辔，它像一阵风似的掠过。后面紧跟全速追赶着的十六七条狼。的确,那匹马比狼跑得快,但是,我们都知道,马速会逐渐减慢的,我们毫不怀疑,那些狼最终会撵上它。不用说,它们果然撵上了。

就是在这时,我们看到了一个最可怕的景象。因为我们纵马来到那个口子前的时候,那匹马就是从口子里冲出来的。我们看到了另外一匹马和两个人的骨头架子,那是他们被贪婪的饿狼吃剩的残骸。其中有个人毫无疑问就是我们刚才听到开枪的那个人,因为有一杆开过了的枪就在他的尸骨旁。但是,那个人啊,他的脑袋和上半身已经被吃掉了。【名师点睛:狼的饥饿显露无遗,更突出鲁滨逊一行人的危险。】

这使我们看得胆战心惊。我们不知道该怎么办才好,但是那些畜生很快地逼得我们不得不采取行动了,因为它们围在我们周围,马上就会把我们吃掉。我确信它们有三百来头。幸亏在这树林的进出口,只有一条小路可通,而口子上又堆着一些大树干,这是在刚过去的夏天里被锯倒的,放在那里准备运走的,这个地势倒对我们非常有利。我把我这支小小的队伍带到那些大树干中间,在一棵高大的树后排成一溜儿。我命令他们都下了马,待在一根大树干后面,让那树干做我们的胸墙,还命令他们站成三角形,当中围着我们的马。

【写作借鉴:将树干比作墙,生动而形象地写出树干的作用——抵挡,使人明白易懂。】

我们这样布置好,也幸亏这样布置好,因为那些畜生对我们的进攻凶猛无比。它们发出一阵阵嗥叫冲来,冲上那根横在地上的树干——我前面说过,那树干是我们的胸墙——好像它们是在扑向它们的捕食对象似的。看来它们这样凶狠主要是为了我们身后的那些马,这才是它们心目中的美食。我命令我的部下轮流开枪,一个接一个地射击。他们对他们的目标瞄得很准,在第一阵排枪下,的确打死了几条狼。但是,我们必须不停地开火,因为它们像凶神恶煞似的纷纷扑来,那

些在后面的狼簇拥着前面的冲上来。【写作借鉴:将狼比作凶神恶煞,使狼的残暴形象跃然纸上。】

我们开了第二次排枪后,它们好像暂时停止了攻击。我希望它们会跑掉。但是,只过了一刹那,其他的狼又向前冲了。于是,我们又用手枪开了两次排枪。我相信,在这四次排枪中,打死了十七八条狼,打伤的还要多两倍。但是,它们还是接二连三地扑上来。

我不愿太匆忙地打最后一次排枪,所以我把自己那个仆人唤来,不是我的星期五,因为他有更重要的事情要干。可以想象得到,他的身手灵活,在我们忙着开火的时候,他可以给我和他自己的火枪装弹药。我前面说过,我叫的是我的另一个仆人,给了他一牛角筒火药,吩咐他沿着那根大树干撒上火药,而且要撒出一长条又厚又大的火药界线。他办好这事,前脚刚离开,一些狼又扑过来了,有几头还跳上了树干,我赶紧抓起一把没有装子弹的手枪,对着那条火药界线开了一枪,火药顿时着起火来。那些已经跳上树干的狼被火烧伤了。有六七条狼被火势所逼,吓得掉进,确切地说是跳进我们中间。【写作借鉴:细节描写,智谋比蛮力更可取,顺利击退狼群,体现了鲁滨逊的智慧。】我们立刻把它们都干掉了。其他的狼是那么怕火光,因为现在天色已经将要黑透,在黑夜里,火光更加可怕,它们稍微后退了一点儿。在这当儿,我命令我们用手枪把最后一阵排枪发射出去。发射罢,我们就一股脑儿高声喊叫。在这种情况下,狼群终于掉转方向跑掉了。我们发现有将近二十条受伤的狼在地上挣扎,就拔出大砍刀冲向它们,对它们乱砍乱劈,这个办法果然有效,因为那些狼的惨叫悲号,使它们的同类听得明明白白它们落得了怎样的下场,所以它们的同类也就都撇下我们,迅速逃走了。

我们前前后后,一股脑儿杀了约莫六十条狼;要是在白天的话,那我们还会杀得更多。肃清了敌人,我们就继续前进,因为我们还有一里格路要走哩。我们在赶路的时候,听到树林里那些贪婪凶残的畜生在惨叫和悲号。有时候，我们还会自以为看到几头狼，不过不敢十分肯定，因为我们的眼睛被积雪照花了。约莫一个多钟头以后，我们就来到我们要投宿的那个小镇。我们发现镇上的人个个神色惊慌，佩带武器，一片恐怖气象。原来在前面夜里，狼群和几头熊闯进了村子，吓得他们丧胆亡魂，所以他们不得不日夜戒备，尤其是在夜晚，不仅是为了保全牲畜，更是为了保证居民的安全。

　　第二天早晨，我们的向导病得厉害，由于伤口溃烂；他没法再走了，所以我们不得不在那儿另外雇了一个新向导，到图卢兹[法国南部城市]去。【写作借鉴：侧面描写，向导伤势很重，体现狼的凶狠残暴。】我们发现那儿天气温暖，是一个物产丰饶、景色迷人的地方，没有雪，也没有狼，或者诸如此类的野兽。但是，我们在图卢兹讲了我们的遭遇后，他们告诉我们，那算不了什么，在比利牛斯群山脚下的大森林里，这是司空见惯的事情，尤其是在地面积雪的日子里。他们问得很仔细，我们雇的是一个怎么样的向导，怎么敢在这种严寒的季节带我们走那条路，并且对我们说，我们没有全都把命送掉，真是件了不起的事情。我们告诉他们，我们怎样布置，把马放在中间，他们极力地责怪我们，告诉我们，我们都没有被吃掉，真是死里逃生，因为狼群是看到了那些它们要吃的马，那是它们口中的美餐，所以才那么凶暴得不顾死活。在别的时候，它们的确是怕枪的。但是，在当时，一方面是饿得发狂，另一方面是一个劲地要攻击那些马，使狼群不顾危险了。【名师点睛："不顾危险"可见狼的凶残，也说明当时的情况危急。】我们要不是先连续射击，最后施出火药防卫线的办法把它们制止住，那十有八九会被扯得尸骨无存。换句话说，我们只要消消停停地骑在马背上，像个骑手那样开火，它们看到有人在马背上，倒不会把那些马当作无主之物，理所当然地也不当作它们自己的口中食了。他们还告诉我们，要是我们最后撇下那些马的话，它们就会迫不及待地去吃那些马，让我们平安无事地过去的，尤其是我们手里拿着火器，而且人数这么多。

就我个人而言,我这一辈子从来没有这么深切地感到过危险,因为眼睁睁地看着三百多匹凶神恶煞似的狼,嗥叫着,张开血盆大口冲过来吃我们,看到我们无处躲藏、无路可退时,我已经自以为要完了。实际上,我相信,我再怎么着也不愿再去翻越那些山了。我想,我情愿乘船航行一千里格海路,尽管我肯定会每礼拜遇上一次风暴。

在穿过法国的行程中,我没有特别的事情需要交代。我倒没有,但是其他旅客却早已写出过比我能够写出的要好得多的篇章。我从图卢兹来到巴黎,并无多大耽搁,就抵达加来;在严冬酷寒的季节里经历了长途跋涉以后,我终于在七月十四日安全地在多佛尔登陆。

现在,我来到了我历次旅行的出发地点,不久以后,我把带回来的汇票都兑成了现金,我新近发现的财产就此都归我掌握了。

<u>我的主要指导和私人顾问是那个本性善良、年事已高的遗孀。为了表示感谢,我送钱给她,她不嫌辛苦、不怕操劳地为我服务。我把所有的事情一股脑儿委托给她,不用担心财产是否安全。我自始至终对这位善良的夫人无瑕的诚实感到非常满意。</u>【名师点睛:鲁滨逊十分信任这位寡妇,给予她极高赞扬。】

现在,我开始想把我的财产委托给这位妇人,先动身到里斯本去,然后到巴西去。但是,这时候,我对自己的前途又产生了顾虑,那就是宗教问题。因为哪怕是我在国外,尤其是在孤身独居的时候,我总是对罗马天主教怀有疑虑,所以我知道去巴西不是个办法,更不用说定居了,除非我毫无保留地皈依罗马天主教,要不,除非我决定为我的原则做出牺牲,做一个殉教者[因坚持信仰或信奉某一宗教被处死的人],死在宗教裁判所中。所以我打定主意,留在国内。如果将来有机会,把巴西的种植园卖掉。

为了办这件事情,我写信给那位在里斯本的老朋友。他回信给我说,他可以在那儿轻而易举地处理好这件事情,不过我要是认为合适的话，就授权于他，以我的名义建议由那两个商人——我的两位受托人的后裔收购，他们都居住在巴西，一定完全知道种植园的价值，他们正好就住在当地，而且我知道他们很有钱，所以他认为他们会乐于买下的，他有把握说，我将多卖四五千个面值八雷阿尔的银币。

我同意他的意见并嘱咐他把我卖财产的想法通知他们。他就按我的指示办了。约莫八个多月以后，船从巴西回里斯本来了。他得到回音后，就给我一封信说，他们已经接受这个建议，而且已经向他们在里斯本的代理人汇出三万三千面值八雷阿尔的银币作为收购庄园的费用。【名师点睛：介绍产业的处理后果。】

我在他们从里斯本寄来的出售种植园的文书上签了名，把文书寄给了那老人，作为答复。他寄给我一张出售产业所得的三万二千八百面值八雷阿尔银币的汇票，因为我答应过，在他有生之年种植园每年要给他一百葡萄牙金币，在他身后，给他儿子每年五十葡萄牙金币，直到他儿子去世为止，种植园既然已经出售，这笔钱当然应该由我来出。

这样，我讲完了我的第一部分人生经历，其中充满了机遇和危险，这段饱经浮沉苦乐的生涯，好像上帝的万花筒，变化多端、世间少有而奇特，虽然开始的时候有些愚昧无知，但最后结局却比我所奢望的幸福得多。

任何人都会认为，现在我处在这样事事顺利的幸福中，绝不会再去冒险闯荡了。事实上，如果换一种环境，我的确是不会去闯了。但是，我既没有成家，亲人也不多，尽管很有钱，结交的朋友也不多，而且我是一个流浪成性的人。虽然我已经卖掉了我在巴西的产业，然而我的脑子里对这个国家念念不忘，先是牵肠挂肚地想再去，尤其是撇不下我那个强烈的愿望：想再去看看我那座岛，了解一下那批可怜的西班牙人到了那儿没有，我留在那儿的那几个恶棍会怎样对待他们。【名师点睛：衣食无忧依然向往航海，可见鲁滨逊对于流浪生活的热爱。】

Z 知识考点

1. 准备去英格兰，考虑到乘船的种种不幸，鲁滨逊选择了陆路。不幸的是，路途中，他们先是在遇见了_____和_____，随后，在进入一座村庄的小路上，遇见了_____头狼。

2. 下列关于原文的内容，错误的一项是　　　　　　　　（　　）

A."一座座山上覆盖着白雪，觉得这么冷……"环境描写，写出了环境的恶劣，路途的艰辛，为下文找向导埋下伏笔。

B."你这蠢货，"的语言描写，写出了鲁滨逊对星期五行为的愤怒。

C.殉教者：因坚持信仰或信奉某一宗教被处死的人。

D.司空见惯：看得多了，仍以为奇。

Y 阅读与思考

1. 鲁滨逊又一次外出，遭遇了如此恐怖的狼群，你还支持他探险吗？

2. 你认为鲁滨逊还会出去冒险吗？

第三节

重返荒岛

M 名师导读

鲁滨逊过上了安稳的生活,几乎七年的时间里,他一直留在陆地上。他结婚生子,直到妻子病故,在侄子的怂恿下,鲁滨逊再一次踏上征程。

我的真诚的朋友,那位遗孀极力劝阻我再出远门,而且她也的确说服了我,几乎有七年,她劝阻了我出国。在这段日子里,我培养了我的两个侄子,他们是我一个哥哥的儿子。大侄子自己有一点儿产业,我把他培养成绅士,而且还给他一份文件,在我去世后,再赠给他一点儿产业。我把另一个培养成船长。五年以后,我发现他是个懂道理、胆子大、有事业心的小伙子,就给他置了一艘好船,让他去航海。尽管我已经年老,后来,正是这个青年把我带入了新的冒险。【写作借鉴:过渡句,上承"我"的七年安稳生活,下启"我"的航海,推动情节发展。】

在这段日子里,我也可以说在这儿定居了,因为,首先,我结了婚,而且婚后过得倒还安稳美满,还生了两个儿子和一个女儿。但是,我的妻子不幸病故了;我的侄子正好完成了一次大为成功的航行,从西班牙归来;我自己一向有出海的爱好;加上他再三劝说,终于动心了,就以私家商人的身份,登上他的船,去东印度。这是在1694年。

在这次航行中,我访问了我发现的那座荒岛殖民地,看看那些接替我的西班牙人,知道了他们那些人和我留下的那几个坏蛋的整个经历。起先,那几个坏蛋欺侮那批可怜的西班牙人,后来又怎样一会儿好，一会儿不和，一会儿联合，一会儿分开；最后，那些西班牙人忍无可忍，只得采用暴力来对付他们：他们被西班牙人制服，而西班牙人却公道地对待他们。要是把全部经过都写出来的话，那同我自己的经历一样充满着变化多端、光怪陆离的情节，尤其是那一段加勒比野人三番两次登陆该岛引起血战和他们改善岛上情况的情节，还有他们中间有五个人潜入对岸大陆，抓回十一个男人和九个女人做俘虏的那件事情，真是格外令人难忘。我来到岛上的时候，发现岛上多了二十几个孩子。

我在岛上待了约莫二十天光景，给他们留下了各种日用品，尤其是武器、火药、子弹、工具和两个我从英国带去的工匠，一个木匠和一个铁匠。【名师点睛：鲁滨逊给荒岛带去文明的物品，希望荒岛发展，体现了他对荒岛难以忘怀的感情。】

除此以外，我在保留全岛的产权的情况下，为他们把整个岛分成几个部分，按照他们商定的方案，把一块块土地一一分给他们，为他们办妥了一切事情，使他们不会离开这地方，不再回去，然后我离开了他们。

我从那儿来到巴西，稍做逗留，买了一艘三桅帆船，载着更多的人，送到岛上去。除了其他供应以外，我在船上还运去了七个女人，我看得出她们都是能干活儿的，而且对那些愿意娶她们的男人来说，是能做称职妻子的。对那些英格兰人来说，我答应给他们从英格兰送几个女人去，还将送他们大量的生活必需品，要是他们一心致力于种植的话。我后来履行了诺言。【名师点睛：体现了鲁滨逊信守承诺的品质。】那几个家伙被制服以后，倒变得非常老实和勤劳；他们也分别分到了财产。我还从巴西给他们运去了五头母牛，其中三头已经怀有小牛，还给了他们一些羊、一些猫。等我再来的时候，这些牲畜就会大大地增加。

除此以外，还有一件大事，那就是，三百加勒比野人来犯，毁掉了他们种植的庄稼。他们同三百野人血战了两次。起先,他们打了败仗,有三个人被杀,但是,最终,一场风暴摧毁了他们敌人的独木舟;岛上的人把剩下的野人,不是活活饿死,就是杀死,重新修建了他们的种植园,恢复了他们拥有的种植权;他们至今仍然住在那座岛上。那一切事情,还有那十多年里,我自己新的冒险经历和那些经历中一段段非常惊人的情节,我以后也许会再来叙述的。

(全文完)

知识考点

1. 在_____年的时光里,鲁滨逊没再出海,一心_____,培养小辈。
2. 综合全文,你觉得鲁滨逊是一个怎样的人?

3. 你怎么看待鲁滨逊身上的殖民色彩?

阅读与思考

1. 读完《鲁滨逊漂流记》,你有什么收获?
2. 鲁滨逊重回小岛,岛上发生了什么变化?

在废墟上开出花来

马丁·路德·金为什么能够以一己之力领导美国黑人民权运动？鲁滨逊为什么可以在荒岛生存二十八年仍然保存着文明人的意识？草籽为什么能在废墟下破土而生？我的答案是——信仰。

马丁·路德·金有一个梦想，他梦想黑人可以获得应有的权利；鲁滨逊有一盏指路明灯，《圣经》和上帝总会在他迷茫时给予指引，给予希望；草籽有一个愿望，可以在废墟上开出美丽的花来。

哲学家对信仰的定义是："一种强烈的信念，通常表现为对缺乏足够证据的、不能说服每一个理性人的事物的固执信任。"其实在我看来，信仰就是一种方向。

谁会对自己的想法坚定不移呢？我们的想法并不完全由自己的思想形成，或多或少都会受到外界的影响。当你努力地为了一件事情奋斗却遭受挫折时，你想要外界的安慰吗？这是当然，谁不想要？毕竟外界的鼓励是让你坚持不懈、持之以恒的勇气。但是他人若是打击讽刺你呢？你的奋斗信念会不会因为他人的言语而摇摇欲坠，你还能坚持下去吗？我们必须知道在这样的局面下，有的人会坚持，有的人只会放弃。

而在此时，这种对自己理想的固执信任就显得尤为重要。当你对外界的意见无所畏惧，当你对自己的未来发展想法坚定。没有什么可以让你放弃，当你对未来感到绝望时，你就可以获得持续不断的希望泉涌，你可以为自己的未来努力奋斗。

鲁滨逊的信仰让他在身边充斥野人猛兽的威胁下；在没有住

所，没有食物的困窘下；在没有倾诉心情的友人下；在思念想家时，有一个可以寄托情绪的地方。让鲁滨逊在一眼望不到未来的绝望下拥有乐观面对生活，坚强地活下去的勇气。《圣经》和上帝并不会让鲁滨逊化险为夷，但是可以让他充满希望。没有了希望，无异于丧失了性命。

信仰的力量是极大的。《鲁滨逊漂流记》一书中所流露出的信仰就像是一把钥匙，打开了我对信仰的追求。习近平总书记曾说过"人民有信仰，民族有希望，国家有力量"。当代的青少年，应当如鲁滨逊一般在成长中找到自己的信仰，成长为优秀公民，那样可以使自己的人生源源不断地散发光和热，为祖国和人民贡献自己的力量。要记住：年轻时代是培养习惯、希望及信仰的一段时光。值得关注的是，信仰也有正确与否的区分。青少年在树立三观，寻找信仰的过程中要取其精华去其糟粕，不能让错误的思想污浊自己的心灵。

让信仰在自己的心上开出花来……

编　者

2018 年 3 月

参考答案

第一章

第一节

知识考点

1. 英国　现实主义
2. C
3. 安于现状，聪明谨慎，关爱儿子。（有理有据即可）

阅读与思考

1. 可自由作答，例：会，因为鲁滨逊热爱航海；不会，因为鲁滨逊在遭遇大风暴时就说如果他能活着回家，一定好好听从父母的安排。
2. 当时资本主义原始积累时期，新兴资产阶级追求"个性自由"，当时人们崇尚发挥个人才智、勇于冒险、追求财富的进取精神。

第二节

知识考点

1. 二　为人正直　处事爽快（意思相近即可）　热病
2. C

阅读与思考

1. 学会航海必备的数学知识和航海法则、记航海日记和观察天文的基本方法等。
2. 环境描写，恶劣的气候营造了阴森的氛围，似乎预示着有什么不好的事情发生，使人心情沉重；也为下面鲁滨逊的监护人准备大量吃食做铺垫。

第三节

知识考点

1. 食物　枪支弹药　三　出海捕鱼
2. B
3. B

阅读与思考

1. 例：没有，因为鲁滨逊除了捕鱼时能出海，其他时候都没有人身自由。
2. 摩尔人是成年人，鲁滨逊没有信心能控制他。

第四节

知识考点

1. A
2. AB
3. D

阅读与思考

1. 略
2. 鲁滨逊不满足现阶段的生活，感觉自己独处荒岛；喜欢出海探险；恰好种植园缺乏廉价劳动力；想要发展壮大种植园……

第五节

知识考点

1. 四　巴西　约克市　中
2. C
3. AC

阅读与思考

1. 运气；智慧，对海浪势头的正确分析，如浮在水面上，屏气；坚持和勇气等。（有理有据即可）
2. 风暴触礁。

第二章

第一节

知识考点

1. A
2. D

阅读与思考

1. 海面平静；正在涨潮，潮水向岸边涌去；微风把"我"吹向岸边。
2. 开放题，略(思考即可)

第二节

知识考点

1. 十二　鸟　架梯子
2. D
3. 善于思考问题，善于观察生活的人。

阅读与思考

1. 一有益于健康且有淡水；二能遮蔽阳光酷热；三不受野兽和野人的侵袭；四可以看见海，以免错过往的船只。
2. 开放题，有理有据即可。例如：鲁滨逊坚信终有一日他可以返回陆地，这些钱就是他返回陆地后添置衣食的本钱。

第三节

知识考点

1. 在方柱上用刀子刻痕
2. C

阅读与思考

1. 埋怨哀伤，上帝为什么要将他创造的生物置于死地——忧郁自责，相比于另外十个人，"我"已经相当幸福——庆幸感恩，"我"幸运地活了下来，随风漂来的海船还提供给"我"必需的物资。
2. 开放题，有理有据，例如：有帮助的，好坏相抵，总有一些好事可以宽慰自己。

第四节

知识考点

1. 记日记　简要地
2. C
3. 鲁滨逊刚到岛上时，因为他感到没有活下来的希望，所以叫"绝望岛"。后来他不但没有死，还救了几个人。所以又改名为"希望岛"。

阅读与思考

1. 鲁滨逊担心受到他人的攻击，他认为，只有将这堵墙完成，他才能享受到绝对的安全。
2. 因为鲁滨逊所处地区有雨季。

第五节

知识考点

1. 油　阳光　灯芯
2. B

阅读与思考

1. 挖一个排水沟；重建一个住所防止地震灾害。
2. 语言描写，通过祈求上帝的帮助，体现了鲁滨逊的无助、沮丧和郁闷。

第六节

知识考点

1. D
2. AE

1. 鲁滨逊生病后，身心就承受了极大的压力，良心苏醒，促使他去反省前事；也思考得出上帝创造了一切，就认为上帝有权惩罚或者饶恕他，自此陷入了对上帝的崇拜。
2. 身体生病，无能为力，对死亡的恐惧。

第七节

知识考点

1. AF
2. C

阅读与思考

1. 修建了两个住所，第一个住所还带有仓库；遭遇了地震；从大船上搜集了大量物资；搜集了大量食物，也种植粮食；阅读《圣经》……
2. 小屋这处不便于观察大海，鲁滨逊担心错过海上的船只。

第八节

知识考点

1. 波儿
2. DG
3. 由流落荒岛的痛苦转为对现实的满足和

对上帝的感谢。

阅读与思考

1.不清楚大麦播种的时间和对水的需求;鸟儿偷食谷物。

2.略

第九节

知识考点

1.需要找到一棵大树　把树砍倒　将树砍成小舟的形状　烧空或凿空

2.皮毛

3.一　时间

阅读与思考

1.鲁滨逊记日记的行为,表明他作为一个文明人精神方面的需要,证明自己活得明白,在长时间里没有走失在这种荒岛上,他也更有理由相信上帝的存在。有了这个前提,就有了活下去的精神支柱。

2.略

第十节

知识考点

1.六

2.D

3.反问,加强语气,说明鲁滨逊认为是对的。

阅读与思考

1.没有考虑到将独木舟拖进水里的可行性,最终失败。综合考虑一件事情,不能盲目。

2.略

第十一节

知识考点

1.山羊

2.殖民主义色彩浓厚,具有剥削掠夺的本性,贪婪,具有强烈的统治欲望。

3.压制:有被迫服从、用强力制服等含义,说明鲁滨逊不习惯这种平稳的生活,但他不能反抗。

阅读与思考

1.体现了鲁滨逊的幽默,也说明了鲁滨逊衣着的粗陋。

2.略

第十二节

知识考点

1.脚印　宗教信仰或上帝《圣经》

2.A

阅读与思考

1.一方面野人太过残暴;另一方面,野人的到来会威胁他在岛上苦心经营的房屋和物产。

2.这个小岛既然风景宜人,物产丰富,又离大陆不远,就不可能像"我"以前想象的那样绝无人迹。岛上虽然没有居民,但对面大陆上的船只有时完全有可能来岛上靠岸。那些在这座岛上岸的人,有一部分抱有一定的目的,但也有一部分是被逆风刮过来的。

第十三节

知识考点

1.十八　两　堡垒　小屋　围场

2.D

3.环境描写,对食人场地的描写,侧面突出了野人的愚昧残忍。

阅读与思考

1.对野人的恐惧使鲁滨逊心神不宁,缺乏祈祷的宁静氛围。

2.创造才能从怎样使生活过得更好转移到怎样可以惩罚野人上。

第十四节

知识考点

1.猫　鹦鹉　狗

2.D

3.细节描写,奇怪的声音一方面营造恐怖的氛围,另一方面吸引读者眼光,引发读者阅读兴趣。

阅读与思考

1.说明了野人的极度野蛮与凶残。

2.因为遭难的过程或许短暂,只是一瞬间。可等待着灾难的来临,尤其是那些无法避免的灾难,这个过程却是相对比较漫长的。漫长的等待会给人带来巨大的思想压力,而这种压力却不是遭难时的痛苦可以相比的。

第十五节

知识考点

1.心理

2.心理描写,体现了鲁滨逊对有人陪伴的渴望,也说明了鲁滨逊的孤独。

3.动作描写,"枪声"意味着文明世界有人到来,或许这是鲁滨逊逃离荒岛的途径,而鲁滨逊动作激烈,显示了他对荒岛逃生的渴望。

阅读与思考

1.就像"一枚硬币有两面"一样,一件事具有双面性。

2.求救信号意味着有文明世界的人出现,意味着鲁滨逊有希望逃离孤岛,这也就是说鲁滨逊对逃离荒岛的渴望无比强烈。

第十六节

知识考点

1.伦敦　非洲　土耳其海盗　巴西　种植园　黑奴　触礁

2.C

阅读与思考

1.找一个当地人了解周围的环境情况,有利于逃离荒岛。

2.鲁滨逊不安于现状,对金钱的欲望太过强烈。

第十七节

知识考点

1.星期五

2.D

3.外貌描写,丰富人物形象。

阅读与思考

1.因为鲁滨逊在星期五这日救了他,以作纪念。

2.伙伴,衣食住行相同,以平等的身份交流

等;奴仆,鲁滨逊骨子里有殖民主义的传统,鲁滨逊一直在吩咐星期五做事……

第十八节

知识考点

1.D

2.C

3.神态描写,阴郁而悲伤的星期五侧面体现出他对鲁滨逊的忠诚和依赖。

阅读与思考

1.鲁滨逊为了不让星期五再吃人肉,就带他打猎,给他吃其他动物的肉,星期五很喜欢烤羊肉,表示再也不吃人肉了。鲁滨逊还教他谷物做面包,他学得很快也很好。鲁滨逊教他英语,他们开始交流,并给他讲解《圣经》,灌输一些宗教知识。

2.星期五是一个朴素的人,忠诚的朋友,智慧的勇者。他知恩图报,忠诚有责任心,适应能力强,他和鲁滨逊合作着施展不同的技能在岛上度过了多年。星期五的到来让鲁滨逊圆了总督梦,自己则做了鲁滨逊的奴仆。

第十九节

知识考点

1.西班牙　十七　父亲

2.C

阅读与思考

1.手舞足蹈的动作;安抚父亲,温暖父亲的身子;将自己的吃食全部交给父亲;背父亲。

2.由单纯的对野人行径的愤怒转为激动和欣喜。

第二十节

知识考点

1.新教徒　食人者　天主教徒

2.C

阅读与思考

1.开垦土地,搜集粮食;准备做船的木板;加工葡萄干;豢养山羊。

2.不会,因为我帮助他是我主观自愿的行为,并没有要求得到回报,况且在力所能及的情况下热心帮助他人是善良的行为。

会,我帮助他付出了自己的劳动和时间,应该得到应有的回报。

第二十一节

知识考点

1.船长

2.心理描写,缜密的思维体现了鲁滨逊的睿智和谨慎的态度。

3.神态描写,流下的眼泪,体现出船长的感动,丰富了船长的性格。

阅读与思考

1.激动,喜悦,有了逃离荒岛的希望。

2.谨慎,充满智慧。

第二十二节

知识考点

1.鲁滨逊 以少胜多

2.D

阅读与思考

1.首先从一群野人中救出了星期五;随后在一次战争中救出了一个西班牙人和星期五的父亲。其次,一艘英格兰船停靠,鲁滨逊先救出了白人船长一行人,随后俘虏了全船人员。

2.一条商船起了内讧。暴徒劫持了船长和大副,准备把他们扔到荒岛上。鲁滨逊和星期五一同打败暴徒,救出了船长和大副,夺回了商船。

第二十三节

知识考点

1.二十八

2.D

阅读与思考

1.震惊到无法回答,陶醉在狂喜中,情绪混乱,激动,无以言表。

2.反叛者回国会被判处绞刑,难逃一死;鲁滨逊想让他们留在岛上守护他二十八年的成果。

第三章

第一节

知识考点

1.妹妹 侄子 星期五 老船长 种植园

2.D

阅读与思考

1.迷茫,亲人不在;囊中羞涩。

2.鲁滨逊给了金钱接济那位寡妇;退回了老船长的欠款,并在老船长有生之年每年给予一百葡萄牙金币,其死后,给予其儿子五十葡萄牙金币。

第二节

知识考点

1.狼 熊 三百多

2.D

阅读与思考

1.例:支持,冒险是他的梦想,有梦就要去追。

2.例:不会,二十八年的荒岛生涯,足以磨平鲁滨逊的棱角。

第三节

知识考点

1.七 结婚生子

2.鲁滨逊是一个充满劳动热情的人,伟大的人,坚毅的人。孤身一人在这荒无人烟的孤岛上生活了 28 年。面对人生困境,鲁滨逊的所作所为,显示了一个硬汉子的坚毅性格与英雄本色,体现了资产阶级上升时期的创造精神和开拓精神,他敢于同恶劣的环境做斗争。鲁滨逊又是个资产者和殖民者,因此具有剥削掠夺的本性。

3.时代局限。

阅读与思考

1.例:坚强,无论风雨多急多猛,都要勇敢面对。

2.迎来了小生命,成了一个美好的家园。